C.D. von Witzleben

Geschichte der Leipziger Zeitung

C.D. von Witzleben

Geschichte der Leipziger Zeitung

Unveränderter Nachdruck der Originalausgabe von 1860.

1. Auflage 2022 | ISBN: 978-3-37511-031-4

Verlag: Salzwasser Verlag GmbH, Zeilweg 44, 60439 Frankfurt, Deutschland
Vertretungsberechtigt: E. Roepke, Zeilweg 44, 60439 Frankfurt, Deutschland
Druck: Books on Demand GmbH, In de Tarpen 42, 22848 Norderstedt, Deutschland

Geschichte

der

Leipziger Zeitung.

Zur Erinnerung

an das

zweihundertjährige Bestehen der Zeitung.

Von

C. D. v. Witzleben,

Königl. Sächs. Regierungsrath und Königl. Commissar für die Angelegenheiten
der Leipziger Zeitung.

Leipzig.

Königliche Expedition der Leipziger Zeitung.

In Commission bei B. G. Teubner.

1860.

Vorwort.

Die Entwickelungsgeschichte des deutschen Zeitungswesens bietet zur Zeit eine höchst spärliche Bearbeitung dar. Das Werthvollste davon, die Ende des vorigen und Anfang des gegenwärtigen Jahrhunderts erschienenen Schriften J. v. Schwarzkopf's gehören zudem einer weit zurückliegenden Vergangenheit an und gestatten, da sie fast gänzlich veraltet sind, nur eine äußerst beschränkte Benutzung. Aus der neueren Zeit datirt nächst dem sehr sorgfältig und fleißig gearbeiteten Artikel des Pierer'schen Universallexicons über „Zeitungen und Zeitschriften" lediglich die unvollendet gebliebene „Geschichte des deutschen Journalismus" Hannover 1845. 1. Bd. von dem bekannten Literarhistoriker R. Prutz.

Diese Bemerkungen deuten die Grenzen an, innerhalb deren der Verfasser der gegenwärtigen Schrift sich halten mußte, um seiner Aufgabe nach Kräften gerecht zu werden. Die ihm zur Verfügung stehenden Quellen waren beinahe ausschließlich die, allerdings sehr vollständig gehaltenen Acten des Königl. Hauptstaatsarchives, sowie der Archive des Königl. Finanzministeriums und der Königl. Oberpostdirection. Aus ihnen, sowie aus den, mit geringen Unterbrechungen vollständig vorhandenen Jahrgängen der Leipziger Zeitung von ihrer Begründung im Jahre 1660 an, ist der thatsächliche Inhalt der vorstehenden Schrift vorzugsweise geschöpft; derselbe hat somit, wie viel sich auch im Uebrigen an Form und Fassung ausstellen lassen mag, wenigstens das Verdienst actenmäßiger Glaubwürdigkeit ziemlich vollständig zu beanspruchen; und insofern mag dieser Versuch, den Entwickelungsgang einer einzelnen Zeitung geschichtlich darzustellen, auf einiges Interesse sich vielleicht um so mehr Hoffnung machen dürfen, als es, so viel dem Verfasser bekannt, zugleich der erste Versuch dieser Art ist. Möchte man in diesem letzteren Umstande zugleich ein entschuldigendes Moment für die Unvollkommenheit und Mangelhaftigkeit der Lösung der Aufgabe erblicken!

Es erübrigt dem Verfasser noch die angenehme Pflicht, allen denen, welche ihm bei der Arbeit mit Rath und Material freundlichst behilflich waren, den verbindlichsten Dank zu widmen. Derselbe richtet sich ganz besonders an den Vorstand des Königl. Hauptstaatsarchivs, Herrn Ministerialrath Dr. v. Weber und an den Oberbibliothekar der Leipziger Universitätsbibliothek Herrn Hofrath Dr. Gersdorf, deren entgegenkommende Unterstützung die Bearbeitung wesentlich erleichtert hat.

Und so seien denn die nachstehenden Blätter dem Publicum zu nachsichtsvoller Beurtheilung übergeben.

Leipzig, den 4. December 1859.

Der Verfasser.

Inhaltsverzeichniß.

Erster Abschnitt.

Einleitung.

Das Zeitungswesen der Gegenwart hat seine Ausgangspunkte bis in die letzten Jahre des 15. Jahrhunderts zurückzuleiten, und Deutschland, in so vielen Zweigen geistiger Entwickelung der Vorläufer aller übrigen Länder Europa's, ist es, dem das Verdienst gebührt, auch hier allen andern Ländern vorangeeilt zu sein. Während Englands Tagespresse erst vom Jahre 1588, wo der Angriff der spanischen Armada Veranlassung gab, die fieberhaft erregte Masse durch Anfangs geschriebene, dann gedruckte Nachrichten über die Lage der Dinge zu beschwichtigen, die Frankreichs sogar erst aus dem Jahre 1631, wo der Arzt Theophrast Renaudot in Paris auf den Gedanken kam, Anekdoten und Tagesneuigkeiten in einer Gazette zusammenzustellen und zu veröffentlichen, datirt, während in Italien die ersten öffentlichen Blätter erst 1563, als Venedig mit dem Sultan Soliman dem Großen in Krieg gerathen war, vorkommen, wurde bereits 1493 in Leipzig ein Flugblatt gedruckt, welches eine ausführliche Beschreibung der Bestattungsfeierlichkeiten des in diesem Jahre mit Tode abgegangenen Kaisers Friedrichs III. enthält*). Ihm folgten im Beginne des 16. Jahrhunderts bald andre; welterschütternde Ereignisse, die Entdeckung Amerika's, die Reformation, die Thronbesteigung Karl V. nahmen das öffentliche Interesse bis in die innersten Schichten des Volks hinein in Anspruch;

*) Ein Exemplar dieses, aller Wahrscheinlichkeit nach, ältesten Modells einer europäischen Zeitung befindet sich in der Universitätsbibliothek zu Leipzig. Es enthält 6 Blätter in Quartformat, auf dem Titelblatt einen auf die Exequien bezüglichen Holzschnitt und auf dem Schlußblatt die Bemerkung: Impressum Lyptzk. Der vollständige Titel lautet: „Wie vnd mit welcherley herlikeyt vnd solempniteten. Auch durch welche Bischofe prelaten Fürsten und Herren. daß begegniße vnd Exequien etwan deß allerdurchleuchtigisten Großmechtigisten Fürsten vnd Herren Herren Friedrichs deß heyligen Römischen Reichs keysers. Czu Hungern koniges 2c. Vnnd Ertzherizogen czu Osterreich 2c. vnsers Allergnedigsten Herren mildeß seliges vñ löblichs gedechtniß. Czu Wyenn yn Osterreich gehalden vorbracht vñ begangen sey."

das Bedürfniß, Kunde zu erhalten von den gewaltigen Begebenheiten des Tages, wurde mächtiger und lauter; dazu bot sich in der von Jahr zu Jahr sich mehr ausbildenden Buchdruckerkunst das Mittel leichter Vervielfältigung der geschriebenen Gedanken; nicht weniger trug der in hoher Blüthe stehende Handel mit seinen nach allen Richtungen der civilisirten Welt verzweigten Verbindungen, die durch das sich entwickelnde Postwesen gebotene Vervollkommnung der Verkehrsmittel das Ihrige zur Hebung des öffentlichen Lebens, zu Erweckung des Interesses an den Begebenheiten und Vorkommnissen in andern Ländern bei.

So erklärt es sich, daß, während in England dessen erste Zeitung alsbald wieder aufhörte, als mit der Zerstreuung der Armada die das Gesammtinteresse in Anspruch nehmende Gefahr beseitigt war, und dann geraume Zeit verfloß, bis der erste Versuch in den zur Zeit der bürgerlichen Kriege unter Karl I. erschienenen News papers eine Wiederaufnahme fand, während in Frankreich Renaudots Gazette bis zu den Kriegen der Fronde auf Genossen warten mußte, in Deutschland wenige Jahre nach dem 1493 gegebenen ersten Impulse hinreichten, die überraschend schnelle und vielseitige Entwickelung zu fördern. Eine solche fand insbesondere mit dem Eintritt der Reformation und mit der Thronbesteigung Kaiser Karl V. statt. Die Krönungsfeierlichkeiten des letztern, sein Krieg mit Franz I. von Frankreich, die Eroberung von Genua, die Schlacht bei Pavia, die Belagerung von Rhodus bilden den Gegenstand einer Menge in jenen Zeiten erschienener Flugblätter, da über ein und dasselbe Ereigniß, namentlich die Schlacht bei Pavia, nicht ein Blatt nur, sondern oft fünf und sechs veröffentlicht wurden, was bereits auf ein in hohem Grade ausgebildetes, tiefgehendes Interesse des Publicums an öffentlichen Dingen schließen läßt. Mit der Zeit begnügte man sich nicht, ein einzelnes Ereigniß zum Gegenstand eines Blattes zu machen; man gab Zusammenstellungen interessanter Ereignisse; so lautet der Titel eines Flugblatts aus dem Jahre 1527 bereits: „Newe zeytung aus Polen, von wunderlichen geschichten, ynn Polen Vngern vnd Behemen, auch von andern landen. Newe zeytung von Rom Venedig und Frantzosen. Item von Georgen von Fronsperg. Item von der handlung zu Speyer, vnnd zu Eßligen.“ Auch begann man die Flugblätter mit Holzschnitten zu illustriren; das Jahr 1623 brachte eine solche Druckschrift unter dem Titel: „Newe zeytung aus dem Niderlande. auß

Rom. auß Neapolis. auß der Newenstadt auß Oesterreych." Mehr als die Hälfte aller dieser Blätter gingen aus Leipziger Druckereien hervor, so daß schon in dieser frühesten Zeit der Entwickelung des deutschen Buchhandels Leipzig die ihm später mit Erfolg nie wieder streitig gemachte Stelle als Emporium des deutschen Buchhandels eingenommen hat.

Anfänglich beschränkten sich diese Blätter fast lediglich auf trockne Mittheilung der Thatsachen und Vorgänge ohne jegliche kritische Reflexionen. Je interessanter indessen die Ereignisse des Tages wurden, je mächtiger sich der Eindruck der gewaltigen Dinge, welche die Geschichte des 16. Jahrhunderts kennzeichnen, bereits der Mitwelt fühlbar machte, und je lebhafter daher der Antheil des Einzelnen an den Vorgängen des Tages wurde, um so mehr treten in jenen Blättern subjective Auffassungen hervor; bestimmt ausgeprägte Partheirichtungen machen sich geltend. Mit dem Vorschreiten der Reformation bildet sich dieses charakteristische Moment mehr und mehr aus, es nahm seinen Fortgang in der Folgezeit, bis es während des dreißigjährigen Krieges seine Blütheperiode erreichte, dann freilich auch zu sehr bedenklichen Ausschreitungen führend*).

Alle diese Blätter entbehrten indessen der Hauptmerkzeichen einer Zeitung im heutigen Sinne des Worts, einer **geregelten periodischen Aufeinanderfolge von einzelnen Nummern und des einheitlichen inneren Zusammenhangs der letztern.** Es waren Flugblätter, die unabhängig eins von dem andern, je nach Stoff und Bedürfniß, jedes einzelne ein Ganzes für sich bildend, in einem oder mehreren Quartblättern, meist ohne Nennung des Verfassers erschienen. Ein besonders hervortretendes politisches Ereigniß, Kriege, Schlachten, Belagerungen, fürstliche Feierlichkeiten, wichtige Länderentdeckungen, daneben aber auch außergewöhnliche Naturerscheinungen, Kometen Meteore, Erdbeben, Ueberschwemmungen, Mißwachs, absonderliche Unglücksfälle boten im einzelnen Falle den Anlaß, ein Flugblatt in die Welt hinauszusenden. Von einer zusammenhängenden, fortlaufenden Darstellung der Tagesbegebenheiten auf eine längere Zeitperiode hin war nicht die Rede. Man hatte für diese Blätter eine Menge der verschie-

*) Aus dieser Zeit besitzt die Kgl. Bibliothek zu Dresden eine unschätzbare, aus mehreren tausend Nummern bestehende Sammlung von Flugschriften.

denartigsten Bezeichnungen; im Anfang des 17. Jahrhunderts kamen deren bereits, was zugleich auf das lebhafte Interesse des Publicums an der neuen Idee hinweist, folgende vor: Anzeig, Avis, Aviso, Bericht, Beschreibung, Brief, Felleisen, Kurier, Mär, Nachricht, Newes, Post, Postillon, Postreuter, Relation. Das Wort: Zeitung gehört einer verhältnißmäßig sehr frühen Periode an; es kommt bereits in den ersten Jahren des 16. Jahrhunderts vor*), hatte damals aber entschieden auch noch eine andere, allgemeinere Bedeutung. Luther übersetzte z. B. in Apost. 14, 16. 17 „Der in vergangenen Zeiten hat lassen alle Heiden wandeln ihre eigenen Wege; und zwar hat er sich selbst nicht unbezeugt gelassen, hat uns viel Gutes gethan und vom Himmel Regen und fruchtbare Zeitung gegeben, unsere Herzen erfüllet mit Speise und Freude." Dagegen schrieb Kurfürst Friedrich der Weise, das Wort im heutigen ausschließlich gebräuchlichen Sinne anwendend, an Johann d. d. Colditz 12. Jan. 1523: „was mir von nauhen zeitungen zukommen wird, wil ich E. L. nit verhalten." Indessen stand auch zur damaligen Zeit der Gebrauch des Worts: Zeitung für den heutigen Begriff desselben noch keineswegs fest.

Die Unzulänglichkeit dieser Form, Kenntniß von den Begebenheiten des Tages zu geben, trat auf die Dauer immer fühlbarer hervor. Wer durch Stellung oder Verhältnisse in die Nothwendigkeit versetzt war, den öffentlichen Angelegenheiten ein dauerndes Interesse zu widmen, dem konnten jene zusammenhanglosen, unbestimmt erscheinenden, noch dazu oft partheiisch einseitig gefärbten Flugblätter in ihrer Lückenhaftigkeit und Unzuverlässigkeit kein ausreichendes Mittel der Instruirung bieten. In diesen Kreisen kam man daher, um sich genauere und sicherere Kunde von den Ereignissen des Tages zu verschaffen, auf den Ausweg, an Orten, welche für die Beobachtung des Verlaufs der Tagesbegebenheiten besonders günstig gelegen waren, Agenten anzunehmen, denen die Verpflichtung oblag, über das, was sich in der Politik Wichtiges ereignete, an ihre Auftraggeber Bericht zu erstatten. Diese Agenten, deren Thätig-

*) Vergl. Newe Zeitung aus Bresillg Landt 1503. 4 Bl. 4. mit Titelholzschn. (In der Leipz. Univ.-Bibl.) — Newe Zeittung von Padua vnnd von vil andre Stetten in welschen landẽ gelegen kurtzlich ergangen wie das büchlein hiewnach ausweyst. 1509. 4 Bl. 4. — Newzeitung aus welschen landen eyns handels frydc zu machen zwyschen Bebstlicher heylichkeit vnd dem konige von Frangkreich durch mittel der Oratores Keyserlicher Maiestat, der konige von Hyspanien vñ Engelandt. 1510. 6 Bl. 4.

keit im Wesentlichen dem Wirkungskreise der heutigen Zeitungscorrespondenten entspricht, mußten nicht nur für ihre Mühe honorirt, sondern auch für die im Interesse ihres Geschäfts gehabten Auslagen entschädigt werden, und dies verursachte, da namentlich die letzteren bei der Kostspieligkeit der damaligen Verkehrsmittel sich in der Regel auf eine nach heutigem Maßstabe unverhältnißmäßige Höhe beliefen, einen so erheblichen Aufwand, daß dieser Weg, sich im Laufenden der Tagesereignisse zu halten, selbstverständlich nur von Wenigen beschritten werden konnte.

Der sächsische Hof gehörte zu diesen Wenigen. Daß die sächsischen Fürsten sich solcher Agenten mehrfach bedient haben, davon finden sich bereits aus dem Anfange des 17. Jahrhunderts actenmäßige Belege vor. Eine Verfügung des Kurfürsten Christian an den Cammermeister, d. d. Schwartzenberg 14. Aug. 1609*) besagt: „Nachdem sich die leufte im reich hin vnd wider ie lenger beschwerlicher anlaßen, Doher nicht allein Wir in Vnnsern landen angeordnet, Was sich bißweilen begebe vnd Zutrage, Vns Zuberichten, Sondern Wir haben auch außer landes an Vnderschidlichen ortten, mit leuten handlen laßen, Die Vns allerlei Zuschreiben sollen, Inmaßen dann Vor deßen mit Johann Rudolff Ehingern von Balzheim, zu Vlm wonent, auch Vergleichung getroffen worden, Das nemblichen Vns er alles, was in Schweiz, Schwaben, Franckreich Vnd sonsten Vorleufft, iedesmals Zu wissen machen solle, Wie dann geschicht, Dargegen haben Wir Jme, Von iungst Verschinen Ostern an Zurechnen, iörlichen, Vnd so lange Wir Jne Ehingern also gebrauchen werden, Vor seine mueh, ein hundert gldn. halb auf Michaelis Vnd halb auf Ostern Zubezalen, Vnd mit dem ersten halben theil auf kunftigen Michaelistag den anfang, deßgleichen was er an Postgeldern außlegen wirdt iedesmals richtig machen Zulaßen gnedigst bewilligt, Vor Vns Vnd ꝛc. begerende, Du wollest Vnnserm geheimen Rhat, D. Aichman, alß Welchem die Zeitungen Zugeschickt werden, alwegen auf sein abfordern Vnd Quittanz, das geltt Volgen laßen." Außer mit diesem Johann Rudolff Ehinger von Balzheim zu Ulm, welcher dem sächsischen Hof eine lange Reihe von Jahren und zwar zu voller Zufriedenheit bedient gewesen zu sein scheint, da es in einer Zahlungsanweisung aus dem Jahre 1623 heißt, daß „Jme auch wie bißher breuch-

*) Vergl. Acten des Kgl. Sächs. Hauptstaatsarchivs, Rubr. Cammersachen Anno 1609. Loc. 7319.

lich gewesen, zum Neuen Jar 40 fl. verehrt" werden sollten, waren Verbindungen zu gleichen Zeiten mit dem Agenten Peter Anerott zu Cöln, und Hans Zeidler zu Prag angeknüpft. Während des dreißigjährigen Krieges wurde, wie sich aus mehreren, in Kgl. Hauptstaatsarchiv befindlichen Actenstücken*) ergiebt, dieses Agentenwesen einer förmlichen Organisation unterworfen; aus einem Berichte des Frhr. v. Lebzeltern, der bis zum Jahre 1628 eine diplomatische Function am kaiserlichen Hofe bekleidet zu haben, dann aber mit Leitung dieses Agentenwesens betraut gewesen zu sein scheint, läßt sich ein ziemlich vollständiges Bild der Ausdehnung des letzteren im Jahre 1629 gewinnen. Frhr. v. Lebzeltern hatte nach seiner Abberufung vom kaiserlichen Hofe seinen „Diener" Hans Pestalutz daselbst zurückgelassen, der indessen weniger ein Diener im heutigen Sinne des Worts, als vielmehr ein Subalternbeamter gewesen zu sein scheint, dessen Persönlichkeit sich für die ihm von Lebzeltern bei seinem Abgange anvertraute Function eines Agenten im vorbemerkten Sinne besonders geeignet hat; derselbe hatte den Specialauftrag „das er bey allem alher ablauffenden Posten, alles was vorgehet, fleißig avisiren, auch was von vornehmen schrifften zu erlangen, einsenden solle." Außerdem unterhielt Lebzeltern Verbindungen am kaiserlichen Hofe mit Johann Lewe, der regelmäßig zweimal wöchentlich berichtete, mit dem kurfürstlich Brandenburgischen Agenten Hans Friedrich Breidthaupt von Eisenach „einem gar wol qualificirten vnd fleißigen Jungen Mann", und mit dem fürstlich braunschweigischen Abgeordneten Ludwig Ziegenmeir und Michael Starger „so 16. Jahr zu Constantinopel Keyserlicher resident gewesen und sonderlich von den Vngarischen und Türggischen sachen gar gutte wißenschaft hat;" zu Zeiten, sagt er in seinem Berichte, sei ihm auch noch von andern „Confidenten etwas vertrauliches Communiciret" worden „vnd khönde man wol in künfftig ein mehrers erlangen, da man wegen der Spesa vnd auch sonsten gemeßenen beuelch giebt, wie man sich zu uerhalten." Die genannten Personen scheinen, außer Johann Pestalutz, Anfangs ein festes Honorar gar nicht bezogen zu haben; man hat sie „damit Sie bei guten willen erhalten werden, mit etlichen geschaw Pfennigen (Schaumünzen), Büchern und andern dergleichen sachen verehret;" erst später, nachdem

*) Acten des Hauptstaatsarch., Rubr. Cammersachen Anno 1590—1693. Loc. 7295. fol. 34—38.

sie sich ohne Zweifel als zuverlässige und tüchtige Berichterstatter bewährt, hat man ihnen regelmäßige Bezüge ausgesetzt. Nächst der Correspondenz am kaiserlichen Hofe wurde in dem vorerwähnten Berichte auf die Berichterstattung aus Oberdeutschland, der Schweiz und deren Nachbarländern besondrer Werth gelegt, mit deren Besorgung Philippus Hainhofer zu Augsburg „so ein gelehrter vnd in sprachen erfahrner man, auch große Correspondenz am churfürstlich bayrischen, sowol auch an dem Erczherczoglichen Hoffe zu Insspruegg, wie auch bei Würtenbergk, vnd andern vornehmen orthen, hart vnd Eyfferig der Euangelischen Religion zugethan" beauftragt war. Für Frankreich war „ein vornehmer Man zu Vlm, Namens Joas Scheler, des Raths daselbsten" in Vorschlag gebracht, während die schlesische Correspondenz, wichtig wegen der Verbindungen Schlesiens nach Polen und dem damals noch selbständigen Herzogthum Preußen hin, von dem Breslauer Stadtsecretair Lorenz Heckner, die Berliner, welche zugleich Pommern in sich schloß, sonderbarerweise von einem dort aufhältlichen Siebenbürger, David Ehrmann, die niedersächsische von einem nicht namentlich aufgeführten „guten Man" zu Hamburg, „so von vielen sachen wissenschafft vnd gelegenheit allerley geheimbnus Zu erfahren," besorgt ward. Eine Ausdehnung der Correspondenz wird für Lübeck, wo „derselben Stadt Consulent vnd Secretarius Herr Johann Brauns Jahn zu einer vertrewlichen Correspondenz sich erbotthen," und für Prag, wo sich ein „gar fleißiger Junger Man, Balthasar Schubhardt genanth" dazu eigne, empfohlen, außerdem auch noch für Amsterdam und den Haag, wo indessen die Correspondenten „es gar zu hoch achten vnd seind fast nicht Zubezahlen", sowie für Ungarn und Siebenbürgen für wünschenswerth erklärt, „wo von dem Ungarischen Secret. Ferenz wol vornehme sachen Zuerlangen, Er ist aber über alle maßen geiczig, vndt muß alles mit geldt von ihme erkauft werden."

Diese Vorschläge scheinen, wie sich aus einer in den Acten befindlichen Specification des Aufwandes für das Agenturwesen im Jahre 1629 ergiebt, großentheils Berücksichtigung gefunden zu haben; der Gesammtaufwand, welcher sich mit 803 Thlrn. verzeichnet findet, ist indessen weniger hoch, als man bei der umfangreichen Ausdehnung der Correspondenz erwarten sollte, zumal wenn man in Betracht zieht, daß die Correspondenten zugleich die Obliegenheit hatten, ihren Berichten auch die im Rayon ihrer Correspondenzthätigkeit erschienenen Novitäten des Buchhandels, namentlich Flugschriften beizufügen, daß die Berichterstatter ferner oft nur mit schweren Geldopfern in den Besitz ihrer Neuigkeiten sich zu setzen vermochten, wobei namentlich die Bestechung der Dienerschaft hochgestellter und einflußreicher Personen eine Rolle gespielt zu haben scheint, und daß endlich die Postporti der damaligen Zeit von einer zu den gegenwärtigen Portosätzen außer allem Verhältnisse stehenden Höhe waren. Aus einer Vergleichung der Rechnungen aus dieser Zeit mit Rechnungen, welche denselben Gegenstand betreffen, aus dem Jahre 1613 ergiebt sich, daß die Agenten in ihren Ansprüchen bedeutend herabgegangen sind — zweifellos eine Folge der während des dreißigjährigen Kriegs eingetretenen größeren Concurrenz, welche einestheils das lebhafter gewordene Bedürfniß nach Neuigkeiten, dann aber auch die steigende Schwierigkeit für wissenschaftlich gebildete Männer, während des Krieges eine ihren Neigungen zusagende lohnende Beschäftigung zu finden, verursacht haben mochte. Der Prager Agent Hans Zeidler, dem freilich zur besondern Bedingung gemacht war, keine andern „Bestallungen" zu übernehmen, hatte z. B., ungeachtet er ein Honorar von jährlich 300 fl. „sambt der Zehrung wann er erfordert oder verschickt" wurde, bezog, im Jahre 1613 noch außerdem eine zweijährige Auslagenberechnung von nicht weniger als 3319 Thlrn. 6 gGr., eine für damalige Zeiten enorme Summe, für das „so er zu Prag vnd Wien verzehret, auch vf trauerkleidung, Kayserliche Offiziere, vnterhaltung seines Pferdes gewandt" eingesendet.

Die seit dem Anfange des 16. Jahrhunderts in Brauch gekommenen Flugblätter im Verein mit den Berichten der von den Höfen angestellten Agenten bilden den Ausgangspunkt des deutschen Zeitungswesens. Während auf der einen Seite die steigende Theilnahme des Publicums an den Dingen, die „draußen" vorgehn, das Bedürfniß regelmäßiger und zusammenhängender Mittheilungen über die Tagesbegebenheiten immer dringender fühlbar machte, wurde auf der andren Seite der Wunsch rege, die großentheils sorgfältig gearbeiteten und objectiv gehaltenen Berichte der Agenten einem größeren Leserkreise zugänglich zu machen, und auf diesem Wege die öffentliche Meinung über die Irrthümer aufzuklären und zu berichtigen, welche die, wie schon bemerkt, in der großen Mehrzahl den Charakter von Partheischriften tragenden politischen Flugschriften hervorriefen. Die Zeit des dreißigjährigen Krieges war freilich nicht geeignet, die sich auf diesem Wege anbahnende Umgestaltung zu fördern; wer hätte in einer Zeit, welche nur zu zerstören und zu vernichten, nicht zu schaffen und aufzubauen verstand, an ein so unsicheres Unternehmen wie die Begründung einer Zeitung im heutigen Sinne des Worts denken sollen? Aber gerade diese Zeit mit ihrer Fülle außerordentlicher, wechselvoller und spannender Begebenheiten, deren tiefeingreifender Einfluß bis in die untersten Schichten des Volks empfunden wurde, während diese ehedem von dem Gange der politischen Begebenheiten viel weniger unmittelbar und empfindlich betroffen worden waren, ließ zugleich das Bedürfniß, einen fortlaufenden Einblick in den Gang der Tagesereignisse zu erhalten, in vollster Klarheit hervortreten.

Dieses Bedürfniß wurde nirgend vielleicht dringender als in Sachsen, dem Mittellande des deutschen Reichs, der Wiege der Reformation, einem der Brennpunkte deutscher Wissenschaft und Cultur, dem Stapelplatze nord- und osteuropäischen Handels empfunden. War doch auch kaum ein deutsches Land von den Drangsalen des furchtbaren, ein Menschenalter währenden Krieges, der in Sachsen zweimal Jahrelang seinen hauptsächlichsten Schauplatz hatte, härter betroffen worden. Kaum war daher der Krieg zum endlichen Abschlusse gelangt, so regte sich der Gedanke, in Sachsen eine wirkliche, in regelmäßigen Fristen erscheinende Zeitung zu begründen. Ende 1648*) kam der Buchdrucker Johann Bauer zu Leipzig um ein Privilegium, „wöchentliche Zeitungen und avisen" herausgeben zu dürfen, ein. Sein Gesuch wurde indessen mittels Erlasses an das Oberconsistorium zu Dresden d. d. Lichtenburg 27. Januar 1649. „Da mit solchen Zeitungen öffters große Unrichtigkeit vorgehet", abgeschlagen. Ob der angegebene Grund das allein maßgebende Motiv gewesen sei, mag dahingestellt bleiben. Man dachte bei dem Gesuche vielleicht nicht sowohl an ein Zeitungsunternehmen im heutigen Sinne als an eine erweiterte Fortsetzung der während des Kriegs erschienenen politischen Flugblätter, gegen welche man Argwohn zu hegen mancherlei Ursache haben mochte. Eine Zeitung in dem heutigen Sinne des Worts war damals eine fast unbekannte Größe, obschon das erste derartige

*) Acten des Hauptstaatsarch., Rubr. Oberconsistorialsachen 1648—1652. Loc. 7426 fol. 147.

Unternehmen in Deutschland, das noch bestehende „Frankfurter Joural" durch den Buchhändler Egenolph Emmel zu Frankfurt bereits im Jahre 1615, mithin noch vor Ausbruch des dreißigjährigen Krieges begründet worden und diesem bereits 1616 eine zweite in numerirten Blättern periodisch erscheinende Zeitung, die von dem Frankfurter Reichspostverwalter van der Birghden herausgegebenen „Postavisen" (die heutige „Frankfurter Postzeitung") gefolgt war. Diese beiden Unternehmungen fanden zwar in den nächstfolgenden Jahren mehrere Nachahmungen, so 1618 in dem „Postreiter zu Fulda"; der dann einbrechende Krieg bereitete jedoch den im Entstehn begriffenen Unternehmungen einen raschen Untergang, so daß nach Schluß des Kriegs mit Ausnahme der Frankfurter Blätter, deren Verbreitung bei den damaligen mangelhaften Verkehrsmitteln selbstverständlich eine äußerst begrenzte war, keine eigentliche Zeitung in Deutschland erschien.

Zweiter Abschnitt.

Von Begründung der Zeitung bis zur Trennung ihrer Verwaltung von der Postanstalt.

1660—1712.

Das Recht, Zeitungen herauszugeben — und zwar dasselbe im weitesten Sinne genommen, so daß darunter auch das Befugniß, Flugblätter der in der Einleitung näher bezeichneten Art zu veröffentlichen, begriffen werden muß — ist in Sachsen von Alters her zunächst als Ausfluß des Postregals angesehen worden, so daß mit dem im 17. Jahrhundert noch üblichen Pachte des letztern stets auch das Befugniß, Zeitungen zu schreiben, zu drucken und herauszugeben, als selbstverständliches Zubehör verbunden, und diejenigen, welche Zeitungen herauszugeben beabsichtigten, verpflichtet waren, sich deshalb mit dem Pachter des sächsischen Postwesens, dem Postmeister zu Leipzig zu verständigen. Es darf als Thatsache angesehen werden, daß bereits während des dreißigjährigen Krieges Zeitungen in jenem weitern Sinne des Worts in Leipzig herausgegeben worden sind, ja eine hohe Wahrscheinlichkeit spricht dafür, daß dieselben bereits in numerirter, periodischer Aufeinanderfolge erschienen, so daß sie den äußern Bedingungen, welche man gegenwärtig an eine Zeitung stellt, schon vollständig entsprochen zu haben scheinen. Gewiß ist wenigstens so viel, daß während des dreißigjährigen Kriegs zwei Zeitungsschreiber zu Leipzig, Namens Pörner und Kormart vom dasigen Postamte die förmliche Erlaubniß, Zeitungen herauszugeben, erhalten hatten. Aber nicht minder fest steht es, daß diese Zeitungen, wenn anders sie mehr als nur eine, längere Zeit fortgesetzte Reihenfolge an kein periodisches Erscheinen gebundener und in keinem innern Zusammenhange stehender Flugblätter waren, das Ende des Krieges nicht überdauert haben, daß also um diese Zeit eine Zeitung, welche dem gegenwärtigen Begriffe dieses Worts in seiner äußern Erscheinung zu entsprechen vermochte, in Leipzig nicht oder zum Mindesten nicht mehr vorhanden war.

Neben dem im Postregal inbegriffenen Rechte, Zeitungen herauszugeben, bestand von jeher die Füglichkeit, dasselbe im Wege des landesherrlichen Privilegiums zu verleihen. Daß dies ebenfalls bereits während des dreißigjährigen Krieges üblich gewesen, ergiebt sich aus der Thatsache, daß der Buchhändler und Buchdrucker, später Not. publ. Caes. Timotheus Ritzsch zu Leipzig vom Oberconsistorium mit dem Privilegium: „Zeitungen zu drucken und auszufertigen" begnadigt worden war. Das Jahr, worin dies Privilegium ertheilt worden, hat sich zwar mit Bestimmtheit nicht ermitteln lassen, indessen unterliegt es keinem Zweifel, daß es noch während der Dauer des dreißigjährigen Krieges geschehen ist, wenn man in Betracht zieht, daß unmittelbar nach Beendigung des Krieges die vorgenannten Pörner und Kormart, nachdem sie sich genöthigt gesehen, ihre eigenen Zeitungsunternehmungen einzustellen, von Ritzsch Exemplare der von diesem herausgegebenen Zeitungen kauften und dieselben im Publicum auf eigene Rechnung vertrieben. Im Jahre 1652 fand sogar eine förmliche Vereinigung Kormart's und Ritzsch's zu gemeinschaftlicher Herausgabe von Zeitungen statt.

Ob eine Privilegirung zur Herausgabe von Zeitungen neben dem ausschließlichen Befugnisse der Postanstalt hierzu zu Recht bestehen könne, wurde indessen in Folge von Beschwerdevorstellungen des Postmeisters Christoph Mühlbach zu Leipzig bald zu einer streitigen Frage. Die Ertheilung des Privilegiums an Ritzsch ist aller Wahrscheinlichkeit nach in die Zeit während des Kriegs gefallen, wo die Schweden das Leipziger Postamt unter Gewalt und Aufsicht genommen hatten, wo also von einer Geltendmachung des dem letzteren implicite zustehenden Befugnisses zur Herausgabe von Zeitungen im geordneten Rechtsgange nicht die Rede sein konnte, ja es im Gegentheil erwünscht erscheinen mußte, die Ausübung des Befugnisses, da es sich in Feindes Hand befand, durch eine Gegenmaßregel zu paralysiren*). Als indessen nach dem Abzuge der Schweden aus Sachsen im Jahre 1650 das Leipziger Postamt pachtweise dem Postmeister Christoph Mühlbach übertragen ward, kam dieser sofort (16. und 20. Juni, 3. Juli 1650) mit Beschwerdevorstellungen gegen Ritzsch ein, deren Grundlage die Behauptung bildete: daß „Zeitungen zu schreiben, zu drucken und auszufertigen einzig und allein dem Postamte zustehe, immaaßen es vorhin jederzeit in dessen Direction gewesen". Dieser Anspruch fand auch Seiten der Regierung eine gewisse Anerkennung durch die in Mühlbachs Bestallung vom 21. November 1657**) enthaltene Bestimmung: „Auch haben Wier Ihme verwilliget und zugelassen, daß Er die einkommenden Avisen und Zeittungen, sie seind gedruckt oder geschrieben, ausfertigen, vnd hierzu nach seinen belieben, einen gewießen Buchdrücker gebrauchen möge, Worinnen Er aber dasienige, so Vns und denen Vnsrigen, auch dem gemeinen wesen nachtheilig, aussetzen und übergehen, auch Vns, vnd unseren Geheimen vnd Cammer Räthen von allen und jeden abdrucken etliche Exemplaria, wie vorhin albreit gedacht, einsenden, vnd zugleich darauff bedacht seyn wirdt, daß von allen, so hierbey Eingehen möchte, Vns rede vnd antwortt seiner pflichten nach zu erstatten Er parat seyn möge." Mühlbach scheint indessen von dieser Ermächtigung zunächst keinen Gebrauch gemacht zu haben. Ebensowenig gelang es ihm, mittels derselben das Ritzsch'sche Unternehmen wesentlich zu beeinträchtigen.

*) Bei der im Jahre 1642 stattgefundenen Einnahme Leipzigs durch die Schweden hatte zwar die Bestimmung, daß „das Postwesen nebst seinen Bedienten in ewiger Verfassung bleiben solle", Aufnahme in der Kapitulation gefunden, war aber nicht gehalten worden. Die Schweden bemächtigten sich vielmehr alsbald der Direction des Postwesens und bestellten, da sich Mühlbach weigerte, in schwedischen Dienst zu treten, Johann Dickpaul zum Postmeister. Zugleich ward den beiden Zeitungsschreibern, Moritz Pörner und Georg Kormart von General Torstenson die weitere Verbreitung der öffentlichen Nachrichten durch den Druck verboten und solche dem schwedischen Postamte ausschließlich vorbehalten. Dickpaul verblieb bis zu der im Jahre 1650 erfolgten Entfernung der Schweden in seiner Postmeisterfunction. Vergl. Sammlung vermischter Nachrichten zur Sächsischen Geschichte; Chemnitz 1772. 7. Band S. 233 flg.

**) Vergl. Acten des Kgl. Finanzarchivs XXXI. Lit. L. Nr. 39. Bl. 22.

Das letztere erhielt vielmehr ein neues Fundament in einer dem Timotheus Ritzsch im Jahre 1659 ertheilten förmlichen Concession: „daß er seine von andern Orthen herhabende Correspondentzen mit dem anfange deß, Gott gebe, Glücklichen vnd gesegngten herranrückenden Neuen Jahres, möge anfangen zu drucken.“ Kurfürst Johann Georg befahl zugleich, hierüber „albereit ein Privilegium auf Zwölff Jahr ihm außzufertigen“, was auch unterm 1. Mai 1660 geschehen ist*).

Aus dieser Concession ist die Leipziger Zeitung in ihrer gegenwärtigen Gestalt hervorgegangen. Kraft des ihm ertheilten Privilegiums gab Timotheus Ritzsch am ersten Januar 1660 die erste Nummer einer in geregelter periodischer Aufeinanderfolge von einzelnen Nummern erscheinenden, dem heutigen Begriff dieses Wortes entsprechenden Zeitung unter dem Titel aus:

Erster
Jahr Gang
der
Täglich neu einlauffenden
Kriegs- und Welthändel
oder
Zusammengetragene unpartheyliche
Nouvelles
Wie sich die
Im Jahre 1660 in- und außer der Christenheit begeben
und
Von Tagen zu Tagen in Leipzig
schrifftlich eingekommen
In guter Ordnung und einem
vernemlichen Stilo nebst
einem Register
unter
Churfl. Durchl. zu Sachsen gnädigster Freyheit
also colligirt
von
Timotheo Ritzschen Lips. Not. P. C.

---

*) Den Wortlaut dieses Privilegiums s. unter Beilage 1 im Anhange.

Die einzelnen Nummern der Zeitung führten den Titel: „Neu einlauffende Nachricht von Kriegs- und Welthändeln." Dieselbe erschien vom ersten Tage der Herausgabe an, mit Ausnahme des Sonntags, täglich, vom 29. April 1660 ab auch des Sonntags, in einem halben Quartbogen, welcher ausschließlich den politischen Nachrichten gewidmet war. Inserate kommen erst in spätern Jahren vor. Die erste Nummer beginnt mit einer Ansprache „An den neubegierigen Leser", welchem „ein Glückselig-erfreuliches, friedlich-gedeyliches, und zu Seel und Leib wohl ersprießliches Neues Jahr von Gott dem Allmächtigen erbetet und gewundschet" wird, und giebt sodann an der Spitze der politischen Neuigkeiten ein Schreiben des Königs von Dänemark an die holländischen Generalstaaten mit bezüglichen Actenstücken, welchen Nachrichten aus Madrid, Neapel, London und Amiens sich anschließen. Die letzte Nummer des Jahrgangs, welcher zugleich ein Inhaltsverzeichniß beigefügt ist, schließt mit den Worten: „Soli Deo Gloria." Indessen hat es sich der Herausgeber nicht versagen können, demselben zur Kurzweil des „neubegierigen" Lesers als Anhang noch eine Extraunterhaltung in einem „Königlichen Ballet Anno 1660 durch einige Potentaten der Christenheiten, Papst und Türken getanzt" beizugeben, worin sämmtliche europäische Fürsten, der Papst an der Spitze, redend eingeführt werden, indem sie sich in allerhand, dem Geiste der Zeit entsprechenden Stichelredensarten über sich selbst lustig machen*).

Eine Durchgehung dieses ersten Jahrgangs constatirt vor Allem eine verhältnißmäßig bereits hohe Stufe der Entwickelung des Zeitungswesens in Sachsen. Das erste, auf den Namen einer Zeitung im heutigen Sinne des Worts Anspruch habende derartige Unternehmen erscheint bereits wenige Monate nach seinem Inslebentreten täglich, es giebt eingehende Berichte aus fast allen Theilen Europa's, es schließt ab mit einem für späteres Nachschlagen durchaus zweckmäßig eingerichteten Inhaltsverzeichniß. Die Mittheilungen entbehren in der Regel alles Raisonnements, sie beschränken sich meist auf das Thatsächliche. Aber hier sind sie zuverlässig, exact und treu, der Styl ist klar, ein-

*) Dieses für die Zeitverhältnisse in hohem Grade charakteristische Schriftstück, ingleichen die Widmung, welche nach Beendigung des Jahrgangs an den Kurfürsten Johann Georg II. vom Herausgeber gerichtet ward, sowie den Wortlaut der ersten Nummer vergl. unter Beilage 2. 3. u. 4. im Anhang.

fach und verständlich; wo ausnahmsweise Raisonnements stattfinden, ist die Ausdrucksweise, dem Charakter der Zeit entsprechend, derb und treffend *).

Im Jahre 1662 erhielt Ritzsch eine weitere für das Emporblühn seiner Zeitung höchst wesentliche Vergünstigung, indem ihm vom Kurfürsten in Betracht, daß er „eine geraume Zeitlang mit allerley Außund Inländischen Correspondentz in unterschiedenen Sprachen und darauß übersetzten Nouvellen, und andern merckwürdigen Dingen dergestalt accomodiert, daß wier nicht allein ein sonderbahres gnädigstes gefallen daran gehabt, sondern auch solches Unsern und unsres hohen Churfürstl. Hauses Estat nützlichen und verträglichen zu sein crachtet. Undt demnach wier dan gerne ferner darinnen Continuiret wißen wolten, Er gedachter Ritzsch auch zu noch mehrern Fleiß angetrieben werden möchte, gnädigst nachgelaßen" ward, „seinige sachen ohne gewöhnliche Censur nach seinen wohl bedächtigen Guttachten herrauser zu geben." Außerdem wurde derselbe „umb beßerer Fortsetzung dieses unsern Correspondentz-wercks wegen zu Unserm Verpflichteten Diener dergestalt auf- und angenommen, daß er ins Künftige, und so lang eß uns gefallen würde, sich Unsern bestalten Correspondentz-Secretarium nennen und sich dieses praedicats überall gebrauchen mag." Das Privilegium selbst erhielt endlich im Jahre 1664 eine sehr erhebliche Ausdehnung, indem es ihm nicht nur nach Ablauf der im Jahre 1659 bestimmten Zeitdauer von zwölf Jahren prolongirt, sondern auch für den Fall seines Ablebens auf seine Söhne Johann Georg, Timotheus und Benjamin Christian Ritzsch ausgedehnt ward. Auch ward ihm in Betracht seines vorgerückten Alters gestattet, zu Erleichterung der Arbeit seinen ältern Sohn Johann Georg bereits bei Lebzeiten sich zu substituiren, und dem letzteren in dessen Berücksichtigung das Prädicat eines Correspondenz Secretarii adjuncti beigelegt.

Hiermit scheint indessen Ritzsch auf dem Culminationspunkte der seinem Unternehmen hohen Orts zugewandten Gunst angelangt zu sein. Unablässig war nämlich der Postmeister Mühlbach bemüht, für das ihm in seiner Pachtbestallung eingeräumte Befugniß, Zeitungen herauszu-

*) Als Beispiel des damaligen Zeitungsstyls heben wir aus dem ersten Jahrgange die Mittheilungen über die Rückkehr der Stuarts nach England, unstreitig das bedeutsamste Ereigniß des Jahres, heraus; s. dieselben in Beilage 5.

geben, gleichzeitig die Wirkung eines Verbietungsrechts gegen Andere zu erzielen, und es fanden in dieser Richtung seit einer Reihe von Jahren Streitigkeiten zwischen ihm und Ritzsch, sowie dem mit letzterem verbundenen Kormart statt, Streitigkeiten, welche im Jahre 1665 so ernsten Charakters geworden waren, daß zwei Hof-Justitien- und Appellations-Räthe, Heinrich Gebhard von Miltitz und Dr. Nicolaus Pfretzschner Commission zu deren Schlichtung erhielten. Da indessen zu keiner Vereinigung zwischen den streitenden Partheien zu gelangen war, so erging mittels kurfürstl. Decrets vom 1. Mai 1665*) eine schiedsrichterliche Entscheidung dahin, daß Ritzsch und der mit ihm verbundene Kormart „ihre Zeittungen die Jahr vollendts hinaus, welche in dem Ritzschischen Privilegio annoch unabgelauffen, zum Druck befördern, und ausgeben, und deswegen mit einander, wie Sie sich nach proportion des genießes selbst vergleichen werden, dieienigen 500 Th., welche Sie nechsthin dem Postmeister offeriret, in Ihrer Churf. Durchl. Renth-Cammer Jährlichen entrichten ... sollen. Damit aber der Postmeister, welchem sonst die ausfertigung der Zeittungen vermöge seiner bestallung eigentlich zustehet, hierdurch seiner befugnis nicht gänzlich entfernt werde; So bewilligen Ihrer Churf. Durchl. demselben und seinen Nachkommen, daß er oder dieselben, so lange das Ritzschische Privilegium annoch stehet, wöchentlich für sich ein baar bletter absonderliche Postzeitungen drücken laßen, und solche seinen correspondenten, oder wer Sie von ihm verlanget, nach belieben übersenden möge. ... Und allermaaßen nach endschafft der im Ritzschischen Privilegio ausgesetzten Zeit sich Ritzsch und Kormart, der Zeitungssachen gänzlich enthalten, und selbige niemandt andern, denn dem Post Ambt wie es hiebevor gewesen, allein wieder zuständig seyn soll. Also hat der Postmeister oder seine Nachkommen, weil ihnen das völlige commodum überlaßen wirdt, seine Jährliche entrichtung sodann mit 500 thalern zu erhöhen, und also inn obbemeldte Renth Cammer künfftig in allem funfzehen hundert thaler zu entrichten." Im Eingange dieses Decrets, wodurch „Ihre Churf. Durchl. Ritzschens und Kormarts biß acto erhaltene Privilegia und Concessiones erklehret und selbigen ein gewißes Ziel gesetzet haben wollen" und gegen welches „kein Theil vor sich oder durch andere etwas demselben entgegen

*) Vergl. Acten des Kgl. Finanzarchivs a. a. O. Bl. 69.

lauffendes zu thun noch fürzunehmen befugt, sondern Sie allerseits demselben bei vermeidung Churf. Ungnade gehorsambste folge zu leisten verbunden seyn" sollten, war zur Motivirung besonders hervorgehoben, daß „Churf. Durchl. erhebliche ursache hetten, bey solcher bewandtnüs mit den erhobenen Privilegien, zu abwendung fernern ungelegenheit, änderung fürzunehmen, und es alles wieder im vorigen standt, worinnen es zu Ihrer Churf. Durchl. in GOTT ruhenden hochgeehrten und hochseligen Herrn Vaters Zeitten gewesen, seyen zulaßen."

Dieses Decret ist für die späteren Verhältnisse der Leipziger Zeitung von entscheidender Bedeutung. Einestheils ward dadurch das Ritzschische Privilegium auf die ursprüngliche Dauer von 12 Jahren wiederum zurückgeführt, dann aber war damit das frühere Verhältniß, wonach das Zeitungswesen als Zubehör des Postwesens angesehen wurde, für den Fall des Ablaufs des Ritzschischen Privilegiums in seine volle und ausschließliche Geltung wieder eingesetzt. Zugleich erscheint das Zeitungswesen zum ersten Male als förmliche Einnahmequelle des Staats, indem für dessen Ausnutzung dem Pachter der Post eine Erhöhung seines Pachtquantums um 500 Thlr. auferlegt wird.

Von der auf die Zeit, wo das Ritzschische Privilegium noch in Wirksamkeit war, dem Postmeister Mühlbach eingeräumten Vergünstigung, gleichzeitig mit Ritzsch eine Zeitung herauszugeben, scheint derselbe wenigstens im Jahre 1671 Gebrauch gemacht zu haben. Denn in einer Eingabe Ritzsch's aus dieser Zeit findet sich der Passus, daß er „durch des hiesigen (Leipziger) Postmeisters beyde wöchentliche Blätter dermaßen verderbt werde," daß er den ihm im Jahre 1665 auferlegten Canon von jährlich 500 Thlr. nicht mehr zu erschwingen vermöge, zumal Jener, der Postmeister „sein weniges umb ein gutes wohlfeiler geben kann, undt das Volk darumb nach den seinen greifft." Indessen ergiebt sich schon aus diesen Bemerkungen, wie dürftig das Mühlbach'sche Concurrenzunternehmen war. Während die Ritzsch'sche Zeitung täglich, erschien die Mühlbach'sche nur zweimal wöchentlich und entsprach wahrscheinlich auch hinsichtlich der Reichhaltigkeit des Stoffes bei Weitem nicht dem Ritzsch'schen Unternehmen. Auch war es wohl, da Mühlbach nach Inhalt des Decrets von 1665 mit dem Erlöschen des Ritzsch'schen Privilegiums der allein berechtigte Zeitungsunternehmer werden sollte, ihm kaum zu verdenken, wenn er das Ende des Privilegiums ruhig abwartete und es vorzog, sodann die von Ritzsch ins Leben gerufene Zeitung zu eigner Verwaltung zu übernehmen, dafür aber seine eigene eingehn zu lassen. Jenes Unternehmen war bereits aufs Beste consolidirt und im Gange, eine Menge Absatzquellen eröffnet, und zahlreiche Correspondenzverbindungen angeknüpft.

Mit dem Herannahen des Ablaufs seines Privilegiums machte indessen Ritzsch einen Versuch, eine Verlängerung desselben auf 20 Jahre für sich und eventuell seine Söhne zu erhalten. Jedoch ohne Erfolg; ein kurfürstl. Decret d. d. Dresden, den 18. Decbr. 1671 sprach einfach die Aufrechterhaltung der im Jahre 1665 getroffenen Regulirung aus und überwies das Zeitungswerk dem Postamte zu Leipzig, bez. dem dasigen Postmeister Mühlbach gegen einen jährlichen Pacht von 500 Thlr., welche an die Hofapotheke gezahlt werden mußten, zu alleiniger und ausschließlicher Besorgung und Ausnutzung. Seitdem erschien die Zeitung unter der Verwaltung des Postmeisters zu Leipzig und wurde als Gegenstand des Staatseigenthums angesehn.

In der äußern Einrichtung fand vor Allem eine Veränderung insofern statt, als die bisherige Ueberschrift der einzelnen Nummern in den Titel: „Leipziger Post- und Ordinari-Zeitungen" verwandelt, demselben auch die Vignette eines Postillons beigefügt wurde. Statt wie bisher täglich, erschien seit dem Uebergange an das Postamt die Zeitung nur viermal wöchentlich; das Inhaltsverzeichniß gelangte in Wegfall, das Format, Druck und Papier verblieben beim Alten.

Ueber die öconomischen Verhältnisse des Unternehmens enthält eine in den Acten vorgefundene Berechnung Ritzsch's aus dem Jahre 1668 einige interessante Daten. Der Absatz betrug danach, aller Wahrscheinlichkeit nach allerdings viel zu gering berechnet, 204 Exemplare, von denen allein auf Leipzig 21 kamen; die Druck- und Papierkosten werden auf 379 Thlr. 4 gGr., die Correspondenzhonorare und Porti dagegen auf die verhältnißmäßig hohe Summe von 300 Thlr. veranschlagt; es findet das seine Erklärung in den bereits in hohem Grade ausgebildeten Correspondenzverbindungen der Zeitung, in deren damaligen Jahrgängen sich Mittheilungen aus Wien, Rom, Paris, London, Straßburg, Brüssel, Haag, Genua, Amsterdam, Hamburg, Berlin, Danzig, Kopenhagen, Stockholm, Constantinopel, Venedig, Brüssel, Madrid, Cölln,

Moscau, Christiania, Lemberg, Warschau, Lüttich rc. befinden, welche zum bei Weitem größten Theile nur durch Originalcorrespondenz erlangt werden konnten. Wie sorgsam hierbei übrigens damals verfahren wurde und wie beflissen man war, zuverlässige und schnelle Berichte aus allen politisch interessanten Orten zu erlangen, ergiebt sich daraus, daß die Zeitung z. B. während der Friedensverhandlungen zu Nymwegen (Nimägen) unmittelbare Berichte von daher brachte. Dabei betrug der Bezugspreis pro Exemplar allerdings auch die für die damaligen Verhältnisse enorme Summe von 10 Thlr. jährlich, was den geringen Absatz zur Genüge erklärt; gegenwärtig, bei gänzlich veränderten und um mehr als die Hälfte verringerten Geldwerthen beläuft sich bekanntlich der jährliche Abonnementspreis auf nur 6 Thlr. 22 Ngr., obschon das tägliche Volumen der Zeitung sich durchschnittlich um das Vierfache gesteigert hat. An Freiexemplaren für den Hof rc. mußten 27 Exemplare verabfolgt werden.

Der Postmeister Mühlbach, welcher 1669 in den Reichsadelstand erhoben wurde und später auch noch die Bestallung als Kaiserlicher und des heiligen Römischen Reichs Postmeister erhielt, behielt die Leitung des Zeitungswesens bis zu seinem im Jahre 1681 erfolgten Ableben. Sein Nachfolger wurde der Accisrath Gottfried Egger, der als solcher Mühlbach bereits 1674 für den Fall des Ablebens des letzteren substituirt war und nunmehr zum Oberpostmeister ernannt wurde. In seiner Bestallung befindet sich in Beziehung auf das Zeitungswesen derselbe Passus wie in der Mühlbachs; dagegen wurde ihm „in Ansehung des iziger Zeit beym Postwesen, der Contagion und anderer Hindernisse halber ereigneten starcken Abgangs, und biß zu deßelben verbeßerten Zustand" eine Herabsetzung des jährlichen Post- und Zeitungspachtgeldes von 1500 Thlr. bis auf die Summe von 1000 Thlr. zu Theil. Bekanntlich hatte im Jahr 1680 die Pest furchtbare Verheerungen in Deutschland angerichtet, während auf der andern Seite der Mangel tief eingreifender kriegerischer Ereignisse, bei denen die Zeitungen damals immer am besten rentirten, den Absatz der Zeitung wesentlich eingeschränkt hatte.

Egger, der sich namentlich um die Entwicklung und Ausbildung des sächsischen Postwesens wesentliche Verdienste erworben hat, starb mitten in der Ausführung seiner umfangreichen Reformpläne, von denen allem Vermuthen nach auch das Zeitungswesen in der Folge nicht unberührt geblieben sein würde, bereits 1684 im 39. Lebensjahre, nachdem ihm wenige Stunden vor seinem Ableben Kurfürst Johann Georg III. das Decret als Commercienrath hatte überreichen lassen. Ihm folgte in der Stelle des Oberpostmeisters Wilhelm Ludwig Daser, der hinsichtlich des Zeitungswesens die gleichen Verpflichtungen wie seine Amtsvorgänger übernahm und wie Egger 1000 Thlr. jährliches Pachtquantum insgesammt zahlte. Er hatte mit Antipathien innerhalb der Leipziger Kaufmannschaft zu kämpfen, welche es, ungeachtet ihm unterm 10. August 1690 die Zusicherung ertheilt worden war, daß das Pachtgeld über 1000 Thlr. jährlich nicht gesteigert und die Oberpostmeisterstelle ihm auf Lebenszeit belassen werden sollte, nach dem Tode Kurfürst Johann Georg III. unter dessen Nachfolger Johann Georg IV. durchzusetzen wußte, daß ihm die Alternative gestellt wurde, entweder sich eine Erhöhung des Pachtgeldes bis auf 5000 Thlr., die Summe, welche sich der Kaufmann und Rathsherr Johann Jacob Käs (Kees) zu geben erboten, gefallen zu lassen oder die Oberpostmeisterstelle abzugeben. Da Daser hierauf nicht eingehen zu können glaubte, so wurde die Oberpostmeisterstelle dem nur genannten Rathsherrn Kees 1691 mit dem Prädicate eines Commercienrathes für das von ihm gebotene Pachtgeld von 5000 Thlr. jährlich verliehen. Unter der Leitung dieses Mannes, der, aus Memmingen in Schwaben gebürtig, unter kümmerlichen Umständen nach Leipzig gekommen, hier aber durch Thätigkeit und Umsicht bald eine wohlfundirte selbständige Existenz sich geschaffen hatte, und dem alle Eigenschaften beiwohnten, die Entwickelung so wichtiger Zweige des öffentlichen und Verkehrslebens, wie Post- und Zeitungswesen, rasch und gedeihlich weiter zu fördern, gelangte beides schnell zu hoher Blüthestufe. Die Zeitung erhielt 1692 den veränderten Titel: „Historische Erzählung derer im Churf. Sächs. Ober Post Ampt zu Leipzig einlauffenden Welt-Begebenheiten und anderer denkwürdiger Sachen", der jedoch bereits 1695 mit dem sachgemäßeren: „Leipziger Post- und Ordinarzeitungen", welcher der Zeitung bis zum Jahre 1711 verblieben ist, vertauscht wurde. In demselben Jahre trat zugleich an die Stelle der Postillonvignette im Titel das sächsische Wappen mit den Kurschwertern, ein Schmuck, der jedoch bereits 1701 wieder in Wegfall kam, bis mit Beginn des Jahres 1711 die Zeitung den ihr sodann eine lange Reihe von Jahren hindurch verbliebenen Titel:

„Leipziger Postzeitungen“ mit dem vereinigten kurfürstl. sächsischen und königl. polnischen Wappen annahm. Eine weitere sachgemäße Verbesserung war die Vervielfältigung des Erscheinens der Zeitung, welche seit 1692 wiederum sechsmal wöchentlich, täglich, mit Ausnahme des Sonntags, ausgegeben wurde. Dies hörte indessen bereits 1695, wo die frühere Einrichtung des viermaligen Erscheinens wieder eintrat, wieder auf. Auch wurde zum Schlusse des Jahres eine „Wiederholung derer vornehmsten Begebenheiten in diesem Jahre“, eine Art Inhaltsübersicht, welche in practischer Weise das seit dem Uebergange der Zeitung an die Post in Wegfall gekommene Inhaltsverzeichniß ersetzte, gegeben; seit 1696 erschien auch das letztere selbst wieder, bedauerlicherweise freilich nur vorübergehend, da es bereits 1698 wieder in Wegfall kam, indessen wurde es 1701 durch ein Register wieder ersetzt. Seit diesem Jahre finden sich dagegen, nachdem bereits der Jahrgang 1689 die ersten Beilagen der Zeitung unter der Bezeichnung: „Erster (Anderer ꝛc.) Anhang der XII. ꝛc. Woche“ gebracht hatte, in einzelnen Wochen Extranummern unter dem Titel: „Leipziger Extraordinarzeitung“, aus denen im Jahre 1700 ein regelmäßig am Schlusse jeder Woche der Zeitung beigegebener „Extract derer in der Woche eingelaufenen Nouvellen“ hervorging, deren erste Nummer vom 20. März 1700 insofern noch von besonderem literarhistorischem Interesse ist, als sich darin die ersten Bücheranzeigen, welche die Leipziger Zeitung gebracht hat, befinden. Mit diesem, regelmäßig des Sonnabends ausgegebenen Blatte erschien nunmehr die Zeitung fünfmal, täglich mit Ausnahme des Sonn- und Freitags, wöchentlich — eine Einrichtung, welche bis in die neueste Zeit verblieben ist und, was besonders auffällig, die ganze, für das Interesse des Publicums so wichtige Kriegsperiode des gegenwärtigen Jahrhunderts überdauert hat.

Ohne alle Anfechtung sollte indessen Kees des Gedeihens seines umsichtigen Strebens sich nicht freuen. Sein Vorgänger Daser betrachtete die glänzenden Erfolge seines Wirkens mit neidischen Augen; erst jetzt schien er sich der hohen lucrativen Bedeutung der Sache bewußt zu werden, und bereits 1694 erbot er sich aus freien Stücken, ein jährliches Pachtgeld von 5000 Thlr. für die Wiederüberlassung des Post- und Zeitungswesens zu zahlen. Es gelang ihm, auf diese Bedingung hin Kees zu verdrängen und die Leitung des Oberpostamts wieder übertragen zu erhalten. Wie nachtheilig und lähmend sein Wirken insonderheit für die Entwickelung der Zeitung gewesen, läßt sich schon aus dem Vorbemerkten entnehmen; mehrere der von Kees eingeführten Verbesserungen, namentlich das wöchentlich sechsmalige Erscheinen der Zeitung und das Inhaltsverzeichniß wurden von ihm wieder abgeschafft. Bereits 1696 sah Daser sich jedoch zum abermaligen Rücktritt genöthigt. Kees entschloß sich zu einem jährlichen Pachtgeld von 12,000 Thlr. und versprach überdies noch Dasern eine Pension von 1000 Thlr. jährlich (mithin gerade so viel, als Daser wenige Jahre vorher für das gesammte sächsische Post- und Zeitungswesen Pachtgeld gegeben hatte!) zu geben. Die Regierung ging hierauf ein und seitdem übernahm Kees die Leitung des Post- und Zeitungswesens von Neuem, welche er von da ab bis zu seinem am 20. Sept. 1705 erfolgten Ableben ununterbrochen fortführte. Als Nachfolger in der Oberpostmeistercharge ersetzte ihn sein Sohn Johann Jacob Kees der Jüngere, welcher, seinem Vater in dessen letzten Lebensjahren bereits adjungirt, dessen Geist, Umsicht und Organisationstalent in vollstem Maße geerbt hatte. Die erste Zeit war keine günstige für ihn; die schwedische Invasion 1706 wirkte lähmend auf Post- und Zeitungswesen. Doch bald gelang es seiner Energie, die entgegenstehenden Hindernisse und Schwierigkeiten zu bewältigen. Wie für seinen Vater, der in hohem Wohlstand gestorben war, so wurde auch für ihn der Pacht zu einer ergiebigen Quelle des Reichthums. Er behielt denselben bis 1712, wo er, durch die Rachsucht eines seiner Beamten, den er wegen des Verdachts von Veruntrauungen hatte verhaften und zur Untersuchung ziehen lassen, in einen fiscalischen Proceß verwickelt, die Oberpostmeisterfunction niederlegte, nachdem ihm von der Regierung die ausdrückliche Anerkennung ertheilt worden war, daß er die Postdirection gut geführt habe. Mit seinem Rücktritt kam das Postwesen mit seinen Dependenzen wiederum unter die unmittelbare Verwaltung des kurfürstlichen Kammercollegiums.

Eine Durchgehung der ersten funfzig Jahrgänge der Zeitung bietet selbstverständlich gegenwärtig nur mäßiges Interesse. Zeitungen der damaligen Zeit mußten an Vollständigkeit und Werth ihres Inhalts, Angesichts der geringen Hilfsmittel, welche sich ihren Redacteuren darboten, hinter den Tagesblättern der Gegenwart weit zurückstehn. Auch waren in dieser Hinsicht die Ansprüche unserer Väter wesentlich andere und bei Weitem bescheidenere. Man begnügte sich mit wenig Stoff und dachte nicht daran, eine zu scharfe Kritik in Betreff der Verlässigkeit, Genauigkeit und Schnelligkeit der Mittheilungen zu üben. Auch befand sich das heutzutage so mächtig gesteigerte Interesse des Publicums an Zeitungslectüre noch in seiner ersten Kindheit. Es bedurfte gewaltiger, außerordentlicher, spannender Begebenheiten, dasselbe überhaupt nur auf eine längere Dauer rege zu erhalten. In einer Schrift der damaligen Zeit*) wird nach Beendigung der Kriege gegen die Türken und Franzosen in der zweiten Hälfte des 17. Jahrhunderts alles Ernstes das Bedenken erhoben: „Wann aber der Krieg ein Ende hat und sollen gleichwohl die Blätter voll werden, und die Lieferungen zu Leipzig, Jena und Gotha und anderswo wöchentlich geschehen, so will ich gleichwohl sehen, wo die Materie alle herkommen soll". Dieser Besorgniß, wenn überhaupt Veranlassung ihr Raum zu geben vorgelegen hätte, würde man sich haben entschlagen können, da die bald darauf ausbrechenden Kriege, der nordische und der spanische Erbfolgekrieg in Kurzem wieder die Zeitungen hinreichend mit Stoff versorgten. Für das Emporblühen der Leipziger Zeitung waren diese Zeiten von um so höherer Bedeutung, als sie im Norden Deutschlands, Berliner und Hamburger Blätter abgerechnet, damals die einzige verbreitete Zeitung war und dort sich wegen ihrer Zuverlässigkeit eines besonderen Credits erfreute. Zudem hatte die Vereinigung des polnischen Königsscepters mit dem sächsischen Kurhute Sachsen eine erhöhte politische Machtstellung geschaffen, welche auf die Entwickelung der Zeitung nur förderlich wirken konnte.

Wenn indessen die Leipziger Zeitung in ihren ersten funfzig Jahrgängen uns auch ebensowenig Neues, aus den Geschichtsbüchern nicht bereits längst Gekanntes, als werthvolle Beiträge zur Beurtheilung der damaligen Zeitverhältnisse darbietet, so darf sie sich auf der andren Seite im Ganzen doch rühmen, in ihren Mittheilungen wesentliche Dinge nicht übersehn und sich einer wahrheitsgetreuen, verständigen und unbefangenen Darstellung befleißigt zu haben. Diese Vorzüge, in Verbindung mit dem Umstande, daß der deutsche Buchhandel am Ende des 17. Jahrhunderts durch die liberale Handhabung der Censur in Sachsen

---

*) Stieler's Zeitungslust und Nutz. 1695.

gelockt, sich mehr und mehr in Leipzig concentrirte und dadurch Leipzig zum Brennpunkte wissenschaftlichen Lebens und geistigen Strebens machte, begründeten frühzeitig der Leipziger Zeitung ein nicht unbeträchtliches Ansehn. Die Leiter des Postwesens waren zudem jederzeit für Annahme tüchtiger Redacteure, meist Professoren oder Magistri legentes der Universität besorgt, von denen der seit dem Anfange des 18. Jahrhunderts bei den Kees fungirende, ein gewisser Job, die Zeitung so trefflich redigirte, daß man nach seinem Tode ein förmliches Sinken derselben befürchtete.

Ein Mangel, der später, ja bis in die neuere Zeit oft an der Leipziger Zeitung gerügt worden ist, macht sich bereits in dieser ersten Periode ihres Bestehns bemerkbar — ihre Dürftigkeit an vaterländischen Berichten. Erst im Jahrgange von 1680 treten Mittheilungen aus Leipzig und andren Orten hervor; sie beziehen sich auf die furchtbare Calamität, welche das Wüthen der Pest damals über Sachsen gebracht hatte. Der Jahrgang 1696 bringt die ersten Hofnachrichten, der Jahrgang 1700 die ersten Leipziger Localmittheilungen, in einer Anzeige vom Ableben des Leipziger Bürgermeisters Adrian Steger und einer Notiz über eine in Bosens Garten blühende Aloe americana bestehend. In der Regel beschränken sich die Nachrichten aus Sachsen jedoch auf Berichte von Unglücksfällen, dann und wann wohl auch von seltsamen Naturerscheinungen.

Ein ergiebiges Zeitungsmaterial bot der Zug der Türken vor Wien im Jahre 1683. An der Ausführlichkeit der darüber gegebenen Berichte und an der für damalige Verkehrsverhältnisse außerordentlichen Beschleunigung, womit Alles, was auf die Belagerung Bezug hat, berichtet wird, läßt sich das mächtige Interesse des Publicums an jenem Ereignisse und die fieberhafte Spannung, womit man des Ausgangs harrte, abnehmen. Für Sachsen kam noch hinzu, daß bekanntlich ein sächsisches Hilfscorps zum Entsatz der bedrohten Kaiserstadt entsendet worden war; dasselbe war bereits im Sommer aufgebrochen, denn in einem Prager Berichte der Zeitung S. 464 des Jahrgangs 1683 vom 15. Juli heißt es: „Gestern aber die alhiesigen Landstände beisammen gewesen, und haben, was für Ordre und Tractament mit der durch unser Königreich gehenden Chursächsischen Auxiliar=Mannschaft gehalten werden soll, berathschlagt."

Aus den nächstfolgenden Jahrgängen 1684 ff. nehmen auch gegenwärtig noch die tiefeingehenden, in ihrer Ausdrucksweise den Stempel der Wahrheit tragenden Schilderungen der französischen religiösen Bekehrungsversuche in den Deutschland mittels der berüchtigten Reunionskammern entrissenen Landesstrecken am linken Rheinufer das Interesse in Anspruch. „Man siehet und höret anitzo", heißt es in einem Berichte aus Straßburg vom 10. December 1685 — 4. Stück der 50. Woche des Jahrgangs —„von allen Orthen dieser neu reunirten Landen von nichts als Gefangennehm- Bannisir- Austret- und auch Abschwerung der Religion, so daß, wenn es also fortgehet, innerhalb kurzer Zeit wenig Luthrische Pfarrn mehr bleiben, und die meisten Gemeinden ohne Seelenhirten sein werden. Die zwei Luthrischen Pfarrn aus dem Straßburger Amte Baar (deren einer ein Kind, dessen Eltern von zweierlei Religion, getauffet, und der andere wider die Catholische Religion geprediget haben soll, um deßwillen sie auch allhier gefangen gesetzet worden,) sitzen annoch im Thurm, und hat man vor 4 Tagen auch einen aus dem Amt Germersheim nach Landau, und 2 aus der Graffschaft Saarwerder und Herrschaft Bießingen nach Homburg gefänglich weggeführet; so hat auch der Senior und vornehmste Pfarrer gedachter Graffschaft Saarwerder, Herr Winßheimer die Catholische Religion angenommen, darauff die Lutherische Kirche zu Buckenheim (welcher Gemeinde er vorgestanden,) geschlossen, und den Inwohnern, bey Straffe der Galeeren, keine Zusammenkunfft mehr zu halten, noch weniger in eine Lutherische Kirche zu gehen verboten worden. Gestern früh ist auch hier eine öffentliche Abschwerung von etlichen 30 der Reformirten Kirche zugethanen Officiers und Soldaten geschehen und nach Mittags unterschiedenen Bürgern, so von hier wegziehen, und ins Reich sich setzen wolten, (obwol sie deren Erlassung förmlich beim Magistrat gesucht, und auch dieses Krafft Schwür-Briefes erhalten) aus Königlichen Befehl alle Effecten secretir- und arrestiret worden, so, daß nun der freie Abzug hiesiger Bürger auch gehemmet, und die wider die Religion in Frankreich ergangene Königliche Edicta solcher Gestalten in diesen neu reunirt- und noch nicht cedirten Landen auch eingeführt worden." So wurde von den Franzosen das den reunirten Ländern und insbesondere Straßburg verbriefte Versprechen freier Ausübung der evangelischen Religion gehalten!

Der Jahrgang 1692 schließt mit einer Recapitulation der „vornehmsten Begebenheiten" in dem verflossenen Jahre. Als charakteristisch für den damaligen Zeitungsstyl, zugleich als Beleg der Sorgfalt und Genauigkeit, womit die Zeitung damals redigirt wurde, geben wir dieselbe im Anhange*).

Das Jahr 1700 brachte die Accreditirung eines türkischen Gesandten in Wien. Dies Ereigniß scheint die damalige Lesewelt in ungewöhnlichem Grade interessirt zu haben, denn man hat es für nothwendig gehalten, davon in der Zeitung eine viele Seiten lange, höchst ausführliche und genaue Beschreibung unter der pomphaften Ueberschrift:

Ausführliche
Beschreibung
des Türkischen
Groß-Botschaffters
Ibrahim Bassa &c. &c.
Prächtig gehaltenen
Einzuges
In die Kayserliche Haupt- und Residentz-Statt Wien
So geschehen den 30. Januarii Anno 1700.

zu geben. Sie bildet ebenfalls einen charakteristischen Beitrag zur Kenntniß des damaligen Zeitungsstyls und kann zugleich als ein nicht uninteressantes culturgeschichtliches Bild dienen. Wir geben sie daher gleichfalls im Anhange**).

Der nordische Krieg, für Sachsen, welches im Verlaufe desselben sich 1706 einer schwedischen Invasion Preis gegeben sah, so verhängnißvoll, findet eine sehr dürftige, lückenhafte und zurückhaltende Berichterstattung. Es erklärt sich dies aus den Verhältnissen. Der Kurfürst von Sachsen trug bekanntlich damals die polnische Königskrone; die sächsischen Waffen waren lange Zeit nicht glücklich; die polnische Krone ging zeitweise verloren an einen auf Antrieb Karl XII. gewählten Gegenkönig; zu Alledem war die Censur, lange Zeit höchst liberal gehandhabt, unter dem vereinigten sächsisch-polnischen Regime strenger und schärfer geworden. In den Acten des Kgl. Hauptstaatsarchivs finden sich aus dieser Zeit mehrere an den Oberpostmeister Kees wegen der Haltung der Zeitung

*) Vergl. Beilage 6.
**) Vergl. Beilage 7.

ergangene Verwarnungen, welche zu um so größerer Vorsicht aufforderten. In einer Cabinetsverordnung d. d. Dresden den 27. Aug. 1708*) wird der Zeitung zum Vorwurf gemacht, daß sie den zweifelhaft gewesenen Ausgang einer Schlacht zwischen den Russen und Schweden als Sieg der letzteren bezeichnet habe, welches „Königl. Maj., als welche eine genaue Neutralitet zwischen beyden Partheyen zu beobachten gemeinet sind, hoher Intention allerdings zuwider läufft, und bevor nicht die völlige Gewißheit einkömmt, eine Partialitet anzeigen könte.“ Das Publicum für die ausbleibenden Mittheilungen vom Schauplatze des nordischen Krieges zu entschädigen, bot überdies der gleichzeitig stattfindende, in viel großartigeren Dimensionen sich bewegende spanische Erbfolgekrieg mit den Großthaten eines Eugen und Marlborough überreichen Stoff. Die Berichte der Zeitung über diesen Krieg sind ebenso genau als vollständig und trugen nicht wenig zur Hebung des Credits der Zeitung bei.

Dritter Abschnitt.

Die Verpachtung der Zeitung als selbständiges vom Postwesen getrenntes Unternehmen.

1712—1831.

Erste Abtheilung.

1712—1765.

Mit dem 1712 erfolgten Rücktritte des jüngeren Kees von der Leitung des sächsischen Postwesens fand eine Sonderung des bisher als Dependenz des letzteren verwalteten Zeitungswesens vom Postwesen statt, und während das letztere von 1712 ab, anstatt wie zeither an einen Unternehmer verpachtet zu werden, in die unmittelbare Verwaltung des Staats überging, wurde beim Zeitungswesen die Verpachtung auch fernerhin als Verwaltungsmodus beibehalten. Geschäftlich ressortirte das Zei-

*) Vergl. Acten des Hauptstaatsarchivs Loc. 510/1324.

tungswesen wie zeither bei dem Oberpostamte zu Leipzig, welches die nächstvorgesetzte Behörde der späteren Zeitungspachter bildete.

Dieser Einrichtung, welche in ihrem Wesen bis zum Schlusse des Jahres 1830 ununterbrochen fortbestanden hat, ging jedoch ein von 1712—1714 währendes Interimisticum voraus, innerhalb dessen die Zeitung von dem Kammercommissarius Sebastian Evert für Rechnung des Staatsfiscus administrirt wurde. Evert mußte jedes abgesetzte Exemplar der Zeitung mit 6 Thlr. sich in Anrechnung bringen lassen; außerdem wurde ihm eine Instruction ertheilt, worin ihm zur Pflicht gemacht wurde, die Zeitung mit einem „reinen stylo und gutem judicio" zu versorgen, die durch Correspondenz eingezogenen Novitäten schnell abdrucken zu lassen, sie für Geld Niemanden privatim mitzutheilen, es immer so einzurichten, daß sie in den Leipziger Zeitungen — neben der deutschen erschien nämlich zu dieser Zeit auch eine lateinische Ausgabe der Zeitung — eher als in andern zu finden wären, in besonderen Fällen Extrablätter zu geben, über Punkte, welche durch Correspondenz erlangt, aber bekannt zu machen bedenklich seien, wöchentlich Relation zur Kammer abzustatten, die holländischen, italienischen und französischen Zeitungen gehörig zu benutzen, wegen schneller Lieferung aber mit einem fleißigen Drucker zu contrahiren, damit die Anstalt durch einen faulen nicht gehemmt werde.

Es ergiebt sich aus dieser Instruction, daß man schon damals als wesentliche Erfordernisse einer guten Zeitung Originalität, gute Darstellung, Raschheit der Mittheilung und Vorsicht in Veröffentlichung der eingegangenen Nachrichten betrachtete. Von Interesse ist es, daß in dem Passus, wo dem Administrator die nicht deutschen Zeitungen, welche er bei der Redaction benutzen soll, bezeichnet werden, von englischen Blättern noch nicht die Rede ist.

In der äußeren Gestalt der Zeitung änderte sich nichts von Erheblichkeit. Sie erschien wie unter der früheren Verwaltung viermal wöchentlich mit einer fünften, als Extrablatt bezeichneten Nummer, welche eine Art von Resumé aller im Laufe der Woche eingegangenen Neuigkeiten enthielt; das Format, Titel rc. blieb das bisherige.

Die Redaction wurde von Evert besorgt, der dafür einen Jahresgehalt von 500 Thlr. bezog; ihm zur Seite stand ein besonders besoldeter, sogenannter „Couvertschreiber" als Gehilfe bei der Redaction.

Die Annahme der Correspondenten war dem Administrator und Redacteur ausschließlich überlassen; jedoch mußten die Correspondenzgelder berechnet und belegt werden. Wollte aber ein Correspondent aus triftigen Gründen zu Belegen sich nicht verstehen, so blieb die passirliche Verschreibung derselben dem Gewissen des Administrators überlassen, was demselben freilich einen sehr freien Spielraum gab, mit den Zeitungsgeldern nach Belieben zu schalten und zu walten. Die Zeitung war der Censur des Professors der Geschichte an der Universität, (Hofrath Dr. Mencke) unterworfen. Eine Ermächtigung eigenthümlicher Art war dem Administrator dahin ertheilt, wichtige Begebenheiten, deren Erzählung in den Zeitungen zu weitläufig sein würde, besonders darzustellen und vertreiben zu lassen; diese Schriften waren der Censur jedoch ebenfalls unterworfen und außerdem mußte davon ein Freiexemplar zur Kammer abgegeben werden.

Der Zeitungsvertrieb geschah theils durch Herumträger, theils durch die Postofficianten, welchen dafür nach Befinden 1—6 Freiexemplare bewilligt wurden. Schon 1713 wurde dies jedoch dahin abgeändert, daß ihnen ein Thaler von jedem deutschen und 12 gGr. von jedem lateinischen Zeitungsexemplare verwilligt wurde. Etwas höhere Procente erhielt das Leipziger Postamt, welches zugleich den Hauptvertrieb hatte. Freiexemplare erhielt der Hof, die höchsten Staatsbeamten, die Mitglieder des Kammercollegiums ꝛc. Im Ganzen wurden deren eine verhältnißmäßig große Anzahl und zum Theil sogar an Leute gewährt, welche das ihnen gewährte Freiexemplar für Geld weiter lesen ließen, was dem Postamte zu Leipzig, welches wegen seiner Speditionsgebühr von den bezahlten Exemplaren jedes Freiexemplar mit eifersüchtigen Augen betrachtete, wiederholt Anlaß zu Beschwerden gab; so 1712 über die Leipziger Thorwärter, welche das ihnen gewährte Freiexemplar für 6 gGr. vierteljährlich weiter lesen ließen.

Man hatte sich von der Verwaltung für Rechnung des Staatsfiscus große finanzielle Erfolge versprochen, welche indessen nicht in Erfüllung gingen. In der zweiten Hälfte des Jahres 1712, wo die Einrichtung ins Leben trat, belief sich zwar der reine Ueberschuß der Einnahmen über die Ausgaben auf 958 Thlr. 7 gGr. 3 Pfg. Dagegen betrug bereits 1713 die gesammte Einnahme nur 2182 Thlr., der Verlag für Druck, Papier, Censur (40 Thlr. jährlich), Redaction und Correspondenz aber 2009 Thlr., so daß ein Reingewinn von nur 173 Thlr. verblieb. Der Grund dieser Erscheinung lag hauptsächlich darin, daß die Leipziger Zeitung an innerer Güte wesentlich nachzulassen begann. Der tüchtige Job war von der Redaction zurückgetreten, sein Nachfolger Evert stand an Befähigung weit hinter ihm zurück. Im Correspondenzwesen wurden sehr unzweckmäßige Ersparnisse gemacht, die Anzahl der Berichterstatter erheblich verringert und dafür unverhältnißmäßig hohe Summen auf den Bezug französischer, italienischer und holländischer Zeitungen*) gewendet, aus denen dann einfach abgeschrieben wurde. Aus der Ausgabenberechnung für das zweite Halbjahr 1712 ist zu entnehmen, daß bereits damals nur noch zwei wirkliche Correspondenten vorhanden waren, welche zusammen ein Honorar von 10 Thlr. pro Halbjahr bezogen, während allein der Bezug einer in Leyden gedruckten französischen Zeitung auf 230 Thlr. 9 gGr. halbjährlich zu stehen kam. Der Ertrag aus dem Zeitungsabonnement betrug auf dieselbe Zeit 2200 Thlr. 10 gGr., was einem Jahresertrag von 4400 Thlr. und, da das Exemplar der Zeitung damals 6 Thlr. kostete, einer Gesammtauflage von 7—800 Exemplaren entsprochen haben würde; daraus, daß 1713 die gesammte Einnahme sich auf nur 2182 Thlr. belief, läßt sich mithin entnehmen, daß binnen Jahresfrist der Absatz weit über die Hälfte zurückgegangen war. Hierbei ist allerdings nicht außer Betracht zu lassen, daß in Wirklichkeit der Absatz der Zeitung beträchtlich höher gewesen, der Mehrbetrag über die actenmäßig angegebenen Ziffern aber von dem Administrator verheimlicht worden zu sein scheint, um das Einkommen davon in seinen eigenen Nutzen verwenden zu können. Glaubwürdige Zeitgenossen geben wenigstens den damaligen wirklichen Absatz der Zeitung auf 1200—1300 Exemplare an.

Die Oeconomie, welche man bei dem auf die Güte der Zeitung Einfluß übenden Aufwande an den Tag legte, war um so übler angebracht, als gerade damals das Zeitungswesen in Deutschland und anderen Ländern einen großen Aufschwung nahm, so daß bald eine Menge fremder Zeitungen der Leipziger den Rang ablaufen mußten, wenn sie, statt ebenfalls mit fortzuschreiten, im Gegentheile von der bereits erreichten Stufe der Entwicklung wieder herabstieg. Es cursirten von deut-

*) Es scheinen dies indessen nicht Zeitungen in der heutigen Bedeutung des Worts, sondern Schriftstücke gewesen zu sein, welche den heutigen lithographirten Correspondenzen im Wesentlichen entsprachen. In einem Preiscourante auswärtiger Zeitungen aus jener Zeit haben wir wenigstens viel niedrigere Ansätze gefunden.

schen Zeitungen Nürnberger, Hamburger, Altonaer, Lippstädter, Zweibrücker, Hanauer, Braunschweiger, Hallische, Berliner, Wiener; von holländischen Amsterdamer, Rotterdamer, Leydner, Grafenhaager, Utrechter, Harlemer; von italienischen Mantuaner Zeitungen; von französischen Quint-Essence Française, Mercure historique, Lettres historiques; von englischen Jamey Chronicle, welche zum Theil, so die Hamburger, die nur 3 Thlr. kostete, sogar bedeutend billiger waren als die Leipziger, zu geschweigen, daß sie die Nachrichten früher lieferten, und weniger vom Druck der Censur zu leiden hatten. Wie gefährlich die der Leipziger Zeitung hierdurch bereitete Concurrenz war, läßt sich daraus abnehmen, daß der Postagent Triebel um diese Zeit den sublimen Vorschlag machte, anzuordnen, daß, wer fremde Zeitungen halten wolle, auch die Leipziger nehmen müsse.

Die Regierung ging mit Recht auf dieses Project nicht ein. Andererseits konnte sie sich aber auch der Betrachtung nicht verschließen, daß ein durchgreifender Schritt geschehen müsse, wenn dem weitern Sinken der Einnahmen, welches bei dem geringen Ueberschusse von 173 Thlr. pro 1713 für das nächste Jahr unfehlbar ein förmliches Deficit zur Folge gehabt hätte, auf die Dauer gesteuert werden solle. Man kam zu diesem Ende auf einen Plan zurück, der bereits 1712 bei der Trennung des Zeitungswesens von der Postverwaltung aufgetaucht und mannigfach erwogen worden war, auf die Idee, die Zeitung zu verpachten. Das war in damaliger Zeit nichts Seltenes; die Sitte Zeitungen zu verpachten selbst scheint aus Holland zu stammen. In einem Decret d. d. Dresden 24. Oct. 1712 an das Oberpostamt zu Leipzig heißt es nämlich: „Dieweilen in Vorschlag kömmt, ob nicht practicabel, daß zu Vermehrung der ZeitungsNutzungen und Dero schleunigen Erlangung gleich wie in Holland geschiehet, solche Zeitungen iedesmahl öffentlich zu Leipzig und zu Dreßden ausgeruffen und dem meistbiethenden verkauffet werden 2c."

In dem zu Verpachtung der Zeitung abgehaltenen Licitationstermine erlangte der bisherige Administrator und Redacteur Kammercommissarius Sebastian Evert den Pacht für das höchste Gebot von 2400 Thlr. jährlich und unter Erlegung von 1000 Thlr. Caution auf sechs Jahre vom 1. Juli 1714 bis 1. Juli 1720. Man kann schon aus diesem Pachtgebot einen Schluß auf den, die actenmäßigen Angaben weit übersteigenden Gewinn ziehen, welchen Evert während seiner Administrationszeit von der Zeitung gezogen haben mag.

Auf den innern Gehalt der Zeitung hatte die veränderte Einrichtung keinen wesentlichen Einfluß. Die Jahrgänge von 1714—1720 bieten nur wenig von besonderem Interesse dar. Eine sehr ausgiebige Besprechung fand der in diese Periode fallende Law'sche Actienschwindel in Frankreich. Jahrgang 1719 enthält einen Bericht über einen Tumult aus Brüssel, welcher heutigen Putschliebhabern zu Nutz und Frommen mittheilt, wie unsere Altvordern in dergleichen Fällen mit den Feinden gesetzlicher Ordnung umzuspringen pflegten. Der Pöbel hatte die obrigkeitlich angeordnete Vertreibung der „Riemenstecher und derer so Spieltrichter und Drehscheffel halten“ nicht dulden wollen und deshalb sich vor des Bürgermeisters Haus zusammenrottirt. Durch Einschreiten der bewaffneten Macht war der Tumult, ohne erheblichen Schaden außer einigen zerbrochenen Fensterscheiben angerichtet zu haben, bald gestillt worden. Aber schon nach wenigen Tagen fand das grauenvolle Nachspiel der Bestrafung statt: sechs Rädelsführer wurden vor den Häusern des Canzlers, des Bürgermeisters und derer, welche man zu plündern versucht hatte, ausgepeitscht und sodann enthauptet, fünf gehängt, zwei gepeitscht und gebrandmarkt, 20 des Landes verwiesen. Zu kurzweiliger Unterhaltung dient dagegen die im Jahrgang 1718 gegebene Erzählung von einem weiblichen Caspar Hauser des 18. Jahrhunderts, welcher in Holland aufgegriffen worden war. „Von Zwolle in Ober-Issel“ heißt es, „ist hierher berichtet, daß man eine Weibsperson, ohngefehr von 18 Jahren, dahin gebracht, welche man auff einen Berg bei Cranenburg erhaschet; man könnte sie wohl mit Recht als ein wildes Mensch ansehen. Die Bauern da herum hätten schon einige Zeit von ihr gewußt, man habe sie aber nicht fangen können. Endlich hätten sich bei 1000 aufgemacht, Stricke und Netze ausgestellet, und sie also überwältiget. Sie wäre meist nackend, nur daß sie ihr selbst eine Schürze von etwas Stroh gemacht. Ihre Haut wäre sehr rauhe und ziemlich schwartz, sie hätte sich bißher von Kräutern und Baum Blättern erhalten. Sie redete zwar, es wüßte aber kein Mensch was es heißen sollte. Man hätte sie anjetzo bei einer gewissen Frau einlogirt, die ihr das Zeugniß gebe, daß sie sehr ruhig und stille wäre. Sie würde von allen mit großer Bewunderung beschauet, einer redete dieß, der andere das von ihr, man würde aber wohl eher keine Gewißheit ihretwegen haben, bis sie selbst die Landessprache würde reden lernen." Die Ermittelungen über die Herkunft dieses „wilden" Frauenzimmers, zu dessen Bewältigung bei 1000 der tapfern Bürger von Cranenburg sich aufgemacht hatten, führten übrigens bald zum Ziel; die Person ergab sich als ein im Jahre 1700 ihren in der Gegend von Antwerpen wohnenden Eltern geraubtes Kind, von dessen Verbleib aller Nachforschungen ungeächtet seither nichts zu ermitteln gewesen war. Die noch lebende Mutter erschien in Zwolle, erkannte in dem aufgegriffenen Mädchen ihre damals geraubte Tochter und führte sie mit sich fort.

Eine sachgemäße Verbesserung sind die seit dem Jahre 1714 in der Zeitung erscheinenden regelmäßigen Correspondenzen aus Leipzig und Dresden, wie denn überhaupt den vaterländischen Verhältnissen etwas mehr Beachtung als bisher gewidmet wird; die Jahresübersicht pro 1719 beginnt z. B. mit einer sehr ausführlichen Berichterstattung über die Vermählungsfeierlichkeiten des Kurprinzen. Auch der Inseratentheil gewinnt an Ausdehnung; außer Bücheranzeigen, welche diese Abtheilung bisher ausschließlich bildeten, finden sich in den Jahrgängen seit 1714 gerichtliche Avertissements und Lotterieankündigungen, auch bereits, wiewohl noch sehr vereinzelt, gewerbliche Inserate.

Obschon die Redaction der Zeitung seit deren Uebergang in Pacht sich nicht wesentlich verbessert hatte, so scheint der Absatz derselben sich dennoch während der sechsjährigen Evert'schen Pachtzeit gehoben zu haben, allem Vermuthen nach eine Folge der sich von Jahr zu Jahr steigernden Leselust des Publicums. In einem 1719 eingereichten Gesuche des Professors der Heraldik Dr. Johann Wolfgang Trier um Ueberlassung der Zeitung nach Erlöschen des mit Evert geschlossenen Pachtcontracts, in welchem sich übrigens die für die damaligen Publicisten wenig schmeichelhafte Stelle findet: „daß wohlhabende Personen nach der Qualität eines Zeitungsschreibers sich nicht leichtlich bestreben würden", wird der Absatz der Zeitung auf 1600 Exemplare allein von der deutschen Ausgabe, die lateinische nicht gerechnet, veranschlagt, und es ist dies, berücksichtigt man, daß Dr. Trier als Licitant auftrat, daher sicherlich kein Interesse daran hatte, den Absatz höher anzugeben als er wirklich war, schwerlich zu hoch gerechnet. Den Absatz der lateinischen Ausgabe berechnet er zu 300 Exemplaren, so daß der Gesammtabsatz der Zeitung 1719 nahe an 2000 Auflage sich belaufen zu haben scheint. Dr. Trier fügt auf Grund dieser Ziffern einen jährlichen Kostenanschlag für die Zeitungsverwaltung bei, wonach sich ein präsumtiver jährlicher Reingewinn von 7000 Thlr. damals herausstellte, wobei freilich einzelne Ausgabeposten, so die gesammte Correspondenz mit nur 200 Thlr., ausnehmend niedrig gegriffen sind.

Mit dem Ablaufe des Evert'schen Pachtes im Jahre 1720 wurde indessen eine ganz neue Disposition über die Verwaltung des Zeitungswesens dahin getroffen, daß dasselbe mittels königl. und kurfürstl. Decretes dem Cabinetsminister und Wirkl. Geh. Rathe Grafen von Manteuffel dergestalt übergeben ward*), „daß er von demjenigen, was selbiges sonst überhaupt sowohl zu Unserer Renth Cammer eingebracht, als auch etwa bey künfftiger Melioration durch seinen dabei anzuwendenden Fleiß betragen möchte, gewiße bey dem Departement der étranger-affairen vorkommende, Uns allein bewußte, und nicht füglich zu specificirende Ausgaben, nach Inhalt eines ihm dieserhalb ausgefertigten und von ihm nicht zu communicirenden Decrets zu bestreiten haben, deswegen auch weder zu derselben Benennung, noch auch dieserhalb einige Rechnung abzulegen niemals angehalten werden soll". In dem Verhältnisse Evert's zur Zeitung änderte sich indessen durch dieses Arrangement im Wesentlichen nichts, da der Graf Manteuffel für angemessen fand, Evert den Zeitungspacht unter denselben Bedingungen wie früher und anfänglich auch gegen dasselbe Pachtquantum, welches zwar später einige Jahre lang auf 2700 Thlr. erhöht, in den letzten Jahren der Manteuffel'schen Verwaltung aber wieder auf 2400 Thlr. herabgesetzt wurde, zu überlassen, so daß also die ganze Aenderung, welche durch Uebergabe des Zeitungswesens an den Grafen Manteuffel bewirkt worden war, in der Hauptsache darin bestand, daß die Pachtsumme nicht wie zeither an die Kammer, sondern von 1720 ab an den Grafen Manteuffel bezahlt und auf die Leitung der Zeitung bezügliche Instructionen statt von der Regierung, von dem letzteren eingeholt werden mußten. Graf Manteuffel scheint sich indessen in der letzteren Beziehung um die Zeitung wenig oder gar nicht bekümmert, sondern sein ganzes Verhältniß zur Zeitung auf Vereinnahmung des Pachtgeldes beschränkt

*) Vergl. Acten des Königl. Finanzarchivs Rep. XXXI Lit. Z. No. 15 Bl. 44.

zu haben. Die Jahrgänge der Zeitung, welche aus der Manteuffel'schen Verwaltung herrühren, bieten in ihrem Inhalt wenigstens durchaus nichts dar, welches die Annahme zu rechtfertigen geeignet wäre, der Minister habe sich während dieser Zeit der Zeitung zu höheren Staatszwecken bedient. Von Interesse ist aus dieser Periode indessen im Jahrgang 1722 ein Bericht vom 9. Febr. über die Eröffnung des Landtags zu Dresden*), im Jahrgange 1723 Mittheilungen über Grönland, im Jahrgange 1725 die Correspondenzen über die, damals ungeheures Aufsehen machende Zurücksendung der dem König von Frankreich zur Gemahlin bestimmten Infantin von Spanien, welche eine „Affaire" genannt ward, die, „sie sei wie sie wolle, von einer solchen Beschaffenheit ist, daß sie zu einer general Veränderung nicht nur in gantz Europa, sondern auch in den entlegendsten Königreichen und Ländern Anlaß gegeben und noch geben kann, dergestalt, daß, wo Gott nicht die Hertzen der Könige regieret, zu befürchten stehet, es werde diese unvermuthete Procedur noch viele Unruhe verursachen". Die befürchtete „Generalveränderung" trat indessen bekanntlich nicht ein. Nicht geringeres Aufsehn, freilich in wesentlich verschiedener Richtung, erregte das 1725 erfolgte Ableben Peter's des Großen, wovon es heißt: es habe sich „wohl in Moscow die größte Veränderung ereignet, indem dasselbe in der Person des dem Ruhme nach unsterblichen, wohl aber dem Leibe nach verstorbenen großen Czaars Petri des I. einen glorwürdigen Regenten, einen tapfern Helden zu Wasser und Land, einen mächtigen Beschützer und Vermehrer aller Künste und Wissenschaften, und kurtz ein Vorbild eines großen, glücklichen und klugen Monarchen verlohren". Der Jahrgang 1728 bringt sehr ausführliche Mittheilungen über den Besuch des Königs Friedrich Wilhelm I. mit dem Kronprinzen (späteren König Friedrich II.) von Preußen in Dresden, dessen Einzelheiten als geschichtlich bekannt übergangen werden können. Endlich beginnt die Zeitung in dieser Periode neben der bisher ausschließlich ihren Inhalt bildenden Politik sich dann und wann auch Gegenständen der Unterhaltung zuzuwenden, es finden sich in ihr Anfänge eines Feuilletons. Das Material ist freilich roh genug und die heutigen Feuilletonisten werden sich für die Collegialität mit den damaligen

*) Vergl. Beilage 8.

wohl bedanken. Als Beispiel, an was für Unterhaltungsgegenständen das damalige Zeitungspublicum Geschmack fand, sei aus Jahrgang 1723 ein Bericht aus Frankreich*) über „ein unbekanntes Thier gleich einem Wolff, aber mit einem Rachen, lang heraushangenden Zungen und Füßen eines Greifens", hervorgehoben, „welches innerhalb Jahresfrist mehr als 140 Menschen theils aus denen umliegenden Dörffern, theils von andern mehr daselbst durchgereißten Personen, erbärmlicher Weise zerrissen und aufgefressen". Und dieser Vorgang datirte, wohl zu merken, nicht etwa aus den letzten Wochen oder Monaten, sondern aus dem Jahre 1653! Was würde unsere heutige Lesewelt sagen, wenn die Journalistik sie mit dergleichen naturgeschichtlichen Curiositäten aus einer um fast ein Jahrhundert zurückliegenden Zeit zu tractiren sich gestattete.

Die Verwaltung des Grafen Manteuffel währte bis zum Jahre 1730. Im October dieses Jahres ging das Zeitungswesen wieder auf die Kammer über, welche „die Zeitungsnutzungen, wie solche vormahl das Ober Post Amt erhoben oder erheben können, und sollen, nichts davon ausgeschlossen" auf ein Jahr bis ult. Decbr. 1731 wiederum an den inzwischen zum Kammercommissionsrath beförderten Sebastian Evert für 2400 Thlr. verpachtete. Im August 1731 wurde dieser Pacht noch auf ein weiteres Jahr, bis Ende 1732 prolongirt.

Aus diesen beiden letzten Jahrgängen der Evert'schen Direction ist lediglich der im Jahrgange 1730 enthaltenen ausführlichen Berichte über das bekannte Lager von Zeithayn, welches hier unter der Bezeichnung: „Campement von Radewitz" erscheint, zu gedenken. Ueber dieses Lager sind eine ziemlich große Anzahl eingehender und sachkundiger Berichte vorhanden, denen die Mittheilungen der Zeitung etwas wesentlich Neues nicht beifügen.

Im Jahre 1732 trat als Bewerber um den Zeitungspacht, der mit Ende dieses Jahres für Evert zu Ende ging, der Accisrath und Geheime Cämmerer Moritz George Weidemann auf, indem er sich aus freien Stücken zu einer Erhöhung des Pachtquantums bis auf 3000 Thlr. jährlich erbot. Zu Abschluß der Pachtverhandlung mit ihm wurde der Wirkliche Geheime Rath, Cämmerer, General-Accis- und Vice-Ober-

*) Vergl. Beilage 9.

Steuer-Director von Brühl mit Allerhöchstem Auftrag versehen, diesem auch die besondere Inspection des Zeitungswesens übertragen und fernerhin bestimmt, daß sämmtliche, vom Zeitungswesen eingehende Gelder zur Gesandtschaftscasse eingeliefert werden sollten; Brühl schloß den Pachtvertrag auf sechs Jahre bis ult. Dec. 1738 mit Weidemann ab und letzterer erlangte dabei eine Herabsetzung seiner ursprünglichen Offerte auf 2600 Thlr. Außerdem wurde ihm wie seinem Pachtvorgänger Evert, für die Zeitungscorrespondenz Portofreiheit ertheilt, wogegen er andrerseits die Verbindlichkeit übernahm, an die Mitglieder des Kgl. Hofes sowie an die höchsten Hof- und Staatsbeamten 39 Freiexemplare zu verabfolgen; Brühl erhielt deren für seine Person zwei, während der König selbst nur eins bekam.

Brühl nahm die ihm durch die Uebertragung der Inspection überwiesenen Rechte strenger wahr, als es seiner Zeit Graf Manteuffel gethan. Bereits unterm 30. Mai 1733 erhielt Weidemann folgenden Vorhalt: „Rath, Lieber, Getreuer. Ob Wir Uns wohl zu euch gänzlich versehen, ihr würdet dem wegen des Leipziger Zeitungswesens mit euch unterm 26. Nov. des abgewichnen Jahres geschloßenen Pacht-Contract, vermöge eures unter eben dem dato deshalb ausgestellten Reversus in allen seinen Puncten und Clausuln gebührend nachgekommen seyn; So ist doch, daß solchem Zuwider ohne Vorbewust unsers würkl. Geheimen Raths von Brühl, als welchem die besondere Inspection des Zeitungswesens oblieget, ihr bishero in die Leipziger Zeitungen eines und das andere eingerücket, daraus wahrzunehmen gewesen. Wie Wir nun solches mißfällig empfinden; Also ist hierdurch Unser ernstes Begehren, ihr wollet demjenigen, was in dem angezogenen Zeitungs-Pacht-Contract enthalten, in Zukunfft auf das genaueste nachleben vnd, bey Vermeidung ohnnachbleibender Verantwortung, darwider in keine Wege handeln, als woran ꝛc." Weidemann scheint, was zwischen den Zeilen dieses der Form nach sehr glimpflich gehaltenen Rescripts zu lesen war, wohl begriffen und es fernerhin verstanden zu haben, die Zufriedenheit Brühls sich dauernd zu erwerben. Wenigstens haben wir in den Acten nur noch eine Verwarnung aus dem Jahre 1734 wegen Aufnahme eines Artikels über die Uebergabe und Capitulation der Stadt Danzig gefunden, welcher der Befehl beigefügt ist „ihr wollet euch etwas von Pohlnischen, oder Unsern andern hiesigen publiquen Angelegenheiten, welche nicht aus Unseren Geheimen Cabinet communiciret, oder vorhero an Unseren Geheimen Cabinets-Ministre von Brühl, von euch zur Approbation einberichtet worden, denen Leipziger Zeitungen zu inseriren gänzlich enthalten, auch zu solchem Ende Jemanden allhier bestellen, welcher dergleichen Angelegenheiten statt eurer, beobachten und sollicitiren kann.“ Seitdem sind uns Ausstellungen gegen die Leitung der Zeitung aus der Brühl'schen Zeit nicht weiter vorgekommen. Im Uebrigen that wohl auch der damalige Censor der Zeitung, Hofrath Mascov das Seinige, um daraus Alles, was Brühl hätte mißliebig sein können, fern zu halten. Die Zurückhaltung, welche in dieser Beziehung namentlich bei allen vaterländische Angelegenheiten berührenden Artikeln auferlegt war, möchte es schließlich am dienlichsten erscheinen lassen, über sächsische Dinge völliges Stillschweigen zu beobachten; von 1750 ab sind sächsische Nachrichten in der Zeitung gänzlich zu vermissen.

1738 erlangte Weidemann nicht nur eine Verlängerung seines Pachts unter den bisherigen Bedingungen auf weitere sechs Jahre, sondern auch die eventuelle Substituirung seiner Ehefrau. Eine weitere Prolongation, jedoch unter Erhöhung der Pachtsumme auf 2750 Thlr., fand 1743 auf nochmalige sechs Jahr bis 1750 statt.

Wenige Wochen nach dieser zweiten Prolongation starb Weidemann, der inzwischen zum Hofrath befördert worden war, und der Pacht wurde darauf auf seine Wittwe Johanne Marie Weidemann übertragen. Sie ließ die Zeitungsgeschäfte durch den Kalender-Impost-Einnehmer Johann Heinrich Liebers besorgen, der bereits in den letzten Lebensjahren ihres verstorbenen Ehemanns sich mit der Redaction beschäftigt hatte.

Die verw. Weidemann hatte kaum ihren Pacht angetreten, als sie Veranlassung erhielt, sich über Beeinträchtigungen ihrer contractlichen Rechte zu beschweren. In dem Pachtvertrage befand sich nämlich eine Bestimmung des Inhalts, daß Niemand für Andere fremde Zeitungen bei Strafe von einem Thaler für jedes Stück verschreiben und versenden dürfe, sondern dies durch die Zeitungsexpedition bewirken zu lassen habe. Diese Bestimmung, lange Zeit hindurch ohne reelle Bedeutung, da nur Wenige daran dachten, außer der Landeszeitung auch noch fremde Blätter zu lesen, die Wenigen aber, welche es thaten, dieselben direct bezogen, ohne aus dem Weitervertriebe ein Geschäft zu machen, erlangte einen sehr erheblichen materiellen Werth, als die Sitte, auch auswärtige Blätter zu lesen, bei dem von Jahr zu Jahr sich steigernden Interesse des Publicums an den öffentlichen Tagesbegebenheiten und bei der Dürftigkeit des Inhalts der Leipziger Zeitung weiter um sich griff. Je mehr aber auswärtige Blätter auch in den weniger wohlhabenden Schichten des Volks Eingang fanden, um so dringender stellte sich bei der Kostspieligkeit directer Beziehung dieser Blätter das Bedürfniß einer Vermittelung des Bezugs durch einen Dritten heraus, der, indem er für jedes einzelne Exemplar eine Mehrzahl von Mitlesern gewann, dem einzelnen der letzteren das Blatt zu billigerem Preise liefern konnte, als wenn derselbe es unmittelbar bezogen hätte. Aus dieser Spedition ward bald ein recht lohnendes Geschäft, indem die Vermittler, um für ihre Mühe etwas zu haben, dem einzelnen Theilnehmer bei Berechnung seiner Quote einen Aufschlag machten. Die von Jahr zu Jahr fortschreitende Vermehrung der Tagesblätter steigerte die Nachfrage. In Sachsen selbst tauchten ungeachtet des unter dem Brühl'schen Regime geübten Preßzwangs neue Unternehmungen dieser Art auf. Zwar mußten die Unternehmer sich hüten, denselben Namen und Form von Zeitungen zu geben, da es hierzu einer Regierungsconcession und einer Auseinandersetzung mit dem Pachtinhaber der Leipziger Zeitung bedurft hätte; indessen nach Inhalt, Wesen und Tendenz fallen diese Unternehmungen ohne allen Zweifel unter die Kategorie wirklicher Zeitschriften. Die dafür gewählten Namen waren, da der Ausdruck: Zeitung, wie gesagt, sorgfältig vermieden werden mußte, sonderbar genug; so gab es: den vom Marte ausgesendeten Mercurius, das Leipziger Allerlei, den Europäischen Geschicht-Courier, den hinkenden Staatsboten, Dresdner wöchentliche Nachrichten von Staats- und gelehrten Sachen rc. Außerhalb Sachsen wurde die Neigung, neue Zeitungsunternehmen ins Leben zu rufen, vornehmlich seit den schlesischen Kriegen wach, welche das allgemeine Interesse, da sie mitten in Deutschland ihren Schauplatz hatten, viel unmittelbarer in Anspruch nahmen als die Türken- und Franzosenkriege, welche seit dem Ende des dreißigjährigen Kriegs die Zeitungen fast ununterbrochen mit Stoff versorgt hatten. Landkarten- und Bildertrödler waren es insonderheit, welche sich auch mit dem Vertriebe von Zeitungen beschäftigten, unter denen die Erlanger wegen ihrer entschiedenen Sprache vorzugsweise gern gelesen wurden. Einer der bedeutendsten Zeitungsspediteure der damaligen Zeit war ein tiroler Kupferstich- und Landkartenhändler Johann Schaller, gewöhnlich Bilderhänsel genannt, welcher in der Regel 70—80 Exemplare Erlanger Zeitungen kommen ließ und mit denselben hausiren ging. Gegen ihn richteten sich die Beschwerden der verw. Weidemann ganz besonders und er suchte sich dagegen durch die ziemlich sophistische Ausrede zu verantworten, daß er eigentlich nicht Erlanger Zeitungen, sondern nur eine, in Erlangen wöchentlich erscheinende politische Schrift führe, welche zur Erläuterung seiner Landkarten gehöre. Man wollte ihm wohl, da er seit einer langen Reihe von Jahren in einflußreichen Kreisen, die er mit Bildern und Landkarten versorgte, eine gern gesehene Persönlichkeit war, und so erlangte er bis Ende 1745 eine förmliche Concession zum hausirenden Zeitungsdebit.

Aber selbst Leipziger Postofficianten scheuten sich nicht, mit dem Debit fremder Zeitungen sich zu beschäftigen. Im Jahre 1744 führte die verw. Weidemann Beschwerde darüber, daß „von einigen beim Oberpostamte befindlichen Officianten vnd Personen fremde Zeitungen verschrieben, ausgetheilet vnd versendet worden", und es erging darauf ein Verbot an die sämmtlichen Expeditionsbeamten des Oberpostamts, sich der Verschreibung und Versendung fremder Zeitungen bei 1 Thlr. Strafe von jedem Stück zu enthalten.

Zu einiger Entschuldigung dieser unablässigen Eingriffe in das Zeitungsspeditionsrecht des Pächters der Leipziger Zeitung mag es indessen dienen, daß es seit lange bereits ein offenes Geheimniß war, daß der Pacht dem wirklichen Reinertrage der Zeitung gegenüber viel zu niedrig bemessen sei und daß man es daher für kein allzu großes Unrecht hielt, dem Zeitungspachter ein, für das Publicum überdies höchst drückendes Nebenemolument zu beeinträchtigen, dessen Nutzbarkeit in Folge der oben dargelegten Gestaltung der Dinge erst seit kurzer Zeit hervorgetreten war, und welches, wenn es an jeder Concurrenz gebrach, bei dem gänzlichen Mangel von Bestimmungen über die Höhe der Speditionsgebühr, welche dem Zeitungspachter für sich in Anrechnung zu bringen gestattet war, zu den willkührlichsten Uebertheuerungen des Publicums gemißbraucht werden konnte. Sachverständige berechneten, daß der Zeitungspachter bei dem niedrigen Pachtbetrage damals einen jährlichen Reingewinn von 4000 Thlr. in die Tasche gesteckt habe.

Diese finanzielle Glanzperiode der Zeitung nahte freilich ihrem Ende. Beim Herannahen des Ablaufs ihrer Pachtzeit kam die verw. Weidemann um fernerweite Verlängerung auf sechs Jahre bis Ende 1756 ein und erhielt dieselbe auch für sich und unter Substituirung ihrer Tochter Marie Luise Weidemann unter den bisherigen Bedingungen, obschon „wenn ein anderer sothaner Pacht überkommen sollte, nicht zu zweiffeln, daß alsdann gar leicht ein höheres Locarium zu erlangen seyn dürffte." Als sie indessen nach Ablauf dieser sechs Jahre eine abermalige Verlängerung des Contracts auf sechs Jahre bis Ende 1763 für sich und ihre Tochter begehrte und zu diesem Behufe an den Premierminister Grafen Brühl eine Supplik richtete, war der letztere zwar geneigt, den Pacht mit der Weidemann und beziehentlich ihrer Tochter fortsetzen zu lassen „iedoch anderergestalt nicht, als gegen einen ergiebigen zuschuß, maßen sich zur Pacht albereits verschiedene Competenten, so ein höheres Locarium offeriret, gemeldet hätten, und dahero das Kgl. Interesse erfordern wolle, mehr besagten Pacht öffentlich anzuschlagen, welches demnach denen Weidemannschen Erben, und zugleich annoch Folgendes, zu declariren wäre, daß, wenn sie sich nicht zu einem höheren Pachts-Quanto von 250 Thlr. und also zusammen zu 3000 Thlr. jährlich verstehen würden, die Affixion erfolgen solle." Dieser Eventualität zuvorzukommen, wendete sich die Weidemann mit ihrer Tochter an Ihre Maj. die Königin, was zur Folge hatte, daß ihr der Zeitungspacht auf anderweite sechs Jahre bis Ende 1763 für das bisherige Pachtgeld belassen wurde.

Hieran hatten die Weidemann'schen Erben sehr wohl gethan. Wenige Wochen nach der Pachtverlängerung brach der siebenjährige Krieg aus, welcher der Zeitung die härtesten Schläge versetzte und ihre Erträge auf ein Minimum herabdrückte. Friedrich II. begann bekanntlich den Krieg mit einem gänzlich unvorhergesehenen Einbruch ins Kurfürstenthum Sachsen, dem bald darauf die Capitulation der sächsischen Armee unterhalb des Liliensteins und die Besetzung des ganzen Landes folgte; König Friedrich August hatte sich mit den höchsten Staatsbehörden nach Warschau begeben, wo er den größten Theil der Dauer des Krieges zubrachte.

Kaum war Leipzig in preußischen Händen, so ward die Zeitung unter preußische Censur gestellt. Diese verfuhr mit äußerster Strenge. Einer Menge Artikel, welche in fremden Blättern ohne Anstand abgedruckt waren, wurde, wenn sie im Entferntesten gegen Preußen gerichtet waren, die Aufnahme verweigert; aus Polen, dem zeitweiligen Sitze des Landesherrn und seiner Regierung durfte nicht eine Sylbe gebracht werden. Dagegen wurde die Zeitung von den preußischen Machthabern zu den bittersten und feindseligsten Angriffen gegen Oesterreich benutzt, so daß letzteres sich endlich bewogen fand, den Vertrieb der Zeitung allen Reichs- und kaiserlichen Postämtern zu untersagen. Für den Absatz der Zeitung ein furchtbarer Schlag, da durch diese Maßregel ihr ganzer Debit nach Süd- und Westdeutschland, sowie Oesterreich abgeschnitten wurde. Hierzu kam das Auftauchen einer Menge neuer Zeitungen, Intelligenz- und Avisenblätter im Kurfürstenthume, da die preußischen Behörden dem diesfalls dem Zeitungspachter zustehenden Verbietungsrechte keinen Schutz gegen Beeinträchtigungen gewährten. Dieselben machten der Leipziger Zeitung eine um so gefährlichere Concurrenz, da sie, vom Kriegsschauplatz entfernter erscheinend, und deshalb weniger von der preußischen Censur beaufsichtigt, freimüthiger sprechen und Nachrichten, welche zu bringen der Leipziger Zeitung streng verpönt war, geben konnten. Endlich gingen während des Kriegs auch die Abonnementsgelder, welche damals nicht, wie gegenwärtig, praenumerando, sondern postnumerando gezahlt wurden, viel unregelmäßiger und unsicherer ein oder wurden in den von den Preußen ins Land gebrachten berüchtigten schlechten Münzsorten bezahlt, während die Zeitungspachterin ihre Zahlungen außerhalb Sachsens in vollwichtigem Gelde bewerkstelligen mußte; ja es geschah sogar wiederholt, daß die Zeitungsgelder von den preußischen Behörden mit Beschlag belegt oder die Zeitungscasse zwangsweise zu Vorschüssen an die letztern genöthigt wurde. Dies Alles stimmte freilich schlecht zu der bei der Besetzung des Landes vom Kgl. Preuß. General-Feld-Kriegs-Directorium d. d. Torgau, den 14. Sept. 1756 „Namens Sr. Kgl. Majestät in Preußen und auf dero allergnädigsten specialen Befehl" erlassenen Bekanntmachung, „daß in denen sämmtlichen Chursächsischen Landen, als welche Se. Königl. Majest. in Dero höchsten Schutz und Verwahrung genommen, bei jetzigen Kriegs Troublen kein Mensch in seiner Nahrung und Gewerde gestöret, sondern jeder solche in Ruhe und Friede ungehindert fortsetzen könne.“

Der Absatz der Zeitung sank nach Ausbruch des siebenjährigen Kriegs mit Riesenschritten. Von 1150 Exemplaren im Jahre 1756 war er im darauf folgenden Jahre auf 825 Exemplare herabgegangen. Von Gewinn bei der Zeitung war bald keine Rede mehr; ja 1758 berechneten die Weidemann'schen Erben ihren Verlust auf 1048 Thlr., in der ersten Hälfte des Jahres 1759 auf 600 Thlr.und bereits 1758 kamen dieselben mit einem Erlaßgesuche ein; es erging darauf Verfügung, die Weidemann solle zuvörderst die angegebenen Schäden und daß dadurch die Unmöglichkeit zu Abführung des stipulirten völligen Pachtquanti wirklich erwachse, in mehreren darthun. Im Jahre 1759 verblieb darauf die Weidemann mit einem Zahltermin in Rest. Im Sommer 1762 kam sie mit ihrer Tochter mit dem Gesuche ein, ihr wenigstens einen dem Kgl. Preuß. Generalfeldkriegsdirectorium im Jahre 1759 zwangsweise gemachten Vorschuß von 1000 Thlr. zurückzuerstatten und außerdem sie mit einem Remiß des Pachtgeldes zu begnadigen. Es wurde ihnen darauf eröffnet, daß man ihnen einen Remiß von 1000 Thlr. angedeihen lassen wolle, „daferne sich dieselben zu Continuation angeregten ihres Pacht-Contracti in quali et quanto auf fernerweite sechs Jahre verstehen möchten. Die Weidemann lehnte das Eingehn auf letztere Bedingung ab, brachte aber ihren Verwandten, einen gewissen Johann Friedrich Junius als Pachter in Vorschlag. Dieser scheint der Kammer nicht zugesagt zu haben, denn man entschloß sich zu Ausschreibung eines Licitationstermins Behufs Verpachtung an den Meistbietenden. Dies bewog den Hofcommissarius und Buchhändler Michael Grölle, mit Vorschlägen hervorzutreten, die Zeitung von Leipzig nach Dresden zu verlegen und sie dort als „Deutsche Hoffzeitungen“ erscheinen zu lassen. Bevor es indessen noch zur Licitation kam, fand eine Vereinigung mit den Weidemann'schen Erben statt. Mittels Decrets d. d. Warschau, den 25. Nov. 1762 wurde der Pacht der verw. Weidemann und ihrer Tochter, „nachdem sie sich zu Fortentrichtung des bisherigen jährlichen locarii derer 2750 Thlr., unter der Bedingung, wann die von ihnen vor auswärtigen Zeitungen, so an Unsere Collegia geliefert werden, theils quoad praeteritum verlegte 1631 Thlr., theils ferner erforderliche baare Vorschuß-Gelder in Zurechnung an Geldes statt angenommen, auch die Einführung fremder

Zeitungen durch das Ober=Post= und Creyß=Amt zu Leipzig bey namhaffter Straffe anderweit untersagtt würde, verstanden" annoch auf zwei Jahre bis ult. Dec. 1764 verlängert. Ein Erlaß oder Entschädigung wurde ihr dagegen nicht gewährt. Es war dies die letzte Prolongation, welche den Weidemann'schen Erben zu Theil wurde; mit deren Ablauf endete ihr Pacht definitiv.

Ein Rückblick auf die mehr als dreißigjährige Periode, während deren Weidemann und seine Wittwe den Pacht der Leipziger Zeitung inne hatten, bietet in Betreff der innern Entwickelung der Zeitung nur wenig Erfreuliches. Die Redaction wurde eher noch schlechter als unter Evert besorgt, und es war daher kein Wunder, wenn die Zeitung von andern Tagesblättern, alten wie neu entstandenen mehr und mehr überflügelt wurde. Die Brühl'sche Zeit, dann der auf Sachsen so schwer drückende siebenjährige Krieg waren freilich, wie bereits gedacht, dem Aufschwunge der Zeitung, auch wenn deren Leiter ihn ernstlich gewollt hätten, entschieden ungünstig. Indessen entschuldigt dies nicht gewisse Rückschritte, die gethan wurden, so indem man 1734 das Inhaltsverzeichniß wieder in Wegfall gelangen ließ.

Eine Neuerung fand 1734 im Titel der Zeitung statt. Mit der Nummer vom 12. Juli nahm sie die Bezeichnung: „Leipziger Zeitungen" an. Das Jahr 1745 brachte die ersten amtlichen Bekanntmachungen von Ernennungen im öffentlichen Dienste; als erste derselben erschienen Militäravancements, Civildienstnachrichten folgen erst 1768. Im Jahre 1764 fiel aus der Titelvignette das polnische Wappen weg und nur das sächsische mit dem Kurhute ward beibehalten. Endlich machen sich im Inseratentheil seit 1755 die ersten Steckbriefe bemerkbar; sie wurden Anfangs vorzugsweise hinter entlaufenen Dienstboten erlassen und zwar nicht blos von der Gerichtsbehörde, sondern zuweilen von der betreffenden Dienstherrschaft selbst*).

Im politischen Theil dieser Periode findet sich äußerst wenig, was noch gegenwärtig von Interesse sein könnte. Während des siebenjährigen Krieges, der andern Blättern so reichen Stoff der Besprechung darbot, war die Leipziger Zeitung in Folge der oben geschilderten Verhältnisse fast mundtodt. Interessante Mittheilungen finden sich im Jahrgang 1757

*) Vergl. einen solchen Steckbrief aus dem Jahre 1745 unter Beilage 10.

über das unglückselige Schicksal des britischen Admirals Byng, der bekanntlich wegen seines Verhaltens im englisch-französischen Seekriege kriegsrechtlich zum Tode verurtheilt und hingerichtet wurde. Sie bestätigen, was heut zu Tage außer allen Zweifel gestellt ist, daß der Admiral lediglich als Opfer des Partheihasses gefallen ist und daß sein Tod ein politischer Mord war. Aus einem der damaligen englischen Wochenblätter wird die prophetische Stelle wiederholt: „Unsere Landsleute werden mit der Zeit sehen, wie sehr ein eingenommener Geist verleitet werden kann, wenn man der Menschlichkeit und der Vernunft entsaget.“

Eine der letzten Nummern des Jahrgangs 1762 bringt einen Beruhigungsartikel in Betreff des sehnlichst erwarteten Friedensschlusses. Er kennzeichnet die damalige Stimmung, welche des, die besten Kräfte des Landes aufzehrenden langwierigen Krieges gründlich überdrüssig geworden war. „Uebrigens kann,“ heißt es darin, „vielen so sehr nach der Friedens-Post billig verlangenden Zeitungs-Lesern nichts anderes gemeldet werden, als daß man sich dahin begreifen möchte, daß nach einem fast sieben Jahre durch währenden und mit aller Animosität geführten Kriege, wobei die Raison d'Etat und de Guerre sich so zu sagen erschöpfet, von der Staats-Klugheit, (besonders wenn sie eine wahre sein will) ohnmöglich gefordert werden könne, daß sie innerhalb 4 Wochen Friedens-Negociationen entamire und ein Friedens-Instrument aufsetze, wodurch die Ruhe der Völker nicht etwa auf ein Paar Jahr wieder hergestellt, sondern wodurch die Ehre der Souveraine, die dauerhafte Sicherheit der Unterthanen und der Nachkommenschaft, und vor viele andere Dinge, daraus sich neue Folgen ereignen können, so viel menschlichen Kräften noch möglich ist, gesorget werden muß und daß es das verabscheuungswürdigste seyn würde, wenn man auch bey dergleichen politischen Geschäften in seinem Herzen sprechen wollte: Hic Deus nihil facit.“ Der Jahrgang 1763 enthält Brühl's Todesanzeige. Der Artikel, kurz und kühl gehalten, lautet folgendermaßen: „Den neuesten Briefen von daher zufolge haben des ehemaligen Premierministers Grafen von Brühls Excellenz, den 28sten October das Zeitliche mit den Ewigen verwechselt, Selbige waren den 13. August 1700 geboren, und Freiherr zu Forsta und Pförten 2c. Voigt zu Bromberg, und weil. Sr. Köngl. Majestät Friedrich Augusts, Premier und dirigirender Cabinets-Minister, Pohlnischer Feldzeugmeister, wirklicher

Geheimder Rath, General der Infanterie, Ober Cämmerer, Cammer und Berggemachs = Präsident, Ober = Steuer = und General = Accis = auch Stift Naumburg = und Merseburgischer = Cammer = Director, General = Commissarius der Baltischen Meer = Porten, Commandant der Sächsischen Truppen in Pohlen ꝛc. Domherr zu Meissen und Dom = Probst zu Budissin, des weißen Adler, St. Andreä und schwarzen Adler = Ordens Ritter, und wurden den 27sten Mai 1737 nebst dero Brüdern und Nachkommen von dem Kaiser in den Reichsgrafen Stand erhoben. Von Dero Gemahlin, einer geb. Gräfin von Kolowrath, die 1762 zu Warschau verstorben, haben Selbige 4 Grafen und eine Gräfin, welche an Vandalin Grafen von Muiszech, Cron = Hof = Marschall in Pohlen, den 14. Juli 1750 vermählet worden, hinterlassen." Brühls Zeit war vorüber!

Einer für die damalige Zeitanschauung charakteristischen Rüge sei endlich noch Erwähnung gethan, welche im Jahre 1764 wegen eines Avertissements an die Zeitung erging, worin Arbeiter für im Fuldaischen anzulegende Fabriken gesucht werden. „Wir haben," heißt es, „nicht ohne besondres Mißfallen wahrnehmen müssen, wie die Zeitungsexpedition zu Leipzig dem 2. Stück der 30. Woche derer dasigen Zeitungen und außerdem noch zu verschiedenen malen ein Avertissement, in welchem das Publicum zu denen Fabriquen, so man im Fuldaischen anzulegen Vorhabens ist, durch allerley angebliche Vortheile invitiret wird, inseriren laßen. Da aber dergleichen Insinuationes zu einer sehr nachtheiligen Verleitung derer Unterthanen und Fabricanten zum Wegziehen außerhalb Landes, wogegen Wir bißhero alle mögliche Vorkehrungen zu treffen bemüht gewesen, gereichen können, So begehren Wir ꝛc., ihr wollet nicht nur ermeldeter Zeitungs Expedition zu Leipzig solches nachdrücklich verweisen, sondern auch derselben die fernere Inserirung dergleichen schädlicher Nachrichten untersagen und sie, daß sie künftig dißfalls mehrere Behutsamkeit gebrauchen solle, ernstlich anweisen."

Zweite Abtheilung.

1765—1797.

Die unerfreulichen Erfahrungen, welche bei der Zeitung während des langjährigen Weidemann'schen Pachtes gemacht worden waren, bestimmten die Regierung, beim Herannahen des Ablaufs dieses Pachtes ernste Maßregeln zu ergreifen, dem gänzlichen Verfall der Zeitung, der mit Riesenschritten nahte, vorzubeugen. Man erkannte vor Allem die Nothwendigkeit besonderer Vorsicht bei der Auswahl eines neuen Pachters, das Bedürfniß einer tüchtigen Redaction und die Dringlichkeit wesentlicher Veränderungen im Pachtcontract, dessen Bestimmungen zum Theil den im Laufe der Zeit völlig veränderten Verhältnissen des Zeitungswesens nicht mehr entsprechen wollten. Bereits im Mai 1764 erging an das Amt und den Rath zu Leipzig Verfügung, in Betracht, „daß Wir das Zeitungsschreiben nicht nur wegen des vielen Einflusses der Correspondenz und derer Posten auf hiesigen Handels-Platz (die Stadt Leipzig) ferner beybehalten, sondern auch nach Möglichkeit verbessert wissen wollen, wegen Ausfindigmachung eines rechtschaffenen Subjecti zu Uebernehmung sothanen Zeitungs-Pachtes jedoch nur in privato sich zu bemühen". Der Rath schlug darauf den Rathsherrn Dr. Junius und die Buchhändler Breitkopf, Vater und Sohn, vor. Zugleich ging jedoch ein Bericht des Vorstandes des Oberpostamts ein, worin dieser den Kammercommissarius und Botenmeister May als Zeitungspachter mit dem Bemerken anempfahl, daß die vom Rathe vorgeschlagenen Persönlichkeiten durch ihre anderweiten Geschäfte zu sehr in Anspruch genommen seien, um sich der Zeitung mit der unter den obwaltenden ungünstigen Verhältnissen derselben besonders zu wünschenden ausschließlichen Hingebung zu widmen, auch wegen der mit der Zeitungsexpedition verbundenen Portofreiheit es bedenklich erscheine, den Zeitungspacht einem Buchhändler, der von dieser Vergünstigung für seine Privatgeschäfte leicht Mißbrauch treiben könne, zu überlassen. Die Regierung ordnete darauf die Verpachtung im Wege des Meistgebots an, mit welcher der Hofrath und Oberpostamtsdirector Welck und der Kammercommissionsrath und Kreisamtmann Blümner beauftragt wurden. Das höchste Gebot hierbei that der Kammercommissarius und

Botenmeister Johann Andreas May mit 2404 Thlr. jährlich, wofür ihm der Zeitungspacht, zunächst jedoch nur auf die zwei Jahre 1765 und 1766 zugesprochen wurde. Derselbe mußte sich zugleich anheischig machen, „den zeitherigen Verfasser derer hiesigen Zeitungen, Mag. Schumann, welchen das Collegium wegen seiner guten Wißenschaft in publicis und historicis zu dieser Arbeit noch ferner adhibiret wißen wollte, die Pachtjahre über beyzubehalten". Nicht minder wurde ihm Behufs einer genügenden, vollständigen und zuverlässigen Berichterstattung aus Dresden die Verpflichtung auferlegt, „aus denen bei der Churfürstl. Geheimen-Cabinets-Canzley in Dienst und Pflicht stehenden Personen ein dazu geschicktes Subjectum" gegen ein Honorar von jährlich 100 Thlr. (später auf 200 Thlr. erhöht) zur Correspondenz mit der Zeitungsexpedition zu bestellen.

Die Bestimmungen des neuen Contracts waren im Wesentlichen folgende:

1) Gegenstand des Pachtes sind sämmtliche „Nutzungen von dem Zeitungswesen hiesiger Lande". Darunter war insonderheit der gesammte ausschließliche Debit in- und ausländischer Zeitungen mitbegriffen.

2) Neben der ordnungsmäßigen Zahlung der Pachtsumme hatte der Pachter eine Quantität Freiexemplare, im Ganzen 42 Stück, zu verabfolgen und „die auf Befehl derer Churfürstl. Collegiorum durch die Zeitungen bekannt zu machenden Avertissements in Sachen, so ex officio expediret werden", unentgeldlich zu inseriren.

3) Die „zu edirenden Zeitungen" unterliegen der „ordentlichen Censur, wie solche in Leipzig eingerichtet ist". Daneben wird der Pachter noch „an die jedesmaligen Herren Ministres, bey dem Churfürstl. Cabinete und deren Ge- und Verboth" gewiesen.

4) Niemandem ist außer dem Pachter gestattet, „politisch-historische Zeitungen (worunter also gelehrte Zeitungen und Intelligenz-Blätter, so lange solche nicht von ihrer gewöhnlichen Einrichtung zum Nachtheil der politischen Zeitungen abweichen, keineswegs, wohl aber alle Blätter, welche die Eigenschaften politischer Zeitungen, Nouvellen oder Avisen haben, begriffen sind,) zu schreiben, zu drucken, auch in und außer dem Lande zu debitiren,

vielmehr soll jeder, welcher sich deßen unternehmen möchte, wenn er sich nicht mit Pachtern darüber verstanden, mit 10 Thlr. Strafe für jedes Stück belegt werden.

5) Der Pachter erhält Portofreiheit bei Versendung und Verschreibung der in- und ausländischen geschriebenen und gedruckten politischen und gelehrten Zeitungen, (nicht aber der Intelligenz- und anderer Blätter, welche unter dem Namen Zeitungen nicht begriffen zu werden pflegen) sowie bezüglich der damit verbundenen Correspondenz, und zwar nicht nur auf den kurfürstl. sächs. Poststationen, sondern auch „auf denen auswärtigen combinirten und verrecessirten Posten".

6) Fremde Zeitungen darf sich zwar Jedermann für sich und zu seinem eigenen Gebrauch verschreiben oder selbst kommen lassen; jedoch ist verboten, dieselben „ums Geld weiter zu communiciren oder damit zu handeln, oder sonst irgend einiges Commercium damit zu treiben". Dies steht vielmehr bei Strafe von 1 Thlr. von jedem derartig vertriebenen Blatte ausschließlich der Zeitungsexpedition zu.

7) Für jedes durch Vermittelung eines Postamts abgesetztes Zeitungsexemplar hat der Pachter 1 Thlr. an selbiges zu entrichten, auch denjenigen Postämtern, welche Zeitungen absetzen, ein Freiexemplar zu gewähren.

Das Pachtverhältniß mit May wurde, unter Erhöhung des Pachtquantums auf 2500 Thlr., im Jahre 1766 auf sechs weitere Jahre bis Ende 1772 und sodann nochmals auf sechs Jahre bis Ende 1778 verlängert, so daß May im Ganzen 14 Jahre, von 1765 bis 1779, Pachter der Leipziger Zeitung gewesen ist. In den äußeren Verhältnissen der Zeitung änderte sich währenddem nichts weiter, als daß 1770 der Wochenextract in Wegfall gebracht und dafür wöchentlich fünf laufende Nummern der Zeitung, mit Ausnahme Sonntags und Freitags, ausgegeben wurden.

Die innere Gestalt der Zeitung hob sich entschieden unter der May'schen Verwaltung, und dazu trug vor Allem der Redacteur M. Gottlieb Schumann bei, der bereits in den letzten Jahren der Weidemann'schen Verwaltung die Redaction besorgt hatte und unter May sie bis zum Jahre 1769 fortführte. Sein Nachfolger ward der nicht minder vortreffliche Adelung, der berühmte Sprachforscher, der von 1769 bis 1787 diese Function versah.

Schumann war unstreitig einer der bedeutendsten Publicisten seiner Zeit. Mit Gewandtheit im Styl, gründlichen historischen Kenntnissen und richtigem politischen Tact verband er großen Eifer und unermüdliche Sorgfalt für sein Amt; er war wie geschaffen, um ein gänzlich herabgekommenes, in Mißcredit gerathenes literarisches Unternehmen, wie es die Leipziger Zeitung damals war, wieder in Aufschwung und Ansehn zu bringen. Er würde noch bedeutend mehr geleistet haben, als wirklich der Fall war, wenn ihm nicht die Engherzigkeit des Pachters auf der einen Seite und auf der andern Seite eine vielleicht allzu ängstliche Beaufsichtigung der Regierung, deren Ansichten mit den seinigen über die Art und Weise, wie die Zeitung vorwärts zu bringen, nicht immer übereinstimmten, öfter Schwierigkeiten bereitet hätten. Dazu kam, daß Schumann mit vaterländischer Correspondenz nach wie vor über Gebühr im Stich gelassen wurde, und zu Anknüpfung auswärtiger Correspondenzverbindungen, ein Feld, welches unter der Weidemann'schen Leitung völlig vernachlässigt worden war, auch vom neuen Pachter, der im Hinblick auf die Zeitbeschränkung seines Pachts immer nur die zunächst liegende finanzielle Ergiebigkeit im Auge hatte, die erforderlichen Geldmittel nicht zur Verfügung gestellt erhielt. Für die Dresdner Correspondenz war zwar contractmäßig ein Beamter des Geheimen Cabinets, der dafür vom Pachter ein Honorarfixum bezog, bestellt. Dessen Aufgabe schien aber weniger in publicistischer Thätigkeit für die Zeitung als vielmehr in einer dauernden Specialbeaufsichtigung des Unternehmens im Interesse der Regierung zu bestehn. Indessen hatte diese Einrichtung wenigstens den Vortheil, daß der Pachter, beziehentlich die Redaction der Zeitung einen bestimmten Anknüpfungspunkt im Cabinet hatte, mittels dessen es möglich ward, nicht nur in allen politischen Verhältnissen au courant zu bleiben, sondern auch den Mittheilungen der Zeitung die größtmöglichste Zuverlässigkeit zu sichern. Die letztere Eigenschaft ist ein Vorzug, welcher der Leipziger Zeitung bald das frühere Renommée wieder verschaffte und bei vielen Lesern den ihr oft zum Vorwurf gemachten Fehler ausglich, in der Raschheit der Mittheilung politischer Neuigkeiten mit andern Zeitungen nicht gleichen Schritt zu halten.

Eine Neuerung im zeitherigen Charakter der Zeitung versuchte M. Schumann, indem er neben den politischen Tagesnachrichten hin und wieder auch Artikel betrachtenden und raisonnirenden Inhalts brachte. An Leitartikel im heutigen Sinne darf man dabei nicht denken, sie waren indessen wenigstens ein bescheidener Anfang dazu, indem sie die Zeitung zu bestimmten Meinungsäußerungen nöthigten. Seiten der Regierung war man mit dieser Neuerung nichts weniger denn einverstanden; in einem Schreiben des Cabinetscorrespondenten an May d. d. Dresden, 6. Juni 1766 heißt es in dieser Beziehung: „So allgemein das Mißvergnügen über dessen (des Redacteurs M. Schumann) unnöthige und unzeitige Reflexiones, die er sogar itzt in Lateinischer Sprache*) einzustreuen anfängt, nicht allein nur hier, sondern, wie ich zuverlässig vernommen, auch in Leipzig ist, so gewiß ist es, daß hierdurch nicht allein Dero Zeitungen merklich an Vertrieb abnehmen müssen, sondern auch, wie ich dieselben praeveniren kann, verursachet werden wird, daß, wenn Herr M. Schumann nicht bald seine Methode ändert, Ihnen auf ausdrücklichen Befehl aufgegeben werden wird, sich einer andren Feder zu bedienen, immaßen nicht allein das Ministerium, sondern auch, wie der von hier zurückgehende Herr Professor, nunmehriger Hofrath Böhme**) Ihnen selbst bezeugen wird, jedermann ohne Ausnahme an des Herrn M. Schumann's Raisonnements und Ermahnungen, wozu er als Zeitungs Schreiber gewiß keinen Beruf hat, Misbelieben findet, überhaupt auch nöthig scheinet, das Lächerliche, so uns dgl. Zeitungen bei den Auswärtigen geben müssen, abzustellen." Ueber die hierin berührten Fragen haben sich gegenwärtig die Ansichten allerdings von Grund aus geändert!

Kurz darauf hatte sich Schumann die Unzufriedenheit der Regierung in einer andern Richtung zugezogen, indem im 2. Stück der 29. Woche des Jahrg. 1766 unter einem Artikel aus Petersburg das Manifest, welches in Rußland wegen Herbeiziehung fremder Unterthanen ergangen „recensiret, auch derer Vortheile, deren sich die daselbst angekommenen Colonisten zu erfreuen hätten, Erwähnung gethan und die Art und Weise wie sich mit dem Anmelden bey den sogenannten Commissarien zu

*) Um diese Zeit war nämlich die lateinische Ausgabe der Zeitung aus Mangel an Theilnahme — sie zählte zuletzt kaum 100 Ex. Absatz — eingegangen.

**) Der damalige Censor der Zeitung.

verhalten, bekannt gemacht worden". Man erblickte darin eine Umgehung des wegen Verleitung hiesiger Unterthanen zum Wegziehen außer Landes unterm 21. August 1761 erlassenen Mandats.

Schumann fügte sich endlich diesen wiederholten Vermahnungen bezüglich seiner Redactionsführung; wenigstens bieten die letzten Jahre der letzteren kein weiteres Beispiel, daß Rügen gegen ihn ergangen seien. Dieselben beginnen indessen von Neuem, als Adelung die Redaction übernommen hatte. Im Februar 1770 hatte ein im 33. Stück der Zeitung befindlicher Artikel aus Rom*) wegen einer Bemerkung über den Papst Mißfallen hervorgerufen und es erging darauf an den Censor Verfügung, darüber Obsicht zu führen, daß „aus der Zeitung alle Anmerkungen, die nicht zur Erläuterung historischer Umstände dienen, sondern ein Urtheil über die Facta enthalten, es rühre nun dieses Urtheil vom Verfasser der Zeitung oder seinem Correspondenten her, ohne Unterschied gänzlich wegbleiben und der Concipient ihm genügen lasse, sothane vorkommende Facta auf beyden Seiten nach denen ihm zugekommenen Nachrichten zu erzählen."

Ein weiterer Fall, mehr humoristischer Natur, fand 1773 statt. In einem Inserat der Leipziger Zeitung war nämlich eine „Leipziger Studenten-Geographie" angekündigt, „worinnen die um Leipzig herumliegenden Oerter nach ihrer Lage und Beschaffenheit, samt denen Vortheilen und Nutzen, die man sich an jedem Orte erwerben könne, beschrieben, und welche neuangehenden Studirenden, so die Leipziger Gegend kennen wollten, sehr anzupreisen sey". Dies Schriftstück hatte sich indessen bei genauerer Besichtigung als ein in Kupfer gestochener Plan von Leipzig mit Umgegend erwiesen, auf welchem bei jedem einzelnen Orte ein für das specifische Amusement der Musensöhne charakteristisches Merkmal beigefügt war; bei dem einen z. B. die vorzügliche Quantität des Bieres, bei einem andern die Qualification zu

*) Derselbe lautet: „Als der Portugiesische Minister am vorigen Montage wegen der glücklichen Errettung seines Königs ein feyerliches Te Deum anstimmen ließ, wohneten demselben alle fremden Ministers bey. Selbst der Pabst besuchte Nachmittags eben dieselbe Kirche, ja am darauffolgenden Donnerstage ließ er in der großen Peters-Kirche wegen dieser Begebenheit gleichfalls das Te Deum absingen, welchem das ganze Cardinals Collegium beywohnte. — Das ist nun eines von den seltenen Beyspielen, daß ein Pabst öffentlichen Antheil an der Erhaltung eines Monarchen genommen. Clemens hat zugleich ein sehr verbindliches Schreiben an den König erlassen, worinnen er ihm seine Freude bezeugt, daß das seiner Person zugedachte Unglück so glücklich abgewendet worden."

studentischen „Paukereien" ꝛc. Der Rath der Stadt Leipzig, der befürchtete, daß diese „Scarteque der Stadt und vornehmlich der Academie bei auswärtigen einen nachtheiligen Ruf zuwege bringen, jungen Leuten zu Ausschweifungen Anlaß geben, auch wohl Eltern und Vormünder von Sendung ihrer Söhne und Pflegebefohlenen auf hiesige Universität abwendig machen könnte", nahm daran erheblichen Anstoß und belegte nicht nur die ganze Auflage sammt Platten mit Beschlag, sondern erstattete zugleich wegen dieser Angelegenheit Bericht, indem er anheimgab, „ob nicht, um mehreren Ereignissen dieser, wo nicht noch schädlicherer Art zuvorzukommen, mit eben derselben Aufmerksamkeit, welche auf den Inhalt der Leipziger Zeitungs-Articul verwendet wird, auch derer ihnen angehängten Avertissements wahrzunehmen und nicht ferner hierunter alles des Zeitungsschreibers oder Pachters Gutbefinden zu überlassen seyn dürfte?" Die Regierung ging leichter über die Sache hinweg; sie begnügte sich mit einer ernsten Rüge an den Zeitungspachter.

Je mehr die Zeitung an innerem Gehalt zunahm und je mehr sich daher auch der Absatz derselben wieder hob, um so besser gestalteten sich natürlich auch die Finanzverhältnisse. Hierzu trug indessen wesentlich auch die vermehrte Benutzung der Zeitung zu Inseraten bei, was um so bemerkenswerther ist, als die Zeitung in dieser Beziehung seit 1763 einen Concurrenten erhalten hatte, der namentlich der Localinsertion bald gefährlich zu werden drohte. Vom Vice-Ober-Consistorial-Präsidenten von Hohenthal war nämlich 1763 das Leipziger Intelligenzblatt (das heutige Leipziger Tageblatt) begründet worden.

War bei so günstig veränderter Gestaltung der Verhältnisse der Ertrag der Zeitung nicht nur bald wieder auf die Höhe vor dem siebenjährigen Kriege, sondern sogar weit über dieselbe hinaus gebracht worden, so daß der Pachter bereits wenige Jahre nach der Pachtübernahme ein glänzendes Geschäft machte, so ließ sich erwarten, daß bei Ablauf seiner Pachtzeit sich ebensowohl eine starke Concurrenz einstellen als ein beträchtlich höheres Pachtgebot erzielt werden würde. Da May noch vor Beendigung seines Pachts starb, so wurde wiederum die Licitation im Wege des Meistgebots beschlossen. Noch vor deren Abhaltung wandten sich mehrere Pachtliebhaber an die Regierung und boten aus freien Stücken höhere Summen. Man ging indessen darauf nicht ein, sondern ließ es bei der Licitation bewenden. Zu selbiger erschienen 9 Licitanten, von denen der Mühlenpachter Johann Friedrich Probst aus Bitterfeld, vormaliger Postmeister zu Pegau, das höchste Gebot mit 7100 Thlr. that. Derselbe wurde jedoch von der Regierung recusirt, da sich bei den Erörterungen über sein zeitheriges Verhalten ergeben hatte, daß er als Baumeister und Gerichtsschöppe zu Pegau, in Ausübung der Criminalgerichtsbarkeit schwere Excesse verübt und deshalb noch in Untersuchung befangen war. Anstatt seiner wurde der Pacht dem Nächstmeistbietenden, dem Notarius Christian Ludwig Boxberg zu Leipzig gegen das Pachtquantum von 7070 Thlr. und gegen Bestellung einer unverzinsbaren Caution von 2000 Thlr. auf 6 Jahre zugesprochen. Der Contract war im Wesentlichen gleichlautend mit demjenigen, der mit May abgeschlossen worden war; nur hinsichtlich der unentgeldlichen Insertion der Officialsachen war zu Gunsten des Pachters für gewisse Bekanntmachungen der Bergämter eine Vergütung stipulirt, und beim Zeitungsdebit die Strafe der Contravenienten auf 2 Thlr. für jedes widerrechtlich debitirte Blatt festgestellt worden, wovon indessen die Hälfte dem Pachter zufließen sollte. Nach Ablauf der Pachtzeit wurde der Pacht anderweit auf sechs Jahre bis 1790, sodann aber auf nochmalige sechs Jahre bis 1796 verlängert. Bei dieser zweiten Prolongation fand eine Herabsetzung des Pachtquantums auf 6900 Thlr. statt, wogegen sich Boxberg zu einer Modification des ihm vertragsmäßig eingeräumten Verbietungsrechts gegen die Herausgabe politischer Zeitungen dergestalt herbeiließ, daß davon monatlich oder vierteljährlich erscheinende politische Journale und Schriften ausgenommen wurden. Diese Modification war in damaliger Zeit nicht unwichtig, da monatlich erscheinende politische Zeitschriften sich einer besondern Vorliebe des Publicums zu erfreuen hatten. Zugleich war sie aber auch der zweckmäßigste Ausweg, um die vielen Eingriffe wesentlich einzuschränken, über welche sich Boxberg namentlich seit dem Ausbruch der französischen Revolution, welche der bereits tief gewurzelten, bis in die untersten Schichten verbreiteten Leselust des Publicums neue Nahrung verschaffte, zu beklagen hatte.

Die Boxberg'sche Pachtperiode, politisch eine der bewegtesten und ereignißvollsten — sie fiel in die Regierungszeit Friedrich II., Joseph II. und Katharina II., sodann in die Jahre der französischen Revolution und der ersten aus selbiger hervorgegangenen Kriege — war für die Entwickelung der Zeitung eine günstige. Zwar gleich bei Anfang derselben mußte eine unerfreuliche Erfahrung gemacht werden, da nach dem Teschener Frieden, welcher den bayrischen Erbfolgekrieg 1779 beendete, mit einen Male 400 Exemplare der Zeitung abbestellt wurden. Indessen war dieser Ausfall nur vorübergehend; die treffliche Redaction Adelung's verstand es, den Verlust bald wieder auszugleichen. Später nach Adelung's Tode steigerten die Ereignisse der französischen Revolution die Zeitungslectüre in einem bisher kaum für möglich gehaltenen Maße, und der Absatz der Zeitung hob sich in dieser Zeit auf das Beträchtlichste. Dabei kam freilich die große Zuverlässigkeit, Unpartheilichkeit und Leidenschaftslosigkeit ihrer Mittheilungen wesentlich zu Statten; diese Vorzüge wurden an ihr in einer Zeit um so höher geschätzt, wo so Vieles sich vereinigte, die Gemüther in fieberhafte Erregung zu versetzen, und wo ein großer Theil der Tagespresse, statt sich die Beschwichtigung der aufgestachelten Leidenschaften angelegen sein zu lassen, vielmehr seine Aufgabe darin suchte, die Aufregung zu nähren und auf diesem Wege die französischen Volksbeglückungstheorieen auch in Deutschland schmackhaft zu machen. Die Leipziger Zeitung gehörte damals zu den verhältnißmäßig wenigen Organen der deutschen Tagespresse, welche, unablässig bemüht, ihre Leser mit zuverlässigen und wahrheitsgetreuen Mittheilungen über den Gang der Tagesbegebenheiten zu versorgen, jeglicher Entstellung der Wahrheit zu Gunsten einseitiger Partheiinteressen sich enthaltend, nichts verschweigend und nichts hinzusetzend, dessen Richtigkeit sie nicht nach bestem Gewissen verbürgen zu können glaubte, zur Erhaltung der besonnen-ruhigen Stimmung wesentlich beigetragen zu haben sich rühmen darf, die Sachsen während des welterschütternden Laufs der französischen Revolution, den kurzen, schnell beschwichtigten Bauerntumult im Jahre 1790 und einen Schneidergesellentumult in Dresden 1794 abgerechnet, ausgezeichnet hat. Freilich erfreute sich Sachsen damals aber auch der trefflichen Regierung seines unvergeßlichen Friedrich August des Gerechten!

Von der die Zeitung beseelenden Unpartheilichkeit liegen vielfache charakteristische Beispiele vor. Dieselbe spricht sich unter Andern in den in hohem Grade anerkennenden Worten aus, welche dem Gedächtniß Friedrich II., dessen Andenken für Sachsen durch die schweren Drangsale des siebenjähriges Krieges in dunkle Schatten gehüllt ist, bei der

Anzeige seines Ablebens gewidmet werden. „Vorgestern, den 17. August früh um 3 Uhr," heißt es in einem Berliner Schreiben vom 19. August 1786 „beschloß Preußens Monarch Friedrich der Einzige sein großes thatenvolles Leben, mit der völligen Entschlossenheit und Standhaftigkeit eines Weisen, mit welcher er gelebt hatte, im 75. Jahre seines Lebens und im 47. Jahre seiner unvergeßlichen Regierung. Es würde Vermessenheit sein, Weihrauch auf seine Asche streuen zu wollen, da schon sein Name sein größter Lobspruch ist."

Ein interessantes Schreiben aus Paris vom 9. October bringt der Jahrgang 1789 kurz nach dem Ausbruch der Revolution*); es enthält eine treffliche Charakteristik der Sachlage.

Ueber die unruhigen Bewegungen unter den sächsischen Landleuten im Jahre 1790 bringt eine Correspondenz aus Dresden vom 28. August folgende, allem Anscheine nach officiöse Mittheilung: „Seit kurzem sind unter den Landleuten in einigen Gegenden hiesiger Landen unruhige Bewegungen entstanden, die aller Wahrscheinlichkeit nach in den durch auswärtige Beyspiele erregten verworfenen Ideen einer übel verstandenen Freyheit ihren Grund haben, und sich vornehmlich dahin äußern, daß auf mehreren Rittergütern die Unterthanen sich weigern, ihrer Gerichtsherrschaft die festgesetzten Dienste zu leisten, und die Ausübung der Huthungs= und anderer Gerechtsame zu verstatten. Es ist zwar kein Zweifel, daß, insofern besagte Unterthanen gegründete Beschwerden haben sollten, denselben werde abhelfliche Maaße gegeben werden. Um aber diesem in einer strafbaren Selbsthülfe bestehenden Benehmen Schranken zu setzen, und damit dieses der öffentlichen Ruhe nachtheilige Uebel nicht weiter um sich greife, haben Ihre Churfürstliche Durchlaucht einen Theil ihrer Truppen nach besagten Gegenden ziehen lassen, und überhaupt solche kräftige Maßregeln genommen, daß zu hoffen ist, es werde dadurch die Ruhe bald wieder hergestellt werden." Letzteres war denn auch, Dank den ebenso besonnenen als umsichtigen und energischen Maßregeln der Regierung wirklich der Fall.

Derselbe Jahrgang 1790 enthält unter: Frankfurt, den 5. October eine Beschreibung des Kaisers Leopold II., des vorletzten deutschen Reichsoberhaupts in Frankfurt a. M.**).

*) Vergl. Beilage 11.
**) Vergl. Beilage 12.

Jahrgang 1793 giebt in einem Schreiben aus Haag vom 28. Jan. ein Abbild der Stimmung über die Ermordung Ludwig XVI., wie sie im Kreise aller Wohlgesinnten zur Zeit des Ereignisses einmüthig vorwaltete. „Das höchst unverdiente Schicksal Ludwig des 16ten stürzt ganz Europa in die tiefste Trauer und Betrübniß. Was auch der Partheyhaß gegen ihn aufzubringen gesucht hat, so ist in dieser Rücksicht doch nur eine Stimme. Man beweint einen der besten Monarchen, die jemals existirten; man beweint seine höchst unglückliche Familie, man beweint die Freyheit selbst, die wahre rechtmäßige Freyheit, als welcher mit eben dem Streiche, auf welchen das Haupt des tugendhaften Königs von Frankreich fiel, zugleich der Dolch ins Herz gestoßen wurde. Als man in einem Schauspielhause zu London dieses Nationalverbrechen erfuhr, welches das 18te Jahrhundert auf immer brandmarken wird, stieß das Volk ein solches Geschrey vor Abscheu aus, daß selbst die Barbaren, die es begingen, dadurch hätten zu Boden gestürzt werden müssen. Das Volk gab nicht zu, daß das Stück ausgespielt wurde. Der Vorhang wurde niedergelassen, und die Nation, die auf ihre Unabhängigkeit so eifersüchtig ist, zeigte dadurch, welch' ein Abstand zwischen ächter Freyheit und barbarischer Wildheit stattfinde." Diesem unzweideutigen Ausdruck der Volksansicht über die Pariser Königsmörder wurde nach einer weiteren Mittheilung von der Regierung dadurch begegnet, daß der König von England gleich nach der Kunde vom traurigen Ende Ludwig XVI. dem französischen Gesandten in London, Chaunelin, anbefehlen ließ, Großbritannien binnen acht Tagen zu verlassen.

Ueber den im August 1794 in Dresden stattgefundenen Tumult einer Anzahl Handwerksgesellen, der darin seinen Ausgangspunkt hatte, daß ein in Dresden arbeitender ausländischer Schneidergeselle sich bei der seinem Meister wegen einer ihm von diesem zugefügten Beleidigung zuerkannten Strafe, einem Verweise nebst Kostenabstattung, nicht beruhigen wollte, worauf, von ihm aufgewiegelt, eine große Anzahl Handwerksgesellen ihre Arbeit verließen, und sich auf ihren Herbergen widerrechtlich versammelten, ist in einer besonderen Beilage zur Zeitung eine Sachdarstellung Seiten „der zur Untersuchung obbemeldeter Unruhen Höchstverordneten Commission" veröffentlicht*).

*) Vergl. Beilage 13.

Endlich sei noch aus dem Jahrgang 1786 eines Berichts über die erste Besteigung des Montblanc, erstattet von zwei Augenzeugen, A. L. v. Gersdorf auf Meffersdorf in der Oberlausitz und C. A. v. Majer zu Knonow, gedacht.

Welch' langer Zeiträume es noch damals bedurfte, um Nachrichten aus Fernen zu erlangen, woher sie heutigen Tages der electrische Draht innerhalb weniger Stunden zuführt, mag daraus entnommen werden, daß die Nachricht von Robespierre's am 27. Juli 1794 erfolgtem Sturz, ungeachtet sie der Zeitung auf außerordentlichem Wege zuging, erst am 11. Aug. 1794 veröffentlicht werden konnte; die Pariser Nachrichten bedurften mithin noch am Ende des vorigen Jahrhunderts auch bei äußerster Schnelligkeit eines mehr als vierzehntägigen Zeitraums, um nach Leipzig zu gelangen.

Im Inseratenwesen datirt aus dieser Zeit eine bis in die neueste Zeit einflußreiche Vervollständigung: mit dem Jahre 1790 beginnen die Familiennachrichten. Die ersten derselben enthalten Todesanzeigen und sie dienten hier, wie sich aus der Fassung der ersten Todesanzeige, welche wir aufgefunden haben, ergiebt, zu Ersetzung der sonst gewöhnlichen Trauerbriefe; der Generalleutnant von Pfeilitzer genannt Frank macht unterm 3. Jan. 1790 das Ableben seiner Ehefrau „seinen Anverwandten und guten Freunden, anstatt durch sonst gewöhnliche Trauerbriefe, hierdurch öffentlich bekannt". Den Todesanzeigen folgten wenige Jahre später 1794 die Vermählungsanzeigen, diesen 1797 die Entbindungsanzeigen. Verlobungsanzeigen kommen erst in der neuesten Zeit, zuerst 1816 vor.

Die Controle, welcher die Zeitung Seiten der Regierung unterlag, war während der Borberg'schen Pachtzeit bedeutend milder und nachsichtiger geworden. Nur aus den ersten Jahren datiren Rügen, deren Ton und Fassung an die Vergangenheit erinnert. Der spätere Verkehr zwischen dem Zeitungspachter und dem Cabinetscorrespondenten hält sich Seiten des letzteren ausschließlich im Tone wohlmeinender Verständigung. Die Klagen über zu geringe Unterstützung hinsichtlich der Berichterstattung über vaterländische Angelegenheiten wiederholen sich indessen auch in dieser Zeit öfter.

Ungeachtet das Pachtquantum, welches Boxberg für die Zeitung zahlte, den unmittelbar vorhergegangenen Pachtbetrag nicht nur, sondern auch den höchsten, der seither für den Zeitungspacht überhaupt entrichtet worden war, um beinahe das Dreifache überstieg, machte Vorberg gute Geschäfte. Dies hatte seinen Grund nicht allein in der bedeutenden Steigerung des Absatzes, sondern auch in der sehr erheblichen Zunahme der Inserate. Ja die Bedeutung der letzteren Einnahmequelle, auf welche sich gegenwärtig die Rentabilität einer deutschen Zeitung fast ausschließlich gründet, da die Abonnementspreise unserer deutschen Zeitungen außer allem Verhältnisse zu den in neuester Zeit in Folge der erhöhteren Ansprüche an die Correspondenz, die Nothwendigkeit telegraphischer Depeschen ꝛc. beträchtlich gestiegenen Regiekosten stehen, tritt bei der Leipziger Zeitung in den letzten Jahrzehnten des vorigen Jahrhunderts überhaupt erst hervor. In den Zeitungsrechnungen des ganzen ersten Jahrhunderts des Bestehens der Zeitung geschieht der Inserateneinkünfte theils gar nicht, theils nur als eines geringfügigen Nebenemoluments Erwähnung; die Haupteinnahmequelle ist der Zeitungsabsatz. In der Vorberg'schen Pachtperiode beginnen die Inserateneinkünfte zum ersten Mal mit namhafteren Ziffern zu figuriren. Seit 1789 erst kommen ausschließlich den Inseraten gewidmete Beilagen vor, während es bis dahin möglich gewesen war, die eingehenden Inserate in dem Hauptblatte aufzunehmen, welches damals, seltene Ausnahmen abgerechnet, die Stärke eines halben Druckbogens in der Regel nicht überschritt. Dabei hatte der Pachter völlige Freiheit in der Festsetzung der Insertionsgebühren!

Dritte Abtheilung.

1797—1810.

Der große Aufschwung, welchen die Zeitung während der Vorberg'schen Pachtzeit auch in finanzieller Hinsicht nahm, erklärt es zur Genüge, wenn beim Herannahen des Ablaufs der letzteren eine starke Concurrenz neuer Pachtliebhaber eintrat. Vorberg selbst hatte, nachdem ihm zweimalige Verlängerung des Pachtes zu Theil geworden war, keine Neigung, denselben fortzusetzen; er bat selbst, ihn mit Rücksicht auf die Abnahme seiner Geistes- und Körperkräfte vom 1. Jan. 1797 an des Pachtes zu entbinden. Die Regierung beschloß auch diesmal den Weg einzuschlagen, der bereits wiederholt so glänzende Resultate für die Staatscasse ergeben hatte; es wurde Termin zu Verpachtung im Wege des Meistgebots ausgeschrieben. Unter den Bewerbern befand sich diesmal auch ein Buchhändler, Voß, der indessen, gemäß dem schon früher, als die Buchhändler Breitkopf Vater und Sohn als Pachtcandidaten in Frage kamen, von der Regierung ausgesprochenen Grundsatze zur Licitation nicht zugelassen wurde. Das höchste Gebot that der Advocat Franz Wilhelm Scharf mit 7810 Thlr., wogegen ihm der Pacht bis Ende des Jahres 1802 zugesprochen wurde; er hatte demnächst wie sein Pachtvorgänger eine Caution von 2000 Thlr. zu erlegen. Später erlangte er Prolongation bis 1809; dies indessen nicht ohne abermalige Concurrenz und unter Erhöhung des Pachtquanti auf 9050 Thlr. Von verschiedenen Seiten wurde, als der Scharf'sche Pacht das erste Mal zu Ende ging, auf dessen Erlangung speculirt, und unter den Bewerbern machte sich namentlich ein Postschreiber Encke bemerkbar, der die entgegenstehenden Schwierigkeiten am kürzesten damit beseitigen zu können glaubte, daß er in einem, keineswegs als Stylprobe empfehlenswerthen Privatbriefe den Geheimen Finanzrath Frhr. v. Manteuffel, welcher im Geheimen Finanzcollegium das Zeitungsreferat hatte, um dessen Verwendung anging und ihm als Preis des Gelingens ein Geschenk von 100 Thlr. anzubieten sich vermaß. Herr v. Manteuffel gab das Schreiben ohne Weiteres an das Collegium ab und dieses ließ gegen Encke Untersuchung wegen versuchter Bestechung und dadurch zugefügter grober Beleidigung einleiten, in deren Verfolg Encke durch Erkenntniß des Leipziger Schöppenstuhls zu gerichtlicher Abbitte und Ehrenerklärung, sowie zu sechswöchentlicher Gefängnißstrafe verurtheilt wurde.

Scharf war, als er den Pacht übernahm, im Zeitungswesen bereits nicht unbewandert; er redigirte mit K. S. Ourrier, Collegiaten des Frauencollegiums, ein schon lange Jahre unter dem Titel: Der gemeinnützige Leipziger Zeitungsmann bestehendes Localblatt. In dieser Stellung hatte er, da man ihm, gestützt auf das dem Pachter des Zeitungswesens zustehende Verbietungsrecht gegen das Erscheinen politischer Zeitschriften in Sachsen, nicht gestatten wollte, in seinem Blatt Politik zu bringen, öfter Differenzen mit seinem Pachtvorgänger gehabt. Als er den Zeitungspacht selbst erlangt, setzte er sein

Blatt fort*) und brachte dasselbe in eine gewisse Verbindung mit der Leipziger Zeitung dadurch, daß er die Schreibweise des Leipziger Zeitungsmannes vorzugsweise für die untern Stände einrichtete, während die Leipziger Zeitung im Tone eines größeren politischen Blattes redigirt wurde. Der Zeitungsmann ist seitdem bei der Leipziger Zeitung verblieben und erhielt später die Bezeichnung: Leipziger Fama, unter welchem Titel das Blatt bis zum Jahre 1849 fortgesetzt wurde, wo es aus Mangel an Theilnahme zu erscheinen aufhörte. Seinen Mitarbeiter Ourrier nahm Scharf 1798 als Redacteur der Leipziger Zeitung an und er ist dies bis zum Rücktritt Scharf's vom Pachte verblieben.

Die Veränderungen, welche während der Boxberg'schen Pachtzeit im Zeitungswesen eingetreten waren, hatten eine abermalige durchgreifende Revision der Pachtbedingungen angemessen erscheinen lassen, deren Resultat ein in wesentlichen Punkten völlig veränderter Pachtcontract war. Die Hauptbestimmungen desselben waren:

1) Der Pachter erhält

a) das Recht, in Leipzig eine politische Zeitung, in der bisherigen Maaße, die Pacht über schreiben, drucken und ausgeben zu lassen, auch solche innerhalb Landes und an auswärtige Orte, soweit sich der verrecessirte Chursächs. Portogenuß erstrecket, ohne einiges Porto dafür zu erlegen, nach Gefallen zu versenden, dergestalt und also, daß niemand in Sachsen „einige historisch-politische Zeitungen oder wöchentliche Blätter, welche Zeitungsartikel enthalten", drucken und ausgeben darf, er habe sich denn mit dem Zeitungspachter darüber vernommen und einverstanden; Zuwiderhandelnde haben sich einer Strafe von 10 Thlr. für jedes Stück zu versehen;

b) das Befugniß, allein und mit Ausschluß Anderer, portofrei in- und ausländische gedruckte politische und gelehrte Zeitungen zu verschreiben und inner- auch außerhalb Landes, soweit sich der Chursächs. Portogenuß erstrecket, zu versenden. Jedermann steht es zwar frei, unmittelbar Zeitungen für sich und zu seinem eigenen Gebrauch zu verschreiben; er hat aber

*) Er erhielt dazu die ausdrückliche Genehmigung der Regierung „maaßen dieser Zeitungsmann einen Vorzug vor den übrigen nichtprivilegirten Wochenblättern dem „Leipziger Allerley", dem „vom Marte ausgehenden Merkur" und den „Niederlausitzischen Merkwürdigkeiten habe".

von jedem Zeitungspacket das Porto nach dem Gewicht zu bezahlen, auch sich der Spedition der zum eigenen Gebrauch bezogenen Zeitungen bei 2 Thlr. Strafe von jedem Blatte, wovon die Hälfte der Oberpostamtscasse, die Hälfte dem Zeitungspachter verfällt, zu enthalten. Damit auch dergleichen verbotener Weise verschriebene Zeitungen nicht auf der Post portofrei wieder auswärts gehn können, sollen alle Zeitungen, welche von anderen als den zur Zeitungsexpedition gehörigen Personen unter dem Vorgeben, als ob solche behörigen Orts erkauft worden, auf die abgehenden Posten gegeben werden, auf solchen nicht angenommen, sondern an die Zeitungsexpedition gewiesen und von dieser abgesendet werden.

2) Der Zeitungspachter hat auf seine Kosten für sichere und zuverlässige Correspondenten an mehreren auswärtigen Orten zu sorgen, außerdem sich aber der besten Zeitungen und anderer Hülfsmittel zu bedienen. Kundbare Thatsachen sind in den Zeitungen deutlich und ohne Einmischung eines politischen Raisonnements zu erzählen.

3) Der Zeitungspachter hat seinen Zeitungsschreiber (Redacteur) zu vertreten. Nachrichten, welche die inländischen Staats-Hof und Landes-Angelegenheiten betreffen, sind nur insofern der Leipziger Zeitung zu inseriren, als solche dem Zeitungspachter durch den ihm jedesmal angewiesenen Correspondenten in Dresden, aus dem Geheimen Cabinet zugeschickt oder als der Zeitungspachter auf seine deshalb durch gedachten Correspondenten beschehene Anfrage beschieden worden, daß er die angezeigten Artikel einrücken könne. Auch wird der Zeitungspachter hierüber noch „an die jedesmaligen Herren Ministres bei dem Churfürstl. Cabinet" gewiesen.

4) In jedem Zeitungsblatt folgen nach den historischen Nachrichten

a) gerichtliche Avertissements von in- und ausländischen Obrigkeiten. In Absicht der ersteren wird dem Zeitungspachter das Vorzugsrecht zugestanden, und sollen inländische gerichtliche Avertissements und Vorladungen eher nicht anderen Wochenblättern inserirt werden, als bis selbige in den Zeitungen abgedruckt worden sind;

b) außergerichtliche Anzeigen von Käufen und Todesfällen rc.

5) Alles, was in den Zeitungen abgedruckt werden soll, (mithin

auch die Inserate) hat der Zeitungspachter von dem jedesmaligen Professor der Geschichte oder wer dessen Stelle vertritt, censiren zu lassen. Und „obwol es der Beurtheilung und Verantwortlichkeit des Censors überlassen bleibt, was er die Censur passiren lassen will, so hat doch der Zeitungspachter die Vorsicht und Bescheidenheit zu gebrauchen, daß er ihm bedenklich scheinende Anzeigen, insonderheit: Ankündigungen und Lobpreisungen aufrührerischer Schriften, Unschicklichkeiten, anonymische und andere anzügliche Rügen gegen einzelne Personen oder Gesellschaften gleich anfangs zurückweist und gar nicht erst dem Censor vorlegt."

6) Für die Inserirung der Avertissements hat der Zeitungspachter von den Einsendern „billigmäßige" Gebühren zu fordern, auch die auf Befehl der Churfürstl. Collegien einzurückenden Officialsachen unentgeldlich aufzunehmen. Für eine Edictalcitation oder anderes Avertissement aus den Bergämtern bei, von abhanden gekommenen, oder sonst nicht zu erlangenden Gewährscheinen darf nicht über 4 gGr. in Ansatz gebracht werden.

7) Freiexemplare (welche bis auf 77 immittelst sich vermehrt hatten) und Postrabatt wie früher. Desgleichen Portofreiheit für die Zeitungscorrespondenz.

Dieser Pachtvertrag enthält namentlich hinsichtlich des Inseratenwesens eine für den Pachter in hohem Grade günstige Regulirung. Für die gerichtlichen Bekanntmachungen wird Zwangsinsertion eingeführt und der Zeitung überdies deren Priorität gesichert; auf der anderen Seite bleibt die Bestimmung über die Höhe der Insertionsgebühren, einen einzigen Ausnahmefall abgerechnet, im Wesentlichen dem Arbitrium des Pachters überlassen. Die Bestimmungen über das Verbietungsrecht gegen die Herausgabe anderer politischer Blätter in Sachsen, sowie über die Zeitungsspedition sind klarer und stricter gefaßt. Dagegen lauten die auf die innere Leitung der Zeitung bezüglichen Vorschriften beschränkender; der Passus wegen der Correspondenz über Landesangelegenheiten ist äußerst hemmend; die Censur bleibt für die Zeitung nicht nur unverändert bestehn, sondern der Pachter wird daneben noch zu einer Art von Selbstcensur verpflichtet. Die Folge wird zeigen, welch' eine gefährliche Verantwortlichkeit gerade das letztere Annexum dem Pachter auferlegte.

Die Scharf'sche Pachtperiode fiel ebenfalls in eine politisch äußerst bewegte Zeit; mit Ausnahme des einzigen Friedensjahres 1802/1803 war Europa fast ununterbrochen von Kriegsdrangsal heimgesucht; der Stern des gewaltigsten Sprossen der französischen Revolution war aufgegangen und unter den überwältigenden Schlägen des neufränkischen Imperators brach die alte Ordnung der Dinge in Trümmer; das deutsche Kaiserreich zerfiel, neue Reiche, neue Dynastien erstanden; der Strom der fränkischen Eroberer überfluthete Deutschland, um es in Jahrzehntlange Fesseln zu schlagen.

Das Amt eines Zeitungsherausgebers war in solchen Zeiten kein leichtes. Bot es auf der einen Seite durch den mit der Großartigkeit und Außerordentlichkeit der Weltbegebenheiten in kaum geahnten Progressionen sich steigernden Absatz reichen pecuniären Gewinn, so war es durch den Druck, welchen die fremden Machthaber auf jede freiere Meinungsäußerung ausübten und bei der rohen Brutalität, womit sie insonderheit die Presse verfolgten, auf der andren Seite ein gefährliches Geschäft, welches, sollte persönliche Ehrenhaftigkeit und Unabhängigkeit der Gesinnung gewahrt bleiben, die äußerste Vorsicht, Behutsamkeit und Zurückhaltung erheischte. Napoleon, des bewältigenden Einflusses der Presse auf die öffentliche Stimmung sich wohl bewußt, war um so empfindlicher gegen alle Aeußerungen der Presse. Im Uebermuthe seiner Alles niederwerfenden Macht bebte er vor keinem Gewaltschritte zurück; Palm's erschütterndes Schicksal belehrte die Männer der Feder, wessen sie sich zu versehen hatten, wenn ihre Ergüsse den Zorn des gewaltigen Machthabers auf sich geladen hatten.

So sehr indessen Napoleon jeden unabhängigen Meinungsausdruck in der Tagespresse niederzuhalten bestrebt war, so wenig verschmähte er doch auf der anderen Seite, sich die Presse in eigenem Interesse dienstbar zu machen. In diesem Sinne war die französische Journalistik organisirt und nach ihrem Muster wurde es auch die deutsche. Wie Frankreich seinen durch die Lügenhaftigkeit seiner Berichte damals sprüchwörtlich gewordenen Moniteur universel, so hatte Westphalen, Berg, Frankfurt ꝛc. seine Moniteurs, die ihr Pariser Modell in der Fertigkeit, die Wahrheit zu entstellen, in Kurzem erreichten, ja es übertrafen. Man verfuhr hierbei mit einer, einer bessern Aufgabe würdigen Consequenz, nach einem förmlichen allgemeinen System. In der Apotheose des Napoleon und der fränkischen Machthaber, wie in den niedrigsten Schmähungen seiner Gegner wurde das menschlich Erreichbare geleistet. Und wehe dem, der die Unfehlbarkeit dieser Preßergüsse zu bemängeln sich erkühnte!

Ganz unberührt von diesen Einwirkungen konnte sich in einer Zeit, wo selbst die Besten verzagten, auch die Leipziger Zeitung nicht halten; allein die Anerkennung gebührt ihr, daß sie während der ganzen Napoleonischen Machtperiode, während der ganzen Zeit, wo die Hand des fränkischen Imperators so schwer auf Deutschland lag, die nach Beschaffenheit der Umstände mögliche Unabhängigkeit der Gesinnung aufs Aeußerste bewahrt hat. Mußte sie sich auch in die Nothwendigkeit ergeben, die lügnerischen Berichte des Moniteur und seiner deutschen Nachtreter ungekürzt und ohne Commentar in ihren Spalten wiederzugeben, so hielt sie sich doch von der Niedrigkeit frei, in selbständigen Betrachtungen sich der von der Seine her gegebenen Parole zu accommodiren und im Preise des deutschen Erbfeindes das eigene Vaterland in den Staub zu treten. Sie zog es vor, in solcher Zeit mit ihrer eigenen Meinung lieber ganz zurückzuhalten anstatt sie öffentlich verleugnen zu müssen. So thaten dazumal nur wenige Blätter Deutschlands. Viel öfter geschah es, daß deutsche Zeitungen in maßlosen Schmeichelreden gegen die fremden Unterdrücker mit ihren französischen Mustern wetteiferten. Und nicht etwa waren es vorzugsweise die nach Abschüttelung des fremden Jochs so vielgeschmähten Rheinbundsstaaten, in denen derlei Auswüchse vaterländischen Sinns am üppigsten gediehen; die schmachvollste und schamloseste Vertreterin dieser Richtung, der „Telegraph" erschien — in Berlin!

Der den deutschen Zeitungen auferlegte Zwang, in ihren Mittheilungen über die Tagesbegebenheiten sich an die Berichte des Moniteur als amtliche Quelle zu halten, hatte noch eine tiefere practische Bedeutung; er sicherte den französischen Berichten die Priorität und beeinträchtigte, da der erste Eindruck immer der mächtigste ist, den Werth der aus andrer Auffassung hervorgegangenen später einlaufenden Mittheilungen. Dabei gebührt den französischen Berichten allerdings der Vorzug, daß sie überhaupt mit einer die Grenzen des Möglichen erreichenden Schnelligkeit gegeben wurden, so daß sie in vielen Fällen auch ohne Ausübung jenes Zwanges den Vorsprung vor den, in der

Regel freilich viel gründlicheren und sachlich eingehenderen Mittheilungen des Gegners hatten. Diese Eigenschaft machte sich bereits in den Feldzügen von 1799 und 1800, mithin zu einer Zeit bemerkbar, wo der Druck der fremden Machthaber in der gedachten Beziehung sich noch nicht Geltung verschafft hatte. Schon damals liefen die französischen Kriegsberichte bei Weitem rascher ein als die österreichischen und russischen.

Die Regierung enthielt sich in dieser Zeit, wenige Ausnahmsfälle abgerechnet, einer bestimmenden Einwirkung auf die Zeitung gänzlich; sie ließ die Redaction, welche persönlich volles Vertrauen einflößte, gewähren und hielt nur an dem Grundsatz fest, daß in der Zeitung sich thunlichst auf Thatsächliches beschränkt und Raisonnements daraus fern gehalten würden. Hierin ging man so weit, daß dergleichen selbst aus anderen Blättern nicht wiedergegeben werden durften. Im Jahre 1800 erhielt der Zeitungspachter eine scharfe Rüge wegen eines raisonnirenden Pariser Artikels im 193. Stück der Zeitung*). Demnächst wurden die den auswärtigen Monarchen schuldigen Rücksichten mit strengster

*) Derselbe lautet: Paris, den 21. Sept. Man findet in den hiesigen Blättern einen Aufsatz unter der Aufschrift „Ueber die Friedenspräliminarien", worin es unter andern heißt: „Wer nur die geringsten Kenntniß von der politischen Geographie von Europa hat, wird nicht begreifen, was den Wiener Hof bewegen konnte, sich gegen so ehrenhafte und vortheilhafte Vorschläge zu weigern, als er sie sich schwerlich hätte versprechen können, wenn seine militärischen Anstrengungen auch mit entscheidenden Erfolgen gekrönt worden wären. Man untersuche jene Präliminarien nur mit einiger Aufmerksamkeit. Zur Grundlage der künftigen Unterhandlungen wird der Tractat von Campo Formio vorgeschlagen, dessen Bedingungen für den Wiener Hof so vortheilhaft waren. Die Republik steht von Kassel, Kehl, Ehrenstein, und Düsseldorf ab; die Schadloshaltungen, welche Oesterreich in Deutschland erhalten sollte, sollen in Italien genommen werden, und man macht sich überdieß anheischig, ihm ein Aequivalent für das Erzbisthum Salzburg, das es haben sollte, und für den Theil von Bayern zwischen dem Inn und der Salza zu verschaffen. Es ist berechnet, daß allein der Besitz der Salinen von Salzburg, welche dem Erzbischof nur 1 Mill. 860,000 Fl. eintragen, in den Händen Oesterreichs bis 6 Mill. 510,000 Fl. gestiegen sein würde. Wir sind im Stande die sichern Elemente dieser Berechnung nachzuweisen; und wir werden es thun. Demnach sollte das Aequivalent für dieses Land dem Wiener Hofe wenigstens eine gleiche Summe, nämlich 16 Mill. 275,000 Livres eintragen. Wir sagen: „wenigstens", weil hier nur von dem Ertrag der Salinen die Rede ist, ohne die übrigen Zweige der Einkünfte des Erzbisthums in Anschlag zu bringen. Dies sind die Versprechungen des Oberconsuls gegen den Kaiser. Und was verspricht der Kaiser dem Oberconsul für diese Gegenstände? Se. Majestät wiedersetzen sich nicht, heißt es, daß die Franz. Rep. die Rheingrenzen behalte, wie man zu Rastadt desfalls übereingekommen war; auch treten Sie ihr das Rheinthal des Frickthals ab. Man bemerke wohl den Ausdruck, „wiedersetzt sich nicht;" mithin bietet der Kaiser nur das kleine Gebiet des Frickthals an. Der Oberconsul hält sich bei der Mittelmäßigkeit dieses Opfers von Seiten des Wiener Hofes nicht auf; in der That konnte er nicht erwarten, daß derselbe diese Vorschläge verwerfen würde. Der Bruch des Waffenstillstandes ist demnach unvermeidlich geworden. Es ist klar, daß der Oesterreichische Minister den Frieden nicht will u. s. w."

Gewissenhaftigkeit und Unpartheilichkeit gewahrt; verletzende Aeußerungen über dieselben durften selbst dann nicht gebracht werden, wenn sie sich in auswärtigen amtlichen Blättern befanden. Im Jahre 1804 erging z. B. eine ernste Bedeutung an den Pachter wegen Aufnahme eines im Pariser Moniteur befindlichen Artikels in die Zeitung, der beleidigende Bemerkungen über den König von Schweden enthielt und es wurde die Redaction angewiesen, durchaus nichts in die Zeitung einzurücken, was gekrönten Häuptern oder andern regierenden Herren mißfällig sein könne.

Die kritischen Zeiten begannen für Sachsen, welchem der Krieg mit seinen Schrecknissen bis dahin fern geblieben war, mit dem Jahr 1806. Die Vorbereitungen zur Doppelschlacht von Jena und Auerstädt begannen, seit Wochen war Sachsen, damals bekanntlich mit Preußen verbündet, durch massenhafte Truppendurchmärsche in Spannung gesetzt, die zweite Octoberwoche war herangekommen, Gerüchte über Gerüchte überstürzten sich, man verlangte dringend nach zuverlässigen authentischen Nachrichten über den Stand der Dinge. Die Zeitung schwieg; es ging ihr nicht besser wie Allen, auch ihr waren die Quellen versiegt; sie brachte nichts vom Kriegsschauplatz, der doch nur wenige Meilen von Leipzig entfernt lag, weil sie nichts bringen konnte, was über die Bedeutung bloßer unverbürgter Gerüchte hinausgegangen wäre. In dieser Rathlosigkeit wendete sich der Zeitungspachter an den Dresdner Cabinetscorrespondenten (damals Geh. Registrator Wenzel) um zuverlässige Mittheilungen; allein noch am 17. October, mithin nachdem bereits die verhängnißvolle Schlacht geschlagen war, erhielt er zur Antwort „daß bis itzt zuverlässige, officielle Nachrichten über die gegenwärtigen Vorfallenheiten, die sich zur Bekanntmachung durch unsere Zeitungen qualificiret hätten, allhier nicht vorhanden gewesen, daß aber, wenn in der Folge dergleichen eingehen, dieselben Ihnen mitzutheilen hiesigen Orts Bedacht werde genommen werden.“ Die Macht der Thatsachen überhob bald der Nothwendigkeit, auf Nachrichten aus Dresden zu warten. Schon vor Eingang des eben gedachten Briefes hatte der theilweise durch Leipzig gehende Rückzug der sächsisch-preußischen Truppen alle Ungewißheit über den Ausgang der Jenaer Schlacht gehoben. Den Verbündeten folgten fast auf dem Fuße die Franzosen, Leipzig wurde vom Feinde besetzt und unter einen französischen Gouverneur gestellt.

Kaum hatten die fremden Machthaber ihren Einzug in Leipzig gehalten, als sie auch sich sofort der Leitung der Zeitung bemächtigten. Die Nummer vom 1. November 1806, welche „die den Krieg zwischen Frankreich und Preußen betreffenden Actenstücke", selbstverständlich aber nur diejenigen, deren Veröffentlichung Napoleon in seinem Interesse fand, enthielt, mußte buchstäblich auf Befehl des die französische Armee begleitenden Fürsten Talleyrand gedruckt werden; schon in der Nummer vom 19. Oct. war die Redaction gezwungen worden, darin einen aus französischer Feder geflossenen sogenannten „unpartheiischen" Bericht über die Schlacht von Jena und die ihr vorangegangenen Vorfälle zu geben und Alles, was die Zeitung darüber früher gebracht, in einer, den Redacteur selbst an den Pranger stellenden und lächerlich machenden Fassung*) zu widerrufen. Nicht genug hiermit, das französische Gouvernement stellte auch das Verlangen, daß die Zeitung in französischer Uebersetzung erscheinen solle, und nur den dringenden Vorstellungen des Pachters und des Raths gelang es, dieses unerhörte Ansinnen**) abzuwenden.

Die Verhältnisse der Zeitung gestalteten sich in der nächsten Folgezeit sehr traurig. Die Postcourse waren unterbrochen, die auswärtigen Zeitungen und Correspondenzen blieben aus, Inserate fehlten, Niemand zahlte. Dazu stieg der Uebermuth der in Leipzig schaltenden Franzosen immer höher; in der Nummer vom 18. November 1806 mußte ein französisches Proclam vor den amtlichen Nachrichten der eigenen Regierung gebracht werden.

Ende des Jahres kam endlich der Friede zwischen Sachsen und Frankreich zu Stande. Der französische Uebermuth ließ indessen nur allmählig nach und die Spuren der französischen Bevormundung sind auch in der nächsten Folgezeit an der Zeitung noch erkennbar. So brachte die Nummer vom 26. December im Eingange eine höchst loyal gehaltene ausführliche Mittheilung über die Erhebung Sachsens zum

---

*) Die den Bericht einleitenden Worte lauten nämlich folgendermaßen: „Leipzig den 19. Oct. Die Franzosen haben bei ihrer Ankunft in Leipzig über alle Märchen und Schlachten, welche die Zeitungsschreiber dieses Landes und besonders der Redacteur der Leipziger Zeitung sie haben verlieren lassen, sich sehr belustigt. Sie hoffen, wohl niemals anders als auf dem Schlachtfelde alle ihre Feinde zu besiegen. Hier ist die wahre Lage der Sachen, deren Wahrheit der Verfasser dieses Artikels auf seine Ehre verbürgt; er ist ein Franzose und ein dergleichen Eid ist ihm unverletzlich."

**) Was würde man gesagt haben, wenn die Verbündeten 1814 und 1815 nach ihren Einzügen in Paris das Verlangen gestellt hätten, es solle der Moniteur in deutscher und russischer Uebersetzung erscheinen!

Königreiche. Französischerseits begnügte man sich indessen hierbei nicht, sondern nöthigte die Zeitung in der Nummer vom 30. December einen zweiten, angeblich officiellen Bericht darüber zu geben, worin die Annahme der Königswürde, zu welcher der Monarch nach Auflösung des deutschen Reichs, kraft der ihm hierdurch gewordenen vollen Souverainetät aus eigenem Rechte befugt war, als eine lediglich durch Napoleon's Einfluß veranlaßte Vergünstigung dargestellt wird*). Ueber die Feier des Neujahrstags 1807 in Leipzig, an welchem hier der Friedensschluß und die Annahme der Königswürde durch Friedrich August den Gerechten festlich begangen wurde, brachte die Zeitung einen Artikel, dessen Fassung ebenfalls keinen Zweifel über die französische Superredaction läßt, der er augenscheinlich hat unterworfen werden müssen. Die Jahresansprache, welche die Zeitung seit dem Regierungsantritte Friedrich August des Gerechten stets an den Landesherrn bei Beginn des neuen Jahres richtete, wendete sich 1807 außerdem noch an Napoleon. Die französischen Siegesbulletins mußten officiell bekannt gemacht werden. Selbst in den Inseraten tritt der Einfluß der fremden Gäste hervor; dieselben sind angefüllt mit Anerbietungen französischer Sprachlehrer und mit Ankündigungen französischer Grammairen. Im Juli 1807 kam Napoleon nach Sachsen; er berührte auch Leipzig. Die Zeitung durfte dieses Ereigniß nicht mit Stillschweigen übergehn, sie mußte eine eingehende Darstellung der stattgehabten Feierlichkeiten bringen und durfte sich nicht entbrechen, dem gewaltigen Kriegsfürsten Weihrauch zu streuen, wofür er bekanntermaßen in so hohem Grade empfänglich war. „Schon seit dem 20. Juli," heißt es in einer Leipziger Correspondenz vom 23. Juli, „erwartete Se. Majestät den Kaiser von Frankreich, König von Italien auf Ihrer Rückreise von Dresden unsere Stadt mit heißem Verlangen. Der hiesige Magistrat hatte zu dem Empfang dieses erhabensten Monarchen und um Allerhöchstdemselben die tiefste Ehrfurcht hiesieger Einwohner zu bezeigen, alle zweckmäßige Anstalten getroffen. Eine hohe, im edelsten Styl, mit Laubwerk und Lampen versehene Ehrenpforte, an beyden Seiten ebenfalls mit grünen großen Bögen, die Nischen bildeten, verziert, über welchen die Worte: Fortunae reduci standen, war nahe am Kgl. Poststalle vor dem Grimmaischen Thore

*) Vergl. beide Actenstücke unter Beilage 14.

errichtet, rechts und links bezeichneten grüne Festons den Weg bis ans innere Thor. Sr. Majestät unsers Allergnädigsten Königs im Thomä'schen Hause am Markte befindlichen Zimmer wurden in Bereitschaft gehalten, das Rathhaus, die Stadt und alle Vorstädte sollten erleuchtet werden, 50 hiesige Kaufleute in schöner Uniform Se. K. K. Majestät zu Pferde einholen, und nach erhaltener Allergnädigsten Erlaubniß eine Leibwache im Hause formiren, junge weiß gekleidete Mädchen Allerhöchstdenselben bis an die Ehrenpforte entgegengehen, ein Gedicht überreichen, den Weg mit Blumenkränzen bestreuen, die aus den Bürgern hiesiger Stadt bestehende Schützengesellschaft bis an das Thomä'sche Haus eine doppelte Reihe bilden, sowie jede Behörde durch Deputirte zur Bewillkommnung des glorreichsten großmüthigen Siegers und Friedensstifters bereit war. Da aber Se. K. K. Majestät heute morgen um 5 Uhr allhier eintrafen, ohne den mindesten Aufenthalt die Pferde wechselten, durch die Vorstädte fuhren und in größter Eil die Reise fortsetzten; so konnten jene Anstalten nicht völlig stattfinden. Nur unsere feurigsten Wünsche für das dauerhafteste Wohlergehen des Allergnädigsten Kaisers und Königs Napoleons des Großen begleiteten Ihn, den größten Regenten und Feldherrn der Weltgeschichte, den Freund unsers angebeteten Königs, den, der unserem Vaterlande Selbständigkeit und dauerhaftes Glück zu verschaffen versprach." Die Universität hatte zu diesem in der Hauptsache verunglückten Empfange noch eine besondere Auszeichnung in Absicht; sie dachte daran, „Napoleon dem Unsterblichen ein bleibendes Denkmal ihrer Verehrung am unvergänglichen Firmament zu stiften". Man zog in dieser Absicht die Professoren Hindenburg und Rüdiger zu Rathe. „Diese urtheilten, daß zu einem neuen der Würde des Gegenstandes entsprechenden Sternbilde kein schicklicher Platz an dem, unbewaffneten Augen sichtbaren Sternenhimmel ausgemittelt werden könne; daß aber (wie schon im Alterthume und auch in neueren Zeiten geschehen sey) Theile eines bereits bekannten Sternbildes zu jenem Zwecke gewählt werden könnten." Man beschloß darauf, die zum Gürtel und Schwerte des Orion gehörigen und die dazwischen liegenden Sterne, deren kein einzelner einen besondern Namen hat, künftig die Sterne Napoleon's zu nennen!!

Die Weiterentwicklung der französischen Botmäßigkeit, ihre immer rückhaltloser stattfindenden Eingriffe in die Regierung selbst solcher Länder, mit denen Frankreich im Bündnisse sich befand, machten die Stellung der Zeitungsredaction immer schwieriger. Die Macht Napoleon's hatte ihren Gipfel erreicht, sein Uebermuth kannte keine Grenzen mehr. Auch die sächsische Regierung, welche bisher mit rühmlichster Beharrlichkeit ihre Unabhängigkeit gegen usurpatorische Eingriffe in die Regierungsthätigkeit gewahrt hatte, sah sich dem immer schamloser auftretenden Andringen gegenüber oft in eine schwierige Lage versetzt. Im Jahre 1808 wurden demzufolge die Instructionen, welche die Zeitung als Richtschnur für die redactionelle Leitung erhielt, häufiger und beengender. Ueber Spanien und dessen Kriegsangelegenheiten durften keine anderen Nachrichten gebracht werden, als solche, die im Moniteur enthalten waren. Die Weisung, aller Nachrichten sich zu enthalten, die Vorfälle zum Gegenstande haben, welche für Frankreich anstößig sein könnten, wurde wiederholt. Der Moniteur mußte überhaupt als untrügliche Quelle angesehen werden, wie augenfällig und notorisch auch die Thatsachen mit seinen Angaben im Widerspruch stehn mochten; jeder Zweifel an der Wahrhaftigkeit dessen, was er enthielt, war in den Augen der französischen Machthaber ein Verbrechen, und es gab sofort nachdrückliche Reclamationen. Daher finden sich wiederholt Weisungen, den Inhalt des Moniteurs unter allen Umständen und ohne Randbemerkungen zu geben; Zweifel zu äußern an dem, was der Moniteur brachte, setzte den bedenklichsten Folgen aus. Auch Actenstücke durften, wenn sie in irgend einer Beziehung für Frankreich nachtheilig waren, nicht veröffentlicht werden. Während des Erfurter Congresses brachte die Zeitung eine Proclamation des spanischen Generals Castanos (vor welchem der französische General Dupont mit einem Armeecorps die Waffen hatte strecken müssen). Napoleon stellte deshalb sofort den in Erfurt anwesenden Cabinetsminister Grafen Bose zur Rede, und die Redaction erhielt eine ernste Rüge; man warf ihr vor, sie mißbrauche die Duldsamkeit, welche man zeither gegen sie geübt.

Um der Redaction wenigstens einen allgemeinen Anhalt rücksichtlich der Grenzen ihrer Bewegungsfreiheit zu geben, wurde endlich, muthmaßlich im Einverständnisse mit dem französischen Gouvernement, eine Anzahl Instructionspunkte für den Zeitungspachter aufgestellt. Dieselben, ein charakteristischer Beitrag zur Geschichte der damaligen Zeit, lauten:

1) Nach den zwischen dem französischen Reiche und den Mitgliedern des rheinischen Bundes obwaltenden Verhältnissen muß alles, was dem französischen Kaiserlichen Hofe anstößig seyn könnte, mit der äußersten Sorgfalt vermieden werden. Es sind daher namentlich alle und jede Nachrichten von den für Frankreich nachtheiligen, oder unangenehmen Ereignissen keineswegs zuerst zu verbreiten, sondern nicht eher und nicht anders in die Leipziger Zeitung aufzunehmen, als wenn und wie sie in dem Moniteur universel bekannt gemacht werden.

2) Die aus dem Moniteur entlehnten Artikel müssen vollständig und nicht verstümmelt, noch mit Zusätzen übergetragen werden.

3) Bei diesen sowohl als bei den aus anderen Blättern entnommenen Artikeln sind allemal diese Zeitungen namentlich anzugeben.

4) In Ansehung der Warschauer Zeitung bleibt es noch bei der vorhin ertheilten Vorschrift, daß derselben nichts, was das Herzogthum Warschau betrifft, ohne vorgängige Nachfrage nachzuschreiben ist.

5) Bei dem Gebrauch eigener Privatcorrespondenzen ist vorzügliche Vorsicht anzuwenden, damit, wenn über solche Artikel die namentliche Angabe des Verfassers oder Einsenders erfordert würde, derselbe nicht compromittirt werde.

6) Sollte Allerhöchsten Orts für gut befunden werden, den Leipziger Zeitungen eigene politische Artikel einrücken zu lassen, so werden sie dem Zeitungspachter von Zeit zu Zeit eingeschickt werden und sind alsdann unverändert beizubehalten.

Nach diesen Grundsätzen wurde die nächste Zeit hindurch verfahren und es scheinen in dessen Folge die französischen Reclamationen eine Zeit lang eingestellt geblieben zu sein. Mit dem Ausbruch des österreichisch-französischen Kriegs von 1809 begann dagegen die Gefahr von einer andern Seite zu drohen. Ein österreichisches Corps war in Sachsen eingerückt; im Zusammenhang operirte die Freischaar des Herzogs von Braunschweig-Oels, welche Leipzig bedrohte. Die Zeitungsredaction kam in die äußerste Verlegenheit; der Pachter wendete sich nach Dresdem um Instruction. Der Cabinetscorrespondent schrieb ihm: „Eine specielle, auf jeden einzelnen Fall passende Instruction könne nicht ertheilt werden. Man müsse voraussetzen, daß der Unternehmer eines

Zeitungsbureau den ganzen Umfang seiner Pflichten kenne und damit etwas Intelligenz und politisches Gefühl verbinde. Nur unter dieser Voraussetzung habe ihm die Leitung eines solchen Geschäftes anvertraut werden können, und auf solcher Kenntniß und kluger Erfüllung seiner Obliegenheiten beruhe seine Verantwortlichkeit, sowie die Erwartung, daß er sich dabei nie in Widerspruch mit dem System seines Hofes befinden werde. Nichts aber sei klarer als das politische System Sachsens. In Ansehung der übrigen Höfe müsse allerdings die Aufnahme solcher Artikel in die Zeitung vermieden werden, welche ihnen auffallen und sie beleidigen könnten, es wäre denn, daß dieselben dem Redacteur von Seiten des Hofes zugesendet würden, oder er sich auf französische, jedesmal namentlich aufzuführende Zeitungsblätter berufen könne. Wegen der Klagen und Besorgnisse, die Ew. 2c. äußern (sie bezogen sich auf die in Folge des Kriegsausbruches laut gewordenen Befürchtungen), können Dieselben von meiner aufrichtigen Theilnahme versichert sein. Ihre Lage ist allerdings kritisch. Jedoch bin ich ganz überzeugt, daß Dieselben sich in solche mit Klugheit zu schicken und dadurch die daraus für Sie resultirenden Ungemächlichkeiten abzuwenden wissen. Für die Oesterreicher werden Sie Sich wohl nicht zu fürchten haben. Würden Ew. 2c. wegen gewisser Zeitungsartikel von denselben in Anspruch genommen, so könnten Dieselben sich allemal damit rechtfertigen, daß diese Artikel nicht aus Ihrer Feder gekommen wären. Fliehen würde ich dieserhalb keineswegs, jedoch salvo meliori". Die Bedrohung Leipzigs wurde zur Wahrheit. Bei Leipzig kam es zwischen den vereinigten österreichisch-braunschweigischen und den sächsischen Truppen zum Gefecht, wobei die ersteren den Sieg davontrugen und ihren Einzug in Leipzig hielten. Die öffentliche Stimmung war auf Seite der Oesterreicher, während man in den vaterländischen Truppen die Verbündeten Frankreichs beklagte. Einen dieser Stimmung Rechnung tragenden und gleichzeitig gegen Frankreich, dessen Alliirter Sachsen war, nicht anstoßenden Bericht über die Affaire zu geben, war sicher nicht leicht. Hören wir, wie sich die Zeitung aus diesem Dilemma herausgezogen hat. Der Bericht, vom 23. Juni 1809 datirt, lautet: „Der gestrige Tag war für die Bewohner Leipzigs sehr merkwürdig. Etwas über eine halbe Stunde von der Stadt, bei dem Dorfe Stötteritz entstand zwischen einer Abtheilung Oesterreichischer und Braunschweigischer Truppen und den

Sachsen ein Vorpostengefecht, das sich bis an das Spitalthor zog. Die Sächsischen Truppen retirirten durch die Stadt und Vorstadt, Erstere folgten ihnen nach, und zwischen der Stadt und dem Dorfe Lindenau kam es zu neuen Gefechten, welche bis gegen das Dorf Schönau hin dauerten. Die Oesterreichischen Truppen unter den Befehlen des Herrn Generalen von Ende Excellenz und die Braunschweigischen unter jenem Sr. Durchlaucht des Herzogs von Braunschweig-Oels sind hier unter unzweideutigen Aeußerungen der versammelten Einwohner eingezogen, haben aber in der vergangenen Nacht größtentheils in der Nähe von Stötteritz bivouakirt. Sie halten, was der Ruf schon früher anher brachte, sehr gute Mannszucht und suchen die Einwohner so wenig als möglich zu belästigen". Wir finden nicht, daß diese Fassung, der man die Eigenschaft vorsichtiger Klugheit nicht wird absprechen können, zu Ausstellungen Veranlassung gegeben hat. Napoleon befand sich mit seiner Armee im Kriege und hatte andere Dinge zu thun, als über die deutsche Presse die Censur zu üben, und die sächsische Regierung, der die von Frankreich unablässig geforderten Beschränkungen der freien Meinungsäußerung ohnehin im höchsten Grade zuwider waren, dachte nicht daran, der Redaction die ihr ja nur zu wohl bekannte Schwierigkeit ihrer Lage noch zu vergrößern. Nachdem der Friede geschlossen war, der den Herzog von Braunschweig-Oels bekanntlich zu dem strategisch berühmten Rückzuge durch Norddeutschland behufs der Einschiffung nach England nöthigte, mußte von diesem Fürsten in der Zeitung freilich wieder in den Ausdrücken des Moniteur gesprochen werden; er war dann wieder der „Bandenführer" und „Räuberhauptmann", wie der Sohn der französischen Revolution bekanntlich den Erben eines der ältesten und berühmtesten deutschen Fürstenhäuser in seinem Regierungsorgan zu tituliren sich vermaß.

Die Hauptquelle der Zeitung bildete, wie im Vorhergehenden bemerkt worden, der Moniteur universel; er war maßgebend nicht nur für alle Angelegenheiten Frankreichs, zu dem damals bekanntlich ein großer Theil des heutigen Deutschland gehörte, sondern auch für Italien, Spanien, die Niederlande, von da an, wo die Verhältnisse zwischen Oesterreich und Frankreich bedrohlicher sich gestalteten, auch für Oesterreich. Ueber England durfte nur „nach französischen Blättern", mit einem anderen richtigeren Worte nur nach dem Moniteur berichtet werden, denn kein anderes französisches Blatt durfte es wagen, etwas zu bringen, was nicht bereits durch Abdruck im Moniteur die Genehmhaltung Napoleon's für sich hatte. Für Westphalen bildete der nach französischem Vorbilde begründete „Westphälische Moniteur", für die übrigen Rheinbundstaaten die dort bestehenden Regierungsorgane die Quelle. Ueber Preußen, Rußland ꝛc. wurde nur selten und dürftig berichtet, indessen hielt sich die Zeitung hier nach Kräften selbständig und unabhängig. Den Reigen im politischen Texte eröffnete jederzeit Frankreich.

Man kann sich vorstellen, in welcher Gestalt allein bei derartigen Beschränkungen die Tagesbegebenheiten dem Publicum vorgeführt werden konnten. Aeußerst schwer wäre es gewesen, aus diesen, nach dem allein zulässigen französischen Muster zusammengestellten Berichten die wahren Motive der Ereignisse zu enträthseln, die innern Fäden zusammenzufinden, mittels denen die Begebenheiten zusammenhingen. Die Anzeichen der damaligen Kriege verriethen sich nicht, wie heut zu Tage durch veröffentlichte Noten und Actenstücke; dergleichen durften nur, so weit sie französischen Ursprungs waren, ungekürzt, andern Falls nur unter den ärgsten Verstümmelungen und Entstellungen und unter Weglassung aller, dem französischen Gouvernement nicht convenirenden Stellen gebracht werden. Nachrichten von Truppenmärschen, Militäravancements ꝛc. bildeten ausschließlich die Vorboten eines im Anzuge begriffenen Kriegs. Und selbst hier mußte mit außerordentlicher Vorsicht und Behutsamkeit verfahren werden; ein Berichterstatter aus Plauen erhielt einst eine scharfe Rüge wegen einer der Zeitung zugestellten Notiz über den Durchmarsch einer numerisch ganz unbedeutenden französischen Truppenabtheilung. Für rasche Bekanntmachung ihrer Siegesbulletins sorgten die Franzosen, die Zeitung erhielt dieselben meist von den französischen Heerführern direct zugestellt, und nicht selten werden dieselben daher mit den Worten: „Von hoher Hand uns zugekommen", eingeführt. Aber ebenso schnell wie die Franzosen mit der Veröffentlichung ihrer Siegesnachrichten bei der Hand waren, ebenso groß war die Zurückhaltung, wenn das Kriegsglück ihnen nicht günstig gewesen war; ja man entblödete sich in solchen Fällen keineswegs, eine offenkundige Niederlage durch die Zeitung als „großen Sieg" der „unüberwindlichen" französischen Waffen ausposaunen zu lassen, den lediglich „unerwartete Zufälle" nicht hätten entscheidend sein lassen. Der Bericht über die Schlacht von Aspern, der ersten eclatanten Niederlage Napoleon's, nachdem ihm bisher das Kriegsglück ununterbrochen treu gewesen war, lautet z. B.: „Man hat gestern Nachrichten aus dem Hauptquartier des Kaiser Napoleon über Wien unterm 24. Mai erhalten. Diese sprechen von einer sehr glänzenden Affaire, in welcher sich die Franzosen wie gewöhnlich mit Ruhm bedeckt haben, obgleich ein ganz unerwarteter Zufall verhinderte, daß der Erfolg davon nicht vollkommen entscheidend sein konnte. In Erwartung der officiellen Berichte über diese Affaire folgen hier einstweilen einige Umstände davon, die man für zuverlässsg angeben kann. An dem Orte, wo die Donau sich in 4 Arme theilt, hatte der Kaiser eine sehr große Brücke darüber schlagen lassen, und schon war ein schwacher Theil seiner Armee auf dem linken Ufer, als eine plötzliche Anschwellung des Wassers die Brücke beschädigte und den Uebergang unterbrach. Die Franzosen, von welchen höchstens 30,000 Mann auf das linke Ufer hinübergesetzt waren, hatten gegen die ganze feindliche Armee und ein Batteriefeuer von 200 Kanonen zu kämpfen. Zwei Tage hindurch haben sie seine Angriffe ausgehalten und zurückgetrieben ohne eine einzige ihrer Stellungen aufzugeben; sie haben sogar einige Meilen Terrain gewonnen, und sind Meister vom Brückenkopf auf dem linken Ufer geblieben. Man war in der Erwartung, die Affaire wieder anfangen zu sehen, zwar nicht mit mehr Tapferkeit noch mit mehr Ruhm, sondern mit einem vollständigeren Erfolg, sobald die Franzosen mit ihrer gewöhnlichen Thätigkeit die Brücke wieder hergestellt und ihre ganze Armee über die Donau gesetzt haben würden." Gegenwärtig, wo die Details über die Schlacht von Aspern längst historisch festgestellt und allgemein bekannt sind, verüberflüssigt es sich, über einen solchen Bericht, der in beinahe keinem einzigen Worte der Wahrheit entspricht, ein berichtigendes Wort zu verlieren; er hat nur noch das Interesse einer Curiosität. Zugleich kann er aber als Schema dienen, wie die Franzosen ihre Schlachtberichte in die Oeffentlichkeit gelangen zu lassen beliebten.

Es war Napoleon sehr daran gelegen, den von ihm geschaffenen Monarchen der neugebildeten Reiche den Schein einer gewissen Popularität zu verschaffen und die Leute glauben zu machen, als befänden sich diese Länder unter seinen Creaturen besser als unter der Herrschaft ihrer von ihm verjagten alten Dynastieen. Auch hierzu mußte die

Tagespresse die Hand bieten und die Leipziger Zeitung, obschon sie sich von Originalartikeln in solchem Sinne rühmlicherweise stets freigehalten hat, konnte sich doch wenigstens nicht dessen entbrechen, von Zeit zu Zeit derartige Artikel aus anderen Zeitungen durch Wiederabdruck weiter zu verbreiten. Man macht sich in der Gegenwart schwerlich noch einen Begriff, mit welcher Schamlosigkeit hierbei zu Werke gegangen, mit welcher Frechheit der Wahrheit ins Gesicht geschlagen wurde. Statt vieler nur ein Paar Beispiele. Im Jahrgang 1808 findet sich der Wiederabdruck eines im Westphälischen Moniteur enthaltenen Berichts aus Cassel vom 2. Jan. über die angebliche Stimmung in Westphalen. „Wir empfinden hier und im ganzen Königreich," heißt es darin, „bereits die erwärmenden und erquickenden Strahlen der neuen Sonne. Alle Handlungen und Verfügungen unsers geliebten Monarchen, welche bis jetzt zur allgemeinen Kenntniß gekommen sind, tragen das Gepräge seines erhabenen, huldvollen Charakters und zeugen von seiner Herzensgüte. Manche Thräne des Kummers ist schon getrocknet und die Aussicht in eine bessere frohe Zukunft träufelt heilsamen Balsam selbst in die Gemüther derjenigen, welche, unvermögend das große Werk der Weltregeneration zu begreifen, in banger Erwartung den künftigen Tagen entgegenseufzten. Was aber die Liebe und das Vertrauen eines jeden Westphälingers zu seinem neuen Allerdurchlauchtigsten Souverain bis auf den höchsten Grad erhöhet, ist der große und wichtige Umstand, daß Se. Kgl. Majestät Allerhöchst Ihren eigenen Unterthanen, ohne die geringste Rücksicht auf den ehemaligen Unterschied der Stände zu nehmen, bei Besetzung der verschiedenen Staatsämter einen unleugbaren Vorzug gewähren." Und diese Wahrheitswidrigkeiten, bei denen es zugleich in dem Hinweise darauf, daß keine Rücksicht auf den „ehemaligen" Unterschied der Stände mehr genommen werden solle, auf einen hämischen Seitenhieb auf die verjagte Dynastie abgesehen war, wagte man Angesichts der Thatsache, daß Napoleon zu Uebernahme der Ministerportefeuilles im neuen Königreich Westphalen drei französische Staatsräthe, die nicht eine Sylbe deutsch verstanden, nach Cassel gesendet hatte, daß fast sämmtliche Befehlshaberstellen der Armee, die meisten Directorialposten der obersten Landesbehörden in den Händen von Franzosen waren, daß endlich die meisten Oberhofchargen mit französischen Abenteurern besetzt waren, in die Welt hinauszuschicken! Aus Neapel vom 24. Dec. 1808 lautet ein Bericht im Jahrgang 1809. „Se. Majestät der König Joachim erwirbt sich mit jedem Tage eine größere Liebe seiner neuen Unterthanen. Er geht oft verkleidet durch die Stadt, forscht nach Allem; und wo er Mißbräuche, Gebrechen und Mängel findet, da trifft er auf der Stelle Maaßregeln zu ihrer Abstellung. Beim Antritt der Regierung fand der Monarch die öffentlichen Cassen ganz erschöpft. Sogleich schoß er aus seinem eigenen Vermögen beträchtliche Summen her, damit die täglichen Ausgaben bestritten werden konnten. Dagegen verminderte er den kostspieligen Hofstaat beträchtlich und erklärte, daß er ein Feind von allem unnöthigen Aufwande sei und allen asiatischen Luxus hasse. Die Polizei hatte bisher eine Menge Spione erhalten; der König befahl, daß dieselben, weil sie viel Geld kosteten, abgedankt werden sollen, indem er entschlossen sei, nur durch gute Gesetze zu regieren." Bekanntlich war dieser gute König Murat, der es sich sein eigenes schweres Geld kosten ließ, um seine Neapolitaner glücklich zu machen, wobei freilich das Räthsel ungelöst bleibt, woher er, bekanntlich ein armer Gastwirthssohn aus der Gegend von Cahors, die großen Summen hatte, einer der prachtliebendsten und verschwenderischesten Menschen.

Die vaterländischen Angelegenheiten traten in einer so außerordentlichen Zeit sehr in den Hintergrund; man findet diese Rubrik während der Scharf'schen Pachtperiode fast gar nicht berücksichtigt. Indessen fiel in den Schluß derselben die 400jährige Jubelfeier des Bestehns der Universität Leipzig, über deren Einzelheiten in einem Leipziger Artikel vom 4. Dec. 1809 eingehend berichtet wird*). Unter den amtlichen Nachrichten, einer erst in dieser Zeit gebildeten Abtheilung der Zeitung, heben wir vor Allen die im Jahrgange 1801 befindliche Kunde von einem für unser Vaterland hochbeglückenden Ereignisse, die officielle Mittheilung von der Geburt unsres allverehrten Königs Johann hervor. Sie befindet sich im 245. Stücke des Jahrgangs und lautet: „Dresden, den 12. December. Diesen Morgen 10 Minuten nach 12 Uhr sind Ihro des Prinzen Maximilians Durchl. Frauen Gemahlin der Prinzessin Caroline Königl. Hoheit von einem gesunden Prinzen glücklich entbunden worden. Diese höchst erfreuliche Niederkunft ward den hiesigen Ein-

*) Vergl. Beilage 15.

wohnern durch dreymalige Abfeuerung der Kanonen von den Wällen *) bekannt gemacht und um 11 Uhr die heilige Taufhandlung, wobey der Hof in Gala war, vollzogen. Der neugeborne Durchlauchtigste Prinz empfing die Namen: Johannes, Nepomucenus, Maria, Josephus, Antonius, Xaverius, Vincentius, Aloysius, Franciscus de Paula, Stanislaus, Bernardus, Paulus, Felix, Damasus. Die hohen Taufpathen sind: Ihro Durchlaucht der Prinz Anton und Dero Frauen Gemahlin, der Prinzessin Therese Kgl. Hoheit." Demnächst sei der im Jahrgange 1799 enthaltenen Mittheilung vom Ableben des Cabinetsministers Frhr. v. Gutschmid, eines der namhaftesten sächsischen Staatsmänner, und der vom 14. Decbr. 1801 datirten Anzeige über die Antrittsaudienz des zum Gesandten am Kurfürstl. Hofe ernannten Grafen Clemens von Metternich-Winneburg, des späteren Haus-Hof- und Staatscanzlers gedacht. Die erstere Mittheilung lautet in ihrer vollständigen, die seltenen Verdienste des Verewigten hochanerkennenden Fassung: „Dresden, den 30. Dec. Heute Vormittags ein Viertel nach 10 Uhr erstarb allhier Se. Excellenz der Churfürstl. Cabinetsminister und Staatssecretair der inländischen sowol als Militärangelegenheiten, Herr Christian Gotthelf Freiherr v. Gutschmid im 78. Jahre seines ruhmvollen Lebens. Durch seine, während seiner 20jährigen Verwaltung der wichtigsten Staatsämter bewiesene gründliche Gelehrsamkeit, ausgebreitete Kenntnisse und Erfahrung, bewährte Rechtschaffenheit und unverbrüchlichste Treue und Devotion gegen seinen Landesherrn, durch sein rastloses Streben um das Wohl des Landes erwarb er sich die ausgezeichnetste Gnade und das Vertrauen Sr. Churfürstl. Durchl. und die Liebe und Verehrung seiner Zeitgenossen, und hinterläßt ein allgemeines Bedauern des durch seinen Tod erlittenen Verlustes."

Das Inseratenwesen nahm unter der Scharf'schen Verwaltung einen außerordentlichen Aufschwung und vorzugsweise trugen hierzu die auf den öffentlichen Verkehr bezüglichen Avertissements, sowie die Familiennachrichten bei. Letztere waren schnell zu einer Sache der Gewohnheit geworden; in den höheren und mittleren Ständen ward es bald allgemeiner Brauch, Vermählungs-, Geburts- und Todesanzeigen durch die Leipziger Zeitung zu veröffentlichen und es ist so bis in die neueste

*) Dresden war damals noch Festung.

Zeit verblieben. Wie gegenwärtig so war schon damals die Schlußseite der Inseratenbeilage eine besonders beliebte Lectüre. Aus den ersten Jahren dieses Jahrhunderts sei zweier Anzeigen Erwähnung gethan, von denen die eine auf das Ableben eines in der Literaturperiode des vorigen Jahrhunderts einen der besten Namen tragenden Mannes, die andre auf die Geburt eines Mannes sich bezieht, dessen staatsmännisches Wirken mitten in die Gegenwart fällt. Jene betrifft den bekannten trefflichen Kinderfreund Christian Felix Weiße, Churfürstl. Sächs. Creissteuereinnehmer, gest. an Entkräftung im 79. Altersjahre am 16. Dec. 1804, diese den Kgl. Preuß. Ministerpräsidenten a. D. Freih. Otto v. Manteuffel, geb. den 3. Febr. 1805 zu Lübben in der Niederlausitz.

Eine wegen verweigerten Abdrucks eines Inserats entstandene Differenz greift in die Entwicklung des sächsischen Fabrikwesens ein. Im 82. Stück des Jahrg. 1806 machte nämlich der Mechanicus Wilhelm Whitfield zu Chemnitz, ein Mann, der sich um die Ausbildung des sächsischen Spinnereigewerbes nicht unbedeutende Verdienste erworben hat, bekannt, daß er nach dem Modell der Wöhler'schen Spinnmaschinen mehrere, um baumwollenes Garn zu fertigen, auf Verlangen anlegen wolle. Dies bot den Fabrikanten Gebrüder Bernhard in Chemnitz Veranlassung, im 88. Stück der Zeitung eine Berichtigung des Inhalts einrücken zu lassen, daß Whitfield nur Water-Twist-Maschinen, keineswegs aber Mule-Twist-Maschinen in Chursachsen errichten könne, weil sie, die Gebrüder Bernhard, wegen solcher auf gewisse Jahre ein Privilegium erhalten hätten. Whitfield replicirte darauf, sah aber den Abdruck seiner Replik verzögert. Er führte deshalb Beschwerde, und es ergab sich bei der hierauf stattfindenden Erörterung des Sachverhalts, daß der Zeitungspachter den Abdruck der Whitfield'schen Replik in Folge einer Zuschrift des Chemnitzer Amtmanns, Hofrath Dürisch, beanstandet hatte, der ihn gebeten, mit der öffentlichen Bekanntmachung einer von Whitfield auf die Bernhard'sche Berichtigung etwa eingehenden Replik anzustehn und selbe ihm als Commissarius Causae zur Durchsicht zu übersenden. Das Geh. Finanzcollegium fand dies unstatthaft und ordnete die sofortige Aufnahme der Replik, „insofern kein solchenfalls anzuzeigendes Bedenken dabey eintrete", an.

Die früher so oft wiederkehrenden Beschwerden des Zeitungspachters wegen Beeinträchtigung seines Zeitungsmonopols hatten, nachdem das letztere in einer den Verhältnissen wenigstens einigermaßen Rechnung tragenden Weise beschränkt und mit klareren Ausdrücken festgestellt worden war, unter der Scharf'schen Verwaltung sich erheblich vermindert, obschon die Zeitverhältnisse der Begründung neuer Zeitungsunternehmungen in hohem Grade günstig waren. Wir haben nur einen derartigen Fall aus dieser Periode aufgefunden, eine Beschwerde Scharf's gegen den Buchhändler Voß, der 1806 ein Journal in wöchentlichen Heften unter dem Titel: Der Weltbeobachter angekündigt hatte, welches „die Staatsverhältnisse und die politischen Ereignisse der Zeit, politische Raisonnements und eine Zusammenstellung aller Begebenheiten, welche sich eben erst zugetragen haben", enthalten sollte. Scharf erhielt von der Regierung Recht und die Publication der angekündigten Zeitschrift wurde Voß untersagt.

Vierte Abtheilung.

1810—1818.

Die allem Anscheine nach sehr günstigen finanziellen Resultate, welche Scharf während seiner Pachtzeit erzielte, waren es wohl hauptsächlich, welche der Regierung bereits im Jahre 1808 Veranlassung zu der Erwägung gaben, ob nicht eine abermalige Verpachtung im Wege des Meistgebots empfehlenswerth sei. Der Gedanke erschien um so beachtenswerther, als nicht nur, allen Anzeichen nach, eine starke Concurrenz bei einer etwaigen Licitation erwartet werden durfte, sondern auch der Postschreiber Johann August Löscher, ein Mann, dessen dienstlicher Wirkungskreis vielfache Gelegenheit bot, einen Blick in die finanziellen Verhältnisse der Zeitung zu thun, sich aus freien Stücken zu einem jährlichen Pachtgeld von 10,050 Thlr. erbot, wenn man ihm nach Erlöschen des Scharf'schen Contracts den Zeitungspacht übertrage. Zur selben Zeit beschäftigte man sich jedoch bei der Regierung eifrig mit dem Plane der Gründung einer in Dresden herauszugebenden Hofzeitung, welche politische Nachrichten, Hof-, Civil- und Militärveränderungen, außergerichtliche Avertissements und andere, das Dresdner Publicum interessirende Notizen enthalten, übrigens aber neben der Leipziger

Zeitung bestehen sollte. Demnächst war auch die Einführung eines Zeitungsstempels, der, da die Leipziger Zeitung damals die einzige in Sachsen erscheinende politische Tageszeitung war, ausschließlich diese getroffen haben würde, wenn man nicht, wovon jedoch der um sein Gutachten hierüber befragte Oberpostamtsdirector Dörrien entschieden abrieth, den Zeitungsstempel auch auf die in Sachsen erscheinenden Wochen- und Monatsschriften gelehrten und politischen Inhalts erstreckt hätte, in Frage gekommen. Da nun eine definitive Beschlußfassung über diese Fragen sich in die Länge zog, entschloß man sich, den Contract mit Scharf, der eigentlich Ende 1808 abgelaufen sein würde, unter den zeitherigen Bedingungen auf noch ein Jahr, bis Ende 1809 zu verlängern; demselben wurde dabei gleich eröffnet, daß ihm zu einer Entschädigung wegen des erschwerten Vertriebs der auswärtigen Zeitungen, der in damaligen Kriegszeiten allerdings vielerlei Schwierigkeiten und Unbequemlichkeiten unterlag, Aussicht nicht eröffnet werden könne.

Immittelst war Mitte des Jahres 1809 herangekommen und auch die Scharf zugestandene Prolongation nahte ihrem Ende. Die Nachfrage der Competenten wuchs, je näher dieser Zeitpunkt rückte. Für einen derselben, den Buchhändler Beygang in Leipzig, verwendete sich der Oberhofprediger Dr. Reinhard in einem eigenhändigen Briefe an den Conferenzminister Grafen Hopffgarten. Das Oberpostamt zu Leipzig hatte, da die zu Abwendung des erschwerten Vertriebes der auswärtigen Zeitungen im Königreich Westphalen gepflogenen Verhandlungen wegen einer unmittelbaren Postverbindung mit Hamburg auf dem rechten Ufer der Elbe noch nicht zur endlichen Ausführung gebracht worden und daher die näheren und vollständigen Bedingungen des neuen Zeitungspachts nicht bestimmt genug angegeben werden könnten, vorgeschlagen, den Pacht mit Scharf abermals auf ein Jahr zu verlängern.

Allerhöchsten Orts war indessen bereits eine Entscheidung getroffen. Von höheren Rücksichten ausgehend, als dem ausschließlich finanziellen Gesichtspunkte, den man bisher vielleicht zu sehr bei der Zeitung hatte vorwalten lassen, erkannte der König die dringende Nothwendigkeit entschiedener Schritte zu innerer Hebung der Zeitung und in erster Linie das Bedürfniß, an die Spitze der Verwaltung derselben einen Mann zu stellen, dessen Name schon eine Bürgschaft für diese innere Hebung sei. Die hierzu ausersehene Persönlichkeit war der Dichter August Mahlmann (geb. 1771). Er erhielt den Pacht zunächst nur auf ein Jahr bis Ende 1810; wegen einer etwa künftig eintretenden sechsjährigen Pachtdauer wurde, „wenn über die auf den Pacht selbst Einfluß habenden Umstände näher zu urtheilen seyn wird", weitere Unterhandlung vorbehalten. Nach Ablauf des Probejahrs wurde der Contract auf die übliche sechsjährige Dauer abgeschlossen und nach deren Beendigung noch auf ein Jahr bis zu Ende des Jahres 1817 fortgesetzt, so daß Mahlmann im Ganzen acht Jahre, von 1810 bis 1818 die Verwaltung der Leipziger Zeitung geführt hat.

Die damaligen Pachtbedingungen waren in mehreren sehr wesentlichen Punkten ungünstiger, als die Mahlmann's Vorgänger gewährten. Das Pachtquantum ward (von 1811 an, während bis dahin das frühere Locarium von 9050 Thlr. blieb) auf 10,000 Thlr. jährlich, die Caution auf 2000 Thlr. erhöht. Dem freien Gebahren des Pachters hinsichtlich der Bestimmung über die Höhe der Insertionsgebühren wurden Schranken gesetzt; bei Avertissements, welche über drei Zeilen betrugen, wurde die Gebühr auf 2 Gr. 6 Pfg. Conv. M. pr. Zeile (nach gegenwärtig geltendem Münzfuße 3 Ngr. 1 Pfg.), bei Avertissements, die nur drei Zeilen oder weniger lang waren, auf 6 bis 8 Gr. C. M., und wenn sie den Luxus betrafen, auf 16 Gr. C. M. im Ganzen festgesetzt. Auch hinsichtlich des mit dem Zeitungspacht verbunden bleibenden Zeitungsdebits lauteten die Bedingungen mehr zum Nachtheil des Pachters.

Dessen ungeachtet war die Mahlmann'sche Verwaltung in finanzieller Beziehung eine wahrhaft glänzende. Der Absatz erreichte eine bisher nie dagewesene und später erst in der neuesten Zeit wiedererreichte Höhe; er belief sich auf die für damalige Verhältnisse ungeheure Summe von 5—6000 Exemplaren, die Inserate wuchsen in zwar minder starker, doch immerhin ansehnlicher Progression. Trotz der hohen Pachtsumme zog Mahlmann während der acht Pachtjahre einen höchst beträchtlichen Gewinn aus der Zeitung, er ward durch sie notorisch zum reichen Mann.

Daß solche Resultate gewonnen wurden, lag aber keineswegs allein in den Zeitverhältnissen, deren in dem gesteigerten Interesse des Publicums an den Tagesbegebenheiten liegende günstige Einwirkungen auf den Absatz großentheils durch den Druck wieder aufgehoben wurden, der unter dem sich überall in Deutschland kategorisch geltend machenden

Einfluß des Napoleonischen Regimes auf der Tagespresse lastete, obschon gerade in Sachsen, dessen Regierung gegen die unberufenen Gelüste der französischen Machthaber, sich in die Regierungsthätigkeit der mit Frankreich verbundenen Staaten einzumischen, einen rühmlichen Widerstand leistete und sich im Ganzen eine ziemlich umfassende Selbständigkeit und Unabhängigkeit sicherte, dieser Druck von allen deutschen Ländern noch am wenigsten fühlbar ward. Bei Weitem wichtiger für den Aufschwung der Zeitung, welche unter der Mahlmann'schen Leitung an innerer Gediegenheit ihren Culminationspunkt erreichte, war die Sorgfalt, welche Mahlmann auf die Hebung des Instituts in seiner Eigenschaft als größere politische Zeitung wendete. Er sorgte namentlich für größere Beschleunigung der Tagesnachrichten, für bessere Correspondenzen, für Vielseitigkeit des Inhalts. Sehr zu Statten kam ihm bei Uebernahme der Verwaltung, daß er durch die von ihm bereits längere Zeit mit Umsicht geführte Redaction der Zeitung für die elegante Welt im Zeitungswesen kein Neuling mehr war. Sein Name hatte bereits in der literarischen Welt einen guten Klang; aus seiner zeitherigen publicistischen Thätigkeit führte er der Zeitung mannigfache vortheilhafte Verbindungen zu. Während die früheren Pachter die Redaction in der Regel durch einen Dritten hatten besorgen lassen müssen, der bei dem ihm gewährten geringen Gehalt (gewöhnlich 300 Thlr. jährlich) am Aufschwunge der Zeitung kein Interesse nahm, sondern seine Arbeit mehr handwerksmäßig besorgte, war Mahlmann in der glücklichen Lage, die Redaction selbst übernehmen zu können; nur zu Besorgung der eigentlichen Expeditionsgeschäfte für das Inseratenwesen, die Zeitungsspedition ꝛc. hielt er Expedienten.

Ein für die Hebung der Zeitung besonders günstiges Moment war es, daß zur Zeit, als Mahlmann die Verwaltung führte, zwei hochgestellte Männer ihren Einfluß im Interesse der Zeitung geltend machen konnten, denen ein für die damalige Zeit ungewöhnlich tiefes Verständniß der Bedeutung einer nach freisinnigen und rationellen Grundsätzen geleiteten Tagespresse beiwohnte. Im Cabinet des Monarchen war es der Cabinetsminister Graf Senfft von Pilsach, im Geheimen Finanzcollegium der Geheime Rath Freiherr v. Manteuffel, zu deren Specialressort die Angelegenheiten der Leipziger Zeitung gehörten. Graf Senfft war ein durchaus unabhängiger Charakter, ein freidenkender, vielseitig durchgebildeter, weitblickender Staatsmann, der sich als Vertreter Sachsens in Paris durch das glänzende Scheinthum des Napoleonischen Imperialismus nicht so weit hatte blenden lassen, um, ins Cabinet berufen, als willenlos gehorsamer Vollstrecker kaiserlich französischer Decrete sich mißbrauchen zu lassen. Er stellte unter allen Verhältnissen das vaterländische Interesse in erste Linie und nur wo das französische mit diesem nicht collidirte, ließ er sich herbei, letzterem entsprechende Berücksichtigung angedeihen zu lassen. Die hin und wieder ans Kleinliche streifenden Vorhalte, welche den früheren Zeitungspachtern durch den Cabinetscorrespondenten in großer Reichhaltigkeit zu Theil geworden waren, hörten unter Graf Senfft fast ganz auf; kaum ein oder ein Paar Fälle finden sich, wo an Mahlmann auf die Leitung der Zeitung bezügliche Rügen aus dem Cabinet ergingen. In der Hauptsache ließ er der Redaction die vollste Bewegungsfreiheit und unterstützte sie, wo es irgend thunlich war, durch Aufschlüsse und Material, was er dem Cabinetscorrespondenten zur Benutzung für seine Berichterstattung überließ. Daß die oft in Anregung gebrachte größere Reichhaltigkeit der Zeitung an inländischen Mittheilungen auch unter Mahlmann's Leitung erst nach Jahren zu Stande kam, mag Graf Senfft nicht zur Last gelegt werden. Er in Gemeinschaft mit dem Geheimen Rath Freiherr v. Manteuffel ließ es sich unablässig angelegen sein, auch in diesem Bereich den Ausstellungen, welche gegen die Zeitung laut wurden, Abhilfe zu verschaffen. Mahlmann schreibt selbst in dieser Beziehung unterm 29. März 1812 an einen Canzleibeamten des Geheimen Finanzcollegiums, der daselbst die Expedirung der Zeitungsangelegenheiten zu besorgen hatte: „Ich hoffe Alles von der Verwendung des Herrn Geheimenraths von Manteuffel". Allein es kamen hierbei die Interessen zu vieler anderer Dienstzweige mit ins Spiel, als daß, zumal bei dem damaligen zwar sehr gründlichen, aber aufhältlichen Geschäftsgange, auf eine sehr rasche Erledigung zu rechnen war. Im Sommer 1812 kam endlich eine Einrichtung des Inhaltes zu Stande, daß in Zukunft über eine gewisse Anzahl speciell namhaft gemachter Gegenstände und Angelegenheiten bei denjenigen obern Hof- oder Landesstellen, zu deren Geschäfts- und Wirkungskreis solche gehören, ein kurzer Aufsatz gefertigt, selbiger von dem Chef der Behörde unterzeichnet und sodann an das Domestikdepartement der Geheimen Cabinets-Canzlei abgegeben werden solle. Der bei diesem Departement mit der Einsammlung und Weiterbeförderung der eingehenden Zeitungsartikel beauftragte Officiant durfte dieselben nicht eher, als bis dieselben von dem Cabinetsminister der inneren Angelegenheiten durchgegangen und genehmigt worden waren, nach Leipzig absenden. Als Gegenstände der Angelegenheiten, worüber eine solche Berichterstattung stattfinden sollte, waren aufgeführt: Nachrichten aus dem Hofmarschallamte über Feierlichkeiten und andere Vorfälle bei Hofe, Nachrichten über Verfügungen und Veranstaltungen in allgemeinen Landesangelegenheiten, Inhaltsanzeigen neuer Landesgesetze und allgemeiner Verordnungen über rechtliche, polizeiliche, kirchliche und finanzielle Gegenstände, Besetzung aller in der Hofordnung stehender Chargen und Dienste, Anstellung der höheren geistlichen und Schuldiener, der Berg=, Post=, Salinen=, Floß=, Justiz= und Rentbeamten, sowie der höheren Geleits= und Accis=Officianten, Erfindungen, Verbesserungen, Fortschritte und Versuche in dem Fache des inländischen Fabrik=, Manufacturen= und Cultur=Wesens, nebst Bekanntmachung der den Erfindern und Beförderern ertheilten Patente, Prämien oder sonstigen Auszeichnungen, Bekanntmachung solcher Maßregeln, Einrichtungen und Verordnungen fremder Länder, welche den diesseitigen Unterthanen bei ihrem Verkehr mit jenen Ländern zu wissen nöthig und nützlich sind, Kunstausstellungen, Anzeige solcher Verbrechen, deren Urheber zu Folge eingeholten rechtlichen Erkenntnisses mit dem Tode wirklich bestraft worden sind. Diese Einrichtung trat in der eben angegebenen Weise ins Leben, der Geheime Secretair Kost im Cabinet erhielt den vorbezeichneten Auftrag und wenn gegen den etwas weitläufigen Mechanismus der Einrichtung die heut gangbaren Ansichten vom Zeitungsgeschäft sehr erhebliche Ausstellungen zu machen haben würden, so war man doch damals vor der Hand zufrieden und man hat alle Ursache, vom damaligen Standpunkte aus die nur gedachte Einrichtung als einen wesentlichen Fortschritt zur Hebung der Zeitung zu betrachten.

Das Probejahr Mahlmann's begann unter wenig günstigen Auspicien. Napoleon strebte immer rückhalts= und rücksichtsloser nach seinem Endziel, der Universaldespotie, hin; der Continent war in allen seinen Gliedern zu Boden geschlagen oder zum Bündnisse mit Frankreich genöthigt; nur England hielt sich in unversöhnlicher Feindschaft. Es gründlich zu demüthigen, sollte die Vernichtung seiner Handels=

beziehungen die Handhabe bieten, und diese gedachte der gewaltige Imperator durch die Continentalsperre ins Werk zu setzen. Diese in ihrer intensiven Gewaltsamkeit unerhörte Maßregel drückte auch Sachsen schwer, am härtesten Leipzig. Ein Artikel der Zeitung im Jahrgange 1810 d. d. Leipzig, den 30. October, berichtet: „Gestern gegen Mittag langten königliche Commissarien hier an. Gleich nach ihrer Ankunft wurden die Thore geschlossen und folgende Proclamation erlassen:

Nachdem Se. Königl. Majestät von Sachsen wegen der allhier zu Leipzig lagernden englischen Fabrik- und Manufacturwaaren, ingleichen der Colonial- und anderen aus dem englischen Handel kommenden Waaren die strengsten Maßregeln eintreten zu lassen beschlossen haben; als wird auf Allerhöchsten Befehl zur Zeit aller Ausgang von Kaufmannsgütern aus der Stadt und den Vorstädten, nicht minder aller Transport von dergleichen aus einem Hause ins andere, hierdurch bei der strengsten Verantwortlichkeit untersagt.

Leipzig, den 29. October 1810.

Königlich Sächsische bestallte Geheime Finanzräthe und anhero verordnete Commissarien

Thomas von Wagner. Günther von Bünau.

Joseph Friedrich von Zezschwitz.

Seitdem wird mit Versiegelung der Gewölbe verfahren und mehrere der größten Waarenlager sind mit Militärwachen besetzt. Abends rückte ein Commando Dragoner in unsere Vorstädte ein. Patrouillen in der Stadt und umliegenden Gegend verhindern jeden Waarentransport." Ungeachtet der Strenge der Form wurden die weiteren Maßregeln, die Impostirung und Verbrennung der vorgefundenen englischen Waaren mit rücksichtsvoller Humanität vollzogen*), und auch hierin zeigte sich eine, unter den damaligen Verhältnissen seltene Selbständigkeit der sächsischen Regierung, den französischen Zumuthungen gegenüber.

Die Jahre 1810 und 1811 waren für Deutschland Friedensjahre. Der Wohlthaten des Friedens konnte man sich freilich nicht erfreuen. Ein großer Theil Deutschlands war entweder unter französischem Scepter oder wenigstens von französischen Truppen besetzt, die selbständigen Staaten Deutschlands hatten die unerhörtesten Dinge vom fran-

*) Interessante Mittheilungen hierüber siehe bei: „Mittheilungen aus dem Leben eines sächsischen Staatsmanns." Pirna 1858.

zösischen Uebermuth zu leiden. Die Zeitungen mußten sich jeglicher Betrachtung, wenn sie nicht den allein statthaften Gegenstand der Verherrlichung Napoleon's zum Zwecke hatte, enthalten; aber auch das rein Thatsächliche zu bringen, konnte gefährlich werden, wenn man sich dabei objectiv halten wollte. In dieser Beziehung ist von Mahlmann das nach Lage der Verhältnisse Mögliche und Denkbare geleistet worden. Frankreich mußte in der Zeitung freilich nach wie vor die erste und Hauptrubrik bleiben und im Grunde genommen war dies auch, wenn man den damaligen Umfang Frankreichs berücksichtigt, sachlich nicht ungerechtfertigt; allein Mahlmann vernachlässigte dabei keineswegs die anderen Länder Europas und hatte dabei sogar den Muth, es den Lesern der Zeitung zu kennzeichnen, wo er durch französischen Druck zu Handlungen oder Unterlassungen genöthigt war. Bei der Rubrik: England, worüber, wie schon bemerkt wurde, nur nach französischen Quellen berichtet werden durfte, findet sich z. B. jederzeit die in Parenthese gefaßte Bemerkung: „(Aus französischen Blättern)" unter der Ueberschrift.

So kam das Jahr 1812 heran. Im März dieses Jahres hatte in Leipzig noch, wie dies mit allen Geburtstagen Napoleon's und seiner Gemahlin seit Jahren schon zu geschehen hatte, auch das Geburtsfest des im Jahre vorher erst geborenen Königs von Rom festlich begangen werden müssen. „Se. Excellenz der Herr Marschall Ney, Herzog von Elchingen," wie es in dem Berichte der Zeitung vom 21. Mai 1812 heißt, „versammelten die hier anwesenden Generale und Stabsofficiere, sowie die hiesigen königlichen und städtischen Behörden zu einer festlichen Mahlzeit, bey welcher auf das Wohl Ihrer Majestäten des Kaisers, der Kaiserin, des Königs von Rom und unsers erlauchten Souverains, sowie des Herrn Herzogs und seines Armeecorps mehrere Toasts ausgebracht wurden. An das Diner schloß sich Abends ein glänzender Ball an, dem eine große Anzahl angesehener Einwohner hiesiger Stadt beyzuwohnen die Ehre hatten. Auch überreichten bey demselben drey junge Damen folgendes Gedicht:

Lorsqu'un Héros conduit par la victoire,
Va conquérir l'olive de la paix,
Cette cité, pour prix de ses bienfaits,
Avec transport applaudit à sa gloire.

Aux bords fleuris que la Seine féconde,
Cet heureux jour fixe aussi nos regards.
Un noble enfant, rejeton des Césars
Y fait l'espoir et le bonheur du monde.

Ah pardonnez si d'une voix timide
A vous aussi nous adressons nos voeux
Dans vos bienfaits, dans vos soins généreux
Le ciel daigna nous donner une Egide.

Die allgemeine Erleuchtung der ganzen Stadt bezeugte die lebhafteste Theilnahme aller ihrer Bewohner an diesem so festlichen Tage."

Im Mai 1812 traf Napoleon mit seiner Gemahlin in Dresden ein, zu gleicher Zeit der König von Preußen, die österreichischen Majestäten und die Königin von Westphalen. Die Zeitung brachte darüber einen amtlichen Artikel folgenden Inhalts: „Dresden, den 26. May. Am 24. d. M. erhoben Sich Abends gegen 10 Uhr sämmtliche Allerhöchste und Höchste Herrschaften in das große Opernhaus, und geruhten dem Concert, welches von der königlichen Capelle aufgeführt wurde, beyzuwohnen. — Der Saal war reich und geschmackvoll beleuchtet, und den Cavaliers und Dames im Saal, dem Publico aber in den Logen gegen ausgegebene Einlaßkarten der Zutritt verstattet. — Nach Beendigung des Concerts begaben sich sämmtliche Herrschaften in Ihre Appartements zurück. — Gestern fuhren die Allerhöchsten und Höchsten Herrschaften nach Moritzburg, woselbst eine Jagdparthie veranstaltet war, von woher Dieselben um 4 Uhr Nachmittags in hiesiger Residenz wieder eintrafen. — Heute erfolgte Vormittags um 11 Uhr die Ankunft Ihro Majestät des Königs von Preußen nebst Dero Gefolge im königl. Schlosse. Sie wurden bey der Ankunft von Ihro Majestät dem Könige, den Prinzen des königlichen Hauses und einer zahlreichen Cour am Wagen empfangen, und in die Ihnen im königl. Palais zubereitete Wohnung begleitet. — In der Suite Sr. Majestät des Kaisers von Frankreich, Königs von Italien befinden sich Se. Durchlaucht der Fürst von Neufchatel und Wagram, Ihre Excellenzien der Herzog von Bassano, Graf Daru, Minister Staatssecretair, der Reichsmarschall und Commandant der k. k. Garden, Herzog von Istrien, der Grand Marechal du Palais, Herzog von Friaul; der Oberstallmeister, Herzog von Vicenza, und der Obercammerherr Graf von Montesquiou; ferner der

Herr Erzbischof von Mecheln, die Generaladjutanten Grafen von Lobau und Durosnel, der Divisionsgeneral Baron von Caulincourt, die Generale Guyot und Exelmanns, der Cammerherr Graf Turenne, der Ecuyer Baron Lamperty, der Marechal des logis, Baron Canouville und der Prefet du Palais, Baron de Bausset. — Das Gefolge Ihrer Majestät der Kaiserin von Frankreich besteht in der Dame d'honneur, Herzogin von Montebello, den Dames du Palais, der Herzogin von Bassano und den Gräfinnen von Brignole und Bauvau, dem Chev. d'honneur, Senator, Grafen Beauharnois, dem ersten Ecuyer Fürsten Aldobrandini, den Kammerherren Grafen de Bange, Praslin, Noaille und den Ecuyers Grafen d'Antlaw, Barons Mesgrigny, Saluce und Lenepe. — Zur Suite der Königin von Westphalen Majestät gehören Ihre Exc. die Oberhofmeisterin von Bochholz, die Hofdamen, Prinzessin von Hessen Philippsthal und Gräfin von Löwenstein, Ihre Exc. der Oberhofmeister Baron von Gilsa und der Hofmarschall Baron von Boucheporn, der Cammerherr Baron von Jagow und der Ecuyer d'honneur, Chev. Collignon. — In dem Gefolge Ihrer kaiserlich. königl. Majestäten von Oesterreich befinden sich Ihre Exc. der Graf Metternich, der Oberkammerherr Graf Wrbna, ferner der General Graf Klenau, der Generalmajor Graf Kutschera, dann Ihre Exc. der Obersthofmeister, Graf Althann und die Obersthofmeisterin Gräfin Althann, ferner die Hofdamen, Gräfinnen Metternich, Laszansky und Odonell, und die Kammerherren, Generalmajor Graf Neipperg, Grafen Wrbna, Hoyes, Trautmannsdorf, Zichy und Fürst Kinsky." — Dieser Artikel ist charakteristisch für den Hochmuth Napoleon's, sowie für seine, ungeachtet des Bündnisses mit Preußen, noch immer animirte Stimmung gegen König Friedrich Wilhelm III. Während die Personen des Gefolges bei allen übrigen Souverainen namentlich aufgeführt werden, die des Kaisers von Oesterreich freilich an letzter Stelle hinter der Königin von Westphalen, geschieht der Begleitung des Königs von Preußen mit keiner Sylbe Erwähnung.

Die Vorbereitungen zum russischen Feldzuge wurden in der großartigsten Weise betrieben. Man war bemüht, dieselben, so weit irgend thunlich geheim zu halten. Selbst über die stattfindenden Truppenmärsche durfte von den Zeitungen nur mit einer bisher nicht gebräuchlichen Zurückhaltung berichtet werden. Eine derartige Mittheilung aus

Plauen über die Ankunft des Ney'schen Armeecorps in der Zeitung zog sofort eine Nachfrage nach sich, und Mahlmann konnte sich nur damit rechtfertigen, daß er wegen des Abdrucks vorher beim Marschall Ney angefragt und darauf die schriftliche Antwort erhalten habe: „Oui, mais sans réflexion sur le nombre des troupes et leur but". Er begleitet diese Rechtfertigung mit der genug sagenden Bemerkung: „daß übrigens die Leipziger Zeitung im gehörigen Stillschweigen die andren nicht nur nachahmt, sondern ihnen als Muster und Beispiel vorangeht, beweist wohl jedes Blatt und besonders meine gesunkene Einnahme."

So kam es, daß die Zeitung das Publicum eigentlich erst zu einer Zeit vom bevorstehenden Weltkriege unterrichten konnte, wo derselbe factisch bereits zum vollen Ausbruch gelangt war. Von da an aber folgen die Nachrichten mit großer Vollständigkeit und für die damaligen Verkehrsverhältnisse überraschend schnell. Bereits Anfang October erscheint ein officieller Bericht aus Dresden vom 4. Oct. über die ruhmvolle Theilnahme der sächsischen schweren Reiterbrigade an der Schlacht an der Moskwa*) unter der, für die Dauer des Kriegs angelegten Rubrik: „Nachrichten von der großen Armee". Die französischen Armeebulletins mußten selbstverständlich vollständig gegeben werden, sie bilden stets die Spitze des politischen Theils, aber auch sie gelangen in der Regel rasch zur Veröffentlichung. Nur das berühmte 29. Bulletin, worin Napoleon mit so furchtbarer Rückhaltslosigkeit und mit so herzloser Selbstsucht das entsetzenvolle Ende des russischen Feldzugs darlegte, ließ länger auf sich warten; es erschien erst in einer der letzten Decembernummern, nachdem lange vorher schon die Nachricht von Napoleon's Durcheilung Dresdens auf der Rückreise nach Frankreich gegeben und die wahre Lage der Dinge längst kein Geheimniß mehr war.

Das Jahr 1813 brach an. Die ersten Monate bieten wenig Bemerkenswerthes. Von Interesse sind jedoch die auf York's Abfall bezüglichen Veröffentlichungen. Es war Napoleon daran gelegen, diesen Schritt vor der öffentlichen Meinung vorzugsweise aus dem Gesichtspunkte der Subordination aufgefaßt zu sehn, da hiernach das Urtheil nicht zweifelhaft sein konnte; andrerseits sollte im Publicum der Ansicht Eingang verschafft werden, daß die preußische Regierung dem Schritte

*) Vergl. Beilage 16.

ganz und gar fremd sei und daß der König von Preußen denselben auf das Entschiedenste mißbillige und verabscheue. In diesem Sinne mußte die Tagespresse die Angelegenheit darstellen und es bringt daher mit einer für damalige Verkehrsverhältnisse großen Schnelligkeit, welche beweist, wie viel Napoleon daran gelegen war, das öffentliche Urtheil über jenen Vorgang ausschließlich nach seinem Sinne zu stimmen, bereits in einer der mittlern Januarnummern der Zeitung eine Correspondenz aus Paris vom 12. Jan. „Copieen der Depesche", welche York am 30. Dec. 1812 an den Marschall Macdonald, und dieser am 31. Dec. 1812 an den Majorgeneral Fürsten Berthier richtete, sowie der Note, mittels deren der französische Gesandte in Berlin Graf von St. Marsan über die Stimmung des preußischen Hofes berichtete. In letzterer heißt es: die vorbemerkten Depeschen seien ihm, dem Gesandten, in dem Augenblicke zugekommen, wo er sich mit dem Canzler, Baron von Hardenberg, dem Grafen Narbonne (Napoleon's Felddiplomaten) und dem Fürsten Hatzfeld bei dem Marschall Herzog von Castiglione (Augereau) befunden habe. „Der Baron von Hardenberg schien unwillig; er begab sich auf der Stelle zu dem Könige, der so eben in die Stadt zurückgekehrt war. Man versichert, der König habe beschlossen, den General von York abzusetzen, ihn arretiren zu lassen, das Commando dem General Kleist zu übertragen, die Truppen zurückzuberufen, obgleich wenig Wahrscheinlichkeit vorhanden ist, daß man sie wird zurückziehn können, und ihnen einzuschärfen, sich unter die Befehle des Königs von Neapel zu begeben, diesem Fürsten alle Ordres zuzusenden und bei der französischen Armee, zu Potsdam, in Schlesien und in den Zeitungen einen Tagesbefehl bekannt zu machen. Man versichert endlich, daß der König bei dieser Gelegenheit neuerdings seine Anhänglichkeit für die Sache Sr. k. k. Majestät und seinen Unwillen über diesen Vorfall öffentlich geäußert habe." Eine spätere Nummer erst giebt in einer directen Berliner Mittheilung, vom 19. Januar datirt, eine in der Hauptsache freilich auch französisch gefärbte Darstellung des eigentlichen Sachverhalts; dieselbe lautet: „Der Generalleutnant von York, Chef des unter die Befehle des Marschalls Herzogs von Tarent gestellten Hülfscorps, hat auf dem Rückmarsche von Curland den 30. Decbr. 1812 bei der Poscherun'schen Mühle mit dem kaiserlich russischen Generalmajor von Diebitsch capitulirt. In dem hierüber Sr. Kgl. Maj. erstatteten Berichte führt der Generalleutnant von York an, daß er durch die schlechte Beschaffenheit der Wege, durch die strenge Kälte und daraus entstandene Ermattung der Truppen, durch den Mangel an Cavallerie, welche nebst einem Theil der Infanterie, mit der Avantgarde anderthalb Tagemärsche unter dem Befehle des Marschalls Herzog von Tarent vorausgegangen, hauptsächlich aber dadurch, daß er von drei ihm sehr überlegenen feindlichen Armeecorps umzingelt war, zu dieser Maßregel gezwungen worden sei, und setzt hinzu, daß er dieses Mittel ergriffen habe, um dem Könige das Corps zu erhalten. Se. Maj. haben bei dieser unerwarteten Nachricht den höchsten Unwillen empfunden, und Ihrem Bündnisse mit Frankreich getreu, nicht allein die wegen obiger Capitulation abgeschlossene Convention nicht ratificirt, sondern auch sofort verfügt, daß 1) dem Generalleutnant von York das Commando des preußischen Hülfscorps genommen und dem General von Kleist übertragen, 2) der Generalleutnant von York sogleich verhaftet und vor ein Kriegsgericht gestellt werde, 3) der General von Massenbach, welcher sich an die Capitulation angeschlossen hat, gleichfalls suspendirt und zur Untersuchung gezogen, endlich 4) die Truppen selbst aber nach dem Inhalte des mit Frankreich abgeschlossenen Tractats zur alleinigen Disposition Sr. Maj. des Kaisers Napoleon oder Seines Stellvertreters, des Königs von Neapel Majestät, verbleiben sollen. Mit diesen allerhöchsten Befehlen ist der königl. Flügeladjutant rc. von Natzmer bereits zur Armee abgegangen. Es ist Sr. königl. Majestät sehr schmerzhaft gewesen, daß ein Corps d'Armée, welches während des ganzen Feldzuges so viele Beweise erprobter Treue und Tapferkeit gegeben hat, in einem so entscheidenden Momente unthätig gemacht worden ist. Sr. Maj. haben den Fürsten von Hatzfeld nach Paris geschickt, um Ihrem hohen Alliirten über diesen unerwarteten und höchst unangenehmen Vorfall die nöthigen Aufklärungen vorzulegen."

In diesen Ansichten über die Stimmung des preußischen Cabinets wurde die öffentliche Meinung, so lange es ging, zu erhalten gesucht. Die Ereignisse der nächsten Monate, die denkwürdigen Actenstücke der preußischen Regierung aus den Monaten Februar und März konnten nur mit großer Vorsicht und höchst lückenhaft und unvollständig mitgetheilt werden. Erst Ende März, mit dem Einmarsch der russisch-preußischen Truppen lösten sich die Siegel; die Haltung schlug mit einem

Tage in die entgegengesetzte um. Am 31. März Abends acht Uhr rückten die ersten russischen Truppen in Leipzig ein, ein Bericht vom 2. April in der Zeitung rühmte ihre treffliche Mannszucht, enthielt sich aber im Uebrigen tactvoll aller sympathisirenden Aeußerungen. In den nächsten Tagen bereits machte sich freilich der Einfluß antifranzösischer Gesinnung in schärfer hervortretender Weise geltend, wobei indessen nicht verschwiegen werden darf, daß der Druck, welchen die Verbündeten, namentlich die preußische Regierung auf die Tagespresse zu Förderung ihrer eigenen Interessen ausübten, kaum ein geringerer und leichter zu tragen war, als der französische Uebermuth. Auch die Verbündeten verstanden es, scharfe Censur zu üben und, wo sie hinkamen, die Zeitungen sich dienstbar zu machen, um die öffentliche Stimmung für ihre Zwecke zu bearbeiten. Als Beleg hierzu mag ein zu dieser Zeit in der Zeitung veröffentlichter „Auszug eines Briefes aus Dresden" dienen, der allem Anschein nach seinen Ursprung aus dem russisch-preußischen Lager herleitet. Er lautet: „Endlich sind unsere Freunde oder unsere Feinde, wie Sie sie nennen wollen, hier angekommen, aber sind sie unsere Feinde, so sind sie es doch nur dem Namen nach. Empfangen mit allgemeinem Freudengeschrei des Volks, verdienen die Russen noch mehr Ehrenbezeugungen, als sie erhalten haben. Aufgenommen mit Enthusiasmus, werden sie von den Segenswünschen dankbarer Völker begleitet werden. Die strengste Mannszucht wird bey ihnen beobachtet. Eifersüchtig, alle Gattungen des Ruhms zu verdienen, sollen ihre Lorbeern nur von den Thränen der Dankbarkeit benetzt werden. Eben so bieder, wie unser Erlauchter Monarch, gehorchen sie selbst der väterlichen Regierung, die wir unserm Könige verdanken, und sind in seiner Abwesenheit, wie Er, Beschützer unserer Rechte und unserer Freyheiten. O! mein Freund, wie schön ist der Triumph einer kriegerischen Nation, welche Vaterlandsliebe in die Schrecken des Kriegs gestürzt hat, die einen eben so ungerechten als schrecklichen Angriff zurückschlug, und die jetzt in das Herz von Deutschland eindringt, um die Bedingungen eines allgemeinen Friedens unerschütterlich festzusetzen. — Dieß nur ist der Zweck des Krieges. Jeder russische Offizier wird Ihnen dieß sagen, jeder Soldat weiß es. Dieß allein giebt Aufschluß über ihr ganzes Betragen. Vergleichen wir jetzt mit diesem Betragen das unserer sogenannten Freunde. Sie drangen als Sieger in unser Land, Contributionen, Geld, Getraide, Tuch, Kleidung, Waffen, alles verlangten sie. Unter dem Nahmen von Bundesgenossen mußten unsere Soldaten ihren Fahnen folgen. Unsere Truppen wurden allen Gefahren ausgesetzt, und wir mußten die ihrigen ernähren; unsere unglücklichen Soldaten hatten während des ganzen Krieges keine andere Beruhigung, als die, daß sie noch einmal Beweise von jenem glänzenden Muthe ablegen konnten, den unsere großmüthigen Feinde selbst eingestehen und zu würdigen wissen. Die Tapfern von allen Nationen kennen sich und schätzen sich hoch! Als die französische Armee in allgemeiner Bestürzung die Flucht ergriff, wurden unsere Truppen ihrem Schicksale überlassen, und mußten sich dem gewaltigen Angriffe der russischen Avantgarde bey Kalisch entgegen stellen. Bey der Rückkehr in die Hauptstadt fanden wir eben so viel Usurpatoren als Franzosen darin. Davoust führte ein eisernes Scepter, und Dresden verstummte vor einer Gewalt, die 10,000 Tyrannen unterstützten. Die Franzosen erklärten laut, sie würden die Elbe vertheidigen; dieser Fluß sollte das Grab aller der Kühnen werden, die es wagten, ihn zu überschreiten. Sie stützten ihre Versprechungen auf militärische Räsonnements. Magdeburg sollte der Schlüssel aller überrheinischen Provinzen sein; Magdeburg sollte bewaffnet und auf 10jährige Belagerung verproviantirt sein; Magdeburg das Bollwerk von Deutschland, sollte der Ort werden, woran die russische Macht scheiterte. — Indeß wurden alle Elbkähne in Sicherheit gebracht; die brennende Brücke bey Meyßen bewies die unzureichenden Hülfsmittel der französischen Macht. Bald darauf grub man eine Mine in die Brücke von Dresden; umsonst bewaffnen sich die sächsischen Soldaten und Dresdens Bürger zur Vertheidigung des schönsten Gebäudes der Hauptstadt, der herrlichsten Brücke der Welt, die Soldaten werden abgeführt, die Bürger zum Stillschweigen gezwungen. Man schafft Pulver in die Brücke, die Lunte wird angebrannt, krachend springt die Mine, und Dresden wagt in der Bestürzung kaum über dieß politische Verbrechen zu murren. — Indeß was geschieht? Die Russen gehen über den Fluß, und kaum erschallt das Gerücht von dem Anmarsch der Kosaken, so verlassen die Brandstifter die Elbe und ziehen sich von allen Seiten zurück. Sie fliehen und nehmen den Haß der Völker mit sich, und die Gewissensbisse, ein nutzloses Verbrechen begangen zu haben. Die Ruinen der Brücke zu Dresden und der Brand des Tempels zu Ephesus stehen nebeneinander in den Annalen der Geschichte. Davoust wird allgemein als ein würdiger Nacheiferer des Herostratus anerkannt werden, und die Nachwelt, unabhängig von der Tyrannei der Gegenwart, wird auf die eine Seite den Herostratus stellen, den Mordbrenner aus Ruhmbegierde, und auf die andere Davoust, der seinen ganzen Ruhm in der Zerstörung suchte. Man versichert, daß unser guter König unzählige Vorstellungen versucht habe, um die Brücke seiner Hauptstadt zu retten. Unerschütterlich im Verbrechen behauptete Davoust eine barbarische Standhaftigkeit, die er hernach, freylich für uns zu spät, verleugnete, indem er die Elbe verließ. Die Sprengung der Brücke ist ein unnützes Verbrechen, ist weiter nichts als eine Beleidigung gegen unsern Souverain, und nach der allgemeinen Stimmung zu urtheilen, die ich hier bemerke, und nach der außerordentlich großen russischen und preußischen Macht, die gegenwärtig durch Dresden marschirt, wird diese angethane Schmach keine andre Wirkung haben, als daß sie eine ausgezeichnete Rache nach sich zieht.“ Daneben mußte die Zeitung Auszüge aus französischen Blättern bringen, worin Napoleon über die Gestaltung der Dinge in Deutschland zu täuschen suchte. So brachte das Journal de Paris zu einer Zeit, wo Neustadt Dresden bereits in den Händen der Verbündeten war, folgende „Nachrichten aus Sachsen“: Der Marschall Prinz von Eckmühl ist mit seinem Generalstabe in Dresden angekommen und hat das Oberkommando über alle in der Stadt befindlichen Truppen übernommen. Unsere Cavallerie hat mehrere Recognoscirungen auf dem rechten Elbufer gemacht und hat Scharmützel mit den Kosaken gehabt, die alle zu ihrem Vortheil ausfielen. Der hiesige Artilleriepark besteht aus mehr als 100 Feuerschlünden. Alle Zugänge der Stadt sind mit Batterieen bedeckt und durch zahlreiche Truppen besetzt rc.“ Die Leipziger Zeitung reproducirte diesen Artikel mit dem Zusatze: „In Wahrheit, die Krankheit des Redacteurs dieses Blattes ist unheilbar und vermehrt sich von Tage zu Tage.“

Diese antifranzösische Haltung währte bis zu den Tagen der Schlacht bei Lützen. Während derselben befand sich Leipzig in der äußersten Spannung; die Zeitung mußte mehrere Tage aussetzen, von Sonnabend den 1. Mai bis Donnerstag den 6. Mai erschien keine Nummer. Die Nummer vom 7. Mai enthielt an der Spitze Folgendes: „Am 2. Mai rückte ein französisches Armeecorps unter Anführung des General

Lauriston in Leipzig ein, worauf folgender Tagesbefehl bekannt gemacht wurde:

Lindenau den 2. May.

Auf dem Schlachtfelde bey Lützen, den 2. May 1813. Abends 8 Uhr.

Herr General Lauriston, ich eile, Ihnen anzuzeigen, daß der Kaiser soeben den glänzendsten und entscheidendsten Sieg über die preußische und russische Armee, die von dem Könige von Preußen und dem Kaiser Alexander commandirt waren, erfochten hat. Der Kaiser verfolgt seinen Vortheil, wir haben an diesem schönen Tage keine Person von Auszeichnung verloren.

Der Fürst von Neufchâtel
Unterz. Alexander.
Uebereinstimmend mit dem Original
der Platzcommandant Roudier."

Hierauf folgte ein, im französischen Sinne gehaltener Schlachtbericht und folgende „Erklärung" der Redaction: „Seitdem unsere Stadt von russischen und preußischen Truppen besetzt war, sind in dieser Zeitung Aufsätze und Aeußerungen erschienen, welche das Gepräge ihres Ursprungs deutlich an sich tragen, und über welche theils Erläuterungen theils Bemerkungen in der Folge mitgetheilt werden sollen, um über manche Gegenstände Licht zu verbreiten. Der Redacteur und Herausgeber dieser Blätter hatte, durch die fremde Gewalt gezwungen, durchaus keine Wahl, sondern mußte dieser Gewalt unbedingt nachgeben, welche über Alles verfügte, was gedruckt wurde; daher kann man auch in keiner Hinsicht annehmen, daß er das gebilligt habe, was die fremde Autorität durch diese Zeitung bekannt gemacht hat, vielmehr beweist der früher und bis zur Besetzung unserer Stadt durch obgenannte Truppen in derselben herrschende Geist, daß der Herausgeber dem System, welches Sr. Maj. der König von Sachsen, sein allergnädigster Herr angenommen, überall treu geblieben ist, und die Pflichten eines treuen Unterthanen auch in dieser Hinsicht auf alle Weise erfüllt hat." Hiermit sicherte Mahlmann wenigstens vorläufig seine Stellung; daß ihm französischerseits die Monate März und April nicht vergessen waren, sollte sich alsbald zeigen.

Der Umschlag war vollständig. König Friedrich August war nach der Schlacht bei Lützen von Napoleon bekanntlich unter den härtesten

Androhungen gezwungen worden, die seit dem Rückzuge aus Rußland bewahrte Neutralität aufzugeben und sich mit Napoleon aufs Neue zu verbinden; die bei Torgau concentrirten sächsischen Truppen, bereits seit dem Februar von den Franzosen getrennt, mußten wieder zu ihnen stoßen; Graf Senfft, der Träger der bisherigen Politik, schied aus dem Cabinet und wurde durch den Grafen von Einsiedel ersetzt.

Man kann sich denken, welche Rückwirkung dieser Umschlag auf die Zeitung hatte. Sie ward unmittelbar unter französische Censur gestellt und zum ausschließlichen Sprachrohr Napoleon's gegen die Verbündeten gemacht. Die sächsische Regierung konnte zur Wahrung der Selbständigkeit und Unabhängigkeit der Zeitung unter den obwaltenden Umständen nur wenig thun. Die Franzosen benahmen sich übermüthiger denn je; es kümmerte sie wenig, daß Sachsen mit ihrem Herrscher wiederum in ein Bündniß getreten war; die Behandlung des Landes hätte kaum schlimmer sein können, wenn die Franzosen als Feinde gekommen wären. In welcher Art Napoleon sich der Zeitung zur Polemisirung gegen die Verbündeten bediente, mag man aus dem nachfolgenden Pariser Artikel vom 22. Mai entnehmen:

„Ihre Majestät die Kaiserin-Königin und Regentin,“ heißt es darin „hat von der Stellung der Armeen am 16. Abends folgende Nachrichten erhalten: Am 15ten hielten der Kaiser und der König von Sachsen Revue über 4 sächsische Cavallerieregimenter, ein Husaren-, ein Lanzenträger- und 2 Kürassierregimenter, welche einen Theil des Corps des General Latour-Maubourg ausmachen. Hierauf besuchten Ihre Majestät das Schlachtfeld des Brückenkopfs von Briesnitz. Der Herzog von Tarent setzte sich am 15ten um 5 Uhr Morgens in Bewegung, um sich Bautzen gegenüber zu begeben. Er stieß bey dem Ausgange des Waldes auf die feindliche Arrieregarde, es wurden gegen unsere Infanterie einige Cavallerieangriffe versucht, allein ohne Erfolg; da sich der Feind jedoch in dieser Position halten wollte, fing das Gewehrfeuer an, und er wurde aus derselben vertrieben. In diesem Arrieregardegefecht hatten wir 250 Todte oder Verwundete. Man schätzt den Verlust des Feindes auf 7 bis 800 Mann, worunter 200 Gefangene. Die 2te Division der jungen Garde, von dem General Barrois commandirt, ist zu Dresden angekommen. Die ganze Armee hat die Elbe passirt. Außer der großen Dresdner Brücke wurden 2 Schiffbrücken ober und unterhalb der Stadt geschlagen. 3000 Arbeiter arbeiten daran, die Neustadt durch einen Brückenkopf zu decken.

Die Berliner Zeitung vom 8ten enthielt die Verordnung wegen des Landsturms. Man kann die Thorheit nicht weiter treiben, allein es ist vorauszusehen, daß die Einwohner Preußens zu viel gesunden Menschenverstand haben werden, und den wahren Grundsätzen des Eigenthums zu sehr anhängen, um Barbaren nachzuahmen, denen nichts heilig ist.

Bei der Schlacht von Lützen wurde ein Regiment, aus der Elite des preußischen Adels bestehend, welches sich preußische Kosaken nennen ließ, gänzlich vernichtet; es sind keine 15 Mann davon übrig geblieben, wodurch alle Familien in Trauer versetzt wurden. Diese Kosaken äfften wirklich die donischen Kosaken nach. Arme, zärtliche junge Leute hatten eine Lanze in der Hand, die sie kaum heben konnten, und waren wie wahre Kosaken gekleidet. Was würde Friedrich sagen, dessen Werke voller Ausdrücke von Verachtung über diese verächtlichen Milizen sind, wenn er sähe, daß sein Enkel gegenwärtig bey denselben die Modelle der Uniform und Haltung sucht. Die Kosaken sind schlecht gekleidet; sie reiten auf kleinen Pferden beinahe ohne Sattel und Zeug, weil es unregelmäßige Milizen sind, welche die Völkerschaften am Don liefern, und die alles auf ihre Kosten stellen. Dort ein Modell für den preußischen Adel zu suchen, beweist, wie weit der Geist der Unvernunft und Inconsequenz, der die Angelegenheiten dieses Königreiches leitet, gestiegen ist.

Den 24. May. Ihre Majestät die Kaiserin-Königin und Regentin hat von der Stellung der Armeen am 18. May folgende Nachrichten erhalten:

Der Kaiser befand sich noch immer zu Dresden. Am 15ten war der Herzog von Treviso mit dem Cavallerie-Corps des Generals Latour-Maubourg und der Infanteriedivision der jungen Garde des Generals Dümoutier aufgebrochen. Am 16ten brach die von dem General Barrois commandirte junge Garde ebenfalls von Dresden auf. Der Herzog von Reggio, der Herzog von Tarent, der Herzog von Ragusa und der Graf Bertrand standen Bautzen gegenüber in einer Linie. Der Fürst von der Moscau und der General Lauriston kamen zu Hoyerswerda an.

Der Herzog von Belluno, der General Sebastiani und der General Reynier marschirten auf Berlin los. Was man voraus gesehen hatte, ist eingetroffen: bey Annäherung der Gefahr spotteten die Preußen über die Verordnung des Landsturms; eine Proclamation gab den Einwohnern von Berlin zu erkennen, daß sie von Bülows Corps gedeckt würden, allein daß in allen Fällen, wenn die Franzosen ankommen sollten, man die Waffen nicht ergreifen, sondern sie nach den Grundsätzen des Kriegs empfangen sollte. Kein Deutscher will seine Häuser verbrennen, oder Jemand meuchelmorden. Dieser Umstand gereicht dem deutschen Volke zum Lobe. Wenn wüthende Menschen ohne Ehre und ohne Grundsätze Unordnungen und Meuchelmord predigen, stößt sie der Character dieses guten Volks mit Unwillen zurück. Die Schlegel, Kotzebue und andere eben so strafbare Tollköpfe möchten gern die biedern Deutschen in Giftmischer und Meuchelmörder umschaffen, allein die Nachwelt wird bemerken, daß sie kein einziges Individuum, keine einzige Autorität aus den Schranken der Pflicht und Rechtschaffenheit verleiten konnten.

Der Graf Bubna ist am 16ten zu Dresden eingetroffen. Er war Ueberbringer eines Schreibens des Kaisers von Oesterreich für den Kaiser Napoleon. Er ist am 17ten nach Wien zurückgekehrt.

Der Kaiser Napoleon hat die Versammlung eines Congresses zu Prag für einen allgemeinen Frieden angeboten. Von Seiten Frankreichs sollen bey diesem Congresse die Bevollmächtigten Frankreichs, jene der vereinigten Staaten von America, Dänemarks, des Königs von Spanien und aller alliirten Fürsten, und von der entgegengesetzten Seite die Bevollmächtigten von England, Rußland, Preußen, der spanischen Insurgenten und der andern Alliirten dieser kriegführenden Mächte eintreffen. In diesem Congresse soll der Grundstein zu einem langen Frieden gelegt werden. Allein es ist zweifelhaft, ob England seine egoistischen und ungerechten Grundsätze der Censur und der Meinung der ganzen Welt unterwerfen werde; denn es giebt keine Macht, so klein sie auch sein mag, die nicht vorläufig die ihrer Souverainetät anhängenden Privilegien reclamirt, und welche durch die Artikel des Utrechter Friedens über die Seefahrt geheiligt sind. Wenn England durch diese Gesinnungen von Egoismus, worauf seine Politik gegründet ist, sich weigert, zu diesem großen Werke des Friedens der Welt mitzuwirken, weil es die ganze Welt von dem Elemente ausschließen will, welches Dreyviertheil unsers Erdballs bildet, so schlägt der Kaiser nicht weniger die Versammlung aller Bevollmächtigten der kriegführenden Mächte zu

Prag vor, um den Frieden des Continents zu reguliren. Se. Majest. erbieten sich überdies in dem Augenblicke, wo der Congreß gebildet werden wird, einen Waffenstillstand zwischen den verschiedenen Armeen zu stipuliren, um dem Vergießen des Menschenbluts ein Ende zu machen.

Diese Grundsätze stimmen mit Oesterreichs Absichten überein. Es fragt sich nun, was die Höfe von England, Rußland, und Preußen thun werden. Die Entfernung der vereinigten Staaten kann kein Grund zu ihrem Ausschließen sein; der Congreß kann immer eröffnet werden, und die Deputirten der vereinigten Staaten werden Zeit haben vor Abschluß der Angelegenheiten einzutreffen, um ihre Rechte und ihr Interesse in Obacht zu nehmen."

Ein Seitenstück hierzu ist die Mittheilung über den Tod des General von Scharnhorst, des genialen Regenerators des preußischen Militärwesens; in einer der Gazette de France entlehnten kurzen Lebensskizze von ihm heißt es: „Er zeichnete sich durch das Ueberspannte in seinen Meinungen aus. Es fehlte ihm weder an Talenten noch an militärischen Kenntnissen, aber er erwarb sich wenig Zutrauen, weil er stets für die Extreme war."

Mahlmann blieb bei dem auf die Redaction geübten furchtbaren Druck nur die vollkommenste Passivität übrig. Aller Fügsamkeit, aller Sorge, jeglichen Anstoß zu vermeiden, ungeachtet, gelang es ihm indessen doch nicht, sich der Rache der Franzosen ganz zu entziehen. Man brach die Veranlassung im eigentlichsten Sinne des Wortes vom Zaune, um ihm für die Haltung der Zeitung in den Monaten März und April eine Züchtigung zu Theil werden zu lassen. Da Mahlmann im politischen Theile der Zeitung Alles sorglichst vermied, was den französischen Machthabern Veranlassung zum Unfrieden hätte geben können, so wurde ein an und für sich höchst unverfängliches Inserat zum Vorwand genommen, um an Mahlmann einen Act der empörendsten Willkür zu vollstrecken.

Die Nummer der Zeitung vom 14. Juni 1813 enthielt unter den Inseraten nachstehendes Avertissement:

„Dank. Dem Herrn Rittmeister v. Colmb. unsern innigen Dank, daß er sein uns gegebenes Wort so schön gehalten. Wir haben von Ihm und Seinen Begleitern gehört!!! Der biedere Mann halte einst auch sein zweytes Versprechen und besuche mit dem edelmüthigen C. unsere schönen friedlichen Berge. D. W., den 5. Juni 1813.

Die Familie S."

Kaum war diese Nummer zur Verausgabung gelangt, als das Local der Zeitungsredaction von französischer Gendarmerie besetzt und der Herausgeber der Zeitung, Hofrath Mahlmann, verhaftet wurde. Er hatte alsbald ein Verhör bei dem General Grafen Bertrand zu bestehen, worin ihm das Anstößige des Inserats mit dem Bemerken vorgehalten wurde, daß die darin ausgesprochene Danksagung an einen der gefährlichsten preußischen Partheigänger, den Rittmeister v. Colomb*) gerichtet sei. Mahlmann rechtfertigte sich damit, daß ihm dies völlig unbekannt gewesen, daß er weder den Namen des v. Colomb noch dessen militärische Thätigkeit kenne, daß diese Unkenntniß von ganz Leipzig getheilt werde, was um so erklärlicher sei, da der Schauplatz des v. Colomb weit von Leipzig entfernt sei und Berliner Zeitungen nach Leipzig nicht kommen dürften, und daß er das anstößige Avertissement, in welchem überdies der Name des v. Colomb nicht einmal ausgeschrieben sei, für nichts weiter als eine in damaliger Zeit häufig vorkommende anonyme Danksagung an einen Officier gehalten habe. Zudem habe er das Inserat, wie alle anderen dem Censor vorgelegt und dessen Approbation erhalten; er sei daher „den bisher obgewaltet habenden Gesetzen zu Folge" außer aller Schuld über das Aergerniß, welches das Avertissement veranlaßt habe.

Diese Momente würden zweifelsohne vor jedem ordentlichen Richterstuhle zu einer vollständigen Freisprechung des Angeschuldigten genügt haben. Anders bei den französischen Machthabern. Mittels eines unerhörten Eingriffs in die persönliche Freiheit der Unterthanen eines mit Frankreich verbündeten Landes wurde an Mahlmann ein selbst in der Napoleonischen Zeit beispielloser Act von Gewaltthätigkeit geübt: ohne gehöriges Verfahren, ohne Gestattung einer ordentlichen Vertheidigung wurde er am 24. Juni in aller Frühe durch zwei französische Gendarmen nach der Festung Erfurt transportirt und dort in einem Gefäng-

*) Der kgl. preuß. Rittmeister v. Colomb war in der That Anführer eines Freicorps und that mit diesem durch seine kühnen Operationen den französischen Truppen außerordentlichen Schaden. Er ist vor wenigen Jahren als kgl. preuß. commandirender General des in der Provinz Posen stationirten Armeecorps mit Tode abgegangen.

nisse der Stadt, da auf der Citadelle kein Raum mehr war, in die festeste Verwahrung gebracht. Ueber sein Schicksal ließ man ihn in der peinlichsten Ungewißheit; das Beispiel Palm's und Anderer, welche wegen gleich geringfügiger Preßvergehen auf Befehl Napoleon's standrechtlich erschossen worden waren, stellte ihm das Schlimmste in Aussicht; endlich theilt man ihm wenigstens so viel mit, daß er auf kaiserlichen Befehl bis zum Abschluß des Friedens gefangen gehalten werden solle. „Ich beschwöre," schrieb er aus der Gefangenschaft am 26. Juni an den Geheimen Rath Frhr. v. Manteuffel, „Ew. Hochwohlgeboren bei dem Allmächtigen, der die Thränen des Unglücks zählt, mir bei den französischen höchsten Behörden eine Milderung meiner Gefangenschaft zu bewirken. Ich bin kein Verbrecher und mein Bewußtsein sagt mir, daß ich die thätigste Verwendung verdiene! Wenn mein Leben meinem Vaterlande nicht ganz gleichgültig ist, so stehe man mir in meinem unverschuldeten Unglücke so schnell als möglich bei, und vermittle meine Freiheit. Meine Gesundheit erliegt, ich fühle mich krank, der tiefste Kummer und Schmerz verzehrt meine Kräfte... Nur baldige Hilfe kann mich retten, denn mein Herz empfindet zu lebhaft und zu tief und die Katastrophe, die mich so plötzlich von meiner hochschwangern Frau und aus den Armen meiner Kinder und Freunde riß, war zu schrecklich, als daß ich ihre Folgen für meine Gesundheit nicht fürchten sollte. Erbarmen Sie Sich meiner! Ich finde hier mein Grab, wenn ich bis zu dem Frieden, der ergangenen Ordre gemäß, in den hiesigen Gefängnissen schmachten soll!"*)

Die Regierung hatte indessen bereits nachdrückliche Schritte gethan, um die Freilassung Mahlmann's zu bewirken. Sofort nach Bekanntwerdung des an ihm verübten brutalen Gewaltacts hatte man bei den französischen Behörden ernste Reclamation gegen diesen Eingriff in die Regierungssphäre eines mit Frankreich verbündeten Staats erhoben, zugleich aber auch die sorgfältigsten Erörterungen zu Ermittelung des Ursprungs des anstößigen Inserats angeordnet. Diese Reclamation hatte die Wirkung, daß Mahlmann bereits nach acht Tagen wieder auf freien Fuß gesetzt wurde und Erlaubniß zu Wiederaufnahme der Redactionsgeschäfte, welche in der Zwischenzeit auf Anordnung des Oberpostamts von dem

*) Während der Haft zu Erfurt verfaßte Mahlmann eines seiner gefühlswärmsten Gedichte. Vergl. Anhang Beilage 16.

Expedienten Mahlmann's, dem Zeitungsexpediteur Ockhardt besorgt worden waren, erhielt. Der französische Majorgeneral Marschall Berthier setzte die Regierung hiervon mittels folgenden an den Generaladjutanten von Gersdorf gerichteten Schreibens in Kenntniß:

Dresde, le 30. Juin 1813.

A Monsieur le Comte de Gersdorf, Aide de Camp de S. M. le Roi de Saxe.

Monsieur le Comte, le rédacteur de la Gazette de Leipzig a été envoyé à la Citadelle d'Erfurt, pour avoir inséré un article attentatoire à l'intérêt de l'Armée.

Je vous préviens aujourd'hui que l'Empéreur a bien voulu réduire à huit jours d' Arrestation, la détention de ce rédacteur. Après ce tems, Mr. le Général Doucet Commandant à Erfurt devra le faire mettre en liberté et le laisser revenir à Leipzig où il pourra reprendre la rédaction du Journal.

Je vous prie, Monsieur le Comte, d'inviter le ministre du Roi, à faire sentir à cet individu ses torts envers son Souverain allié et ami de l'Empéreur.

Je renouvelle à Votre Excellence l'assurance de ma plus haute considération.

Le Prince, Vice-Connetable,
Major Général
(signé) Alexandre.

Die Erörterungen zu Ermittelung des Einsenders des Avertissements wurden in äußerst gründlicher Weise betrieben und ergaben endlich, nach höchst weitläufigen und mühevollen Recherchen, daß dasselbe die Ehefrau des Pastors Schuberth in Dorfwehlen zur Verfasserin habe und daß diese das Inserat ohne Vorwissen ihres Ehemanns, jedoch ohne irgend welche böse Absicht in die Leipziger Zeitung hatte einrücken lassen. Die Untersuchung, welche deshalb gegen die Familie des Pfarrers Schuberth auf Anordnung des Oberconsistoriums durch den Superintendenten M. Krehl zu Pirna und den Amtmann Löser in Hohenstein eingeleitet worden war, erreichte ihre volle Endschaft erst im Jahre 1815 durch eine Verordnung des Oberconsistoriums vom 18. Aug. 1815*),

*) Vergl. Acten des Königl. Finanzarchivs Rep. XXXI^a Lit. L. Nr. 163.^b Vol. VIII.

nach deren Inhalt man es bewandten Umständen nach bei der Anzeige über das Ergebniß bewenden, die verehelichte Schuberth aber zu Bezahlung sämmtlicher in der Untersuchung aufgelaufener Kosten anhalten ließ.

Hatte schon vor der Erfurter Katastrophe Mahlmann sich den französischen Zumuthungen in Bezug auf die redactionelle Leitung der Zeitung fast widerstandlos fügen müssen, so kannten diese nach seiner Rückkehr aus der Gefangenschaft kaum noch Grenzen. Die Zeitung wurde von Napoleon ausschließlich als Organ, seinem Unmuth über den „treulosen Abfall" Deutschlands von der Sache Frankreichs Worte zu geben, benutzt, und sie war zu diesem Zwecke unter die Specialleitung eines Cabinets gestellt; die Artikel, welche ihr von diesem aus zugingen, mußten unweigerlich und ohne die geringste Veränderung mit thunlichster Beschleunigung abgedruckt werden. Zur Vermittelung der Verbindung mit der Zeitung und daneben wohl auch zur Beaufsichtigung der Redaction hielt Napoleon einen eigenen Agenten in Leipzig, einen Baron Bacher*). Es ist in hohem Grade charakteristisch für Napoleon, daß, je schlechter seine Angelegenheiten sich gestalteten, um so höher sein Uebermuth und seine Rücksichtslosigkeit gerade in denjenigen deutschen Staaten, welche noch mit ihm verbunden waren, stieg; er ließ sie die Gewalt des Säbelregiments in seiner ganzen Brutalität und Willkür empfinden. Kein Land hatte darunter furchtbarer zu leiden als Sachsen, welches der Schauplatz des Krieges und mit französischen Truppen überfüllt war. Die Lage Mahlmann's in seiner Stellung zur Zeitung, an und für sich während dieser Zeit voll der peinvollsten Unannehmlichkeit, von Schwierigkeiten aller Art durchkreuzt, wurde fast unerträglich, nachdem Leipzig in Folge von Unruhen, welche daselbst während des Pfingstfestes stattgefunden hatten, am 20. Juni 1813 auf Befehl des Herzogs von Padua in Belagerungszustand erklärt worden war. Die Polizei in der Stadt und in den Vorstädten ward in Folge dessen ausschließlich den französischen Militärbehörden überwiesen, die Concurrenz der Landesbehörden ausgeschlossen; zu Ausführung der Continentalsperre wurden die härtesten Maßregeln ins Werk gesetzt, die Beitreibung der anbefohlenen Requisitionen durch militärische Execution angeordnet und überdies folgende Bekanntmachung durch den Rath der Stadt erlassen:

---

*) Vergl. weiter unten S. 113.

„Auf Befehl Sr. Excellenz des Herrn Herzogs von Padua haben wir das hiesige Publicum von dem allerhöchsten Mißfallen Sr. Majestät des Kaisers und Königs Napoleon in Kenntniß zu setzen, welches der Stadt Leipzig durch das unverantwortliche Benehmen mehrerer hiesigen Individuen bei den neuesten politischen Ereignissen zugezogen worden ist, und es wird, um nicht durch ähnliche Vergehungen Einzelner die gesammten hiesigen Einwohner einer harten Ahndung auszusetzen, hierdurch bekannt gemacht, daß

Alle diejenigen, welche mit den kaiserlich russischen oder königl. preußischen Truppen irgend eine Art Communication unterhalten, deren Unternehmungen auf irgend eine Weise begünstigen oder ihnen Nachrichten mittheilen, sowie

Alle diejenigen, welche den feindlichen Truppen angehörige Personen oder Effecten bei sich verbergen oder zu deren Verheimlichung Gelegenheit geben und Vorschub leisten, ingleichen

Alle diejenigen, welche sich durch Wort, Handlungen oder Aeußerungen irgend einer Art der Anhänglichkeit an die feindliche Parthei oder doch einer Abneigung gegen die kaiserl. französischen oder mit ihnen verbundenen Truppen verdächtig machen; oder überhaupt dergleichen einem sächsischen Unterthanen keineswegs geziemende Gesinnungen durch Wort oder Handlungen, insonderheit durch laute Theilnahme an den kriegerischen Ereignissen, durch unschickliches Zusammenlaufen und Zusammentreten auf den Straßen und öffentlichen Plätzen, durch Annäherung und Zudrängung an die eingebrachten Kriegsgefangenen oder gar durch Ungehorsam und Widersetzlichkeit gegen die Wache oder sonst auf irgend eine Weise äußern,

ganz unvermeidlich als Staatsverbrecher behandelt, sofort zu Arrest gebracht und den kaiserl. französischen Militärbehörden zur strengsten Bestrafung ausgeliefert werden sollen. Wornach sich zu achten."

Man kann sich bei solcher Beschaffenheit der Verhältnisse eine Vorstellung von der Haltung der Zeitung in dieser Zeit machen. Als Napoleon am 13. Juli Leipzig passirte, mußte die Zeitung dies Ereigniß in einem Artikel feiern, worin es heißt, daß „die erfreuliche Nachricht, daß Leipzig das Glück haben sollte, Se. Kaiserl. Königl. Majestät Napoleon den Großen in seinen Mauern zu sehn, von frühem Morgen an die froheste Bewegung in der Stadt verursacht habe", und daß der

„schöne Tag" der Anwesenheit des „größten Monarchen" allen Einwohnern von Leipzig unvergeßlich bleiben werde! Ueber die politische Weltlage mußte nicht nur mit der erdenklichsten Vorsicht, sondern auch unter Weglassung aller, das französische Nationalgefühl irgendwie verletzenden Vorgänge berichtet werden. Da nun zu den Dingen, welche das französische Nationalgefühl am schwersten verträgt, verlorene Schlachten gehören, so erklärt es sich, daß von den Siegen an der Katzbach, bei Dennewitz, Großbeeren, Kulm ꝛc. lange Zeit gar nicht und erst, als diese für die französischen Waffen so furchtbaren Schläge längst bereits öffentliches Geheimniß geworden waren, berichtet werden konnte. Noch am 13. Sept. fehlen Nachrichten von den Schlachten bei Kulm, Nollendorf, Dennewitz, Katzbach gänzlich in der Zeitung. Am 20. wird die Affaire bei Kulm als französischer Sieg ausgegeben; „der Feind ist bei Kulm geworfen worden", heißt es in einem Berichte aus Dresden vom 17. Sept., „die französische Cavallerie hat sehr schöne Angriffe gemacht; man bringt jetzt eine gute Anzahl Gefangener herein, worunter sich der Sohn des General Blücher befindet, derselbe, der zu Anfang der Campagne in Weimar blessirt wurde." Um diese Entstellung des wahren Sachverhalts den Leuten glaubhafter zu machen, hatte man, nach demselben Berichte, durch das Pirnaische Thor in Dresden 7 Stück Kanonen einbringen und deren Laffetten grün, die Farbe der russischen Geschütze, anstreichen lassen, welche der russischen Armee in den Defileen von Böhmen abgenommen worden sein sollten. Erst in der Nummer vom 21. September findet sich in einem durch die Zeitung veröffentlichten Armeeberichte ein verdecktes Zugeständniß der Niederlage bei Kulm; von dem bekanntlich gefangen genommenen französischen General Vandamme heißt es darin: „In diesem Getümmel verschwand General Vandamme; man glaubt, er sei tödtlich verwundet." Die Nummer vom 29. Sept. bringt die erste Kunde von der, einen Monat vorher stattgefundenen Schlacht an der Katzbach, deren Verlust allein dem Anschwellen des Bobers und seiner Nebenflüsse und Bäche zugeschrieben wird, während, als Napoleon am 4. Sept. erschienen sei, er die Armee sofort „den Feind wieder angreifen und am 5. Sept. den ganzen Tag über mit dem Säbel in der Faust bis Görlitz verfolgen ließ", und von der Schlacht bei Großbeeren, welche mit der kurzen Bemerkung abgefertigt wird: „da am 29. August das 7. Corps in dem Gefechte von Großbeeren nicht glücklich war, so begab sich der Herzog von Reggio nach Wittenberg zurück."

Auch zu raisonnirenden Artikeln benutzte Napoleon in dieser Zeit die Leipziger Zeitung; sie mußte seiner Wuth über den „Treubruch" Bernadotte's, des Kronprinzen von Schweden Worte geben. Als Probe der Art und Weise, wie Napoleon seine Gegner in der Tagespresse zu behandeln pflegte, mag dieser Artikel hier ebenfalls einen Platz finden. Er lautet:

„Vom Elbufer. Der Kronprinz von Schweden läßt seit einiger Zeit Aufsätze bekannt machen, die im eigentlichsten Sinne Pasquille genannt zu werden verdienen. Es ist fast nicht zu begreifen, wie dieser Prinz so sehr den Rang vergessen hat, wozu er emporgehoben wurde, daß er mit seinem Namen die Hirngeburten eines Kotzebues, eines Schlegels, eines Sarrazins*) oder eines Goldsmiths zu unterschreiben vermag. Das Publicum frägt sich erstaunt: Ist denn dieser Kronprinz nicht der nämliche Prinz von Ponte-Corvo, der durch die Gnade der französischen Regierung zum Marschall ernannt und fernerhin mit Geschenken und Gunstbezeugungen überhäuft wurde? Ist es nicht der nämliche Marschall, der in Hamburg, Hannover und Elbingen nur deswegen so hohe Contributionen ausschrieb, um seinen eigenen Beutel damit zu füllen?**) Ist es nicht Bernadotte, dieser wüthende Jacobiner, der während seiner Gesandtschaft am österreichischen Hofe die dreyfarbige Fahne in Wien aufpflanzte und sich von dort wegjagen ließ? Ist es nicht der nämliche Bernadotte, dessen Grundsätze Frankreich verachtet und der, ohne den Schutz und die Nachsicht des Kaisers Napoleon, welcher, besonders in Rücksicht seiner Allianz, ihm die begangenen Fehler großmüthig verzieh, im Staube kriechen würde? Allerdings ist es kein anderer als er, dessen Erhebung auf den schwedischen Thron nur der Achtung und Bewunderung zuzuschreiben ist, welche die großen Thaten

*) Ein französischer General, der 1810 zu den Engländern übergegangen war.

**) Oder that er dies nicht vielmehr auf Befehl seines damaligen Herrn und Meisters? Es gehörte eine Naivetät, einzig in ihrer Art dazu, Bernadotte, der überdem zu den wenigen französischen Heerführern der Napoleonischen Zeit gehört, welche ihr Andenken durch Erpressungen und Gewaltthaten nicht befleckt haben, einen Vorwurf aus Handlungen zu machen, welche er seiner Zeit auf Napoleon's ausdrücklichen Befehl hatte vornehmen müssen und bei denen er sich vor andern Vollstreckern des kaiserl. Willens nur durch eine bei den französischen Machthabern ganz ungewohnte Humanität und Rücksichtnahme auf die Verhältnisse und Interessen der von den angeordneten Maßregeln betroffenen Einwohner unterschieden hat.

Frankreichs den Schweden eingeflößt hatten, und der nur mit Frankreichs Erlaubniß und Einwilligung diesen Thron besteigen konnte. Es ist empörend, solche Undankbarkeit, solche Hintansetzung seiner selbst und der Ehre zu sehen. Leute, die besser unterrichtet sind, geben als Grund dieses Betragens an, daß, bezahlt durch die Engländer, man es ihm zur Pflicht gemacht habe, sich zu erniedrigen und sich mit Frankreich unversöhnlich zu entzweyen, zu welchem Ende man ihn die französische Besitzung Guadeloupe hätte annehmen lassen, und er sich anheischig gemacht habe, alle Schmähschriften zu unterschreiben, die ihnen abfassen zu lassen gut dünken würde. Andere finden es ganz natürlich, daß der Kronprinz von Schweden sich, wie alle Renegaten, als den bittersten Feind seines Vaterlandes und seines Fürsten zeigt. Noch andere endlich glauben diesen Prinzen beklagen zu müssen, der, von einer wahnsinnigen Mutter geboren und dessen Brüder und Schwestern in Wahnsinn gestorben sind, vielleicht von eben dieser Krankheit zu seinen Handlungen angetrieben werden dürfte.

Schweden hat in der That ein besonderes Schicksal. Es jagt einen Prinzen vom Throne und ruft einen französischen General herbey, welcher, der katholischen Religion zugethan, damit anfangen muß, seiner Religion zu entsagen; und eben dieser General, seinem Range der Zwanzigste in der französischen Armee, dessen Moralität und Grundsätze wenig in seinem Vaterlande geschätzt wurden, ist Sohn und Bruder von Tollhäuslern und empfindet an sich selbst schon Spuren von dieser Krankheit." Welch eine bodenlose Niedrigkeit der Gesinnung kennzeichnet diese Angriffsweise, der selbst ein schweres Familienunglück Stoff und Nahrung zur Befriedigung des Hasses bieten muß!

Indessen bereiteten sich die Tage von Leipzig vor. Alles war in um so ängstlicherer Spannung, je weniger die unter französischem Druck stehenden Zeitungen von den Ereignissen des Tages berichten, je weniger sie sich auch nur die leiseste Andeutung von der wahren Lage Napoleon's und seiner Armee gestatten durften. Die Gerüchte, welche in letzterer Hinsicht im Publicum umliefen und denen ungeachtet der schärfsten polizeilichen Ueberwachung nicht gesteuert werden konnte, steigerten sich indessen in so unheimlicher Weise, daß man ein absolutes Festhalten an dem bisher beobachteten Grundsatze beharrlichen Stillschweigens nachgerade für nicht weiter ausführbar ansah. Unterm 13. October brachte die Zeitung folgenden Artikel: „Unterdeß bis ein officieller Bericht über die Vorfälle der letzten 8 Tage und der großen Ereignisse erscheint, welche eine nothwendige Folge des Operationsplans der französischen Armée sein werden, glaubt man durch Mittheilung folgender Uebersicht der Ungeduld des Publicums Genüge leisten zu müssen.

Seit dem 8. October war die französische Armee auf allen Puncten in Bewegung. Sie marschierte und manoeuvrirte den 9. und 10. October.

Den 11. October vertrieb die französische Armee den General Langeron aus Düben und den General Sacken aus Mokrehna. Sie bewirkte die Aufhebung der Belagerung von Wittenberg. Sie hob dem General Sacken ein Convoy von mehr als 300 Wagen mit Lebensmitteln und Munition beladen auf. Den 12. bemächtigte sie sich der Brücken und Brückenköpfe bei Wartenburg. Sie nahm mit Sturm die Muldenbrücke und die Stadt Dessau weg und sandte ihre Tirailleurs bis zum Brückenkopf der Elbe vor. Sie machte zu Dessau 2,500 Gefangene, worunter 50 Officiere, alles Preußen vom Corps des Generals Tauenzien. Man bemerkte unter den Gefangenen eine große Anzahl von Cosaken, welches selten vorfällt. Das Bataillon der Rache ist vernichtet, man hat ihm seine beiden Kanonen abgenommen."

Wer sich mit der Geschichte des Jahres 1813 auch noch so oberflächlich bekannt gemacht hat, für den bedarf es nicht der Bemerkung, daß in diesem Berichte beinahe nicht ein einziges wahres Wort enthalten ist. Auch das Publicum jener Zeit sollte des Glaubens an die Sieghaftigkeit der Franzosen, welchen diese Mittheilung von Neuem zu beleben den Zweck hatte, nur zu bald enttäuscht werden. Zwei Tage darauf hatte sich in den weiten Ebenen rings um Leipzig die gewaltige dreitägige Völkerschlacht entwickelt. Die Zeitung blieb in Folge dessen vom 18—21. October aus. Die Nummer vom 22. October, die erste nach der Schlacht, brachte folgenden, die Ereignisse der großen Tage zusammenfassenden Eingangsartikel:

„Ungeachtet die Zeit noch nicht vergönnt hat, officielle Berichte über die, für die ganze Welt so merkwürdigen und entscheidenden Ereignisse, welche seit 5 Tagen bei und in unserer Stadt vorfielen, zu erhalten, so eilen wir doch, unsern Lesern eine kurze Uebersicht von den ewig denkwürdigen Begebenheiten zu geben, deren Augenzeugen wir waren.

So wenig wir von den Ereignissen wußten, die in unserer Nähe vorfielen, so überzeugte uns doch seit Anfang dieses Monats die Unterbrechung der Communication von allen Seiten, und der Kanonendonner, den wir fast täglich nach allen Richtungen hin hörten, daß beträchtliche Armeecorps in unserer Nähe waren.

Am 14. October kam der Kaiser Napoleon bei uns an, und schlug sein Hauptquartier in Reudnitz, eine Viertelstunde von der Stadt auf. Ihm folgte seine ganze Armee, die von der Elbe zurück kam, und die Gegend um unsere Stadt überschwemmte und verwüstete.

Am 15. October hörten wir nur einzelne Gefechte, die das Vorspiel der großen Scenen waren, die nahe bevorstanden.

Am 16. October Morgens um 8 Uhr entbrannte im ganzen Umkreis um unsre Stadt eine der größten und schrecklichsten Schlachten, welche die Geschichte kennt. Gegen viermal hundert tausend Menschen standen einander gegenüber; um zu entscheiden, ob es fernerhin eine Selbständigkeit der Völker geben, oder Alles der Willkühr eines Eroberers unterworfen sein sollte. Ununterbrochen donnerte der Kanonendonner rings um unsre Stadt, mehrere Dörfer standen in Flammen. Umsonst verbreiteten die französischen Behörden Siegesnachrichten; der Augenschein widerlegte sie, so wie das mit gleicher Stärke fortwährende und sich immer mehr nähernde Gebrüll der Schlacht, das nur nach Sonnenuntergang sich endete.

Am 17. October begann das Feuer mit gleicher Lebhaftigkeit, und dauerte bis gegen Mittag, wo eine Waffenruhe eintrat, die jedoch nur von kurzer Dauer war.

Am 18. October Morgens ging die Schlacht wieder mit verdoppelter Heftigkeit an. Der Mittelpunkt derselben schien in der Gegend von Probstheida und Wachau zu sein. Eine ununterbrochne schreckliche Kanonade erschütterte die Stadt. Das Bataillon-Feuer der Infanterie schwieg keinen Augenblick. Viele Dörfer standen in Flammen. Sehnsuchtsvoll erwarteten wir jeden Augenblick die Entscheidung, aber auch diesmal ging die Sonne blutroth unter, und noch war das große Trauerspiel nicht geendigt, wiewohl wir das nahe Ende desselben aus den Bagage-Colonnen der französischen Armee, die in unabsehbaren Linien um die Stadt defilirten und die Straße nach Naumburg einschlugen, ahneten. Während der Nacht nahm ein sehr großer Theil der französischen Armee dieselbe Richtung.

Der 19. October brach an; ein Tag, der unsrer Stadt ewig im Andenken bleiben wird, und die schrecklichsten und erfreulichsten Scenen im schnellen Wechsel brachte. Der Kanonendonner rückte unsrer Stadt näher. Die französische Armee war im vollen Rückzug. Nach 10 Uhr flüchtete der Kaiser Napoleon mit seinem Gefolge durch die Stadt. Ein hartnäckiges Gefecht begann an den äußern Thoren. Die siegreiche alliirte Armee nahm die Stadt mit Sturm. Der Rückzug der Franzosen ward völlige Deroute, der entscheidende Sieg war für die gute Sache erkämpft. Das siegreiche Herr zog ein, die erhabenen verbündeten Monarchen waren an der Spitze desselben, und alle Herzen, die vor Kurzem noch bangten, ergossen sich in einstimmigen Jubelruf der seligsten Freude für Errettung aus großer Gefahr, für Befreiung aus einem Uebermaß von Schmach und Leiden, die vorzüglich auf unsrer Stadt lasteten.

Die Resultate dieses Tages werden die officiellen Berichte bestimmter angeben. Mehr als 40,000 Gefangene, wornnter viele zum Theil der angesehensten Generale sich befinden, mehr als 300 Kanonen und ein ungeheurer Bagagetrain sind den Siegern in die Hände gefallen. Die gute Sache hat triumphirt! Die Selbständigkeit der Völker ist gerettet! Der Rheinbund, diese schmachvolle Fessel, ist vernichtet! Die geretteten Völker preisen Gott und feiern die Heldennamen der großen Monarchen, ihrer Befreier!

Wir haben das Glück, J. J. M. M. den Kaiser Alexander, den König von Preußen, und Se. königl. Hoheit den Kronprinzen von Schweden in unsern Mauern zu sehen."

Wenige Tage später erschien folgendes „Publicandum" in der Zeitung: „Se. Kaiserl. Majestät aller Reußen haben in Gnaden geruht, mir das Commando und die Organisirung der Sächsischen Armee anzuvertrauen. In Bezug auf die von Sr. Excellenz dem Fürsten Repnin, Generalgouverneur von Sachsen, durch die Leipziger Zeitung erlassene Bekanntmachung werden alle bisher in der Sächsischen Armee gestandenen Oberoffiziere, Unteroffiziere und Gemeine, welche durch irgend einen Zufall von der Armee entfernt worden sind, ohne ihre wirkliche Entlassung zu haben, auch von mir aufgefordert, sich sofort wieder zum Dienst bei dem Obersten von Ryssel in Leipzig zu melden und ihrer weiteren Gestellung gewärtig zu sein.

Alle Civilobrigkeiten werden hiermit veranlaßt, dies Publicandum bekannt zu machen rc.

Leipzig, den 28. Oct. 1813.

Sr. Kaiserl. Majestät aller Reußen
bestallter Generalleutnant
Freiherr von Thielmann.

Derselbe General v. Thielmann war wenige Wochen zuvor durch dieselbe Leipziger Zeitung mittels Edictalcitation*) wegen eigenmächtigen Weggangs aus dem sächsischen Militärdienst steckbrieflich verfolgt worden. Ihn nunmehr zum Oberbefehlshaber und Reorganisator der sächsischen Armee zu machen, war kein glücklicher Gedanke der Verbündeten; diese Maßregel konnte nur dazu beitragen, die Armee über die Begriffe militärischer Ehre und Subordination irre zu führen.

Um diese Zeit gelang es, der unwiderleglichen Beweise habhaft zu werden, daß und in welcher Weise die Leipziger Zeitung nach der Schlacht bei Lützen von dem französischen Gouvernement beeinflußt und für die Zwecke Napoleon's nutzbar gemacht worden war. Eine Mittheilung der Zeitung selbst vom 28. Oct. 1813 giebt darüber den vollständigsten Aufschluß. Von den Kosaken ward nämlich eine Correspondenz zwischen dem französischen Ministerstaatssecretair Maret, Herzog von Bassano, der sich im Hauptquartier Napoleon's befand, und dem im Frühjahr und Sommer 1813 sich als französischer Agent in Leipzig aufhaltenden Baron von Bacher aufgefangen, deren Durchsicht ergab, daß sie die Quelle aller Armeenachrichten war, welche seit der Schlacht von Lützen durch die Leipziger Zeitung verbreitet worden waren. Sie war so vollständig gehalten, daß sich für jeden Artikel der Zeitung der Brief des Herzogs von Bassano nachweisen ließ, aus welchem er entnommen war. Auch der oben wiedergegebene, so schamlos ausfallende Artikel über den Kronprinzen von Schweden stammte gleich einem, in demselben Geiste gehaltenen Artikel über den Tod eines Bruders des Kronprinzen in No. 188 der Zeitung unmittelbar aus dem Portefeuille des Herzogs von Bassano. Zum Erweis dessen dient zunächst ein Schrei-

*) Den Wortlaut vergl. unter Beilage 17.

den des Ministers an Baron Bacher vom 16. Sept., worin es heißt: „Nous n'avons en ce moment aucune nouvelle importante. Tout ce que j'aurai à Vous mander, est contenu dans l'article ci-joint, que je Vous prie de faire insérer dans la gazette de Leipsic, ainsi que celui qui est rélatif à la mort du frère du prince royal de Suède. Il est bon que ce dernier ne paraisse pas venir de nous.“ Da der Abdruck dieses Artikels nicht schnell genug erfolgte, so erging unterm 26. Sept. folgendes Erinnerungsschreiben an Baron Bacher: „Si l'article qui Vous a été envoyé sous la date de Pau n'a point encore paru dans la gazette de Leipsic, rien n'empêche qu'il y soit inséré. Je trouve convenable que Vous y fassiez imprimer aussi ce que contient Votre rapport de 25. sur la conduite du Général Thielemann.“ Der Artikel über den Tod des Bruders des Kronprinzen von Schweden erschien darauf in der Zeitung vom 30. Sept., Baron Bacher zeigte dies dem Minister am 1. Oct. an, worauf er umgehend folgende Zuschrift erhielt: „Je reçois Vos lettres du prémier, je n'ai eu que le tems de les mettre sous les yeux de l'Empéreur, je les ai à peine lus. Je Vous envoye la copie de Votre rapport du 25. en Vous priant de lui donner la destination qui Vous avait déjà été indiquée. Vous voudrez bien faire le même usage de la pièce écrite en allemand, que Vous trouverez ci-jointe. Je dois apprendre après demain que c'est une chose faite.“ Auf dieses Schreiben erschien ein Artikel gegen General Thielmann voll der gröbsten persönlichen Schmähungen und der mitgesendete deutsche Artikel; letzterer ist der in der Nummer vom 5. Oct. erschienene, S. 108—111 gegebene Artikel: „Vom Elbufer“. Er wurde der Redaction der Zeitung von Seiten der französischen Behörde mit dem gemessenen Befehle, ihn unverzüglich abzudrucken, zugefertigt. Dasselbe war mit den in der Correspondenz voraufgeführten Artikeln geschehn.

Mit dem Rückzuge der Franzosen aus Sachsen begann für die Verwaltung der Zeitung eine leichtere und ruhigere Zeit. Ein anderer Ton konnte darin angestimmt werden als der der Begeisterung für Napoleon und die französischen Waffen, der der Verleumdung und Verdächtigung gegen die Feinde Frankreichs. Die Täuschungen und Wahrheitswidrigkeiten, zu deren Weiterverbreitung die Zeitung sich auf französischen Machtspruch hatte hergeben müssen, fanden nunmehr kein weiteres Echo in der deutschen Tagespresse; Napoleon sah sich mit dieser Manipulation, pour corriger l'opinion publique, auf Frankreichs Blätter beschränkt. In diesen ward das Gewebe der Unwahrheit und Täuschung noch lange weiter gesponnen; selbst die Schlacht von Leipzig, diese eclatanteste Niederlage Napoleon's nächst dem Vernichtungskampfe bei Waterloo, hatte er die Stirn, seinen Franzosen als Sieg der französischen Waffen glauben zu machen. Eine Novembernummer der Zeitung bringt einen Abdruck aus französischen Blättern, wonach „zwanzig in den Schlachten von Wachau, Leipzig und Hanau eroberte Fahnen" am 7. Novbr. bei dem (französischen) Kriegsminister eingetroffen und der Kaiserin Marie Luise mittels folgenden, d. d. Frankfurt, 1. Novbr. 1813 erlassenen Schreibens Napoleon's: „Madame und theuerste Gemahlin! Ich übersende Ihnen 20 von meinen Armeen in den Schlachten von Wachau, Leipzig und Hanau eroberte Fahnen; dies ist eine Huldigung, die ich Ihnen mit Vergnügen darbringe. Ich wünsche, daß Sie darin einen Beweis meiner großen Zufriedenheit mit Ihrem Betragen während der Regentschaft erblicken möchten, die ich allerhöchst Ihnen anvertraut habe", überreicht worden waren. Die verbündeten Heere hatten in den Tagen von Wachau, Leipzig und Hanau nicht eine einzige Fahne an die Franzosen verloren.

So trüb die politische Lage Sachsens nach der Schlacht bei Leipzig, welche die Gefangennehmung des allverehrten greisen Königs Friedrich August, dessen Wegführung nach Preußen und später die, der mit Ehrenwort verbürgten Zusage des Kaisers Alexander zuwider erfolgende Theilung Sachsens zur Folge hatte, sich gestaltete, so günstig war die eingetretene Wendung der Dinge dem Zeitungsinstitute. Die russische Censur, unter welcher die Zeitung erschien, wurde mit großer Liberalität und Milde gehandhabt; der Entwickelung der Zeitung in freierem und selbständigerem Geiste wurden keine Schwierigkeiten in den Weg gelegt; und so gelang es der geschickten Hand Mahlmann's in sehr kurzer Zeit, die Dinge nicht nur wieder in das alte Gleis zu bringen, sondern überdies noch das Institut in seiner weitern Ausbildung wesentlich zu fördern. Absatz und Inserate hatten bald die früheren Ziffern überholt. Daß die herrschende Zeitrichtung, wie sie nach dem Wegzuge der Franzosen auch in Sachsen sich ungehindert äußern konnte, auf die Tendenz und Haltung der Zeitung nicht ohne Einfluß blieb, wird man in der

Natur der Sache begründet finden; doch hielt sich die Zeitung immer im Tone wohlanständiger Mäßigung und Besonnenheit, zwei Eigenschaften, welche in damaliger Zeit nur zu viele Organe der deutschen Tagespresse vermissen ließen. Vor Allem aber gereicht es ihr zum Ruhme, auch in der schweren Zeit fremdherrlicher Vergewaltigung unsers theuren Sachsenlandes die Sache des angestammten rechtmäßigen Landesherrn keinen Augenblick Preis gegeben oder gar verleugnet zu haben. In dieser Zeit, da so Viele strauchelten, die Beruf und Stand um das Banner ihres Fürsten hätte schaaren sollen, ist die Leipziger Zeitung der ehrenvollen Devise, welche sie seit den ersten Jahrzehnten ihres Bestehens im Wappenschilde des Landesherrn an der Spitze trägt, unwandelbar und unerschütterlich treu geblieben.

Die Zeitung suchte, seitdem sie sich selbst wiedergegeben war, ihre Aufgabe wieder, wie ehedem, in möglichster Vollständigkeit und Zuverlässigkeit, sowie in thunlichster Schnelligkeit der Nachrichten. Die Mittheilungen von den kriegerischen Ereignissen in Frankreich wurden mit einer für damalige Verkehrsverhältnisse außerordentlichen Raschheit veröffentlicht; in vielen Fällen bediente die Verwaltung sich außerordentlicher Beförderungswege! Die Kunde vom Einzuge der Verbündeten in Paris am 31. März 1814 wurde durch ein Extrablatt am 10. April veröffentlicht. Am Tage darauf brachte die Zeitung bereits den officiellen Bericht des Herzogs von Sachsen-Weimar, unter dessen Oberbefehl damals die sächsische Armee stand. Die erste officielle Nachricht von der Einnahme von Paris überhaupt langte in der Nacht vom 9. zum 10. April durch eine Staffette der Großfürstin Erbprinzessin von Weimar an den Commandanten von Leipzig, kaiserlich russischen Oberst Prendel, an. „203 Kanonenschüsse", berichtet die Zeitung hierüber, „ertönten durch die Stille der Nacht und verkündeten den Fall der stolzen Babel, die sich die Hauptstadt der Welt nannte, und von wo aus die Fesseln zur allgemeinen Knechtschaft geschmiedet wurden. Festliches Glockengeläute von allen Thürmen begrüßte die Morgenröthe des ersten Ostertags, der diesmal auch in irdischer Beziehung ein Auferstehungsfest wurde. Die Feier dieses Festes verstattete erst den folgenden Tag das Tedeum zu singen, dem alle Behörden beiwohnten und wobei das Militär paradirte und Kanonensalven der umliegenden Gegend den Augenblick verkündeten, wo alle Herzen voll Dank und

Preis sich zum Höchsten erhoben. Abends hatten die angesehensten Einwohner einen Ball veranstaltet, den sämmtliche Militär- und Civilbehörden, sowie die hier anwesenden Generale und Stabsoffiziere mit ihrer Gegenwart beehrten und wobei alle Anwesende durch einstimmiges, von Freudenthränen begleitetes Vivat den erhabenen alliirten Monarchen und Ihren tapfern Armeen die Gefühle der Bewunderung, des Danks und der Freude ausdrückten. Drei Abende hindurch war die Stadt glänzender als je erleuchtet. Jeden Morgen und Abend ertönte festliches Glockengeläute, an jedem Tage, Morgens, Mittags und Abends hörte man 101 Kanonenschüsse. Alles war voll Jubel, voll Dank, voll Freude rc."

Für unser Sachsen freilich war der Freude über den Fall des stolzen Gewalthabers ein bitterer Wermuthstropfen beigemischt — die Sorge um das unverdiente harte Geschick seines geliebten Fürsten. Ein Gefühl tiefer Wehmuth bemächtigt sich der Brust, wenn man, den Jahrgang 1814 der Zeitung durchblätternd, den Namen des ehrwürdigen Monarchen kaum ein oder zwei Mal erwähnt, dagegen eine Menge Belege findet, wie Seiten der fremdherrlichen Verwaltung Alles geschah, um das Andenken an den angestammten Landesherrn aus den Herzen der Sachsen zu tilgen. Unter dem russischen Gouvernement traten diese Bestrebungen verhältnißmäßig weniger hervor, um so rücksichtsloser unter der nachfolgenden preußischen Verwaltung, welche zudem in der Wahl der Mittel wenig wählerisch war. Daher wohl kommt es auch, daß die Erinnerung, welche Fürst Repnin und seine Organe im Lande zurückließen, eine weit bessere und freundlichere war, als die Herren v. d. Reck und v. Gaudi hinterließen. Als im November 1814 der Wechsel in der Verwaltung zwischen Rußland und Preußen eintrat, widmete der amtführende Bürgermeister von Leipzig, K. Christian Gottlob Einert in der Leipziger Zeitung dem Commandanten in Leipzig, Obersten Prendel, Namens der Stadt nicht nur einen in hohem Grade ehrenden Nachruf, sondern es wurde ihm auch „als ein Zeichen der aufrichtigsten Dankbarkeit für Seine um die Stadt erworbenen großen und mannigfaltigen Verdienste, Seinen rastlosen Eifer für das gemeine Beste, Sein wohlwollendes Bestreben, jede nicht abzuwendende Last zu erleichtern, Seine Gerechtigkeit und Uneigennützigkeit" das Bürgerrecht der Stadt Leipzig verliehen. Die Mitglieder der preußischen Verwaltung hatten sich, als sie ihr Amt niederlegten, gleicher oder ähnlicher Aufmerksamkeiten nicht zu erfreuen.

Die erste Kunde von dem schweren Geschick, welches unseren ehrwürdigen Monarchen und seinem Lande beschieden war, brachte die Leipziger Zeitung in einem aus Wien, vom 10. Februar 1815 datirten Artikel, dessen Fassung auf amtliche Zufertigung Seiten der damaligen preußischen Verwaltung schließen läßt. Die Abtretung der größeren Hälfte Sachsens an Preußen wird darin als eine „Schadloshaltung" Preußens für den theilweisen Verlust seiner polnischen Provinzen und seiner Verluste in Norddeutschland sowie als eine politische Nothwendigkeit „zur bessern Verbindung zwischen der Mark und Schlesien, zur Sicherstellung der offenen märkischen Grenzen von Berlin und Potsdam und zur Behauptung der Saale, deren Wichtigkeit die letzten verhängnißvollen Jahre so dringend gezeigt haben," zu begründen versucht. Die Rechtsfrage blieb bei dieser in ihren Ausgangspunkten einfach auf das Recht des Stärkern auslaufenden Motivirung freilich unbeantwortet. Der Artikel erwähnt nicht mit einer Sylbe der Zustimmung des Königs von Sachsen zu dieser Theilung seines rechtmäßigen Länderbesitzes; ja er erwähnt den König überhaupt nicht, er betrachtet Sachsen als herrenloses Gut, welches sich der Nachbar nach Gutdünken aneignen könne. Welche Stimmung der Artikel, der eine ebenso unerwartete als niederschlagende Lösung der Geschicke Sachsens in Aussicht stellte, unter den loyalen Einwohnern Sachsens hervorbrachte, haben Zeitgenossen mit lebendigen Farben berichtet; damals, als die Lösung sich vorbereitete, mußten sie ihre Entrüstung, ihren Ingrimm über eine Politik, welche treue Unterthanen ihren Landesherrn wie ein abgebrauchtes Kleidungsstück zu wechseln zwang, in ihr Innerstes verschließen; dafür sorgte die preußische Polizei. So erklärt es sich hinreichend, daß die Leipziger Zeitung in jener Zeit sich auf Wiedergabe des Thatsächlichen beschränken mußte, ohne der öffentlichen Meinung darüber Worte geben zu dürfen.

Friedrich August der Gerechte hatte endlich, dem Gewaltdruck der Verhältnisse nachgebend, mit schwerem Herzen seine Einwilligung zur Landestheilung gegeben. Mit dem Herannahen der Realisirung dieses Planes gestattete die preußische Verwaltung wenigstens wieder eine angemessene Erwähnung des Königs und der Mitglieder des königlichen

Hauses in der Zeitung. Ein Artikel aus Brünn vom 2. März 1815 berichtet in der gewohnten, aber Jahre lang vermißten schicklichen Form von der Ankunft des Königs mit seiner Gemahlin und der Prinzessin Auguste daselbst und von den stattgefundenen Empfangsfeierlichkeiten. Der 7. Juni 1815 war endlich nach fast zweijähriger Trennung der festliche Tag, wo einer der besten Fürsten seinem ihm durch die gemeinsam getragenen schweren Prüfungen nur noch fester und inniger verbundenen Volke wiedergegeben ward. Ueber die Einzelheiten des Einzugs ins Land und in Dresden, einen jener schönen Lichtpunkte in der Geschichte unsres Vaterlandes, wo das unter Gottes gnädigem Beistand nur selten und vorübergehend getrübte Vertrauensbündniß zwischen Fürst und Volk in seinem hellsten Glanze strahlte, berichtet eingehend ein in Nr. 111 der Zeitung abgedruckter Artikel aus Dresden vom 7. Juni*).

Die Rückkehr Friedrich August des Gerechten in das Land seiner Väter fiel in die Zeit, wo der nach einer Insel des Mittelmeers gebannte Imperator einen nochmaligen Verzweiflungsversuch unternommen hatte, die von ihm selbst geopferte Krone auf gewaltsamem Wege wiederzugewinnen. An die Möglichkeit einer Rückkehr Napoleon's von Elba nach Frankreich scheint auch nicht entfernt gedacht worden zu sein; noch im Anfange des Januar 1815 bringt die Zeitung eine Correspondenz aus Piombino, vom 4. Januar, worin über neue Maßregeln, sich Elba unbemerkt zu nähern oder es heimlich zu verlassen, berichtet wird. Kaum zwei Monate später machte Napoleon seine so merkwürdig vom Zufall begünstigte Fahrt nach Frankreichs Küsten. Die erste Nachricht davon bringt Nr. 53 der Zeitung vom 15. März 1815 in der Mittheilung: „Mehreren in Leipzig eingegangenen Nachrichten zufolge hat Bonaparte nebst einem Theil seiner Garden die Insel Elba verlassen. Mayländer Briefe führen an, die Schiffe wären auf 4 Tage mit Proviant versehen und der Ort ihrer Bestimmung Antibes gewesen. Andere geben Neapel als ihren Bestimmungsort an.“ Die nächsten Tage brachten bereits die bestimmter lautende Bestätigung dieser Kunde. Der kaum beendete Krieg begann von Neuem. Die Heere der Verbündeten betraten abermals den französischen Boden. Diesmal hatten sie außer

*) Vergl. Beilage 18.

der Armee auch mit dem, von Napoleon künstlich angefachten Fanatismus der Bevölkerung zu kämpfen, der sich in zahlreichen Beispielen jener abgefeimt erfinderischen Grausamkeit äußerte, welche einen Grundzug des französischen Nationalcharakters bildet und welche fast alle Kriege, die Frankreich führte, gebrandmarkt hat. Man machte diesmal ein wenig mehr Ernst mit Frankreich, als bei dem ersten Marsch nach Paris. Während man damals die in Betracht des Vorhergegangenen unfaßliche seltsame Doctrin, daß man nicht gegen Frankreich, sondern lediglich gegen die Person Napoleon's Krieg führe, zur Richtschnur der Kriegführung machte, befreundete man sich diesmal etwas mehr mit Anwendung des Grundsatzes, daß die Nation für die Handlungen ihrer Beherrscher verantwortlich ist. Der Treubruch Frankreichs war freilich auch gar zu eclatant gewesen. Ein Schreiben aus Frankreich vom 6. Juli 1815 giebt entsetzenvolle Details über empörende Grausamkeiten, welche in Frankreich an einzelnen Soldaten der alliirten Armee verübt wurden. Im Dorfe Hagenheim wurde ein deutscher Kriegsmann der Augen beraubt und gehangen, in Mühlhausen zwei Soldaten von einem Geistlichen erschossen. Eine halbe Stunde hinter Mühlhausen ritten sechs Uhlanen an einem Bauernhof vorüber; sie fragten einen zwölfjährigen Knaben nach dem Namen des nächsten Dorfes. Statt der Antwort wurde der Fragende vom Pferde geschossen. Daß bei solchen Freveln selbst den gutmüthigen deutschen Kriegern der Geduldfaden riß und daß gegen so unerhörte Greuelthaten ernste Repressalien ergriffen wurden, wird Jedermann billig und in der Ordnung finden. Um so auffälliger nimmt sich dem gegenüber nachstehendes, nach der Schlacht von Waterloo, kurz vor dem Abschlusse des Waffenstillstandes erlassenes Schreiben des Marschall Davoust an den Fürsten Blücher aus, welches die Leipziger Zeitung in Nr. 140 veröffentlicht:

Hauptquartier la Vilette, den 30. Juni.

Herr Marschall!

Sie fahren fort, angriffsweise zu Werke zu gehen, ohngeachtet, der von den verbündeten Mächten erlassenen Erklärung zufolge, durch die Thronentsagung des Kaisers Napoleon keine Ursache zum Kriege mehr vorhanden ist. Eben jetzt, wo neues Blutvergießen zu erwarten steht, erhalte ich von dem Herzoge von Albufera eine telegraphische

Depesche, von welcher ich hier eine Abschrift beifüge. Daß diese Depesche buchstäblich wahr ist, bezeuge ich „auf meine Ehre". Nach Maßgabe dessen, was der Marschall (Suchet) meldet, kann es nun auch für Sie, mein Herr Marschall, keinen Grund mehr geben, die Feindseligkeiten fortzusetzen, denn Sie können doch von Ihrer Regierung keine andern Verhaltungsbefehle erhalten haben, als die österreichischen Generale von der kaiserl. österreichischen. Demzufolge trage ich bei Ew. Excellenz förmlich auf unverzügliche Einstellung der Feindseligkeiten und auf Abschließung eines Waffenstillstandes an, während dessen durch einen Congreß das Weitere regulirt werden kann. Ich kann mir unmöglich vorstellen, Herr Marschall, daß mein Antrag von Ihnen unbeachtet bleiben sollte; Sie würden vor der ganzen Welt eine große Verantwortlichkeit auf sich laden. Uebrigens ist es mir bei gegenwärtigem Antrage blos darum zu thun, daß dem Blutvergießen Einhalt geschehe, und daß das Interesse meines Vaterlandes nicht gefährdet werde. Bin ich genöthigt, Ihnen gegenüber auf dem Schlachtfelde zu erscheinen, so werde ich bei voller Anerkennung Ihres Talents doch wenigstens die Ueberzeugung haben, daß ich für das Heiligste auf Erden, für die Vertheidigung und die Unabhängigkeit meines Vaterlandes die Waffen führe und, welches Geschick mich dann auch treffen mag, so werde ich doch die Achtung Ew. Excellenz verdient zu haben mir bewußt sein. Genehmigen Sie, Herr Marschall, wenn ich bitten darf, die Versicherung meiner hohen Achtung

Unterz. Der Kriegsminister
Marschall Fürst von Eckmühl.

Die in diesen Zeilen eines Mannes, der kaum ein Jahr zuvor seine Krieger- und Menschenehre durch die in Hamburg verübten Gewaltsamkeiten, Räubereien und Brandschatzungen unwiederbringlich aufs Spiel gesetzt hatte, sich aussprechende unerhörte Anmaßung fand durch Blücher die gebührende Zurechtweisung, dessen Antwortschreiben nach der Zeitung, wie folgt, lautete*).

---

*) Graf Gneisenau, Blücher's Generalstabschef, der es in dessen Auftrage entwerfen mußte, wollte es vor dem Abgang in das Französische übersetzen. Blücher untersagte dies auf das Entschiedenste mit dem Bemerken, Davoust habe an ihn ja auch nicht deutsch, sondern französisch geschrieben. Die Herren Franzosen würden sein Deutsch schon verstehen.

Gegeben in meinem Hauptquartier den 1. Juli.

Es ist irrig, daß zwischen den verbündeten Mächten und Frankreich die Ursache zum Kriege aufgehört habe, weil Napoleon dem Thron entsagt habe; dieser hat nur bedingungsweise entsagt, nämlich zu Gunsten seines Sohnes, und der Beschluß der vereinigten Mächte schließt nicht allein Napoleon vom Throne aus, sondern auch alle Mitglieder seiner Familie. Wenn der General Frimont sich berechtigt geglaubt hat, einen Waffenstillstand mit dem ihm gegenüber stehenden feindlichen General abzuschließen, so ist dieß kein Motiv für uns ein Gleiches zu thun. Wir verfolgen unsern Sieg und Gott hat uns die Mittel dazu und den Willen verliehen. Sehen Sie zu, Herr Marschall, was Sie thun und stürzen Sie nicht abermals eine Stadt ins Verderben, denn Sie wissen, was der erbitterte Soldat sich erlauben würde, wenn Ihre Hauptstadt mit Sturm genommen werden sollte. Wollen Sie die Verwünschungen von Paris eben so wie die von Hamburg auf sich laden? Wir wollen in Paris einrücken, um die rechtlichen Leute in Schutz zu nehmen gegen die Plünderung, die ihnen von Seiten des Pöbels droht. Nur in Paris kann ein zuverlässiger Waffenstillstand statthaben. Sie wollen, Herr Marschall, dieses Verhältniß zu Ihrer Nation nicht verkennen. Ich mache Ihnen, Herr Marschall, übrigens bemerklich, daß, wenn Sie mit uns unterhandeln wollen, es sonderbar ist, daß Sie unsern mit Briefen und Aufträgen gesendeten Offizier gegen das Völkerrecht zurückhalten. In den gewöhnlichen Formeln conventioneller Höflichkeit habe ich die Ehre mich zu nennen

Herr Marschall

Ihr dienstwilliger

Blücher.

Die Zeitung hatte während der Herrschaft der hundert Tage eine der allgemeinen nationalen Stimmung entsprechende Haltung angenommen und sich hierbei des vollen Einverständnisses der Regierung zu erfreuen. Nachdem indessen Napoleon abermals des Thrones entsetzt und Ludwig XVIII. wieder zur Herrschaft gelangt war, erhielt die Zeitung die ausdrückliche Anweisung „Alles, was der Sr. Maj. dem Könige von Frankreich zu erweisenden Achtung nicht entspricht oder sonst dem Königlichen französischen Hofe mißfällig sein könnte, sorgfältigst zu vermeiden.“

So war denn abermals der Frieden in Deutschlands Gauen eingekehrt, diesmal auf eine längere Dauer, als nach der ersten Einnahme von Paris, die den Schlußstein einer mehr als zwanzigjährigen Kriegsperiode bildete. In früheren Zeiten wurden derartige Wendepunkte von den Zeitungsschreibern stets mit Besorgniß angesehen, denn kriegerische Ereignisse waren es, die den beliebtesten Stoff der Zeitungslectüre bildeten. Mit der hohen Entwicklungsstufe, welche das deutsche Zeitungswesen immittelst erreicht hatte, war dies anders geworden. Eine gut redigirte Zeitung durfte nicht weiter wie ehedem für ihre Existenz bangen, wenn ihr die beliebte Kriegsspeise ausblieb. Für die Leipziger Zeitung tauchten indessen Besorgnisse andrer Art auf. Die Theilung Sachsens, welche das Land auf zwei Fünftheile seines früheren Umfangs reducirt hatte, ließ eine erhebliche Einbuße an Abonnenten und Inseraten befürchten. Die Einkünfte des Zeitungspachters mußten hiervon um so härter betroffen werden, als gleichzeitig auch die ihm übertragene Spedition auswärtiger Zeitungen in Folge der Verkleinerung des Speditionsrayons eine Schmälerung des aus diesem Geschäftszweige bezogenen Gewinns erwarten ließ. Auch hinsichtlich des Genusses der Portofreiheit traten durch den Uebergang von 89 Postämtern und Posthaltereien an Preußen Einbußen für den Pachter des Zeitungswesens ein, da zu erwarten stand, daß die nun preußisch gewordenen vormaligen sächsischen Postanstalten die Portofreiheit nicht weiter gewähren würden.

Angesichts dieser bedrohlichen Aussichten war es Mahlmann kaum zu verdenken, wenn er, sobald die Thatsache der Landestheilung amtlich feststand, Schritte zu Wahrung seiner bedrohten Interessen that. So glänzend sich auch die Mahlmann'sche Verwaltung finanziell gestaltet hatte, und so groß der Gewinn sein mochte, den ihm während der Kriegsjahre, insbesondere nach Vertreibung der Franzosen aus Deutschland, die Zeitung gebracht hatte, so war auf der andern Seite doch auch das von ihm gezahlte Locarium der höchste seit dem Bestehn der Zeitung erlangte Pachtgeldbetrag, und wenn die Zeitung in Rücksicht auf Absatz und Insertionen einen die frühern Ziffern weit hinter sich lassenden Stand erreicht hatte, so gebührte ein Haupttheil des Verdienstes hiervon doch unzweifelhaft der geschickten, sorgfältigen und umsichtigen redactionellen Leitung Mahlmann's, und es schien wohl der Billigkeit angemessen, daß auch die Früchte seiner rastlosen verdienstlichen Thätigkeit in der Hauptsache ihm zu Gute kamen.

Mahlmann veranschlagte den durch die Landestheilung ihn voraussichtlich treffenden Verlust auf drei Viertheile des zeitherigen Einkommens und bat, ihm deshalb eine angemessene Entschädigung zu gewähren. Man beschied ihn, daß vorerst noch abzuwarten sei, ob und inwiefern die ununterbrochen fortzusetzende Zeitungsspedition in die abgetretenen Provinzen Sachsens und weiter hinaus für die Folge gestört werden würde, und daß erst, bis genauere Unterlagen zur Beurtheilung seiner Einbußen vorlägen, hauptsächliche Entschließung gefaßt werden könne. Zugleich wurden bei der preußischen Regierung mit Erfolg Schritte gethan, um die Fortgewährung der dem Zeitungspachter eingeräumten Vergünstigungen in den abgetretenen Landestheilen bis Schluß der Mahlmann'schen Pachtzeit sicher zu stellen. Mahlmann erklärte sich hierdurch vorerst zwar nur theilweise zufrieden gestellt; nach weiteren mit ihm gepflogenen Verhandlungen verzichtete er indessen auf alle und jede aus der Landestheilung hergeleiteten Entschädigungsansprüche gegen Verlängerung des Pachts unter den früheren Bedingungen bis Ende 1817.

Die beiden letzten Jahre der Mahlmann'schen Pachtzeit bieten nur zu wenigen Bemerkungen Veranlassung. Nach den ereigniß- und wechselvollen Kriegsjahren trat eine Zeit politischer Stille ein, welche der Publicistik nur geringe Ausbeute an interessanten neuen Thatsachen bot. Man mußte andre Wege aufsuchen, das Interesse des Publicums zu fesseln. Ehe diese gefunden waren, trat eine wenig erquickliche Uebergangsperiode ein. Mahlmann richtete in dieser Zeit zweckmäßigerweise sein Augenmerk auf gute Berichterstattung über vaterländische Angelegenheiten und seinen unausgesetzten Bemühungen gelang es, diese Branche einer ziemlichen Ausbildung entgegenzuführen. Von Seiten der Regierung wurde er hierbei auf das Bereitwilligste unterstützt. Einer der interessantesten vaterländischen Artikel aus dieser Zeit ist ein Aufsatz d. d. Dresden, den 6. Oct. 1817, worin über die in Folge der Landestheilung nothwendig gewordene Reorganisation der obersten Landesbehörden berichtet wird*).

*) Vergl. Beilage 19.

Das Insertionswesen der Mahlmann'schen Verwaltung anlangend, so sei als eines Curiosums einer in Nr. 38 des Jahrgangs 1817 enthaltenen Edictalladung des Raths zu Freiberg vom 18. Jan. 1817 gedacht, worin die Erben eines im Jahre 1774 nach Surinam ausgewanderten und dort als Vorsteher einer Pflanzung gestorbenen Freiberger Stadtkindes, Namens Adolph Ferdinand Tzschöckel aufgefordert werden, dessen Vermögen im Betrage von 13,441 Thlr. 10 gGr. in Empfang zu nehmen. Die westindischen Onkel, so lange Zeit hindurch die Zuflucht von um die Lösung des Knotens verlegenen Schauspieldichtern, waren also doch nicht bloße Phantasiegemälde des Dichters. Unter den Familiennachrichten dieser Zeit wird die Todesanzeige Theodor Körner's in Nr. 223 der Zeitung vom 20. November 1813 auch der Gegenwart noch ein wehmüthiges Interesse bieten. Sie lautet:

„Am 26. August d. J. fiel unter Kämpfen für Deutschlands Rettung mein Sohn Karl Theodor Körner, Lieutenant bey dem v. Lützow'schen Freicorps in einem Gefechte zwischen Schwerin und Gadebusch, nachdem er in seiner kurzen Laufbahn — er hatte das 22. Jahr noch nicht vollendet — die Freude und der Stolz der Seinigen gewesen war. Ungeachtet einer Todesanzeige in den Berliner Zeitungen blieb mir nach späteren Nachrichten noch immer einige Hoffnung übrig, bis ich gestern die traurige Gewißheit erhielt. Diese Bekanntmachung darf daher nicht länger ausiehn und ich rechne dabey auf das Mitgefühl aller, die den Verstorbenen gekannt haben. Einen solchen Verlust zu überleben findet der Vater Kraft in den Trostgründen der Religion und in dem herzerhebenden Gedanken an den nunmehrigen Sieg der guten Sache, für die so mancher Tapfere Blut und Leben geopfert hat. Gott wird auch die Mutter und Schwester trösten.

Großenhayn, am 9. Nov. 1813.

Dr. Christian Gottfried Körner,
Kgl. Sächs. Appellationsrath."

In Betreff der äußern Gestalt der Zeitung ist annoch einer unter der Mahlmann'schen Verwaltung stattgefundenen Veränderung im Titel zu gedenken. Seit dem 1. Jan. 1810 erscheint sie unter der Ueberschrift: „Leipziger Zeitung", dem Titel, welchen sie noch gegenwärtig führt.

Fünfte Abtheilung.

1818—1831.

Der herannahende Ablauf des Mahlmann'schen Pachtes veranlaßte eine stärkere Concurrenz neuer Pachtbewerber als je zuvor stattgefunden hatte. Mahlmann selbst bot für Verlängerung des Pachtes ein um 1000 Thlr. höheres Pachtquantum, ein Beweis, daß die von ihm aus der Landestheilung hergeleiteten finanziellen Befürchtungen sich nicht bewahrheitet hatten. Unter den übrigen Pachtbewerbern heben wir den Vorgänger Mahlmann's im Zeitungspacht, den Oberpostcommissar Scharf, der sich zu 10,000 Thlr. erbot, den Rathswagemeister Friedel, der 12,000 Thlr. geben wollte, den Advocaten und Privatgelehrten Karl Ludwig Methusalem Müller, den Rittergutsbesitzer Teichmann auf Muckern und Neumuckershausen, den Rittergutspachter v. Einsiedel auf Syhra, den Redacteur der Allgemeinen Modezeitung, Dr. Bergk, den Oberhofgerichts- und Consistorialadvocaten Dr. Hansen in Leipzig, den Buch- und Kunsthändler Illgen in Altenburg, den Major von Bose und den Buchhändler Grieshammer hervor, die Gesammtzahl der Pachtcompetenten belief sich auf die noch nie erreichte Zahl von 22.

Am 11. Sept. 1817 fand im Geheimen Finanzcollegium zu Dresden unter Vorsitz des Präsidenten und Directors Wirkl. Geh. Raths Frhr. von Gutschmid die Verpachtung der Zeitung im Wege des Meistgebots statt. Die Pachtbedingungen waren, unwesentliche, mehr redactionelle Abänderungen abgerechnet, in der Hauptsache die früheren; nur hinsichtlich der Caution war die von der früheren abweichende Bestimmung getroffen, daß dieselbe einem halbjährigen Pachttermine gleichkommen und halb baar, unzinsbar, halb in verzinsbaren Staatspapieren erlegt werden solle.

Es fand ein lebhafter Kampf statt, aus welchem schließlich der Rathswagemeister Friedel mit einem Meistgebot von 16,700 Thlr. als Sieger hervorging. Indessen erfolgte der Zuschlag nicht, da die Regierung wie stets so auch diesmal die Auswahl unter den Licitanten sich vorbehalten hatte.

In seinem Vortrage an des Königs Majestät sprach sich das Geh.

Finanzcollegium über die Grundsätze aus, welche nach der immittelst mehr und mehr fortschreitenden Entwickelung des deutschen Zeitungswesens bei anderweiter Verpachtung der Leipziger Zeitung ins Auge zu fassen seien. „Die Zeitung muß sich durch reichhaltige und schnelle Mittheilung der Nachrichten von Sachsen dem Auslande nothwendig machen und, ohne dadurch in andere, in der Censur ohnehin nicht zu gestattende Fehler zu fallen, ein solches allgemeines Interesse zu gewinnen suchen, wodurch verschiedene Zeitungen, wodurch z. B. die Hamburger, Frankfurt a. M., Nürnberger &c. ansehnlichen ausländischen Absatz haben. Dies kann allerdings nicht ohne Aufwand auf gute Correspondenten im Auslande geschehen, die man bei der Leipziger Zeitung aus Ersparniß und weil sie sich unter günstigen Zeitumständen ohnehin rentirte, bisher ganz vernachlässigt hat*). In allen diesen Hinsichten dürfte nach des Geh. Finanzcollegii ohnmaßgeblichem Dafürhalten für den Fortgang und dauerhaften Bestand der Leipziger Zeitung in der Auswahl unter den Competenten nicht blos dem höchsten Gebote und der sichern Bezahlung zu folgen, sondern lieber gegen ein minderes Pachtgeld, als das höchste Gebot, auf einen Pachter Bedacht zu nehmen sein, der mit eignem gebildeten Geiste die kaufmännische Ansicht des Buchhändlers verbindet**), wie eine solche politische Zeitung, sowohl in der Abfassung als den Mitteln des Debits, der letztere am angemessensten befördert." Diese Erfordernisse schienen bei Friedel in befriedigendem Maße nicht vorhanden zu sein. Der Oberhofrichter v. Rackel zu Leipzig empfahl darauf eine Association des Buchhändler Grieshammer und des Dr. Bergk als das Zweckmäßigste. Das Endresultat war, daß der Buchhändler Georg August Grieshammer den Pacht gegen ein Pachtquantum von jährlich 16,000 Thlr. und eine Caution von 8000 Thlr.

---

*) Dieser Vorwurf trifft Mahlmann während der zwei letzten Pachtjahre allerdings. Es war dies die gewöhnliche Erfahrung, die man mit den Zeitungspachtern zu machen hatte. Je näher der Ablauf ihres Pachts, um so weniger thaten sie für die Zeitung, um so mehr ließen sie in ihrem Eifer für deren innere Hebung nach, zumal wenn sie keine Aussicht auf Prolongation des Pachts oder sich schon genug Vermögen erworben hatten, als daß ihnen an Fortsetzung des Pachts noch erheblich viel gelegen hätte. Diese bei allen Pachtwechseln wiederkehrende Erscheinung begreift das wesentlichste Bedenken gegen diese Modalität der Verwaltung überhaupt in sich.

**) Die Ansichten haben sich mithin gerade nach entgegengesetzter Richtung im Laufe der Zeiten verändert. Früher war das Gewerbe eines Buchhändlers geradezu ein Hinderniß zu Erlangung des Pachts, weil man den Mißbrauch der dem Zeitungspachter eingeräumten Portofreiheit fürchtete. Gegenwärtig wird dasselbe als empfehlendes Moment hervorgehoben.

auf sechs Jahre unter den zeitherigen Bedingungen zugesprochen erhielt. Nach deren Ablauf ward ihm eine Verlängerung auf anderweite sechs Jahre gegen Erhöhung des Pachtgeldes auf 16,700 Thlr. und unter der Bedingung eines sechsmaligen wöchentlichen Erscheinens statt des zeitherigen nur fünfmaligen zu Theil, wofür ihm indessen eine Erhöhung des Abonnementspreises von 6 Thlr. auf 6 Thlr. 16 gGr. C. M. — den noch jetzt üblichen Satz — gestattet wurde. Im Jahre 1829 endlich erlangte Grieshammer eine abermalige Verlängerung auf noch ein Jahr, bis Schluß des Jahres 1830, gegen fernerweite Erhöhung des Pachtgeldes bis auf 18,000 Thlr. Grieshammer ist somit im Ganzen dreizehn Jahre lang, von 1818 bis 1831 Pachter des sächsischen Zeitungswesens gewesen. Mit ihm schließt die Reihe der Zeitungspachter.

Die Grieshammer'sche Verwaltung war eine wenig lobenswerthe. Die Voraussetzungen, unter denen man ihm den Pacht gegen ein niedrigeres, als das Meistgebot übertragen hatte, erfüllten sich in keiner Weise. Zwar nahm er den für diese Beschäftigung wohl befähigten Methusalem Müller, seinen Concurrenten bei der Erpachtung, später von 1820 an den Dr. J. C. Gretschel, als Redacteure an; er versagte ihnen indessen, nur auf rasche Bereicherung bedacht, alle Mittel, um die Zeitung durch Gewinnung tüchtiger und zuverlässiger Correspondenten zu einer ebenbürtigen Vertreterin der deutschen Tagespresse zu machen, und gewährte ihnen selbst nur eine unzureichende Besoldung, so daß beide es bald vorzogen, das Redactionsgeschäft rein handwerksmäßig zu betreiben. In ihrem innern Gehalt sank die durch Mahlmann zeitweise zu hohem Ansehn gelangte Zeitung unter der Grieshammer'schen Verwaltung bis unter den Nullpunkt; diese Verwaltung vorzugsweise trägt die Schuld des Mißcredits, in welchem das Blatt eine lange Reihe von Jahren in der öffentlichen Meinung gestanden hat, und welcher, so vielfache Anstrengungen zu Hebung der Zeitung auch in den letztverwichenen zehn Jahren gemacht worden sind, noch heutzutage nicht völlig verschwunden ist.

In den Einnahmen der Zeitung machte sich der innere Verfall derselben freilich nur wenig bemerkbar. Aeußere Momente, das immer allgemeiner gewordene Bedürfniß des Publicums, Zeitungen zu lesen, die traditionelle Gewöhnung an die Leipziger Zeitung, der in den gewaltigsten Dimensionen sich ausdehnende öffentliche Verkehr steigerten

Absatz wie Inserate von Jahr zu Jahr. Bei Uebernahme der Zeitung durch Grieshammer betrug der Gesammtabsatz 3400 Exemplare, er war mithin gegen die Kriegsjahre sehr erheblich herabgegangen. Bei Ablauf der Grieshammer'schen Verwaltung dürfte er circa 4000 Exemplare betragen haben. In viel stärkerer Progression wuchsen die Insertionen. Die Bogenzahl derselben stieg in den acht Jahren 1820—1827 von 239 auf 329 Bogen, mithin um beinahe den dritten Theil in folgender Stufenleiter:

1820 — 239 Bogen
1821 — 260 „
1822 — 252½ „
1823 — 256½ „
1824 — 273 „
1825 — 283½ „
1826 — 284½ „
1827 — 329 „

In Geld berechnet hat sich der Ertrag aus dieser Einnahmequelle innerhalb dieser Zeit von 9567 Thlr. auf 13,160 Thlr. gesteigert.

Außerdem trug zu immer günstigerer finanzieller Gestaltung der Pachtverhältnisse das ebenfalls in außerordentlicher Progression steigende Wachsthum der Zeitungsspedition bei, wobei der Zeitungspachter eine Provision von 15 bis 66⅔% des Einkaufspreises nahm. Den hieraus resultirenden Gewinn veranschlagte man im Jahre 1827 auf mindestens 3300 Thlr. (1830 auf 4500 Thlr.), den Gesammtüberschuß des Pachters nach Abzug des Pachtgeldes auf nahezu 12,000 Thlr. jährlich. Der gesammte Redactions- und Expeditionsaufwand für die Zeitung wie für die Zeitungsspedition kam dem Pachter auf die verhältnißmäßig höchst unbedeutende Summe von 2935 Thlr.*) zu stehen, von denen der Redacteur Gretschel die erbärmliche Summe von 400 Thlr. (der Zeitungsbote bekam 300 Thlr.!) als Jahresgehalt bezog. Für Correspondenz wurde nicht ein Groschen verausgabt.

Die Klagen über die maßlos schlechte und mangelhafte Verwaltung wurden endlich so allgemein, daß die Regierung einzuschreiten sich veranlaßt fand. Unter dem 3. Januar 1826 erging nachstehende Verfügung

*) Gegenwärtig beläuft er sich auf 15—20,000 Thlr. jährlich, darunter mehr als die Hälfte für Correspondenzhonorare.

des Geh. Finanzcollegiums an das Oberpostamt: „Bey der zeitherigen Redaction der Leipziger Zeitung ist zu bemerken gewesen, daß die darin vorkommenden ausländischen politischen Artikel, mit nur wenig Ausnahmen, fast wörtlich und dennoch nicht immer vollständig aus fremden Zeitungen entlehnt werden und in letzteren gewöhnlich früher gelesen werden, als die Leipziger Zeitungen eingehen. Da nun hiernach von dem Zeitungspachter, dem 2ten §. des mit ihm bestehenden Pachtcontracts, wonach er auf seine Kosten für sichere und zuverlässige Correspondenten an mehreren auswärtigen Orten sorgen soll, nicht Genüge zu geschehen scheint, obschon die neuerlich in allen Staaten vermehrten und beschleunigten Postverbindungen dazu die beste Gelegenheit bieten, dadurch aber der Credit der Zeitung und mithin Unser diesfallsiges Interesse beeinträchtigt wird: So begehren Wir gnädigst, ihr wollet dem Pachter Grieshammer solches zu erkennen geben und ihn zu genauer Befolgung des besagten Paragraphen seines Contracts und nach Befindung zur Nachweisung der von ihm bestellten ausländischen Correspondenten veranlassen und Uns über den Befund Anzeige mit Gutachten erstatten." Grieshammer verantwortete sich darauf dahin, daß er früher mehrere auswärtige Correspondenten gehabt habe, gegenwärtig auch noch einen Berichterstatter in Nienburg (!) habe, daß dagegen die Unterhaltung auswärtiger Correspondenten für ihn nur kostspielig sein, er aber bei der großen Anzahl politischer Zeitschriften den Zweck, für die Aufnahme in die Leipziger Zeitungen geeignete Nachrichten von neuen Ereignissen früher zu erhalten, als sie in andern Zeitungen gelesen werden, dennoch nicht erreichen würde. „Unter diesen Umständen," bemerkt hierzu das Oberpostamt „und wenn Grieshammer nicht ernstlicher als bisher bemüht ist, sich interessante Correspondenznachrichten zu verschaffen . . . muß allerdings die Leipziger Zeitung immer mehr von ihrem Werthe als politische Zeitung verlieren, und der Debit derselben wird sich bald nur auf die Anzahl beschränken, welche der Avertissements wegen im Inlande und den angrenzenden Gegenden des Auslandes verschrieben werden wird."

Anstatt gegen Grieshammer weitere Maßregeln, ihn zu Erfüllung seiner contractlichen Obliegenheiten zu nöthigen, zu ergreifen, was bei der zu Tage liegenden Uebelwilligkeit desselben keinen großen Erfolg für das Gedeihen und die Hebung der Zeitung erwarten ließ, zog man hierauf vielmehr die Frage in Erwägung, ob der bisherige Modus der Verwaltung der Zeitung mittels Verpachtung ihrer Nutzungen, der großartigen Entwicklung des Zeitungswesens in Deutschland gegenüber, überhaupt noch haltbar sei. Man erörterte diese Frage aufs Gründlichste, was freilich zur Folge hatte, daß deren Erledigung lange auf sich warten ließ; man wird dies indessen in Betracht des hierbei zu berücksichtigenden bedeutenden Interesses der Staatscasse um so mehr gerechtfertigt finden, wenn man gedenkt, daß ein bereits in den Jahren 1713 und 1714 unternommener Versuch, die Zeitung in unmittelbare fiscalische Verwaltung zu nehmen, wie seiner Zeit bemerkt wurde, so ungünstige finanzielle Resultate hatte, daß die Rentabilität der Zeitung damals fast auf Null herabsank.

Bevor wir jedoch zu den durchgreifenden Veränderungen übergehen, denen die Zeitung mit dem Zeitpunkte der Beendigung der Grieshammer'schen Pachtzeit unterworfen wurde, erübrigt noch, einen Blick auf die während Grieshammer's Verwaltung erschienenen Jahrgänge der Zeitung zu werfen, deren Inhalt nach dem Vorherbemerkten selbstverständlich nur wenig interessante Ausbeute darbietet.

Im Jahrgange 1822 seien vor Allem die Mittheilungen über die Vermählung Sr. Maj. des Königs Johann mit Ihrer Maj. der jetzt regierenden Königin hervorgehoben. Ihre Wiederholung wird gewiß auch gegenwärtig noch der großen Mehrzahl der Leser dieser Blätter eine willkommene Gabe sein, und wir nehmen daher nicht Anstand, diese Berichte im Anhange zusammenzustellen*).

Jahrgang 1827 enthält eine eingehende Darstellung der Huldigungsfeierlichkeiten aus Anlaß der Thronbesteigung des Königs Anton. Es war die letzte feierliche Erbhuldigung, welche in Sachsen stattgefunden hat, da König Friedrich August und des jetzt regierenden Königs Majestät ohne Vornahme dieses Actes die Regierung angetreten haben. Wir heben aus den darüber in der Zeitung veröffentlichten Mittheilungen die Berichte aus Leipzig und Bautzen heraus**). Der Huldigung in Leipzig folgte bekanntlich das tief betrübende Ereigniß des Ablebens Ihrer Majestät der Königin, welche in Leipzig wenige Wochen später einer sie dort betroffenen schweren Erkrankung erlag.

*) Vergl. Beilage 20.
**) Vergl. Beilage 21.

Aus dem Jahrgange 1830 seien zunächst die Berichte über die in Dresden und Leipzig stattgefundenen Feierlichkeiten zu Begehung der 300jährigen Jubelfeier der Uebergabe der Augsburgischen Confession hervorgehoben*). Das Jahr erlangte demnächst ein ihm weniger zur Ehre gereichendes Renomée durch die Pariser Julirevolution. Die ersten Nachrichten von derselben brachte sehr unklar und aphoristisch die Nummer vom 3. August nach französischen und Frankfurter Blättern. Am Tage darauf blieben die Pariser Blätter aus, und erst die Nummer vom 5. August brachte auf directem Wege zugegangene ausführliche Mittheilungen; es war dies im Verhältniß zu der Schnelligkeit, womit unter der Mahlmann'schen Verwaltung die Nachricht von der ersten Einnahme von Paris gegeben ward, eine auffallende Langsamkeit. Die Kunde von der Abdankung Karl X. enthält erst die Nummer vom 9. August, die der Erhebung Ludwig Philipp's zur Königswürde die Nummer vom 14. August.

Die Julirevolution hatte wie in der Mehrzahl der deutschen Staaten auch in Sachsen erschütternde Nachspiele zur Folge. In Dresden und Leipzig sowie in anderen Landestheilen fanden im Sept. und Oct. 1831 Ruhestörungen statt. Die Berichte der Zeitung über diese Ereignisse stammen aus officieller Feder und als Beitrag zur Geschichte jener Tage mögen sie daher ebenfalls in diesen Blättern einen Platz finden**).

Die Zeitung wurde unter der Grieshammer'schen Verwaltung zum ersten Mal von einem Redacteur gezeichnet; als solcher ist von 1820 an Dr. J. C. Gretschel genannt. Der Jahrgang von 1824 brachte außerdem die ersten Theateranzeigen des Leipziger Stadttheaters, Jahrgang 1826 die ersten Berichte über den Breslauer und den neueingerichteten Dresdner Wollmarkt, Jahrgang 1827 zum ersten Mal den officiellen Courszettel der Leipziger Börse. Das sind die Anfänge der später so bedeutend gewordenen Abtheilung für Handel, Industrie und Landwirthschaft in der Zeitung.

Im Inseratentheil macht sich unter den Familiennachrichten im Jahrgange 1819 die in der Zeitung wohl einzig dastehende Anzeige einer sechzigjährigen Jubelhochzeitfeier, welche Alexander Gontard und Mariane Cecilie Gontard geb. Du Bose zu Frankfurt a/M. begingen, sowie die

*) Vergl. Beilage 22.
**) Vergl. Beilage 23.

Todesanzeige des großen Tonsetzers Karl Maria v. Weber bemerkbar. Letztere lautet in Nr. 142 des Jahrganges 1826:

„Von dem tiefsten Schmerz durchdrungen fordert mich die Ueberzeugung der innigen Theilnahme zahlreicher Freunde des Verstorbenen auf, ihnen das schnelle und frühe Hinübergehen in eine bessere Welt meines geliebten Gatten Karl Maria Freiherr v. Weber, Kgl. Sächs. Kapellmeisters und Directors der deutschen Oper anzuzeigen. Er starb in London am Morgen des 5. Juni d. J. sanft und unerwartet an einem Lungengeschwüre, im angetretenen 40. Jahre seines Alters. Was er in seiner Kunst schuf, kennt die Welt, was er in seinem Berufe leistete, sein theurer König, seine Vorgesetzten und Mitarbeiter, was er in allen Lebensverhältnissen mit unermüdlicher Herzensgüte strebte, der geliebte Kreis seiner Umgebungen, was er mir und meinen Kindern war, nur mein Herz, das allein aus der Erinnerung an ihn und der Ergebung in den unerforschlichen Willen Gottes noch die Kraft zu schlagen schöpft. Es wird für stille Anerkennung meines unersetzlichen Verlustes zu danken wissen.

Dresden, den 17. Juni 1826.

Caroline Freifrau v. Weber,
geb. Brand.

Solchen, denen die gegenwärtig täglich sechsmal stattfindende Eisenbahnverbindung zwischen Dresden und Leipzig noch nicht genügt und welche gerechten Klaggrund wegen unerhörter Saumseligkeit zu haben vermeinen, wenn einmal die gewöhnliche dreistündige Fahrzeit überschritten wird, sei im Jahrgange 1824 die Lectüre einer Bekanntmachung des Leipziger Oberpostamts vom 13. März 1824 empfohlen, durch welche „dem reisenden Publicum" bekannt gemacht wird, daß vom 1. April an der zwischen Dresden und Leipzig bestehende Eilpostwagen wöchentlich regelmäßig zweimal an beiden Endpunkten abgehn und die Strecke in elf Stunden zurücklegen werde! Und das war damals ein außerordentliches Ereigniß.

Vierter Abschnitt.

Die Zeitung unter fiscalischer Selbstverwaltung.

Beim Herannahen des Ablaufs der Grieshammer'schen Pachtzeit war man allseitig im Grundsatze darüber einverstanden, daß eine Verpachtung des sächsischen Zeitungswesens in der bisherigen Weise nicht wieder erfolgen solle. Nur über die an deren Stelle zu treffenden Einrichtungen fanden noch eingehende Erörterungen statt. Es tauchten verschiedene Vorschläge auf. Man dachte an Trenung der Verwaltung der Leipziger Zeitung von der Zeitungsspedition und an gesonderte Verpachtung der ersteren, an Uebernahme der Zeitung in unmittelbare fiscalische Verwaltung und endlich auch daran, an Stelle der Leipziger Zeitung zwei Zeitungen treten zu lassen, von denen die eine die Leipziger Zeitung in ihren bisherigen Aufgaben zu ersetzen bestimmt und wiederum verpachtet werden sollte, während für die zweite Zeitung die Concurrenz zu eröffnen und dem Unternehmer zur Bedingung zu stellen wäre, eine der gewöhnlichen, jedoch weniger strengen Censur unterworfene Zeitung zu schreiben.

An den sehr sorgsamen und gründlichen Berathungen wegen der Reorganisation des Zeitungswesens betheiligten sich eine Anzahl theilweise noch gegenwärtig lebender und in den angesehensten öffentlichen Stellungen wirksamer hochverdienter Männer. Auch Se. Majestät der König, damaliger Präsident des Geheimen Finanzcollegiums, widmete dieser Angelegenheit ein tiefeingehendes Interesse. Auf die Hoffnung, dieselbe, wie es ursprünglich in Absicht war, bereits mit Ablauf des Jahres 1829, wo der zweite sechsjährige Pacht Grieshammer's zu Ende ging, zur Erledigung zu bringen, mußte bei den vielerlei, theilweise sehr schwierigen Gesichtspunkten, welche zu berücksichtigen waren, zwar verzichtet und der Pacht mit Grieshammer auf noch ein Jahr, bis Ende 1830 verlängert werden. Im Laufe des Jahres 1830 gelang es jedoch, die gestellte Aufgabe zur vollständigen Lösung zu bringen.

Die Grundsätze der neuen Einrichtung waren folgende:

1) Die Verpachtung der Zeitungsnutzungen, d. h. die Verpachtung sowohl der Leipziger Zeitung, als der Spedition auswärtiger Zeitungen hört mit dem 1. Jan. 1831 auf.

2) Die Verwaltung der Leipziger Zeitung wird von den Geschäften der Zeitungsspedition getrennt, für letztere tritt eine besondere Königliche Behörde, die Königliche Zeitungsexpedition in Thätigkeit.
3) Die Leipziger Zeitung geht in unmittelbare fiscalische Verwaltung über. Die Regierung ernennt einen mit entsprechenden Instructionen zu versehenden Redacteur nebst dem nöthigen Redactions- und Expeditionspersonal für die Zeitung, der der Regierung für seine Wirksamkeit verantwortlich ist.
4) Die Verwaltung der Zeitung und die Oberaufsicht über die Redaction wird im Auftrage der Staatsregierung durch das Oberpostamt zu Leipzig ausgeübt.

In Betreff der Redaction der Zeitung wurde bestimmt, daß

1) wenigstens eine halbe Seite jeder Zeitungsnummer für nicht politische, wissenschaftliche und artistische Nachrichten bestimmt werde, daß
2) die Zeitungsredaction sich mit zuverlässigen Correspondenten an den Hauptorten Deutschlands in regelmäßige Verbindung setze und diesen Correspondenten ein angemessenes Honorar gezahlt werde,
3) daß in Ansehung der nicht politischen, auf die inneren Landesangelegenheiten Bezug habenden Nachrichten Jemand in Dresden Auftrag erhalte, die diesfallsigen Artikel aus den Mittheilungen der betreffenden Behörden zu bearbeiten und unter specieller, bei dem Geheimen Cabinet einzuholender Genehmigung an die Redaction zu befördern.

Das Inseraten- und Cassenwesen anlangend, so wurde selbiges von der Zeitungsredaction völlig getrennt, und der Verwaltung der mit dem Zeitungsdebit betrauten Königlichen Zeitungsexpedition überwiesen. Die Insertionsgebühren wurden für die gespaltene Zeile auf $1^3/_4$ gr. Conv. M. festgesetzt. Von ausländischen Einsendern durfte die Bezahlung in Preuß. Cour. ohne Aufgeld angenommen werden.

Zum ersten, leitenden Redacteur der Zeitung wurde, unter Befreiung von der Censur für den Inhalt der Zeitung bei seiner eignen diesfallsigen Verantwortlichkeit, der Professor der historischen Hilfswissenschaften an der Universität Leipzig, Dr. Christian August Hasse mit einem Jahrgehalt von 900 Thlr., zum zweiten Redacteur Dr. Carl Christian Carus Gretschel, der bereits im letzten Jahre der Grieshammer'schen

Verwaltung als Redacteur fungirt hatte und mit dem von 1820 bis 1830 die Redaction besorgenden Dr. J. C. Gretschel nicht zu verwechseln ist, mit einem Jahrgehalt von 600 Thlr. ernannt. Später im Jahre 1834, als die Landtagscorrespondenz Gretschel zeitweise ausschließlich in Anspruch nahm, trat noch Dr. Obst als Redactionsassistent, anfänglich mit einer jährlichen Remuneration von 300 Thlr., ein. Mit der Zufertigung der durch das Geheime Cabinet der Redaction zuzustellenden Nachrichten wurde der Geh. Cabinetsrath Breuer beauftragt. Die Besorgung des Drucks und Papiers für die Zeitung war dem Buchdruckereibesitzer Benedictus Gotthelf Teubner zu Leipzig übertragen worden.

Der Mißcredit, in welchen die Zeitung während der Grieshammer'schen Verwaltung im In- und Auslande gekommen war, ließ es zweckmäßig erscheinen, auch nach Außen hin etwas zu thun, um die Aufmerksamkeit auf die beabsichtigten Verbesserungen im innern Gehalt der Zeitung zu lenken und ihr wieder größere Theilnahme im Publicum zuzuwenden. Noch vor Eintritt der neuen Organisation wurden deshalb Probeblätter der Zeitung in ihrer neuen Gestalt abgezogen und nach allen Richtungen der Windrose entsendet. Bei diesem Geschäft leistete namentlich der Oberpostamtsdirector v. Hüttner, welchem seine dienstliche Stellung ausgebreitete Verbindungen im Auslande eröffnet hatte, hilfreiche Hand. Insbesondere hatte man bei Ausdehnung des Leserkreises der Zeitung das Absehn auf Oesterreich gerichtet.

Mit dem 1. Jan. 1831 trat die neue Verwaltung ihr Amt an. Die Zeitung erschien in vergrößertem Format und mit besseren Lettern gesetzt; auch das Papier, unter der Grieshammer'schen Verwaltung von der schlechtesten Qualität, war weißer und besser geworden. Die erste Nummer brachte unter der Bezeichnung: Privatmittheilungen eigene Correspondenzen; neben den politischen Mittheilungen erschienen Meßberichte und Bücherrecensionen; ihnen folgten später Nachrichten über innere Landesangelegenheiten statistischen, gewerblichen, commerciellen und landwirthschaftlichen Inhalts, wozu die Materialien aus den einzelnen Departements der Staatsverwaltung zur Verfügung gestellt wurden. Das Geheime Finanzcollegium hatte für diesen Zweck einen seiner Beamten, den Geh. Finanzsecretair v. Zahn, eigens bestimmt.

Die Fortschritte, welche die Zeitung auf diesem Wege gemacht hatte, waren unverkennbar; wer eine der ersten Nummern der Zeitung aus dem Jahre 1831 mit Nummern aus den unmittelbar vorhergegangenen Jahrgängen vergleicht, wird kaum glauben, daß er dieselbe Zeitung vor sich hat. Von allen Seiten war der beste Wille vorhanden. Auch in der Wahl des neuen Chefredacteurs hatte man einen im Ganzen glücklichen Griff gethan. Prof. Hasse, geb. 1773, hatte durch mehrjährige, ihn durch die Hauptländer Europa's führende Reisen einen reichen Schatz von Lebenserfahrungen gesammelt, er besaß vielseitiges, gründliches Wissen, Kenntniß der neuern Sprachen, war mit den staatsrechtlichen Verhältnissen auswärtiger Länder wohl bekannt, hatte einen zur Milde und Humanität geneigten concilianten Charakter und erfreute sich zahlreicher Verbindungen mit Männern des Wissens im In- und Auslande. In seiner Jugend Reisebegleiter eines vornehmen Russen hatte er sich früh feine Weltbildung und Sicherheit des Auftretens zu erwerben gewußt. Später war er Professor am Cadettenhause zu Dresden gewesen und von da zu einem Lehrstuhl an der Universität Leipzig befördert worden. Auch sein Mitredacteur Dr. Gretschel war ein nicht unbegabter Publicist, welchem zudem bereits mehrjährige Redactionserfahrungen zur Seite standen; er zeichnete sich überdies durch gründliches historisches Wissen, namentlich durch genaue Kenntniß vaterländischer Geschichte aus.

Und dennoch wollte die gehoffte goldne Zeit der Zeitung nicht kommen. Der Absatz, der in den letzten Jahren der Grieshammer'schen Verwaltung mit nahezu 4000 Exemplaren abgeschlossen hatte, erreichte im Jahre 1831 ebenfalls nur die Höhe von 3910 Exemplaren. Statt zu steigen, fiel er, wenn auch unmerklich in den nächsten Jahren und war 1835 bis auf 3808 Exemplare herabgegangen. Erst von 1836 an findet ein Steigen des Absatzes statt, welches seitdem stetig fortging, so daß 1846, im letzten Jahre der Hasse'schen Redaction, mit 4694 Exemplaren abgeschlossen ward. Während der ganzen 17 Jahre der Hasse'schen Redaction war mithin der Absatz um noch nicht 1000 Exemplare gestiegen.

Es wäre in hohem Grade unbillig, die damalige Leitung der Zeitung für diese wenig günstigen Ergebnisse verantwortlich machen zu wollen. Nicht abzuleugnen ist freilich die Thatsache, daß innerhalb des ganzen Zeitraums der Hasse'schen Redaction beinahe nichts zur Hebung der Zeitung geschehen ist, was nicht schon 1831 vorhanden war; die Zeitung bietet in dieser Periode das im Zeitungswesen vielleicht einzig dastehende Beispiel eines fast funfzehnjährigen vollkommenen Stillstandes. Allein schwerlich konnte Hasse, als er im Jahre 1831 die Oberleitung der Zeitung übernahm, sich die unübersteiglichen Hindernisse vergegenwärtigen, welche ihm in der Folge bei jeglichem Versuche, Mittel zu Hebung des Instituts verfügbar zu erhalten, entgegentraten.

Die Hauptklippe, woran alle Bemühungen, aus der Zeitung etwas Gediegenes zu machen, sie zu einem angesehenen größeren Organe der Tagespresse zu erheben, scheitern mußten, war nämlich die unbedingte Abhängigkeit, in welcher die Redaction in allen Geldangelegenheiten von der Zeitungsexpedition, resp. dem Oberpostamte stand; sie hatte nicht das geringste Dispositionsquantum zur Verfügung; sie mußte sich deshalb bei jedem Engagement eines Correspondenten, bei jeder Anschaffung einer neuen Zeitung, bei jeder, auch noch so unbedeutenden Geldausgabe für redactionelle Zwecke vorerst der Genehmhaltung des Oberpostamts versichern. Der Vorstand dieser Behörde aber, der damalige Oberpostamtsdirector v. Hüttner, welcher die Zeitungsangelegenheiten seinem Specialressort vorbehalten hatte, ließ sich bei Beurtheilung derartiger Ausgaben vorzugsweise von finanziellen Rücksichten leiten, ihm kam es darauf an, den Ertrag des Zeitungsinstituts thunlichst rasch zu steigern, und er war daher folgerecht allen Ausgaben abgeneigt, welche keine sofort erkennbare, unmittelbare Ertragssteigerung zur Folge hatten. Der letztere Nachweis aber wird sich mit Evidenz nur selten bei Ausgaben führen lassen, welche im Interesse der innern Hebung einer Zeitung gemacht werden. Es ist selbstverständlich ein Ding der Unmöglichkeit, den Aufwand für Gewinnung eines neuengagirten guten Correspondenten damit begründen zu wollen, daß durch dessen Berichte binnen Jahresfrist der Absatz der Zeitung um so und so viel Abonnenten zugenommen haben werde. Allein, wenn man von derartigen Einzelaufrechnungen abzusehen sich herabläßt, wenn man sich daran gewöhnt, bei der Verwaltung einer Zeitung im Großen und Ganzen gegen einander aufzurechnen, so wird man sich, auch wenn man nicht im Stande ist, im Einzelnen calculatorisch nachzuweisen, wie viel jeder neuengagirte Correspondent der Zeitung neue Abonnenten zugeführt hat, sehr bald durch die Zunahme der jährlichen Reinerträge davon überzeugen, daß die Gewinnung guter Correspondenten, auch wenn sie theuer zu stehen kommen, nichts desto weniger auch in finanzieller Beziehung ein ganz gutes Geschäft ist. Dazu gehört freilich ein sachkundigerer Einblick in das Getriebe des Zeitungswesens, als dem genannten Beamten beiwohnte.

Bei Reorganisation der Zeitung war diese, einer völligen Gebundenheit gleichkommende finanzielle Abhängigkeit der Redaction nicht beabsichtigt; man würde sich solchenfalls mit der dem neuen Chefredacteur auferlegten Verpflichtung, für Annahme neuer Correspondenten im In- und Auslande zu sorgen, in directen Widerspruch gesetzt haben. Allein sie war eine nothwendige Folge der Verhältnisse, die sich in ihrer später so entscheidend gewordenen Bedeutung zu einer Zeit, wo die Dinge noch erst im Werden begriffen waren, freilich nicht übersehn ließ.

Das Jahr 1831 brachte eine unverkennbar frische Regsamkeit in die redactionelle Leitung der Zeitung; nicht nur aus dem Auslande, sondern auch aus dem Inlande bringt die Zeitung gute und zuverlässige, sorgsam gearbeitete Originalberichte. Was man seit lange in der Leipziger Zeitung vergebens gesucht, man erfuhr wieder etwas Ordentliches aus dem Vaterlande durch sie. Ueber die 1831 in Dresden und Leipzig wiederholten aufrührerischen Bewegungen berichtete sie getreu und rückhaltslos, Regierungsmaßregeln, theilweise auch solche, welche noch erst in Vorbereitung begriffen waren, wurden eingehend besprochen. In den nächsten Jahren wurden dergleichen Berichte immer seltener, bis sie im Laufe der Zeit nachgerade ganz verschwanden. Ueber die tief beklagenswerthen Ereignisse des 12. Aug. 1845 enthielt die Zeitung erst mehrere Tage später eine ganz unzureichende fragmentarische Notiz und sodann „in Ermangelung amtlicher Nachrichten" lediglich einen Hinweis auf drei Artikel der „Deutschen Allgemeinen Zeitung", „ohne deren Richtigkeit in den einzelnen Punkten zu verbürgen". Erst eine Woche später erschien ein Leipziger Artikel vom 16. Aug. 1845, worin die Ansprache des nach Leipzig entsendeten Kgl. Commissars, Wirklichen Geheimen Raths v. Langenn an die städtischen Corporationen und den Commandanten und die Chefs der Communalgarde, die zugleich ein Resumé der zur Zeit stattgefundenen amtlichen Erhebungen über jene Ereignisse enthielt, mitgetheilt wurde.

Die Unzufriedenheit über die Schweigsamkeit der Zeitung einem am Orte ihres Erscheinens stattgefundenen Ereignisse gegenüber, welches alle Gemüther in die größte Bewegung gesetzt hatte und worüber Zuverlässiges und Authentisches zu erfahren alle Wohlgesinnten sich sehnten, hatte damals einen hohen Grad erreicht. Hatte es doch schon seit lange an Nahrung dazu nicht gefehlt! Prof. Hasse fand sich veranlaßt, um Enthebung von der Redaction zu bitten. Man bewog ihn jedoch, eine Zeitlang dieselbe noch fortzuführen. Erst im Sommer 1846 wurde er der Redaction definitiv enthoben*) und diese seinem bisherigen Mitredacteur Dr. C. C. C. Gretschel allein übertragen.

Aus dem Inhalte der unter der redactionellen Leitung Hasse's erschienenen Jahrgänge sei der in Nr. 216 des Jahrg. 1831 befindliche Artikel aus Dresden, die Uebergabe der Verfassungsurkunde an die Stände**) hervorgehoben. Unter den Familiennachrichten dieser Zeit befindet sich im Jahrg. 1831 die Anzeige vom Ableben des Dichters Friedrich v. Matthison, gest. 12. März 1831.

Mit dem durch Hasse's Abgang veranlaßten Redactionswechsel traten einzelne unverkennbare wesentliche Verbesserungen ein. Der Staatsregierung hatten die mehr und mehr in den Vordergrund tretenden Mängel der Zeitung nicht entgehen können; sie machten sich um so bemerkbarer, seitdem der Leipziger Zeitung in der seit 1837 bestehenden Leipziger, später Deutschen Allgemeinen Zeitung ein Concurrent an die Seite getreten war, welchem sie, nach den bisherigen Sparsamkeitsgrundsätzen und in der bisherigen Beengung fortgeleitet, auf die Dauer nicht hätte widerstehen können, zu geschweigen, welch frisches Leben seit dem Anfange der 40er Jahre überhaupt in das deutsche Zeitungswesen gekommen war. Die Anforderungen an eine gute Zeitung waren im Laufe der Zeit wesentlich andere geworden; der Mangel an interessanten politischen Ereignissen hatte, um der Tagespresse das Interesse des Publicums zu sichern, eine ganz andre Art des Zeitungsschreibens ins Leben gerufen. Während ein Blatt ehedem seine hauptsächlichste Aufgabe in möglichst rascher, vollständiger und ausführlicher Berichterstattung über das Geschehene suchte, während damals die Kennzeichnung einer guten Zeitung lediglich in dem Schatze von Neuigkeiten bestand, den sie dem Publicum zum

---

*) Kurze Zeit darauf, am 6. Febr. 1848 starb er nach langwieriger Krankheit hochbejahrt zu Leipzig.

**) Vergl. Beilage 24.

Besten gab, suchte man nunmehr in den Zeitungen auch Urtheile über das Geschehene, Betrachtungen über die Begebenheiten des Tages. Bald gehörte dies zu den nicht zu umgehenden Erfordernissen eines größeren politischen Blatts, und, was vordem nur ausnahmsweise in einer Zeitung geschah, ja woraus man seiner Zeit dem wackern M. Gottlieb Schumann — vergl. S. 51 — einen schweren Vorwurf gemacht hatte, das wurde nunmehr für einen nicht geringen Theil der Leser einer Zeitung die Hauptsache: gar Viele ließen sich bei der Wahl ihrer Zeitung durch die Leitartikel derselben bestimmen.

Von diesen Gesichtspunkten aus ließ sich Gretschel die Vervollkommnung der Zeitung angelegen sein. Es finden sich wiederum zahlreichere Originalcorrespondenzen darin; sie kommen aus Paris, Wien, Frankfurt, den sächsischen Herzogthümern. Anstatt der Parenthese: (Privatmittheilung) sind sie, dem Brauche anderer Organe der Tagespresse entsprechend, mit Chiffern bezeichnet. Auch Leitartikel, wiewohl sehr vereinzelt, erscheinen dann und wann, aber an wenig geeigneter Stelle, hinter den politischen Nachrichten. Vor dem Text kommen Inhaltsanzeigen. Der commercielle Theil der Zeitung erhält eine Vervollständigung durch Aufnahme der officiellen Berliner Börsennachrichten. Für die Landtagscorrespondenz endlich ist ein neuer, höchst tüchtiger Berichterstatter in dem Commissionsrath (gegenwärtigem Kreissteuerrath) Judeich gewonnen. Seine ebenso klaren als vollständigen und zuverlässigen Berichte erhalten bald ein wohlverdientes Renommée, das sich der Verfasser durch seine bis in die neueste Zeit, wenn auch auf andren Gebieten fortgesetzte Thätigkeit für die Zeitung gesichert hat. Er ist gegenwärtig einer der ältesten und besten Mitarbeiter derselben.

Im nächstfolgenden Jahre wurden auf dieser Bahn weitere erfreuliche Fortschritte gemacht. Die bisher sehr vernachlässigten gewerblichen und landwirthschaftlichen Mittheilungen erhielten neuen Aufschwung, ihnen schlossen sich regelmäßige Leipziger Meßberichte an, auch Artikel gemeinnützigen Inhalts, z. B. die Errichtung einer Hypotheken- und Industriebank betr., erschienen wieder; selbst ein Anfang zum Feuilleton wurde durch vereinzelt erscheinende Artikel schönwissenschaftlicher Tendenz, unter andern Reiseberichte (Wanderungen durch den Thüringer Wald) gemacht. Endlich ward eine Sonntagsausgabe der Zeitung eingeführt, so daß diese nunmehr siebenmal wöchentlich, mithin alltäglich erschien.

Das frische Leben, welches im Jahre 1831 die Reorganisation des Instituts belebt hatte, schien wiedergekehrt.

Mitten in diese erfreuliche naturgemäße Entwickelung hinein fiel die Pariser Februarrevolution mit ihrem welterschütternden Ausgange. Dr. Gretschel überlebte dieses Ereigniß nur wenige Wochen; er erlag bereits am 14. März 1848 den übergroßen geistigen und körperlichen Anstrengungen, denen er in jener verhängnißschweren und ereignißvollen Zeit unterworfen gewesen war. Sein Nachfolger ward nach einem nur wenige Tage währenden Interimisticum des Dr. Obst, bereits am 19. März Professor Dr. Oswald Marbach. Derselbe führte die Redaction das ganze schwere Jahr 1848 hindurch; am Schlusse desselben trat er, der von der Democratie gegen ihn gesponnenen Intriguen und unablässigen Verdächtigungen überdrüssig, gegen welche ihm Seiten der damaligen Regierung nicht einmal ausreichende Vertretung zu Theil ward, freiwillig von der Leitung der Zeitung zurück, welche vom 1. Jan. 1849 an wiederum Dr. F. Obst interimistisch übertragen erhielt. Derselbe verblieb in dieser Function bis zum 1. Juli 1849.

Die Ereignisse der Jahre 1848 und 1849 sind, obschon bereits mehr als 10 Jahre darüber hingegangen sind, in ihrer Ungeheuerlichkeit noch zu frisch im Gedächtniß der Gegenwart, als daß es eines ausführlichen Eingehens auf diese, ohnehin wenig erfreuliche Erscheinungen darbietende Periode bedürfte, so reichhaltiger Stoff auch dazu vorhanden wäre. Die Zeitung konnte sich den bewältigenden Eindrücken der sich drängenden erschütternden Ereignisse ebenfalls nicht völlig entziehn; indessen gehört sie wenigstens in dieser, die Ergüsse der zügellosesten Leidenschaft zu Tage förderuden Zeit zu den besonnensten und gemäßigtsten Organen der Tagespresse und sie würde als Vertreterin eines gesunden conservativen Geistes noch Bedeutenderes geleistet haben, wenn sie in der damaligen Regierung einen verläßlicheren Rückhalt gefunden hätte. Prof. Marbach fehlte es hierzu weder an Willen noch an Befähigung und Charaktereigenschaften; und es war ein Glück für die Zeitung, daß gerade eine solche Persönlichkeit in jener Zeit an ihrer Spitze stand. Die Schwierigkeiten und Unannehmlichkeiten, mit denen Marbach zu kämpfen hatte, waren maßlos; man nöthigte ihn, im Inseratentheile anonyme Verdächtigungen seiner selbst, rohe Ausfälle auf Artikel, die er im Hauptblatt selbst geschrieben hatte, aufzunehmen.

Die Leipziger Zeitung war der Umsturzparthei ein besonders gehässiger Stein des Anstoßes um der großen Verbreitung willen, welche sie bis in die untersten Kreise des Volks herab hatte. Man mußte sich daher entweder ihrer Leitung zu bemächtigen suchen, um mittels derselben das Volk für die Zwecke der Parthei zu „bearbeiten" oder man mußte auf Auswege bedacht sein, ihre Verbreitung einzuschränken. Das Erstere zeigte sich bald als unausführbar; Marbach war nicht der Mann, sich als Partheiwerkzeug mißbrauchen zu lassen; man wendete sich mithin dem Letzteren zu. Da sich die vielfachen Verdächtigungen, welche man gegen die Person Marbach's in Umlauf setzte, zu Discreditirung der Zeitung nicht wirksam genug zeigten, so ward die „bevorzugte" Stellung, welche die Zeitung durch ihr Verhältniß zur Regierung angeblich behaupte, zum Ausgangspunkte der Angriffe genommen; die Zeitung, hieß es, sei ein Monopol; indem die Regierung ihre Behörden zwinge, ihre Erlasse und Bekanntmachungen in der Leipziger Zeitung zu veröffentlichen, nöthige sie alle diejenigen, welche diese Bekanntmachungen ihrer Geschäftsverhältnisse wegen lesen müßten, die Zeitung zu halten; nur um der Inserate willen sei die Zeitung verbreitet. Das Hauptblatt lese Niemand; man solle deshalb das letztere ganz wegfallen lassen und die Zeitung auf die Inseratenbeilagen beschränken. Dergleichen Aufstellungen wurden nicht nur in den Organen der Parthei mit Eifer ausgeführt, sondern fanden auch bald unter den Vertretern der Parthei in den Kammern ein geneigtes Echo. Ebenso unpractische als abenteuerliche Ideen wurden hier laut; hätte man ihnen Gehör gegeben, so würde die Leipziger Zeitung als Einnahmequelle wahrscheinlich aus dem Staatsbudget unwiederbringlich verschwunden sein. Man war nahe daran; bereits hatte man mit Beginn des Jahres 1849 einem der angeblichen „Volkswünsche" Gehör gegeben, daß bei den Inseraten der Zeitung statt der zeither üblichen leserlichen Bourgeoisschrift aus Ersparnißrücksichten und „weil die Insertionsgebühren zu theuer seien", Petitschrift angewendet werden möchte, eine Maßregel, die sich in der Folge freilich so wenig als Eingebung der wahren „Stimme des Volks" erwies, daß die Regierung, um den allgemein laut gewordenen Klagen wegen dieser unpractischen Neuerung gerecht zu werden, sie bereits im Februar wieder aufheben mußte. Nur die Herabsetzung der Gebühren auf 1 Ngr. 6 Pf. verblieb.

Unter der Leitung Marbach's geschah der Ungunst der Zeitumstände ungeachtet Vieles zur Hebung des innern Gehalts der Zeitung. Die bereits im Jahre 1847 begonnenen Leitartikel wurden fortgesetzt und erschienen öfter; sie zeichneten sich durch Klarheit, Sachkenntniß und Entschiedenheit des Ausdrucks aus. Neben ihnen ward der allgemeinen Discussion ein „Sprechsaal" in der Zeitung eröffnet, worin der Meinungsausdrück auch Solcher, deren Ansichten die Redaction nicht theilte, Aufnahme fand. Der Originalcorrespondenz der Zeitung wurde beso dere Sorgfalt gewidmet; sie erfuhr eine namhafte Ausdehnung und Ausbildung.

Diesen Bemühungen und Anstrengungen entsprachen in Beziehung auf den Absatz der Zeitung auch die Erfolge. Aller der vielfachen Partheimanövre ungeachtet, die Zeitung in der öffentlichen Meinung zu discreditiren und ihr die Lebensadern zu unterbinden, hob sich der Absatz im Jahre 1848 um 1000 Exemplare; er schloß Ende 1848 mit 5880 Ex. gegen 4843 Ex. am Schlusse des Jahres 1847 ab.

Der Grund des Rücktritts Marbach's von der Redactionsleitung ward bereits berührt, er fand bei dem damaligen Ministerium, den maßlosen Angriffen gegenüber, denen seine Geschäftsführung in der Presse und in den Kammern Seiten der Umsturzpartei ausgesetzt war, nicht die gehörige Vertretung; er bezeichnete diese Schutzlosigkeit, in der ihn die Regierung in den Kammern gegen nachweisliche Unwahrheiten und unverschuldete Verdächtigungen gelassen hatte, selbst als den Grund, weshalb er seine Entlassung verlangt habe, als ihm die Oberredaction der Zeitung vom 1. Juli 1849 an, nach dem inzwischen eingetretenen Umschwunge der Dinge, von Neuem übertragen ward.

Das Interimisticum des Dr. Obst, welches der Marbach'schen Redaction am 1. Jan. 1849 ein halbes Jahr lang folgte, bietet zu besonderen Bemerkungen keinen Anlaß. Dr. Obst führte die Leitung der Zeitung so gut es unter den damaligen politischen Verhältnissen ging, nach den früheren Grundsätzen fort; neue Grundsätze dabei zur Geltung zu bringen, würde schon der provisorische Charakter seiner Stellung nicht gestattet haben.

Die Erfahrungen der letztverflossenen Jahre hatten die Unzweckmäßigkeit der Unterstellung der Zeitung unter die Postanstalt immer augenfälliger hervortreten lassen. Es stand zu befürchten, daß beim Eintritt ruhiger Zustände die Uebelstände, welche sich bald nach dem Aufschwunge der Zeitung im Jahre 1831 gezeigt hatten, in verstärktem Maße wiederkehren würden. Die Nothwendigkeit lag zu Tage, der redactionellen Leitung der Zeitung, um die letztere vor Stagnationen zu behüten, eine größere Freiheit nicht allein der Bewegung, sondern auch der Verfügung über die zur Bestreitung des Verwaltungsaufwandes erforderlichen Mittel einzuräumen. Hierbei mußte nach Grundsätzen, wesentlich verschieden von den bisher allein maßgebend gewesenen Rücksichten engherziger Sparsamkeit, verfahren werden. Die Zeitung mußte aufhören, ein exclusiv finanzielles Staatsunternehmen zu sein. Es war nothwendig, in sie etwas Ordentliches hineinzuwenden, um ihr inmitten der Tagespresse eine würdige, ebenbürtige Stellung zu verschaffen und den Abonnenten für den gezahlten Preis ein angemessenes Aequivalent zu gewähren. Das war die Regierung sich selbst schuldig, das war eine Ehrensache des Landes.

Bereits unter dem Uebergangsministerium Held fanden Verhandlungen zwischen den Ministerien der Finanzen und des Innern wegen Ueberweisung der Zeitung auf das Ressort des letzteren Departements statt. Sie wurden nach dem Rücktritte dieses Cabinets und nach Beschwichtigung des Maiaufruhrs von dem neueingetretenen Minister des Innern Frhr. v. Friesen mit Energie wieder aufgenommen und führten alsbald zu dem Resultate, daß die Leipziger Zeitung vom 1. Juli 1849 an dem Ministerium des Innern überwiesen wurde.

Die Zeitung wurde in Folge dessen einer abermaligen wesentlichen Umgestaltung unterworfen, deren Grundzüge großentheils noch gegenwärtig in Geltung bestehen und welche damit im engsten Zusammenhange stand, daß vom 1. April 1850 an im „Dresdner Journal" ein besonderes Regierungsorgan in Dresden begründet ward. An die Spitze der Redaction trat ein vom Ministerium des Innern angestellter Oberredacteur mit 1500 Thlr. Gehalt, unter dessen Leitung und Aufsicht zwei Redacteure mit je 1000 Thlr. Gehalt arbeiteten; der Oberredacteur war dem Ministerium unmittelbar untergeben und verantwortlich; hinsichtlich der Leitung der Zeitung war er in der Hauptsache unabhängig und selbständig gestellt; nur war er verpflichtet, Artikel, welche ihm von der Regierung zur Aufnahme zugefertigt wurden, unverändert zum Abdruck zu bringen, und nach Befinden Instructionen, welche ihm die Regierung für einzelne Fragen zu ertheilen für angemessen befand, bei Ausarbeitung eigner Artikel darüber im Auge zu behalten. Leitender Gedanke der Reorganisation war, es solle die Zeitung kein specifisches Regierungsorgan, sondern ein Regierungsunternehmen zu dem Zwecke sein, ein achtunggebietendes und einflußreiches Organ zu Vertretung der conservativen Interessen herzustellen. Daher war es keineswegs erforderlich, daß die Zeitung in ihren Originalartikeln unbedingt nur die Ansicht der Regierung über die betreffende Frage wiedergab oder vertrat; unter Umständen war es ihr anheimgestellt, selbst eine von der Auffassung der Regierung abweichende Ansicht im concreten Falle zur Sprache zu bringen, selbstverständlich vorausgesetzt, daß dies in schicklicher Form und unter Festhaltung der für die Leitung der Zeitung aufgestellten allgemeinen Gesichtspunkte geschah. Das Correspondenzwesen war der Competenz des Oberredacteurs ausschließlich vorbehalten; er allein hatte über Annahme und Entlassung von Correspondenten und Mitarbeitern Entschließungen zu fassen und zu diesem Zwecke sowie zur Bestreitung des sonstigen Verwaltungsaufwandes für die Redactionsgeschäfte ein beträchtliches Dispositionsquantum zur Verfügung.

Die Besorgung des Insertions- und Cassenwesens blieb wie bisher von der Redaction getrennt; nicht minder wurde es aber auch von der Zeitungsspedition, mit der es bisher zusammen besorgt worden war, geschieden. An Stelle der für die gemeinsame Besorgung dieser beiden Geschäftszweige zeither bestandenen Kgl. Zeitungsexpedition trat für die Zeitungsspedition das Kgl. Hauptzeitungsbureau, für das Insertions- und Cassenwesen der Leipziger Zeitung die Kgl. Expedition der Leipziger Zeitung, welche der Leitung eines vom Ministerium des Innern ernannten Vorstandes, dem zugleich die verantwortliche Redaction der Inseratenbeilagen oblag, unterstellt wurde. Diese Expedition war jedoch nicht, wie der Oberredacteur, dem Ministerium unmittelbar, sondern zunächst einem für die Angelegenheiten der Zeitung bestellten Commissar untergeben, durch dessen Hände der Verkehr der Expedition mit dem Ministerium ging, und der zugleich im Allgemeinen die Oberaufsicht über die Zeitung zu führen hatte.

In der Ausgabe der Zeitung trat überdem eine wichtige Veränderung ein: während sie bisher des Morgens erschienen war, erfolgte vom 1. Juli 1849 an die Ausgabe des Abends um 6 Uhr derart, daß um diese Zeit die das Datum des nächstfolgenden Tages tragende Nummer ausgegeben ward. Dagegen kam kurz darauf die Sonntagsausgabe wieder in Wegfall, so daß die Zeitung wieder, wie früher, gegenwärtig nur sechsmal wöchentlich, täglich mit Ausnahme des Sonntags, erscheint.

Zum Oberredacteur der Zeitung wurde Prof. Dr. Marbach, zu Redacteuren Dr. Obst und Dr. Kühne ernannt, letzterer aber 1851 durch Dr. Kaiser ersetzt. Die Stelle des Vorstandes der Expedition erhielt der zeitherige Oberpostsecretair, nunmehrige Inspector Nähm und zum Commissar für die Zeitung wurde der Kreisdirector &c. von Broizem bestellt.

Professor Dr. Marbach begann seine Thätigkeit mit Veröffentlichung einer Ansprache an die Leser, worin er sich über die von ihm zur Richtschnur seiner redactionellen Thätigkeit zu nehmenden Grundsätze aussprach. Er führte darin aus, daß mit Ausnahme der Fälle, in denen es die Regierung für gut finde, in officiellen Erlassen sich selbst auszusprechen, nur seine und seiner Correspondenten Ansichten in der Zeitung ausgesprochen werden sollten, und wie man daher alle Artikel derselben, welche nicht als aus amtlicher Quelle geflossen bezeichnet seien, weder als ganz noch als halb officiell betrachten möge. Die Zeitung werde sich bemühen, auf einen Standpunkt über den Partheien sich zu erheben, ihr Strebziel werde sein, zwischen die Partheien zu treten, jeder ihr Recht zuzuerkennen, um desto nachdrücklicher ihr Unrecht zurückzuweisen und darüber zu wachen, daß von keiner Parthei die sittliche Würde verletzt, das Gift der Lüge und der Dolch des Verbrechens als Waffe benutzt werde; in der Gegenwart solle die Zukunft, im Kriege der Frieden vorbereitet und der Freiheit gedient werden gegen die List ihrer Feinde wie gegen die Thorheit ihrer angeblichen Freunde. Die Zeitung solle die Neuigkeiten des Tages schnell, vollständig und wahrheitsgetreu berichten, unvermeidliche Irrthümer werde sie zu berichtigen bereit sein, sobald man sie ihr nachweise oder sobald die Redaction selbst solche entdecke; sie solle die Tagesfragen mit Mäßigung, Besonnenheit und Gerechtigkeit besprechen, sie solle die Lüge, wo sie sich einschleiche, entlarven, das Verbrechen, wenn es die Frechheit habe, als ein nothwendiges Uebel oder wohl gar im heiligen Namen der Freiheit das Recht der Existenz sich anzumaßen, in seiner Verderblichkeit und inneren

Richtigkeit aufzeigen; sie solle den Sinn für Sittlichkeit und Gesetzlichkeit stärken und befestigen; sie solle einer Politik das Wort reden, welche allein Erfolg haben kann, nicht der Politik des Rückwärtsgehns, sondern der Politik des festen Vorwärtsschreitens auf dem Wege nicht der Unvernunft und des Experimentirens, sondern auf dem Wege der geschichtlichen Entwickelung der Vernunft und der Vervollkommnung der Gesetzgebung. Auch den industriellen und mercantilen Interessen Sachsens solle größere Aufmerksamkeit als bisher zugewendet, endlich solle auch die politische und staatswissenschaftliche Literatur, sollten die bedeutenderen Leistungen in Kunst und Wissenschaft in einer geordneten Weise Berücksichtigung finden.

Diese Grundsätze wurden im Wesentlichen eingehalten und beziehentlich zur Ausführung gebracht. Namentlich erhielt die bisher noch keineswegs genügend ausgebildete Abtheilung für Handel, Industrie und Landwirthschaft in dieser Zeit eine umfassende Erweiterung und eine ebenso gründliche als sorgfältige Bearbeitung. Die Besprechung der Tagesfragen erfolgte großentheils durch Marbach selbst und seine Artikel wirkten anregend und aufklärend. Die Correspondenz ward einer durchgreifenden Reorganisation unterworfen und mancher, noch jetzt wirksame tüchtige Mitarbeiter gewonnen.

Die Marbach'sche Verwaltung dauerte bis zum 1. Oct. 1851, wo Marbach, dem als Zeichen der Anerkennung seiner Leistungen die Ernennung zum Hofrath zu Theil wurde, durch den Professor der Staatswissenschaften Dr. Friedrich Bülau, geb. 1805, gest. 26. Oct. 1859, als Oberredacteur ersetzt wurde. Bülau's große Bedeutung im Fache der Publicistik ist bekannt; er gehörte, als ihm die Oberleitung der Zeitung übertragen wurde, zu den namhaftesten publicistischen Capacitäten seiner Zeit; ihm verdankte ein erst eine kurze Reihe von Jahren zählendes Organ der Tagespresse, die „Deutsche Allgemeine Zeitung", welche er bis zum Jahre 1848 mehrere Jahre lang mit seltner Umsicht und Sachkenntniß redigirt hatte, ein gutes Theil ihres Renommées. Daneben gehörte Bülau als Gelehrter zu den Celebritäten seiner Wissenschaft; was er in ihrem Bereiche literarisch gewirkt, hat seinen Namen weit über die Marken seines Vaterlandes hinaus in guten Klang gebracht und wird dauernd unvergessen sein.

Sicher war es bei so bewandten Verhältnissen ein glücklicher Gedanke, Bülau die Oberleitung der Leipziger Zeitung zu übertragen. Er führte dieselbe im Wesentlichen nach den unter seinem Vorgänger maßgebend gewesenen Grundsätzen. Besonderen Eifer wendete er einer geschickten und übersichtlichen Gruppirung der Tagesnachrichten, sowie der Industrie- und Handelsbranche zu, für welche in dem mit Bülau neu eingetretenen zweiten Redacteur Dr. Kaiser eine brauchbare tüchtige Kraft gewonnen war. Selbständige Thätigkeit durch Abfassung leitender Artikel entwickelte Bülau, durch seine umfangreichen historischen Arbeiten und seine amtliche Thätigkeit außerordentlich in Anspruch genommen, nur wenig; auch hielten ihn seine sonstigen Berufsgeschäfte überhaupt ab, der Zeitung seine Aufmerksamkeit in so umfassender Weise zu widmen, wie dies in dem damaligen Stadium der Zeitung unumgänglich erforderlich war, sollte die mit ihr beabsichtigte innere Umgestaltung zu voller Entwickelung gedeihen. Möglich vielleicht auch, daß die publicistische Thätigkeit, nachdem er ihr eine ziemlich lange Reihe von Jahren seiner Manneswirksamkeit gewidmet, für ihn den Reiz des Neuen und Frischen verloren hatte, welcher allein geeignet ist, über die tausenderlei Unbehaglichkeiten, mit denen der Beruf des Publicisten verbunden ist, frohen und immer leichten Muthes hinweg zu helfen. In keinem Zweige der öffentlichen Thätigkeit wird man ja erfahrungsmäßig rascher „abgenutzt" als im Felde der Publicistik.

Wie dem aber auch sein mochte, die Thatsache läßt sich nicht bestreiten, daß der Absatz der Leipziger Zeitung seit dem Jahre 1849 in stetigem Rückgange begriffen war. Von 6135 Exemplaren im Jahr 1849 war er Ende 1853 bis auf 5614 Exemplare herabgegangen. War nun auch der Abonnentenbestand des Jahres 1849 keineswegs als ein normaler anzusehn, da die damaligen Zeitverhältnisse die Leselust des Publicums in außerordentlichem Grade gesteigert hatten, so daß ein namhafter Rückgang des Absatzes im nächstfolgenden Jahre nur als die natürliche Folge der Rückkehr regelmäßiger Verhältnisse angesehen werden konnte, so mußte immerhin der Umstand auffällig erscheinen, daß die Verminderung sich keineswegs auf dieses eine Jahr beschränkt hatte, sondern seitdem auch und zwar fast in gleichem Verhältnisse alljährlich fortgegangen war.

Die Regierung nahm von diesem Umstande Veranlassung, bei der Zeitung abermalige organische Veränderungen vorzunehmen, welche mit dem 1. April 1854 ins Leben traten. Die Umgestaltung, welcher das Institut unterworfen wurde, betraf theils die Redaction theils die Einrichtung der Zeitung selbst. Die Stelle des Oberredacteurs blieb bis auf Weiteres unbesetzt; sein Wirkungskreis ging im Wesentlichen an einen vom Ministerium des Innern bestellten Commissar für die Angelegenheiten der Leipziger Zeitung über, unter dessen Leitung und Aufsicht die Redaction der Zeitung von den beiden Redacteuren zu besorgen ist, und welchem die letzteren, wie das gesammte Redactions- und Expeditionspersonal disciplinell unterstellt ward. Dem Kreisdirector verblieb die Oberaufsicht über die Zeitung. Letztere selbst anlangend, so ward die Abtheilung: Wissenschaft und Kunst dem Hauptblatte der Zeitung entnommen und einer, regelmäßig zweimal wöchentlich mit der Sonntags- und der Donnerstagsnummer der Zeitung erscheinenden Separatbeilage zugewiesen, welche die Bezeichnung: Wissenschaftliche Beilage der Leipziger Zeitung erhielt, und den Zweck hatte, neben dem bisherigen Inhalt jener Abtheilung, kritischen Besprechungen, Recensionen, feuilletonistischen Notizen rc., auch umfänglichere Arbeiten aus allen Zweigen des Wissens, für welche es zeither an ausreichendem Platz gefehlt hatte, zur Veröffentlichung zu bringen. Später, im Jahr 1855, wurde damit noch eine zweite, ausschließlich der vaterländischen Statistik gewidmete Beilage verbunden, welcher die Bezeichnung: Zeitschrift des statistischen Bureau's des Königlich Sächsischen Ministeriums des Innern ward. Beide Beilagen erhielten zugleich auch in der äußern Form den Charakter selbständiger Zeitschriften, auf welche, getrennt von der Zeitung, abonnirt werden kann. Die Zeitschrift des statistischen Bureaus hatte ohnedies einen besondern, von der Zeitungsredaction unabhängigen Redacteur, als welcher bis 1858 der damalige Vorstand des statistischen Bureaus Regierungsrath Dr. Engel, seitdem Geheime Rath Dr. Weinlig fungirt.

Professor Dr. Bülau legte hierauf mit Ablauf des Monats März 1854 die Leitung der Leipziger Zeitung nieder und diese ging auf den zum Commissar ernannten Regierungsrath von Kiesenwetter über. An dessen Stelle trat mit dem 1. October 1856 der Regierungsrath von Witzleben, welcher diese Function noch gegenwärtig bekleidet.

Die Aufgabe der neuen Verwaltung bestand einestheils darin, die Leitung der Zeitung in ein angemessenes Verhältniß zu dem seit 1850 als officielles Regierungsorgan erscheinenden Dresdner Journal zu setzen, dann aber in der innern Einrichtung die zu Hebung des Instituts erforderlichen Vorkehrungen zu treffen. In der ersteren Beziehung hatte man bisher eine zu sehr hervortretende Gleichartigkeit beider Blätter auszustellen, und es kam nunmehr darauf an, die größere Bewegungsfreiheit, welche die Regierung der Leipziger Zeitung nach Begründung eines besonderen officiellen Organs in Dresden um so unbedenklicher gewähren konnte, in der Haltung der Zeitung ostensibler hervortreten zu lassen. In der letzteren Hinsicht handelte es sich vor Allem darum, der Zeitung eine größere Originalität und Vielseitigkeit zu verschaffen. Zu diesem Zwecke wurde nicht nur der Kreis der Correspondenten und Mitarbeiter bedeutend erweitert, sondern auch die Tagesereignisse in leitenden Artikeln, welchen man statt wie bisher das Ende, als geeigneteren Platz die Spitze des Blatts anwies, öfter besprochen, als es unter den früheren Verwaltungen Sitte gewesen war. Neuerdings ist es Grundsatz, alle wichtigeren Tagesfragen ausnahmslos einer solchen Besprechung zu unterwerfen, und es erscheint nur selten noch eine Nummer der Zeitung, welche nicht durch einen Leitartikel eröffnet würde. Officieller oder auch nur officiöser Styl wird dabei ebenso als einseitige Partheistellung sorglichst vermieden und, um den Artikeln größere Mannigfaltigkeit in der Form zu sichern, erfolgt die Bearbeitung nicht durch ein dieser Thätigkeit speciell sich widmendes Redactionsmitglied, sondern durch verschiedene in der Mehrzahl gar nicht zur Redaction gehörige Persönlichkeiten.

Bei der Erweiterung der Correspondenzverbindungen wurde namentlich auf die neu ins Leben tretende Wissenschaftliche Beilage der Zeitung Bedacht genommen und für diese ein Mitarbeiterkreis gewonnen, der gegenwärtig eine Reihe der namhaftesten Capacitäten der Literatur in seiner Mitte zählt. Zugleich wird mit Consequenz an dem Grundsatze festgehalten, als größere Artikel darin ausschließlich Originalsachen zum Abdruck zu bringen.

Endlich richtete die commissarische Verwaltung ihr Augenmerk auf weitere Vervollkommnung der Industrie= und Handelsbranche, sowie auf Herstellung einer regelmäßigen telegraphischen Correspondenz, welche letztere bisher fast ganz vernachlässigt worden war, so daß die Zeitung in dieser Beziehung hinter fast allen einigermaßen namhaften Organen der Tagespresse zurückstand.

Ungeachtet des sich auf sehr erhebliche Summen belaufenden Mehraufwandes, welchen diese Veränderungen und Umgestaltungen erheischten, gelang es der commissarischen Verwaltung, nicht nur die früheren Reinerträge der Zeitung zu erreichen, sondern dieselben sogar nicht unbeträchtlich zu steigern. Dieselben haben sich, während sie in den Vorjahren die

Ziffer von 15—16,000 Thlr. nie überschritten, in den letztverflossenen Jahren auf 23—24,000 Thlr. jährlich gehoben. Hierzu trug nicht nur die Vermehrung der Inserateneinkünfte, welche nächst der Zunahme der Insertionen auch dadurch hervorgerufen wurde, daß seit dem Jahre 1857 die Insertionsgebühren auf den bei allen deutschen Blättern gleichen Umfangs und gleicher Verbreitung üblichen, die vor 1849 gebräuchlich gewesenen Sätze noch nicht erreichenden Betrag von 2 Neugroschen pro Spaltzeile erhöht wurden, sondern wesentlich auch die Zunahme des Absatzes bei, der sich von 5614 Exemplare, womit er am Schlusse des Jahres 1853 abschloß, während der commissarischen Verwaltung bis auf 6406 Ex., dem Bestande im Herbst 1859, gehoben hat. Es ist dies der höchste Stand, welchen die Leipziger Zeitung seit ihrem Bestehen überhaupt erreicht hat. Diese Vermehrung des Absatzes ist um so bemerkenswerther, als sie fast ausschließlich auf das Ausland fällt, in welches die Zeitung gegenwärtig wieder in nahe an 1000 Exemplaren geht, während sie in den 30er und 40er Jahren daraus fast gänzlich verschwunden war.

Die Verhältnisse der Leipziger Zeitung bei Vollendung des zweihundertsten Jahres ihres Bestehns bieten somit Wahrnehmungen erfreulicher Art. Wenn nicht das älteste, doch zweifellos eines der ältesten Blätter Deutschlands, nimmt sie an ihrem Ehrentage eine nicht unwürdige Stelle unter den Organen der deutschen Tagespresse ein. Mehr denn einmal während der langen Reihe von Jahren, welche sie durchlebt, war sie dem Verfall nahe, immer gelang es ihr, sich wieder emporzuraffen zu neuem, frischeren Leben. Ein gütiges Geschick hat sie zeither vor dem Untergange behütet; möge es ihr ferner, in guten wie in bösen Tagen zur Seite stehn!

Anhang.

Beilage 1.

Von Gottesgnaden Wir Johann George

der Andere / Hertzog zu Sachsen / Jülich / Cleve und Berg / des Heil. Röm. Reichs Ertz-Marschall und Churfürst / Landgraff in Thüringen / Marggraff zu Meißen / auch Ober- und Nieder-Lausitz / Burggraff zu Magedeburg / Graff zu der Marck und Ravensberg / Herr zum Ravenstein. Haben Es gnädigst gefallen laßen / Was Unser lieber geträuer Timotheus Ritzsch in Leipzig durch fleißige Umbsetzung und sonsten in andern Dingen mehr bis anhero in Druck gegeben / auch befunden / daß solche Sachen / den gemeinen Stat concernirend / ganz nöthig und nüzlich / Wann dann damit ferner fortzufahren; Wir nicht alleine hiermit gnädigst begehren / sondern wollen auch / daß Er sich allerdings ins künfftige noch mehr und Eyfericher darauff befleißigen solle / Er aber deßen auch keinen Schaden haben möge / Wann es einige andere Ihme nachthun wollen / Allßo wollen wir Ihme hiermit absonderlich dergestallt begnadiget haben / Daß niemand anders / Wer der auch sey / Un allerhand Memoriation, Expositionen / Verträgen / Disconasen / Missiven / Friedens Posten / darunter in den Friedensschluß Zwischen Panien und Franckreich in specie mit begriffen / Projectire und allen andern den gemeinen Stat concernirenden Sachen / Wie die auch genannt werden könten / keiner einige dergleichen Dinge / Weder ganz noch Stück- oder Extract weise herraußer kommen / Drücken / oder schreiben / vielweniger feil haben lassen solle / bey Verlust aller auffgelegten Exemplarien / und Zwey hundert Goldgülden Reinisch Strafe / Wobey Wir Ihn bis an Uns geschüzet wißen wollen / Und hatt Er sich wie auch Andere darnach in allen Zu achten. Urkkundlich haben Wir diese Begnadigung unter Unsern Churfl. Nahmen und Decret Ihnen ausandwortten laßen.

So geschehen zu Dreßden den 1. May 1660.

Johann George / Churfürst /

(L. S.) Hannß George Freyherr von Rechenberg rc.

Beilage 2.

Königliches

Ballett / Anno 1660.

Durch einige Potentaten der Christenheit / Pabst und Türcken getantzt.

Pabst.

HIebevor / wann ich zu tantzen anfieng / pflegte das Erdreich zu zittern; Nun muß ich fast alleine tantzen; Es seynd ihrer zwar viel / die mit mir zu tantzen meynen umb den Cardinal-Hut / allein diese sind die rechten Täntzer nicht. Mit der nordischen Amazone dachte ich zu tantzen / daß die Welt davon wackeln solte. Aber / Sonder Ehr und Krafft wird wenig geschafft. Seit mir der Augustiner-Münch entsprungen / habe ich allezeit mit der Stein-Beschwerung getantzt; Sehe demnach wenig Gelegenheit mehr Capriolen auf des Keysers Nacken zu machen; Sonderlich nun Pilatus und Herodes auch Freunde worden. Trifft mich noch ein solcher Stoß; So muß ich gar mit Krücken tantzen O Maria-Alexandra / Mustet ihr dann meine Fiedeln an den Schwedischen Klippen in Stücke zerschlagen: Ich meynte mit euch zu tantzen / nun dürffet es leichtlich auff ein Hincken hinauslauffen.

Keyser.

Ich habe mich in Polen / Dennemarck und Pommern so müde getantzt / daß ich keine Lust mehr dazu habe / wiewohl ich noch jung bin; Danck und Nutzen / so ich davon gehabt / ist / daß ich meine Musicanten selber bezahlen müssen / schon sie nicht vor mich / sondern vor andre gespielet; Ja ich habe sie noch durch diese frembde Capriol-Springer mehrentheils verloren. Nun wollen mich meine Astrologi berichten / daß ich wohl in kürtzen wider den Türcken werde tantzen müssen; Wo soll ich alsdann wieder auffrichtige Musicanten finden / weiln die Christen besser Türckisch als Christen zu seyn scheinen.

König von Spanien.

Ich bin nunmehr bey Jahren / und Ruhe ist meine beste Lust; Mit meinem Tantzen habe ich ohne das wenig ausgerichtet. Were Duc d'Alba mit seinem Tantzen in der Zeit an Galgen gangen / ich hette so schwere Sprünge nicht thun dürffen. Doch mein jüngster Tantz zu St. Jan de Luz hat mich in völlige Ruhe gesetzt. Mein Nachbar und Sohn ist besser zu Fuße / der tantzt mit der Braut zu Bette. Meine rebellische Nachbarn aber / ich hoffe es / werden sich wohl selbst zu todte tantzen.

König in Franckreich.

Es ist wahr / ich bin recht jung an Tantz kommen. Aber wo findet man solche Musicanten als ich habe. Ich habe einen / der weiß dergestalt zu spielen / daß er einen jeden an den Tantz bringen kan / und darumb tantz ich ungehindert und mit Ruhe; So lange er spielt / tantze ich / er aber thut traurig; Und er also seufftzend bin ich tantzend zur Braut ins Bette gesprungen. Die mir zuwider tantzten / tantzen nun mit mir durch die liebliche Music meines Musicanten; Er vergilt Böses mit Gutem; Dann die ihn zu Trauern verursachten / bewiegt er ietzo zu frölichen Capriol-Sprüngen.

König in England.

Ich habe nun in die zehen Jahr so vielerley frembde Täntze gelernet / daß ich nun gnugsam geschickt bin mit einem ieden seines Gefallens zu tantzen. Tantzt gleich der Todt umb Whithal und auch drinnen / das ist ein Tantze wider welchen die gantze Welt nichts thun kann. Ich befinde mich wieder bey meinen rechten Musicanten / und die spielen mir nun nach Willen. Zuvor war niemand der mit mir tantzen wolte / und nun wil mich ieder bey der Hand fassen. Allein meine Musicanten wollen die Harffe einem ieden zu gefallen nicht rühren; Sie machen wohl ein Stückchen / aber selten / daß es Ausländern gefällig.

König von Portugall.

Ich habe durch mein Tantzen zwar eine schöne Braut überkommen / aber man wil noch alleweil mit mir drumb tantzen; Der / dem ich so festiglich zutrauete / daß er mit mir tantzen würde / ist mit seiner Braut zu Bette getantzt / und weiß mir nichts zu Willen. Zwar wann die Harffe sich wolte hören laßen / were ich keiner andern Musicanten benöthigt / wolte auch gleich der Löwe darwider brüllen; Dieser süße Thon würde ihn leichtlichen einschläffen / und solte es auch endlich durch das Singen meines Musicanten / Henderique de Souza / beschehen.

König von Polen.

Die / so ehmals meine Unterthanen gewesen / haben mich trefflich lernen tantzen; Es hat mich aber auch so viel gekostet / daß fast wenig mehr übrig; Ich muste lernen tantzen / ich wolte oder wolte nicht; Doch mein Meister ist bezahlt / von diesem habe ich einen schwedischen Tantz gelernet; den denck ich füro meist zu tantzen; Ich wil sehen / ob ich mit Russischen Sebeln mein Schärtgen kann auswetzen. Einige der Stümpler / so falsche Qvinten gegriffen / dürffen noch großen Lohn von mir begehren; Allein vor die ist anders nichts / als die Fiedel umb die Ohren und die Seiten umb den Hals.

König von Schweden.

Ich bin noch zu jung zum Tantze; Und ob zwar mein führnehmster Lehr-Meister in einen andern Ort beruffen / so habe ich doch noch viel treffliche Musicanten / die noch wol ein Thönchen machen können / umb mich den Tantz zu lernen. Allein das Alter ist mir noch im Wege / und sie haben der Ruhe nöthig; Mittlerweile können wir die Seiten mit Andacht aufziehen; Und wann wir dann wieder einmahl zu musiciren beginnen / so werden viel neue Melodien an Tag kommen; Und dergestalt lern ich das Tantzen nach der neusten Mode; Mit-Täntzer zu bekommen trag ich keine Sorge / dann ein ieder hört doch die Kessel-Paucken gerne.

König in Dennemarck.

Ich tantze lieber mit der Bibel als mit dem Degen; Meine Musicanten haben mich an Tantz bracht und selber Hals und Knochen drüber eingebüßet. Ich habe mit GOTT getantzt; Wie meine Musicanten gespielet / werden sie am besten empfinden. Die / so mit mir am Tantze gewesen / müssen auch zufrieden seyn. Ich wündsche mir nicht mehr zu tantzen / schon ichs umb ein gut Theil besser gelernet / und zwar noch mit größerm Nutzen als Schaden.

Königin Christina.

Were ich bey meinen alten Täntzen geblieben / so dürffte ich nun nicht umbsonst tantzen. Die Italiänischen Musici haben mir falsche Noten vorgeschrieben / auff die wil man in Schweden nicht einmahl hören; Meine Schwedische Lands-Leute halten von dergleichen Weisen wenig; und ich habe nach solchen durch mein Tantzen nichts ausrichten können; Dann die Schweden einen bessern Meister gehabt. Und nun dürffte ich leicht wider meinen Willen an einen andern Ort / dahin ich nicht gesonnen / tantzen müssen.

Die Herrschafft von Venedig.

Wir allein dürffen tantzen / wo sich andre scheuen; Wir tantzen gegen 2. Theile der Welt / und niemand beut uns die Hand. Solten uns die Füße gebunden werden / dann würde niemand Lust zu tantzen haben; Allein man würde wohl müssen; Denn wer nicht ersauffen will / muß lernen schwimmen.

Holland.

Das Tantzen hat uns viel Geld gekostet / und seit wir stille gesessen / haben wir die Musicanten vor andere bezahlet; Zwar wo was ist / da findet man was. Andern zuzusehen sind wir vergnügt. Wir haben doch so getantzt / daß wir die Braut haben / umb die sie alle tantzen.

Chur-Brandenburg.

Ich tantze mit / muß aber öffter wunder-wercklich Capriolen machen; Und das kömmt daher / daß ich unterschiedene Musicanten gehabt; Ungeachtet ich meinen eignen Musicanten gelohnet / so haben sie nicht weniger vor andere als vor mich gespielet. Es kann zwar seyn / daß ich noch hiervor eine Portion erhalte / sonderlich so die Polnischen Actionen abnehmen; Solten aber diese steigen / dürffte es leicht auf verkehrte Gage hinausschlagen. Wie sehr ich mich auff gut Preußisch zu tantzen beflissen / ist bekannt; Und gleichwohl kann Jungfer Elbingen zu meinem Tantze keine Lust kriegen. Wer Zeit gewinnt / gewinnt viel. Ich wil mich immittels eine Weile auff andre Täntze befleißen; Der weiße Frauen-Tantz stehet mir nicht recht an.

Bischoff von Münster.

Ich wolte gerne mit meinen Haus-Genossen tantzen / allein sie wollen voran / und ich soll nachtantzen; Und das lernet uns die Schrifft nicht / denn da stehet / fürchte GOTT und ehre den König; Sie sagen zwar / sie seyen der König / und ich sage / daß ichs bin / und keiner von uns beyden ists / Und gleichwohl ich tantze statt Königs; Wollen sie nicht spielen / so muß ich spielen / und solten auch die Seiten Blut geben. Mein vornehmster Musicant befiehlt mir zwar vom Tantze abzustehen; Allein es ist seine rechte Meynung nicht. Spielete er nur einmahl mit Ernste / ich würde wohl bald zurücke tantzen müssen.

Cromwell.

Ich tantze auff Plutonis Saale / weil mich das Fatum in der Welt nicht länger haben wollen; Meine Tracht ist fast wunderlich; Auf meinem Kopffe trage ich eine Perruqve / die kriebelt von Schlangen; Sie sind Castanien-braun / und mein Bart ist grau; Es scheinet / daß ich Alter und Jugend müsse vorbilden; Wie der Gott der Höllen mich beredet / so stelle ich die vor / die in der Welt mit einer Perruqve wie die Wald-Götter einher lauffen; deren Perruqve ist eben wie die meine und ihr Bart ist grau; In kürtzen ist man erwärtig eine Parthey solcher Teuffels-Diener. Mein Wambs ist mit Schößen mit all nur eine halbe Elle lang / und meine Hosen sind so voll Orgelpfeiffen / daß kein Rock damit zu vergleichen / und darumb tantze ich so schwer-fällig. Mein Cammerrade / Meister Peter / tantzt stets mit dem Kopffe in der Hand / und da / wo ihm der Kopff stehn soll / stickt sein verfluchtes Beil. Ich und er haben die Potentaten in der Welt als mit Füßen geschupffet; Unsre Straffe hiervor ist / daß er stets / wenn er nicht tantzt / seinen Kopff mit Füßen muß fortstoßen; Und ich werde alleweile gehend und tantzend von denen / denen ich an den Galgen geholffen / mit Füßen geschupffet.

Türcke.

Nun ist vor mich rechte Zeit zu tantzen / dann sie haben sich allerseits so müde getantzt / daß mir wenig im Wege seyn werden. Meine Partheyen wollen / wie es scheinet / es also haben / weil sie unter meinem Joche besser gehen können / als im Chor-Rocke und unter des Pabsts Scher-Messern.

E N D E.

Beilage 3.

Dem

Durchlauchtigsten / Hochgebohrnen Fürsten und Herrn / Herrn

Johan-Georgen

dem Andern / Hertzogen zu Sachsen / Jülich / Cleve und Berg / des Heil. Römischen Reichs Ertz-Marschalln und Churfürsten / Landgrafen in Thüringen / Marggrafen zu Meißen / auch Ober- und Nieder-Lausitz / Burggrafen zu Magdeburg / Grafen zu der Marck und Ravensberg / Herrn zum Ravenstein / 2c.

Meinem Gnädigsten Churfürsten und Herrn.

Durchlauchtigster Hochgebohrner Churfürst / Gnädigster Herr / 2c.

Die weite Welt weiß zu sagen von Belisario Patricio / mehr beruffen durch seinen Unter- als Auffgang / maßen ihn das wanckelbare Glücke aus dem Triumph-Wagen in die äußerste Armuth verworffen / und aus einem gewaltigen Obristen einen Blinden und Bettler gemachet; Ein kräfftiger Beweiß / daß nichtes so unbeständig und Zeit-loß als gelehnte Gewalt. Dieser / als er wegen des Käysers Justiniani / im Kriege der Gothen / Neapolis belagerte / erhielt Kundschafft / daß eine Wasserleitung von außen biß innen gehefftet an die Vesten / bestehend allda aus einer selbst gewachsenen Klippe / also durchpohret / daß man eben Wasser genug in die Stadt laßen kunte; Dieses Loch ließ er / umb keinen Rumor zu machen / in seiner Runde also außscheuern / biß ein gewapneter Mann durch kunte; Vnd da schickte er unter Favor der Mauern bey solcher Wasserleitung zur Nachtzeit 400. Mann hinein / die / weiln andre die Vesten bestiegen / eine Pforte auffbrachen und ihm in die Stadt halffen.

Als der Sanfftmüthige René von Ajou / bemüht in Abmahlung eines Feld-Huhns / entweder aus Bestand in Vnglücke / oder aber aus Lust zu seiner Arbeit / sonder das Werck stehen zu laßen / die Zeitung vom Verluste seines Königreichs Neapolis erhielt / war diese Stadt vom Alfonso von Arragon durch dieselbige Oeffnung eingenommen 950. Jahre nach der vorigen Eroberung. Wer wird hier nicht drüber ausruffen: Was vor Nutzen hette der Bezwungne aus der

Wissenschafft dieser Historie genießen mögen? Und im Fall er es nachmahls vernommen / was vor Klage muß er über seine Erzieher / umb daß sie ihn nicht beßer zu dieser Wissenschafft gehalten / wie nicht weniger über seine Räthe / als die ihn vor dem so verderblichen Vbel nicht zu warnen gewust / geführt haben. Gewißlich / so die Auffzeichnung selbiger Historie keinen andern als diesen einzigen Nutzen schaffen mögen / sie hätte das ihre gnug gethan.

Zwar alle Begebenheiten und Exempel dienen nicht eben iedesmahl vor einen so klaren Spiegel; Vnd es ist kützlich / sonder gleiche Vbereinkunfft der Vmbstände / selbigen iedesmahl imitiren; Gleichwol aber mögen sie einem vernünfftigen Hirn tapffre Dienste thun / ja dergestalt / daß in Bestellung des Weltwesens sonst nirgendswo bessrer Vortheil zu finden / außgenommen die Erfahrung.

Diese aber dennoch / ist Sie gleich erlangt durch langwierige Vbung in einen Stat / der mit denen trefflichsten Regierungen in wichtigen Vorfällen durchgehends zu thun hat / leidet bey veränderter Ordnung und sonst nie gesehnen Zufällen leichtlich Mangel; Und darum ist sie die Handreichung der Historie benöthigt; Als welche ohne das in Erbauung der Sitten und Häuslichen Dinge kein geringer Rathsmann ist; Ja sie wird leicht einen / der sich embsig umb sie bekümmert / gar nahe hin bringen zur Tüchtigkeit der jenen, die man in Erfahrung vor ausgelernet aestimiret. Hiervon würde Lucullus zeugen / der in Kriegs-Händeln (der mühsamsten Bearbeitung aller andern) durch die Betrachtung der vorigen Geschichten es so weit gebracht / daß die Sonne einen solchen Sieg / als er auff den Tygranes erhielt / nie gesehen. Der Ritter Brancaccio, als ein alter Hauptmann / wiese den Feldherrn auff die Reichthümer der Historie / umb die Armuth der Erfahrung zu ersetzen durch das Lesen der merckwürdigsten Bedenckungen auff allerley Fälle des taumlenden Kriegs-Glückes.

Kan nun die Historie bey einer Sache / die so schlipffrig / so jähling und so veränderlich ist / so viel gutes schaffen? Was wird sie dem Statsmanne nicht thun in Dingen / die den Schritt gehen / und zur Vberlegung Zeit haben? Doch darff derjenige / der sich der Historien Hülffe zu bedienen suchet / nicht eben alle die Geschichten durchstanckern; Sondern er kan sich leicht an einen und andern Schreiber machen / und den dergestalt lesen / damit die Materie also an ihm kleben bleibe / ob wäre er der Mann selber / von dem er gelesen. Viel Geschichte außwendig wissen und sich an derer Endungen allein vergaffen / ist verlohren Ding; Vnd also haben / meines Erachtens / die Klügsten geurtheilt / wann sie dem Verstande Speise geschaffet / nicht so viel er schlingen kunte / umb davon zu bersten / sondern was der tauen mochte / umb dadurch zuzunehmen. Also hat Alexander Homeri Gedichte / ein Werck in der That voller Poetischen Zierrathen; Scipio Xenophontis Lectiones; Brutus Polybii Schrifften; Pabst Clemens der Siebende den Tacitum; Käyser Carl der Fünffte des Cominaei Auffzeichnung / und der Große Heinrich in Franckreich / wie auch der Marschall Pietro Strozzi Cæsars Wercke eingenommen und sich solche geeignet zur Speise der Vorsicht / als davon sie gnugsam angefüllet. Vor allen aber ist sich zu befleißen auff die jenigen / so sich nechst oder auch mit unsrer Zeit zugetragen; Dann die Gleichheit zwischen solchen und denen täglichen Handlungen unterweist am geschwindsten / welcher gestalt sie auffs füglichste zu practiciren.

Und hierumb habe ich meinen Fleiß / mit ziemlichen Kosten / denen zu unsrer Zeit sich begebenden Kriegs- und Welt-Händeln gewiedmet / und solche /

doch einig und allein unter Er. Churfl. Durchl. Schutze und gnädigst-ertheilter Freyheit / dann außer der kunte es nicht geschehen / durch den täglichen Druck also zusammen gefüget / daß man / Gönnet GOTT Gesundheit und Leben / von Jahren zu Jahren einen dergleichen Band mit einem hierzu gefertigten Register wird beysetzen können.

Dieser dann ist der erste / welchen Euer Churfl. Durchl. ich in Unterthänigkeit dediciren und zueignen sollen; Die nechste Tugend nach der Zahlung / ist das Bekennen / was und wem man schuldig ist; Von Er. Churfl. Durchl. ist mir diese Arbeit Gn. verstattet / derer erste Frucht lege zu diesem mahle vor dero Churfl. Füssen ich nieder / umb dadurch meine unterthänigste Schuldigkeit einigermaßen spüren zu laßen. Der beständigen Hoffnung lebend / E. Churfl. Durchl. werden gewißlich mich und die Meinen bey ertheilten Privilegien gnädigst schützen / und nicht geschehen laßen / daß iemand mir hierinnen eingreiffe / oder sich bemühe / diese Arbeit / so zugleich auff ietzige wenige Tage / als auff die Posterität mit gemeynet / in Hauffen zu werffen; Sondern mein gnädigster Churfürst und Herr allezeit verbleiben / warumb ich nechst Empfehlung der Ewigen Obhut GOTTES unterthänigst und demüthigst bitte. Verbleibend

Er. Churfl. Durchl.

Leipzig
den 26. Julii 1661.

unterthänigst-gehorsamster Diener
Timotheus Ritzsch
Not. Publ. Cäs.

Beilage 4.

No. 1.
L. 1660. 1. Jan. ☉

fol. 1.
Neu-Jahrs-Tag.

Neu-einlauffende Nachricht
von

Kriegs- und Welt-Händeln.

An den neu-begierigen Leser.

Respectivè Hoch- und Geehrter Leser / Demselben wird zu gutem Anfange hiermit abermahl ein Glückselig-erfreuliches / Friedlich-gedeyliches / und zu Seel und Leib wol-erspriesßliches Neues Jahr von GOtt dem Allmächtigen erbetet und gewündschet! Mit angehefftetem Ersuchen / derselbe / wie bißher von Jahren zu Jahren geschehen / diese unsre Zusammen-Tragung der Novellen sich ferner gefallen laßen wolle / Sonderlich nun wir gesonnen / aus diesen unsern neu-einlauffenden Kriegs- und Welt-Händeln ein so vollständiges Werck zusammen zu tragen / daß / wann das Jahr mit GOtt zu Ende / man solche iedesmahl in einem besondern Bande beysetzen und nach der Zeit / durch Vermittlung eines Registers / so dann mit anzufertigen / als in einem Jahr- und Geschicht-Buche zu bedürffender Wissenschafft sich gnugsam erhohlen könne. Lebe wol! und seufftze:

Laß / O Gott / die Deinen siegen!
Und die Türcken unterliegen!

Gieb der theuren Christenheit
Freude / Fried und Einigkeit!

Der König in Dennemarck schreibt nach erhaltener Victorie auff Fühnen an die Herren General-Staten.

WJr Friedrich / 2c.

Entbieten denen Hoch- und Mögenden Herren General-Staten / 2c.

Nachdem wir von unsern beyden Feld-Marschallen / Ernst-Albrecht von Eberstein und Johan Schack / eine gleichlautende Relation empfangen / daß GOtt der Allerhöchste am Friedrichs-Tage / war der 14. dieses Monats / Unsern und unsrer Alliirten / und Er. Hochmög. conjungirten Trouppen auff der Insul Fühnen eine so herrliche Victorie verliehen / indem sie unsern Feind den Schweden in einer öffentlichen Bataille geschlagen und niedergeleget / und zwar auff eine solche Weise / daß die Uberbliebenen mit der Flucht nach Nieburg sich retiriren / und folgends mit allen Standarten, Fahnen und der gantzen Artillerie auff Discretion ergeben müssen / immaßen allein der Pfaltzgraf von Sultzbach und Feldmarschall Steinbock vor ihre Personen in einem Fischer-Boote übern Belt nach Seeland entkommen / Bey welcher Bataille Er. Hochmög. Trouppen und Officirer / die die Herren uns jüngst zum Succurs überschicket / sich so tapffer und Mannhafft erwiesen / daß ihnen deßhalben mit Rechte Ruhm / GOtte aber vorauß Ehre und Danck zu geben. Als haben wir nicht können vorbey gehen / Eu. Hochmög. solches hiemit Freund-Nachbarlich zu notificiren; Sondern zu dem Ende unsern Residenten und Lieben Getreuen Petrum Charisium in specie befehlicht / Eu. Hochmög. hiervon weitläufftigern Bericht zu thun; Nicht zweifflende / E. Hochmög. werden sich über diese herrliche Victorie mit Uns erfreuen. Womit wir E. Hochmög. in den Schutz GOttes befehlen. Gegeben in Unsrer Residentz zu Coppenhagen den 21. Novemb. 1659.

Friedrich.

Folget

Herrn Charisii Memorial an die Herren General-Staten.

HOchmög. Herren / 2c.

Weiln unterschriebener Sr. Königl. Maj. zu Dennemarck / Norwegen / 2c. Resident beygehende Missive an E. Hochmög. empfangen / mit ausdrücklichem Befehl / selbige Eu. Hochmög. nicht allein zu präsentiren / sondern auch von der durch GOttes Segen auff Fühnen erhaltenen Victorie / und was sonst dabey passiret / fernerweite Communication zu thun / Als hat er sich obligirt funden / Selbige nebst der gedruckten Relation hiermit einzuliefern / und E. Hochmög. über diesen glücklichen Succeß der gemeinen Waffen nicht nur zu gratuliren / sondern auch vor so viel hohe Gewogenheiten / große Vorsorge und Assistentz zu dancken. Wann dann nun klärlichen erhellet / wie wunderlich der Gerechte GOtt der guten Sache beysteht / und seinen Segen zu der wolgemeynten Intention verleyhet / So zweifelt er nicht / E. Hochmög. werden Belieben tragen / noch ferner mit aller Wachsamkeit zu continuiren / und in einem so großen Wercke sich nicht übereilen / sondern ihre hochweisen Consilia auch noch weiter also einrichten / damit vollkommne Restitution höchgedachter

Sr. Königl. Majest. die Ruhe dieses Stats / die Erhaltung freyer Commercien vor ihre gute Unterthanen / und ein allgemeiner sicherer Friede obtinirt werde.

Hag d. 20. Decemb. 1659.

P. Charisius.

Die Herren Weyman und Copes erinnern die Herren General-Staten in folgendem Memorial.

HOchmög. Herrn / rc.

Unterschriebne Ministri von Brandenburg können nicht unterlaßen / Ew. Hochmög. wegen der herrlichen Victorie / mit welcher GOtt der Allmächtige Sr. Majest. von Dennemarck und dero hohen Alliirten Waffen zu segnen unlängst beliebt hat / zu congratuliren. Finden sich demnechst durch dieses ihr voriges Suchen zu repetiren genöthigt / und begehren / Ew. Hochmög. wolle drauff zu resolviren belieben / und Sr. Churfl. Durchl. also zu antworten / als die Billigkeit selber es mit bringet; Wündschen ferner / daß bey gegenwärtiger der Dinge Beschaffenheit / da GOttes Hand sich so scheinbarlich vor die gute Parthey mercken lässt / mit einer solchen Vorsicht und Generosität möge zu Wercke gegangen werden / damit die Wunder des Höchsten zu unsrer Auffmunterung gereichen / und diesem zu Folge solch großes Werck nicht nur halb sondern dergestalt außgerichtet werde / damit die / die auff so viel und inständiges dieses Stats Anrathen einen gemeinen Feind an Schweden erkohren / nicht ohne Noth hindangesetzet / und einem so harten Widerpart zum Raube gelaßen / Sondern eben deßhalben General-Tractaten angestellet werden mögen / auff daß die Frucht / die man aus gemeiner Gefahr zu hoffen / zur Unzeit und durch übereilende Handlung von etlichen à part gepflückt werdende / in der That nicht allen Unreiff / Bitter / und sonder Schmack sey und bleibe. Jederman wündscht solches dieser so Illustren Republic zu Ehren / und Se. Churfürstl. Durchl. versichert sich dessen / sonderlich wegen so viel gemeiner und engen Verbündnüsse. Actum Hag d. 20. Decemb. 1659.

Madritt vom 4. Dec.

Hier ist nichts als Freud und Wonne / was man höret / sieht und redt, ist von Pracht und über-großer Magnificentz der Präparatorien / die da zu Ihrer Majest. Maria Teresa / Königin in Franckreich und Navarra / Reise gethan werden; Es scheinet / daß alles / was nur einen Adlichen Tropffen Bluts im Leibe habe / in dero Gesellschafft seyn wolle; Allein die Sorge einiger Confusionen / und der Mangel an Victualien solte wol ein Königl. Interdict gebären / daß niemand als die / so Se. Majest. aus jeder Provintz und Stadt dieser Monarchie zu solcher Reise erkohren / dürffte zugelaßen werden; etliche / die das befahren / begeben sich bereit voraus und nach den Grentzen. Portugall hingegen ist das Land von tausend-facher Furcht / eines Theils wegen des bevorstehenden hefftigen Krieges / andern Theils daß die Grösten von Portugall das Haus Bregance verlaßen / und sich in der Zeit zu der Gütigkeit unsers Königs kehren / und dessen General-Amnestie und Gnade amplectiren / weiln sie andrer gestalt doch endlich als Rebellen gestrafft werden müsten.

Neapolis vom 5. dito.

Von Messina ist auff anher kommen des Königs von Fez zweyter Sohn / D. Balthasar di Lojola / vermöge seiner gethanen Bekäntnüß / so er etlichen P. P. Jesuiten gethan. Das Königreich Fetz grentzet an das Königreich Marocco / dessen letzter König sonder Erben verstorben / die Succession seiner Monarchie deme von Fez laßende /. welcher König sammt seinem ersten Sohne auch Todes verfahren / also daß die Regierung beyder Reiche an den obbemeldeten D. Balthasar verfallen / der sich zu der Christlichen Religion bekennet; Er ist ein Printz von guten Sitten und trefflich modest / hat alsobald 40000. Cronen unter die Armen gegeben / und seine Gemahlin ist eine der Tugendhafftesten Princessinnen. Er giebet vor / ehe er sich zum Christlichen Glauben begeben / sey ihm die Jungfrau Maria mit ihrem Sohne auff dem Arme erschienen / die habe ihm gesagt / daß er einer Heydnischen und falschen Religion folge / und an den Drey-Einigen GOtt und den Erlöser Christum gläuben müste / so würden durch seine Bekehrung die Königreiche Fez und Marocco den Christlichen Glauben annehmen. Dieser Printz ist durch die Maltheser Galleen gefänglich nach Messina gebracht und daselbst im Jesuiter-Collegio bewahrt worden / die haben ihn alsofort in die 2. Jahr lang im Christlichen Glauben unterwiesen / in welcher Zeit er gleichsam wunderbarlicher Weise zugenommen und die Lateinisch- und Italiänische Sprache vollkömmlich gelernet / maßen er dann in einem Monat die Grammatic außwendig gekunt; Er ist ungefähr 30. Jahr alt; Hat bereit durch seine Briefe viel Türcken / und hier zu Lande durch seine Demuth und bewegliche Gespräche viel Sclaven bekehret. Er ist fertig mit der Jesuiten General nach Rom zu verreisen / begehrt in der Societät Priester zu werden / und dann mit etlichen nach seinem Königreiche zu ziehen / umb seine Unterthanen zu bekehren. Einige Curieuse stehen in den Gedanken / dieser Türck sey voller Heucheley.

Londen vom 22. dito.

Special-Briefe von Neu-Castell bringen / daß daselbst zwischen denen Herren Generalen Monck und Lambert alles in debita Forma verglichen und ratificirt; und daß sie noch über das entschlossen / durch einen solennen Eyd sich zu verbinden / wider König Carln und dessen Adhärenten alles und das äußerste zu wagen; Wobey mit verhandelt / daß Monck sein Gubernament behalten / sein ältister Sohn aber die Succession nach ihm haben solle. Sonst hat man abermahl neue Ordre zu Bezahlung der Militz gegeben / und durch England / Schottland und Irrland / umb die Soldatesca zu verstärcken / Befehl ergehen laßen; Auch resolvirt / gegen künfftigen Frühling wieder eine Flotte von 60. tapffern Kriegs-Schiffen wol außgerüstet in See zu bringen.

Amiens vom 24. dito.

Unser König hat Ordre geben / von hier aus viel Geschütz und Kriegs-Munition nach Boulogne abzuführen / dem Könige in England zum besten / Anfangs vor Dünkirchen zu gebrauchen.

No. XXIV.
L. 1660. 14. Juni.

Beilage 5.

Ostende vom 6. Juni.

In England haben sie alle unsre gefangne Soldaten und Matrosen erlassen und nach Hause geschicket / das causirt hier große Freude. Passagiers von der Themse bringen Zeitung / daß die Flotte den König an Land gesetzt und daß Land und Strand von dem greulichen Schießen sich beweget / und daß man niemahls mehr Menschen beisammen gesehen als daselbst am Ufer / welche über der Ankunfft des Königs vor Freuden weineten. Sie sagen / daß sie / als sie mit dem Schifflein nahe dieser Stadt gewesen / das willkommende Canoniren noch alleweil gehöret.

Aus dem Hage vom 9. dito.

Die Princesse Royale hat gestern ihres Herrn Bruders / des Königs in England / Geburts-Tag zu Honslaerdyck celebriret / und die Königin in Böhmen / Printz Robberten und andre Grandes tractiret und Abends ein Ballet geben. Selbigen Tag empfing erstbesagte Princessin schrifftliche Nachricht von Sr. Majestät / daß Sie vergangnen Freytag irgend um 4. Uhr Nachmittage zu Doevres arriviret / und allda durchn General Monck / viele Edele / Officirer und andre empfangen worden; Alle Soldaten / so hiebevor wider Seine Majestät gedienet / haben ihr Gewehr niedergelegt / und auff den Knien umb Gnade gebeten / welche der König ihnen versprochen / worauff sie das Gewehr zu des Königs Diensten wieder auffgenommen. Seine Majestät hat selbigen Abend bei Canterbury auff des Mylord Richmonds Hause logirt; Montags haben sie biß Greenwich zu gehen gemeynet / allwoselbst sie biß Dinstags verharren / und alsdann mit großer Magnificentz nach London gehen werden.

Man giebt aus / es solle vor der Crönung dem hochseligsten Könige erst eine solenne Begräbnüß gehalten werden. Künfftigen Montag wird die Prinzesse Royale mit ihrem Sohne / dem Printzen von Uranien / der sich ietzo hier findet / nach Amsterdam verreisen / selbige Nacht werden sie zu Leiden bleiben und Dienstags durch die Veenen nach Amsterdam passiren / alles nach Begehren E. E. Raths selbiger Stadt. Sie zu empfangen werden gewaltige Praeparatoria gemachet. Die Stadt Harlem hat gestern hochgedachte Princesse ersuchen laßen / daß sie ihre Stadt mit einem Nachtlager zu ehren sich wolten belieben laßen / so abgeschlagen seyn soll. Sonst vernimmt man / daß der Herren General-Staten Ambassadeur, Nieuport / durch Ihre Hochmög. Angesichts nach Hause entboten. Zu Dortrecht hat gestern des Abends die Engländische Court vor dero Hause jubiliret / und 13. Pech-Tonnen auff einem Staken verbrannt und der Gemeine daselbst 2. Orhofden Wein zum besten geben / im Court-Hause haben die Engländischen Herren gespeiset / und Cromwells Wapen / so bishero über selbiger Tafel gehangen / weggethan und des Königs auffhencken laßen; Sie haben das Fest sonderlich auff den gestrigen Tag verlegt / weil am selbigen der König eben 30. Jahr alt. Andre Leute mehr haben daselbst dergleichen gethan / und sonderlich ein Wirth auff dem Rie-Teiche / der Delfin genannt / der hatte einen Cromwell außgebildet / und ihm auff jede Seite einen schwartzen Teuffel zugeordnet / die ihm eine schwartze Crone auffsetzten / habende der eine eine Ruthe / der andre eine Peitsche in der Hand / und unter dieses Erbare Gemälde beygehende Verse gesetzet:

O Cromwell / du Tyrann / der du dir nicht ließt grauen /
Das Edle Königs-Haupt verräthrisch abzuhauen!
O Bluthund voller Trug! O Judas niemahl gut!
Der sich nicht laben kunt / als an des Königs Blut!
Nun stehstu da zur Schau / das Feuer soll dich plagen /
Die Teufel bringen dir die Crone schon getragen.
Da stehstu / Mörder / nun / und rechter Höllen-Brand
Dein gantz Geschlechte räumt mit Schande nun das Land.

Hinter seinem Hause an der Veste hatte dieser Mann wegen der engen Strasse einen Staken mit 7. Pech-Tonnen gepflantzet. Am großen Haupte stund auch ein Mann von Stroh / mit einer Matte gekleidet / der solte Cromwell seyn / und muste auch verbrennen.

No. XXIV. L. 1660. 15. Juni. — fol. 597. Freytag.

Neu-einlauffende Nachricht von Kriegs- und Welt-Händeln.

Londen vom 4. Jun.

Unmüglich ists / die Freude und alle Solennitäten / so bey der Königlichen Proclamation allenthalben vorgangen / zu beschreiben / das Volck ist als neugebohren; Zu Heerefort haben sie / als proclamirt worden / Gras und Blumen gestreuet; Zu Scherborn in Dorcesterhire haben sie eine hohe Justitten-Cammer formiret / und vor derselben in Bildnüßen erscheinen laßen John Bradshau und Olivier Cromwelln / als deren Hände mit des Königs Blute besudelt; Wie nun diese Götzen gefragt wurden / ob sie sich der Authorität dieses Gerichts unterwerffen wolten / und sie nichts geantwortet / hat man sie hoher Verrätherey beschuldigt / worauff das Volck geschrien: Justitia / Justitia / über diese blutige Verräther und Mörder / also hat man sie an zweyen Galgen / ieden 40. Schuh hoch / gehangen zu werden condemniret / welches so fort vollzogen / als sie nun eine Weile gehangen / hat man sie herunter gerissen und mit Degen / Picken / Helleparten und anderm Gewehr dergestalt zerstochen / zerhauen / zerschnitten / daß nichts daran gantz blieben / als Cromwells Büffels-Koller / so sie folgends neben dem Galgen verbrannt; Dergleichen haben sie gethan mit denen Stats-Wapen / die Lamberts Parthey neulich daselbst auffgerichtet. Sonst hat das Unterhaus diese Woche beschlossen: Daß alle Einnehmer der Schatzungen durchs gantze Land sollen Fleiß anwenden / daß alle Reste einbracht werden. Daß Colonell Tomlison so an Habe als vor seine Person nicht soll arrestirt / Colonell Mason auch / wann er unterschreibt zu des Königs Nachtheile nichts vorzunehmen / seiner Gefängnüß völlig erlaßen werden. Daß 400000. Pfund zu Bezahlung der Militz zu Wasser und Lande müssen auffbracht werden. Daß Clement Kynnertley bevollmächtigt seyn soll / alle Mobilien / Mahlereyen / Jubeelen und andre bewegliche Güter zur Cron gehörig / wo er sie antrifft / mit Arreste zu belegen / biß auff fernere des Königs Ordre / weil man gesonnen / die Königl. Kunst-Cammer / Bibliothec und andre Dinge wieder in den Stand / als sie zu des letzten Königs Zeiten gewesen / zu bringen. Daß alle Land-Schulden einbracht und revidirt werden sollen. Daß oberwähnte 400000. Pfund durch eine Kopff-Steuer von der Gemeine einzutreiben. Daß Vermöge der Einwilligung des Graffen von Worchester und Lord Herborts das Castell Chepstom geschleiffet werden soll. Daß 2. Stäbe / einer vor das Unter-Haus und der andre vor den Stats-Rath mit dem Königlichen Wapen gefertigt werden sollen. Daß die Capelle zu Withehal / welche Cromwell verändert / wieder in den alten Stand gebracht werden soll. Daß kein Kupffer aus dem Reiche geführet werden solle. Daß die beiden Qvackers / Georg Fix und Robbert Greenham / so in Essel gefangen worden / in Hafft behalten werden sollen. Daß die Königlichen Mobilien / so bey Lamberts Frauen gefunden worden / verwahrt werden sollen. Daß der Gold-Schmidts-Saal / umb den König zu tractiren / eilends auffgeputzet werden soll.

Ein anders.

Der General Monck hat Anordnung gethan / daß einige Kriegsschiffe von Duyns an biß an die Themse nur einen Canon-Schoß von einander solten liegen bleiben / und daß strack bey des Königs Ankunfft das erste Schiff loßbrennen / und die andern sofort folgen solten / also daß man die Stücke des letzten Schiffs auff dem Tour vernehmen könte / darauff dann alsobald 100. Stücke zugleich solten gelöset werden. Man vernimmt / daß die Cronung auff 6. Wochen verschoben seyn solle / weil man dem ermordeten Könige zuvor eine solenne Begängnüß zu halten und ihn in die Begräbnüß seiner Väter zu bringen gemeynet. Unterschiedene Missiven aus andern Reichen sind eingelauffen / aber nicht angenommen worden / weiln die Uberschrifften allein ans Parlement halten. Das Parlement hat 40. Personen die Güter eingezogen / und das Decret Sr. Majest. zugefertigt / umb dero Gutachten drüber zu vernehmen / allein der König hat solches des Parlements Discretion heimgeben.

P. S. Einen Kerl / unter den Trouppen verdächtig / hat man visitirt / und 4. geladene Büchslein / derer 2. mit weißem Pulver geladen / bey ihm gefunden / und ihn so fort drüber nach Neugat gefangen gesetzt.

Extract-Schreibens aus London vom 4. dito.

Nicht allein die Häuser / selbst die Gassen werden zu klein vor die Menge und particulier eindringende Menschen / die vor Freude gleichsam lebendig werden / ihren Herrn / ihren König zu sehen und mit Hertzen und Augen zu empfangen. Die Canonen fangen an und triumphiren / die Glocken werden geläutet / künstliche Feuer-Wercke steigen des Abends nach den Sternen und zeigen dem Himmel an den Empfang des Segens / den er über England zu schütten beliebet. Welch England? Uber dieses / das diese Jahre her nicht mehr England / sondern durch den Dampff und stinckend-inficirende Cromwellische Schwebel-Lufft corrumpirt gewesen. Alle Bürger und Soldaten / so dem Könige nicht entgegen gezogen / müssen auffn Montag im Gewehr erscheinen. Die Straßen werden gesaubert / tapeziert und auffgeputzt / an den Häusern hin werden schön gemahlte Sesselgen auff Pfälen zu tausenden eingegraben / auff deren iedem soll ein Mägdlein auffs zierlichste geschmücket / und mit des Königs Wapen auff der Brust / in der Hand habende eine brennende weiße Fackel / sitzen / auff daß Seine Majestät / dieser unschuldigen sich erbarmende / vergessen soll den Tyrannischen Muthwillen ihrer Eltern / die zwar lamentiren über den Fehl-Tritt und GOtt und König umb Gnade bitten.

Ich hette zwar Particularia zu referiren von denen hartneckigen Cromwellisten / die in Hafft gerathen / allein ich mag zur Zeit dieses Göttlichen Segens und bey dieser Freude die Feder nicht bemühen / noch die Dinte vergeuden derer halber / die der Justitz Gewalt anzuthun Hencker gebrauchten / des Scharffrichters selbst nicht würdig.

Ein anders.

Das Ober-Haus hat noch viel Personen / sonderlich aber die / so beym Blut-Urtheil gesessen / in Hafft zu nehmen befohlen / unter denen / sind Lisle / Fleetwood / Disbrouw und andre die über See zu flüchten gemeynet. Wider die Papisten sind auch auffs neue 2 Mandate publicirt. Der General Monck ist mit 600. Mannen von der Stadt Militz / alle in Sammt und Seide / dem Könige gegen geritten. Einige Jungfern haben beym Lord Meyer Ansuchung gethan / daß ihnen verstattet werden möchte / dem Könige / in weißen Hemden und anderer erfreulichen Außrüstung zu begegnen.

Beilage 6.

Jahrgang 1692.

Weil zum Beschluß eine kurtze Wiederholung derer vornehmsten Begebenheiten in diesem Jahre nicht undienlich gehalten worden / hat man nicht ermangeln wollen / solche auffs kürtzeste vorzustellen.

In America oder West-Indien ist wenig vorgegangen / ausser daß die Engeländer und Spanier den Frantzosen viele Plätze abgenommen / und zwischen selbigen Nationen stets einige Widerwärtigkeiten und Feindschafft vorgefallen. Im Monat Junii geschahe auf der Insul Jamaica ein starckes Erdbeben / da die Statt Port-Royal auf die Helffte zu Grunde gieng.

In Africa haben die Tripoliner mit Franckreich gebrochen / und ihren Dey ermordet / auch viel Frantzösische Schiffe weggenommen. Darauff die Frantzosen die Statt Tripoli bombardiret / wordurch die Einwohner allda sehr erbittert / und die daselbst befindlichen Frantzosen gezwungen / Holtz und Steine zum Wiederaufbauen der Häuser herbey zu tragen / auch einige gar mit Stücken über die Mauer geschossen; Endlich aber ist doch wiederum Friede gemachet worden. Zwischen denen Algierern und dem König von Fetz und Marocco / Muley Ismael / ist es auch zum Krieg kommen / da von dem letztern in einer Bataille bei 26000. geblieben. Und weil der König sich nach diesem gedemüthiget / auch eine gewisse Summa Geldes an die Algierer bezahlet / ist es wieder zum Frieden gekommen.

In Asia hat es unterschiedene Empörungen und Unruhen gegeben / indem das Volck gegen Hungarn und andere Länder / wo die Türcken wider die Christen agiren / marschiren sollen: Wie denn um deßwillen grosser Unwille gegen die Regierung verspühret wird.

Was die Europäischen Länder betrifft / so ist verwichenen Winter in Moscau eine so grosse Kälte gewesen / daß auch die Vogel aus der Lufft todt zur Erde gefallen / und die Menschen bey 100. erfroren. An selbigem Hofe ist ein Persianis. Gesandter ankommen / welcher 4. Jahr unter Weges gewesen. Der Czaar hat eine grosse Gesandschafft mit einer Suite von 500. Personen von allerhand Profeßionen nach China gesandt. Man hat zwar immer Hoffnung gemachet / es werde der Czaar mit einer starcken Armee wider die Tartarn zu Felde gehen / so aber nur in leeren Vertröstungen bestanden / und scheint biß dato dazu keine Lust zu seyn.

In Türckey wurde gleich zu Anfang dieses Jahrs Kriegs-Rath gehalten / ob der Krieg weiter fortzusetzen oder nicht / darbey unterschiedene Meinungen / indem theils darzu gerathen / andere hingegen widerrathen. Endlich fiel auf Einrathen des Tartar-Chams der Schluß / den Krieg noch ein Jahr fortzusetzen / und schickte darauff der Groß-Sultan einen Chiaus an den Hospodar in der Wallachey / denen Polen eine mächtige Diversion zu machen. Indessen wurden grosse Kriegsanstalten gemacht / dabei sonderlich die Frantzösis. Ingenieurs und Bombardiers nicht wenig geholffen / auch unter den Officierern eine große Reforme vorgenommen / und nachgehends gar der Groß-Vezier wegen unterschiedener Beschuldigungen abgesetzet / und der Aly Bassa aus Mesopotamien dazu beruffen. Jener wurde auf ein Schloß gebracht / und muste hernach / als er nach Asien fliehen wolte / mit dem Strange bezahlen. Im Februar nahmen sie den Venetianern im Königreich Candia durch Verrätherey die Festung Carabusa weg / und hatten auf die andern beiden Plätze / Suda und Spinalonga / so der Republic Venedig in gemeldtem Königreich annoch zuständig / ebenfalls einen Verrätherischen Anschlag / der aber bey Zeiten noch entdecket / und die Verräther ihren gebührenden Lohn bekommen. In Dalmatien haben sie Cettina und Viloo eingenommen: Sind auch in Morea einst unter Lepanto kommen / mit Stücken aber bald wieder zurück gewiesen worden. Ihre meiste Macht wendeten sie gegen Hungarn / haben sich aber mit der gantzen Macht niemahls über die Sau herüber wagen wollen / ob gleich zu unterschiedenen mahlen einige Regimenter übergangen / daß sie also wenig / oder gar nicht offensive der Orthen agiret. Zu Constantinopel steckete man wegen der am 6. October gebohrnen 2. Käyserl. Printzen / große Freuden-Feuer an / so aber in erbärmliche Trauer-Feuer ausschlugen / indem auf 2000. Häuser im Rauch aufgiengen. Sonst sind am Türckis. Hofe 2. Factiones / deren eine schlechter Dings auf den Frieden / die andere hingegen auf Fortsetzung des Kriegs dringet / und stehet noch dahin / wie sie sich vergleichen / oder ob nicht einige Weitläufftigkeiten und Empörungen daraus entstehen werden.

In Hungarn ist diese Campagne nicht viel besonders vorgangen. Ihr. Käyserl. Majestät übernahmen bey guter Zeit von der Kron Dänemarck / denen Fürstl. Häusern Braunschweig=Lüneburg / dem Bischoff von Münster und andern einige 1000. M. so nach Hungarn marschiren musten / die Käyserl. Armee allda zu verstärcken. Im Jan. brannte der General Auersperg die 3. Palancken zu Gyula weg / und ließ alles / was er in Waffen fand / niederhauen / auch in selbiger Gegend herum alles ruiniren / denen Türcken die Subsistentz zu benehmen. Nachgehends überrumpelten die Raitzen die Vor=Statt zu Belgrad / und machten alles nieder. Der Bassa von Bosnia attaquirte zwar die Statt Dubicza in Croatien am Unna=Fluß / muste aber wieder abziehen. Hingegen haben die Käyserl. in selbigem Königreich unterschiedene Vortheile erhalten. Carlstatt dargegen gieng im Feuer auf / so man angelegt vermeinet. Mit dem Schiff=Armament ist man auf Käyserl. Seite sehr beschäfftiget gewesen / welches auch endlich in guten Stand gebracht. Ehe noch die Campagne angieng / besetzten die Teutschen den Wasser=Paß bei Orsava / oder das sogenannte Felsen=Loch Pescabara / welches sie zwar eine Zeit lang behauptet / daß die Türcken mit ihren Schiffen nicht herauff kommen kunten / von dar sie aber endlich wieder abgetrieben. Immittelst wurde die Bloquade vor Groß=Waradein fortgesetzet / biß sie in eine formale Belagerung verwandelt / den 2. Mai die Trencheen eröffnet / und endlich nach einem harten Widerstande / die Festung am 5. Junii mit Accord übergeben worden / weil der so lange vertröstete Succurs gar nicht zum Vorschein kommen wolte. Im September erlitten die Türcken grossen Verlust an ihrer durch die Raitzen weggenommenen Kriegs=Cassa. Der Holländische Gesandte Hemskercken wurde befehlicht / wegen der Friedens Tractaten nach Belgrad sich zu erheben / weil der Englis. Gesandte / Ritter Harbord / der auch nach der Ottomannischen Pforte um deßwillen / nach Absterben des Sr. Hussey / abgeschicket / mit Tode abgangen / welche beide man mit Gifft vergeben zu seyn vermeinet / biß der neue Englis. Gesandte Paget / daselbst würde anlangen / welcher nun wohl auch am Türckis. Hofe wird ankommen seyn. Temeswar haben die Türcken proviantiret / und Volck hinein gebracht. Auch war der Groß=Vezier einst mit einem Corpo die Sau paßiret / hat aber wenig Thaten gethan / und ist man beiderseits in die Quartiere gangen. Ingleichen hat der Töckely mit seinem Anhange nichts ausrichten können.

Daß die Venetianer in Candia Carabusa eingebüsset / und zwar durch Verrätherey / ist oben schon gemeldet / auf welche Weise es auch Suda und Spinalonga gelten sollen / wenn nicht die Verrätherey entdecket. Es hat zwar der Venetanis. Gen. im Monat Julio einen Anschlag auf Canea gehabt / solche Festung wegzunehmen / wie er denn glücklich sein Volck allda ausgesetzet / und gleich Anfangs ein Schloß vor derselben erobert / und 9. Stücken Geschütz bekommen: Nachgehends auch ein Ravelin mit Sturm erobert / den Türckis. Succurs von 4000 M. geschlagen / und alle Bagage und anders erbeutet / immittelst die Belagerung mit allem Ernst fortgesetzet; Allein es ist Verrätherey dabey gewesen / und weil der Capitain Bassa mit 24. Galeren angelanget / auch Succurs in die Festung kommen / ist die Belagerung in guter Ordnung wieder aufgehoben worden / und sind die Auxiliar=Galeren nach Hause gesegelt. In Morea und Dalmatien ist nichts Hauptsächliches vorgangen / iedoch hat man zu künfftiger Campagne um so vielmehr Hoffnung / weil der Doge selber wieder zu Felde gehen / und als General commandiren will.

Zu Rom hat der Pabst mit der Kron Franckreich wegen der Bischöffe noch viel Streitigkeiten gehabt / sich aber doch endlich noch dahin bereden lassen / selbige zu präconisiren: Worzu sonderlich der Frantzös. Gesandte / Graf Rebenac / und die Frantzös. Cardinäle / viel contribuiret / wie denn auch jener wegen eines Friedens in Italien allerhand Vorschläge gethan / und deßwegen dem Pabst angelegen / dergleichen er auch an allen andern Italiänis. Höfen gethan. Sonst hat der Pabst unterschiedene löbliche Verordnungen gemacht / sonderlich vor Verpflegung der Armen Sorge getragen / und letzthin Civita Vecchia zu einem freyen Hafen und Handel-Statt gemacht.

Der Hertzog von Savoyen hat sich angelegen seyn lassen / den Krieg wider Franckreich mit aller Macht fortzusetzen / ungeachtet selbiger König mit allerhand schmeichlerischen Conditionen ihn zu einem Frieden zu bereden sich bemühet. Nachdem nun Se. Hoheit von Ihr. Käyserl. Majestät als Generalißimus in Italien declariret / ließen Sie sich angelegen seyn / alles in gute Positur zu setzen / und giengen / nachdem deroselben und die Auxiliar-Trouppen in 45000. M. beysammen / zu Felde / da vor allen Dingen Pignerol und Casal bloquirt gehalten wurden. Indessen hat es hin und wieder an Verrätthereyen nicht gefehlet / indem man bald Se. Hoheit in Frantzösische Hände lieffern / bald Mord-Brenner die Pulver-Magazine zu Turin in Brand stecken wollen. Die Thal-Leute haben das ihrige rechtschaffen gethan / indem sie dem Feinde zum öfftern ihre Convoyen weggenommen / auch sich des festen Passes Mirabocco bemächtiget. Der Einbruch der Savoys. Armee ins Delphinat geschahe glücklich / da sie in 3. Wege / nehmlich gegen Barcellonetta / Castel Delphino und Mirabocco giengen. Alles war in Provence und Delphinat voller Schrecken / und ergaben sich Queiras / Ambrun / Gap und viel andre Plätze / daß man auch ferner vor Grenoble rückete; Weil aber der Hertzog von Savoyen von einer Unpäßlichkeit überfallen wurde / waren dadurch die glücklichen Progressen gehemmet / und zogen sich die Trouppen nach und nach wieder zurücke. Indessen hatte man iedoch große Contributiones zusammen gebracht / und in beiden Provintzen in die 400. Stätte / Schlösser / Flecken und Dörffer in die Asche geleget. Im übrigen rüstet man sich auffs neue mit aller Macht / künfftig wieder einen Einfall in Franckreich zu thun.

In Franckreich liesse man zu Anfange des Jahrs / wegen Eroberung der Festung Montmelian / allerhand Freuden-Bezeugungen spüren / und der König sich es gar sehr angelegen sein / den Hertzog von Savoyen zu einem Frieden / durch viele favorable Vorschläge / zu bereden / der sich aber nicht wolte einschläffern lassen. Weil nun der Krieg nicht allein wider diesen / sondern auch die andern Alliirten muste fortgesetzet werden / war wohl die erste Sorge / auf allerhand Inventiones zu dencken / gnugsame Geldmittel aufzubringen. Auch war man bemühet / die Algierer dahin zu persuadiren / daß sie mit der Kron Engeland brechen möchten / aber vergebens. Anderwärts suchete man / durch Mediation der Kron Schweden / ingleichen der Herren Schweitzer Cantons / zu einem Frieden zu gelangen / wiewohl auch ohne Effect. Zur See wurden vielfältige Capereyen angestellet / die Schiff-Fahrten und den Handel unsicher zu machen. Zu Wasser aber war das erste Unglück vor Franckreich / als Monsr. de Resmond im April mit 100. Schiffen auslieff / und vor die Flotte Provision überbringen wolte / eben am Charfreytage durch Sturm überfallen / und wohl bei 60 Schiffe zu Grunde giengen / so man alsobald vor ein böses Omen hielte / welches sich auch bey der See-Bataille am 19. 9. May darauff erwiesen / da die Flotte geschlagen / und meist ruiniret worden. Man mogte sich wohl auf König Jacobs Vorgeben nicht wenig verlassen haben / welcher versichert / daß bey angehender Bataille die meisten Engeländer würden übergehen / so sich aber anders erwiesen. Weil man nun darauff wegen einer Landung sehr besorgt / so muste der Arrier-Ban von Champagne und andern Provintzen nach den See-Küsten gehen / selbige zu bewahren. Nach geendigter Campagne giengen die Admirale nach Hofe / sich wegen verlohrner See-Bataille zu rechtfertigen / und ist man bemühet / zu Wasser und Lande gegen künfftige Campagne sich zu rüsten.

Spanien übermachte grosse Wechsel / so wohl nach den Niederlanden als Italien / auch ziemliche Summen an den Hertzog von Savoyen / den Krieg mit desto grösserm Nachdruck fortzusetzen. In Catalonien ist zwar wenig vorgangen / ausser daß die Spanier Urgel wieder erobert / und mehr befestiget; Gleichwohl haben sie so viel verwehret / daß die Frantzosen keine fernere Conquesten machen können. Nach Oran und Ceuta musten auch einige Trouppen gesandt werden / weil selbige Plätze in Gefahr stunden. Die Spanis. Flotte / so man ausgerüstet / ist zwar gegen die Italiänis. Küsten gesegelt / hat aber nichts ausgerichtet.

Der König von Portugal hat es wohl mit der Alliirten Partey gehalten / aber doch wirklich nicht wider den Feind agiret.

In Engeland hatte das Parlament dem Könige gnugsame Geld-Summen / den Krieg fortzusetzen / gewilliget / welcher denn davon starcke Wechsel nach den Spanis. Niederlanden übermachet / alles in einen guten Stand zu bringen / darauff Ihr. Maj. den 4. Martii zu Schiffe giengen und den 16. glücklich in Holland ankamen / da alsobald zur Campagne alles veranstaltet wurde. Immittelst wurden in allen dreyen Königreichen Conspirationes und Verräthereyen angesponnen / dazu sich sonderlich viel Große gebrauchen lassen. Denn da wolten in Schottland die Jacobiten sich des Schlosses zu Edenburg Meister machen. Andere wolten zu Londen die Königin / wenn die Frantzosen landen würden / umbbringen / des Schlosses zu Withal sich bemächtigen / und was dergleichen Verrätheris. Anschläge mehr waren; So aber alles bey guter Zeit entdecket / auch um deßwillen viel Grosse in Arrest genommen. Die Englis. Flotte conjungirte sich mit der Holländis. zu Duyns / und waren zusammen 86. Segel starck. Allein diese war von Verräthern nicht rein / und wurde der Admiral Rüssel befehlicht / 8. Capitains in Arrest zu nehmen. Bald darauff geschahe die See-Bataille / da die Frantzös. Flotte / welche 120. Segel starck / totaliter geschlagen. Man hat zwar nach erhaltener Victorie zu der See nach äusserstem Vermögen dahin getrachtet / eine Descente auff Frantzös. Boden zu thun / worzu sichs aber auf keine Weise schicken wollen. Daher man nun auffs neue sich angelegen seyn lässet / künfftig eine Descente zu tentiren / und ist das Parlament annoch in Berathschlagung die erfoderten Geld-Mittel aufzubringen. Als der König aus Holland nach Engeland übergieng / war er nicht in geringer Gefahr / so wohl wegen eines entstandenen Sturms / als auch wegen des Frantzös. Capers Jean Barth / welcher von weitem Se. Maj. verfolget / aber sich nicht getrauet / einen Angriff zu thun.

In den Niederlanden / weil allda hauptsächlich sedes belli / hat es wohl das allermeiste zu thun gegeben. Nachdem Ihr. Churfürstl. Durchl. zu Bayern zum Gouverneur allda declariret / verfügten Sie sich bald dahin / machten alle nöthige Anstalten / und unter der Militz eine große Reforme: Beredeten sich auch mit Ihr. Königl. Majest. von Groß-Britannien / wie die Operationes anzufangen. Der Commandant zu Namur / Baron Bressey / ließ sich durch die Frantzosen / als er um die Festung ritte / gefangen wegnehmen / welches allem damahligen Vermuthen nach / mit Fleiß geschehen. Am Pfingst-Tage darauff kamen die Frantzosen / und berenneten solche Festung / worbey sich auch der König eingefunden. Die Belagerten thaten zwar tapfern Widerstand / gleichwohl gieng die Statt den 5. Junii über / und das Castel den 30. weil der in der Nähe stehende Succurs / ohne die größeste Gefahr den Entsatz nicht tentiren kunte. Den 3. August gieng bey Enghien und Steinkirchen eine blutige Action vor / da die Alliirten den Feind angriffen / von selbigen bereits einen großen Vortheil erhalten / und 6 Stücke erobert; Würden auch einen vollkommenen Sieg davon getragen haben / dafern die Cavallerie wegen der Moraste und Büsche nicht verhindert worden. Und weil das gantze Vorhaben verrathen / so hatte der Marq. de Boufleur Zeit gehabt / mit einem starcken Corpo zum Duc de Luxembourg zu stossen / und ihn zu secundiren. Es hatten auch vorhero die Alliirten einen Anschlag auf Mons gehabt / so aber gleichfalls verrathen / wie denn unterschiedene Conspirationes / auch wider des Königs Leben / entdecket. Zu einer fernern Action hat man weiter nicht kommen können / ungeachtet die Armeen immer nahe beisammen gestanden. Auf Duynkirchen haben zwar die Alliirten einen Anschlag gehabt / und selbigen Platz bombardiren wollen / zu dem Ende sie auch Veurne und Dirmuyden fortificiret / es hat aber auch nicht ins Werck gesetzet werden können. Charleroy wurde vom Feinde im October bombardiret / und die Untere-Statt / wie auch in der Obern viel Häuser / ruiniret / indem in 3. Tagen und 2. Nächten 2500. Bomben hinein geworffen. Im November überrumpelten die Frantzosen die Vor-Statt zu Huy / und giengen zu Ausgang des Decembris mit 18000. M. wieder dahin / da sie bereits einige Posten weg hatten / mußten sich aber mit Verlust 1200. M. in aller Eil retiriren. Auf Veurne und Dirmuyden haben sie zu unterschiedenen mahlen ein Absehen gehabt / und auch noch anietzo.

In Teutschland geschahe im Febr. durchgehends durch den starcken Eiß-Gang sehr großer Schade. Am Rheinstrohm / in der Pfaltz und andern Orthen streifften die Frantzosen / und trieben grosse Contributiones ein. Zu Heydelberg / wurde im Febr. eine Frantzös. Verrätherey entdecket / da selbige Statt / wie auch Franckfurt und Maintz in feindliche Hände geliessert werden sollen. Im Julio giengen die Alliirten übern Rhein / und gienge darauff bei Speyer eine Action vor / da die Frantzosen viel eingebüsset. Im September ergabe sich das Schloß Stauffen auf Discretion an die Unsrigen / und wurde Ebernburg durch die Hessen belagert / da auch schon die Unter-Statt erobert; Weil aber der Marschall de Lorge mit einem Succurs ankam / und die Frantzosen übern Rhein gangen / Pfortzheim weggenommen / und die Alliirten überfallen / da der Herr Administrator zu Würtemberg gefangen worden / ward die Belagerung wieder aufgehoben. Auch giengen die andern Alliirten wieder übern Rhein herüber. Zu Ausgang des Jahrs nahmen die Frantzosen noch die Belagerung Rheinfels vor / welcher Orth sich bis dato tapffer defendiret. Zu Wien wurden Ihr. Hochf. Durchl. zu Hannover / am 9. 19. December von Ihr. Käyserl. Maj. mit der neundten Chur-Würde beliehen.

Die Herren Schweitzer haben biß ietzo die Neutralität gehalten / und sich nicht absolute vor der Alliirten Partey erklären wollen / ungeachtet viel nachdrückliche Vorstellungen gethan worden.

Im Königreiche Böhmen haben die Zigainer sehr große Insolentien verübet / und soll darunter viel Frantzösisch Volck gewesen seyn.

In Polen ist dieses Jahr eine schlechte Campagne gewesen. Man hat zwar einst denen Türcken 800. Proviant- und 60. mit Kleidern beladne Wagen / so nach Caminiec destiniret / abgenommen / gleichwohl haben sie doch nach der Zeit die Festung mit Proviant versehen. Der Polnis. Küchen-Meister Galecki gieng übern Niester / und ruinirte gegen Budziack sehr viel Stätte und Dörffer / samt vielem Proviant / so nach Caminiec wieder gebracht werden sollen. Im May fielen die Tartarn in Volhynien und Pokucie mit 40000. M. ein / da sie in 100000. Seelen niedergehauen / und theils weggeführet. Selbige belagerten auch Sorock / musten aber nach abgeschlagenen dreyen Haupt-Stürmen wieder abziehen / und verlohren etliche 1000. M. Zu Warschau haben auch die Protestanten große Verfolgungen leiden müssen. Nunmehr rüstet sich alles zum Reichs-Tage / der zu Grodno gehalten werden soll / wiewohl theils Land-Tage schlechten Succeß gehabt / und sich zerschlagen.

Die Kron Schweden hat die Neutralität gehalten / und wurde einst von Franckreich ersuchet / die Friedens-Mediation auf sich zu nehmen. Der König ließ sich die Hertzogthümer Brehmen und Behrden durch Commissarios huldigen / und dabey das Land von Hadeln in Besitz nehmen.

Ihr. Königl. Majest. von Dänemarck liessen im vergangnen Früh-Jahr dero Erb-Printzen eine Reise durch Teutschland nacher Italien und Franckreich thun / und den 15. April die neue Academie zu Coppenhagen solenniter inauguriren. An Ihr. Käyserl. Majest. überliessen Sie 6000. M. nach Hungarn. Mit den Engel- und Holländern giebet es noch immerzu einige Differentien wegen weggenommener Schiffe / deßwegen man Satisfaction auf Dänischer Seite prätendiret. Was nun beide Frantzös. Gesandten / nemlich Comte d'Avaux und Mr. de Bonrepos / welche nach denen Nordis. Höfen zu gehen beordert / ausrichten werden / wird sich in Zukunfft weisen.

Ende der 52. Woche und des Jahres 1692.

Beilage 7.

Ausführliche

Beschreibung

Des Türckischen

Groß-Bothschaffters

Ibrahim Bassa &c.

Prächtig gehaltenen

Einzugs/

In die Käyserliche Haupt- und Residentz-Stadt Wien /

So geschehen den 30. Januarii / Anno 1700.

Gedruckt in eben diesem Jahr.

Nachdem der / an die Röm. Käyserl. Majest. nach dem Käyserlichen Hof in Wien abgeordnete Türckische Groß-Bothschaffter / Ibrahim Bassa / einige Tage auff der Schwechat / mit dero bey sich habenden Suite auffgehalten / und nun der bestimte Tag zu dessen solennen Einzug in die Käyserl. Residentz-Stadt Wien bestimmet war / verfügten Sich Jhro Fürstl. Gnaden / der Fürst von Fondi / Graff zu Mansfeld / Käyserl. Geheimder Rath / und Obrister Hof-Marschall / etc. mit ziemlichem Comitat von Hof-Bedienten / etliche Mußqueten-Schüße weit / ausserhalb Simmering in das freye Feld / auff die dabey liegende Wiesen / alda besagten Herrn Bothschaffter / im Nahmen Jhro Käyserl. Majestät zu bewillkommen / und durch allhiesige Stadt / nach Dero Haupt-Quartier / bey dem güldenen Lämpgen über der Schlagbrücke einzubegleiten.

Erstlich befande sich der Käyserliche Rath / und Obrister Hof-Quartier-Meister / Herr Colman Gögger von Lewenegg (vermöge eines / von Jhro Käyserl. Majestät ihm Hochgemeldten Herrn Obristen Hof-Marschallen ertheilten Allergnädigsten Decrets / auch beygeschlossenen Empfang- und Einzugs-Auffsatzes) auff dem obgemeldten / unweit Simmering gelegenen ebenen Feld bey Zeiten ein / und erwartete allda die Begleitungs-Compagnie in ihrem schönen Auffbutz / welche er / nach ihrer Anlangung / in nachgesetzte Ordnung gestellet / nemlich:

Die erste Compagnie der geringern Bürgerschafft / als in Fleischhackern / Fischern / Wirthen und Becken bestehend / wurde geführt von dem allhiesigen Wienerischen Stadt-Ober-Cämmerern / Herrn Augustin von Hierneyß / der Röm. Käyserl. Majestät Rath / des Innern-Stadt-Raths Seniorn / als Rittmeister / mit der Fronte gegen dem Empfang / und solches zwar darum / damit diese desto ordentlicher sich wenden / und den Marsch der Avantgarde antreten möge.

Die andere Compagnie der allhiesigen Käyserlichen Freyen-Niederlags-Verwandten Handels-Leuten / unter der Begleitung des Herrn Heinrich von Pöllern des Aeltern / etlich 100. Schritt weit darneben / in gleicher Fronte und Linie.

Nach diesen also gestellten Compagnien / wurde durch obgedachten Herrn Colman Gögger von Lewenegg / Obristen Hof-Quartier-Meistern / biß zu dem Empfang / der Platz zwischen den Compagnien / von etlichen darzu bestellten Käys. Hartschieren / in ziemlicher Weite leer behalten / damit alle diejenige / so etwa sich darzwischen befinden solten / und bey dem Empfang nichts zu verrichten hätten / hinweg geschaffet / und so wohl ernennter Empfang / als zugleich der Einzug / in guter Ordnung / ohne alle Confusion geschehen könne.

Worauff Jhro Fürstliche Gnaden / Herr Obrister Hof-Marschall / dem Türckischen Herrn Bothschaffter / in Begleitung verschiedener Hof-befreyten Handels-Leute / 12 Käyserlicher Trompeter mit ihren Heerpauckern / und vieler andern Bedienten / biß auff mehr berührtes Feld / in dero Kutschen entgegen gefahren / und haben bey Ende der daselbst gestellten Esquadronen still gehalten / allda den Türckischen Bothschaffter zu erwarten / und unter gewöhnlichen Ceremonien zu empfangen / mit sich nehmend den Herrn Stadt Obrist-Wachmeister / Graffen von Rappach / item den Käyserl. Ober-Dollmetscher / welcher Erstere von Jhro Käyserl. Majestät denen Türcken zu einem Commissario zugeordnet war.

Nachdem nun darauff die Türcken mit deren Avantgarde heran kamen / hatte der Herr Obrister Hof-Marschall / ihnen den Käyserl. Herrn Hof-Quartier-Meister so gleich entgegen geschickt / der Türckischen Convoye anzubefehlen / daß sie bey dem Empfang über 100. Schritt zurück verbleiben / und den Rücken halten solle / damit nicht etwan durch die Menge der zuschauenden Personen der Empfang in Unordnung käme.

So bald Ihro Fürstl. Gnaden der Herr Hof-Marschall den Bothschaffter auf etliche wenige Schritte herzunahen gesehen / haben sie demselben den Käyserl. Dollmetscher entgegen gesandt / mit Bedeuten / daß auff Ihro Römischen Käyserl. Majestät allergnädigsten Befehl / er anhero gekommen wäre / ihn zu empfangen / und in sein Logement zu begleiten / welchem nach er sich belieben lassen wolte / abzusteigen / (ein ebenmäßiges auch von ihm beschehen solte) so dann sie zusammen gehn / und einander empfangen wolten; welches auch endlich auff beyden Seiten geschehen / worauff der Empfang unter continuirlichem Trompeten und Paucken-Schall sowohl der Käyserl. als Begleitungs-Compagnien Trompetern und Heerpauckern / wie auch der völligen Türckischen Music mit beyderseits / des Bothschaffters / und Herrn Hof-Marschalls bedeckten Häuptern / gantz freundlich und in höchster Leutseligkeit verrichtet wurde. Unter dem Empfang haben Ihro Fürstl. Gnaden der Hof-Marschall / dem Bothschaffter durch den Türckischen Dollmetscher vermeldet / wie daß sie von ihrem allergnädigsten Käyser befehlicht wären / ihn an diesem Ort zu empfangen / und in sein Logement sicher zu begleiten / zugleich auch Ihro Käyserl. Majest. aus Dero Marstall ihm ein mit Hungaris. kostbaren Zeug geziertes Pferd / sich dessen zum Einritt zu bedienen / mithin auch einen Commissarium / der ihme an die Hand stehen möge / da irgend etwas ermangeln solte / überschicket hätten. Dessen allen sich der Bothschaffter auf das höfflichste bedanckte / mit Vermelden / daß er solches gegen seinen Herrn / den Türckischen Käyser / zu rühmen wissen werde.

Nachdem nun alles dieses vollbracht / und die Compagnien der Bürgerschafft zu Fuß / unter ihrem Hauptmann auff dem Graben Esquadrons weiß / nemlich eine am Schwein-Marckt / eine andre auff dem Käyserl. Stall / noch eine bey dem Stock im Eisen / und dann eine Compagnie am Lubeck ausgetheilt / und in schöne Ordnung ins Gewehr gestellt worden; Ist darauff der solenne Einzug unter stets-währendem Trompeten- und Paucken-Klanck / wie auch mit völliger Türckischen Feld-Music / und fliegenden Türckischen Fahnen / durch das Kärnder Thor (von welchem Thor an die Bürgerschafft durch die gantze Stadt biß an den rothen Thurn im Gewehr gestanden) bey dem Augustiner-Closter vorbey / über den Kohl-Marckt und den Graben / so dann über den Platz beym Stock im Eisen vorbey / und die gerade Gassen hinab / zu dem rothen Thurn hinaus / über die Schlagbrücken / biß in das Türckische Haupt-Quartier / in folgender Ordnung / geschehen.

Erstlich kamen 2. Käyserliche Einspänniger in der Käyserl. Liverey / einer der die Strassen zeigte / und der andre / so voran ritte / und die Wägen / die etwa dem Einzug hinderlich waren / abseits schaffte. Dann

Die erste Compagnie von der geringern Bürgerschaffts-Officierern zu Pferd.

2) Ritte der Quartier-Meister / Herr Urban Weinmann.

Ferner 6. Reit-Knecht / nebst 9. mit der Stadt-Liverey überhängten schönen Hand-Pferden.

Zwey Pagen mit Mantel-Säcken.

Weiter 6. Trompeter mit einem Heerpaucker / mit der Stadt-Liverey bekleidet.

Hierauff folgete Herr Augustin von Hierneyß / der Römisch Käyserl. Majest. Rath / des Innern-Stadt-Raths Senior / und Ober-Stadt-Cämmerer / als Rittmeister / in schönem kostbaren Auffbutz.

Nach ihm / Herr Georg Altschaffer / allerhöchst-besagter Ihro Käyserl. Majest. Rath / und Unter-Cämmerer / als Lieutenant.

Diesen folgte die / in 120. Mann starck bestehende Compagnie zu Pferd / fünff zu fünff in einem Glied / und zwar in dem Ersten / Herr Matthias Weinmann / Cornet / den mit Gold und Silber reich gestickten Standart führende. Die völlige Compagnie aber / so in Golletten bekleidet war / führete auch Carabiner / deren Riemen / wie ingleichem die Hüte / Schabracken / und Pistol-Halfftern mit Silber verbrämt waren / auch roth und weisse Federn auff den Hüten / und gleichfärbige Bänder an denen Pferden geknüpffet.

Endlich beschlosse solche Compagnie Herr Michael Hirsel / des Aussern-Raths / und gemeiner Stadt-Grund-Schreiber / als Wachtmeister allein reitend.

Unterdessen präsentirten die Herren Officiers ihre entblöste Degen / und war ein jedweder / nach Proportion seiner Charge / mit Silber und Gold verschammerirten Kleidern / wie auch mit Schärpen / und weissen Feder-Büschen versehen.

Die andere Compagnie der Käyserl. Freyen Nieder-lags-Verwandten / und Handels-Leuten.

3) Anfangs kam der Quartier-Meister / Herr Georg Kießling.

Nach demselben des Herrn Rittmeisters 3. Reit-Knecht / mit 3. Hand-Pferden / deren Decken von dem feinesten Scharlach-farben Tuch kostbar gestickt und verbrämt / hiernechst des Herrn Lieutenants 2. Hand-Pferd / mit schönen von grauem Tuch verbrämten Decken / des Herrn Cornets zwey Hand-Pferde / von schönem blauen Tuch / gestickt und verbrämt / und darauff von Herrn Wachtmeister 1. Hand-Pferd / mit einer dunckelgrauen tuchenen gleichfals schön verbrämten Decke.

Ferner zwey wohl bekleidete Laqueyen.

Hierauff kamen 6. Trompeter mit einem Paucker / in feine Scharlach-farben Tücher gekleidet / und mit seidenen gar reichen Porten verbrämet.

Nach diesem der Rittmeister / Herr Heinrich von Pöllern der Aeltere / (der auch in letzter Belägerung der allhiesigen Käyserlichen Residentz-Stadt Wien wider den Türcken die Niederlags-Compagnie von 256. Mann mit gezogenen Röhren / als Capitain commandirt hatte) in einem gar schönen und kostbaren Habit.

Ihm folgte der Lieutenant / Herr Christoph Schweyer / in einer kostbaren Kleidung.

Nach ihm kam der Cornet / Herr Heinrich von Pöllern der Jüngere / mit einer gar reich von Gold und Silber gestickten Standarten / in einer auch sehr kostbaren Kleidung.

Darauff kam die / in 80. Mann bestehende Compagnie zu Pferd / allesamt in kostbaren Tüchern / und mit güldenen Posamenten sehr reich verbrämten Kleidern / Federbüschen auff denen Hüten / auff fürtrefflich gezierten Pferden / und mit blossen Degen.

Nach diesem endlich ritte der Wachtmeister / Herr Johann Ferber / gleichfalls sehr kostbar bekleidet.

Unterdessen bestund diese Compagnie in absonderlichen Eintheilungen / unter dieser war der erste Corporal / Herr Christian Friedrich Wallstorff. Der Andere / Hr. Erasinus Pichler. Der Dritte / Herr Matthäus Beck / allesammt auff schön ausstaffierten Pferden / und mit kostbaren Kleidern angethan / wie denn die sämmtlichen Officiers gar rühmlich zu Pferd sassen / und die gantze Compagnie in schöner Ordnung herein paßirte.

Die dritte Compagnie von der vornehmern Burgerschafft-Officierern zu Pferd.

4) Erstlich kam der Quartiermeister / Herr Johann Christoph Gulden / deß Aussern Raths / und gemeiner Stadt Maut-Handler.

Deme folgten die wohl bekleideten Reit-Knechte / mit 9. schönen Hand-Pferden / deren Decken roth und weiß bordirt / und darin der gemeinen Stadt Wapen gestickt zu sehen war.

Darauff 3. Pagen mit schönen Mantel-Säcken.

Hernach 6. Trompeter mit ihrem Paucker / allesammt mit der Stadt-Liverey bekleidet.

Nach diesem der Röm. Kayserl. Majest. Rath / und alhiesiger Wienerischen Residentz-Stadt Bürgermeister / Herr Johann Frantz von Peikhart / als Obrister zu Pferd / in einem von Gold reich bordirten schönen Kleid / weisse Federn und kostbaren Kleinodien auff dem Hut habend / darneben auch mit einem hochschätzbaren von Gold gestickten Pferd-Zeug / umgeben mit denen Ordinar-Stadtdienern in ihrer gewöhnlichen Liverey.

Hernach kam geritten der Lieutenant / Herr Johann Lorentz Trunck von Guttenberg / deß Innern Stadt-Raths / in gleichmässiger schönen von Silber gezierter Begleitung / und mit weissen Federn.

Nach ihme folgte der Cornet / Herr Johann Sebastian Höpffner von Brendt / deß Innern-Stadt-Raths / in kostbarer Kleidung / mit der / von Gold reich gestickten / und mit dem Römischen Adler gezierten Standart / begleitet durch Herrn Johann Nicolaum Rückebaum / der Röm. Kayserl. Majest. Rath / und Herrn Adam Schreyer / beyde deß Innern Stadt-Raths Seniorn / in gar schönem Auffputz.

Nach diesen / Herr Georg Mozzi / Herr Leonhard Ruel von Lantzen / Herr Gregorius Crocus / und Herr Johann Kirmreiter / alle deß Innern Stadt-Raths: Dann Herr Johann Frantz Wenighoffer / Herr Jacob Meister / Herr Martin Altzinger / Herr Johann Georg Ferdinand Stain / Herr Ferdinand Spöckel / Herr Johann Adam Achtsnit / Herr Johann Adam Dillinger / Herr Peter Paul Berger / Herr Johann Thadäus Zurawsky / Herr Leonhard Gimnich / sämtliche deß Kayserl. als Stadt-Gerichts-Beysitzer / und dann Herr Frantz Schreyer / Stadt-Secretarius / allesamt in schwartz sammeten Röcken bekleidet / auch mit Gold- und Silbernen Scharpen / weissen Federn / und andern Kostbarkeiten ausstaffirt / drey und drey in einem Glied.

Hierauff folgte die Compagnie / fünff und fünff in einem Glied / bestehend in dem Aussern Raht / desgleichen in gemeiner Stadt Officierern / und Beambten / auch andern vornehmen Bürgern / deren theils mit schwartz Sammeten / andere aber mit schwartz seidenen / mit Spitzen schön verbrämten Kleidern angethan / und mit weissen Federn auff den Hüten versehen waren / mit blossen Degen in den Händen.

Den Beschluß dieser Compagnie machte Herr Daniel Zeißlmayr / deß Aussern Raths / als Wachtmeister / in einer schönen Bekleidung / und allein reitend.

5) Nach der vornehmern Bürgerschafft Compagnie / folgeten 6. Türckische Wägen / worauff deß Sultans Gezelt / samt andern / an Ihro Kayserl. Majest. geschickten Präsenten / geladen waren.

6) Dann deß Sultans Pferde / so Ihro Kayserl. Majest. präsentiert werden sollen / ein iegliches von zweyen deß Sultans Reit-Knechten zu Fuß geführet / samt einem andern Pferd / worauff die zur Jagd abgerichteten Leoparden sassen.
7) Die Türckische Fouriers / mit ihren Federbüschen auff dem Kopff / und einem silbern Stab in der Hand / so hin und her ritten / die Ordnung in dem Marsch zu observiren / und werden diese Allay Chiaus genannt / so ein ieder Bassa vor dem Marsch hält.
8) Deß Herrn Bothschaffters Avant-Garde / so der Delli Bassi mit seiner Fahn und Leuten führte / welche allezeit Boßneser und Albaneser zu seyn pflegen / in zwey Compagnien bestehend; einige werden Delli / die andere aber Gheonghli genannt / deren sich gleichfals ein ieder Bassa bedienet.
9) Deß Herrn Bothschaffters Aga und Officiers mit einer schönen Standart.
10) Deß Bassa und obgemelten Officiers Hand-Pferde.
11) Der Stallmeister / und Cämmerer / und das Haupt der Thürhüter / welchen man Capizilar Boulue Bassi nennet.
12) Zwey schöne große Fahnen / in deren Mitte ein Roßschweiff.
13) Der Rahib Effendi / Ibrahim Effendi und Sali Effendi / deren einer sein Präceptor / die andern 2. aber seine Favoriten waren.
14) Sieben Hand-Pferde mit Schilden und Wappen auff denen Sätteln hangend.
15) Sechs Kayserl. Hoff-Trompeter / ein Paucker / und hinter diesen andere 6 Kayserl. Trompeter / in Kayserl. Liverey gekleidet.
16) Der Kayserl. Obrister Hoff-Quartiermeister Herr Colman Gögger von Lewenegg / samt 4. Kayserl. Hoff-Fouriern.
17) Deß Herrn Bothschaffters 6. Laqueyen / so kleine und leichte Helleparden trugen.
18) Auff deren rechten Seiten deß Herrn Obristen Hoff-Marschallns 6. Laqueyen / und auff der Lincken deß Kayserl. Commissarii Laqueyen.
19) Hierauff folgte der Groß-Sultans Bothschaffter / in einem von Gold reich gestickten Unter-Rock / mit einem Pfeil-Köcher und Bogen mit pretiosen Steinen versetzt / auff dessen rechter Hand der Kayserl. Herr Obriste Hof-Marschall / in einem auch von Gold reich gesticktem Rock / und auff der Lincken der Kayserl. Commissarius / gleichfals in gar kostbarer Bekleidung; neben deß gemeldeten Herrn Bothschaffters Pferd gienge zu Fuß der Tubecki Bassi und Matarasi Bassi / so das Unterste seines Rocks ausgebreitet in ihren Händen trugen.
20) Andere 12. Laqueyen des Bothschaffters.
21) Gleich hinter dem Herrn Obristen Hoff-Marschall ritte der Kayserl. Ober-Dollmetscher / mit einigen seinen Bedienten zu Fuß.
22) Deß Herrn Bothschaffters Silcitar Aga / oder Waffen-Träger / und Zoadar Aga dessen Officier / zwischen diesen in der Mitte ritten 12. Kayserl. Truchsäße und Mundschencken / in kostbaren und schönen Kleidungen.
23) Der Asmechiatebi / deß Bothschaffters Schatz-Meister / mit dem Mugordar Aga / als Sigill-Verwahrer.
24) Sechzig Tufecsi / deß Bothschaffters Garde zu Fuß / so ihre Musqueten nicht auff der Schulter / noch geladen / sondern am Riemen auff einer Achsel / mit dem Lauff zur Erden gewendet / trugen.

25) Deß Bothschaffters Pagen / mit vielen andern Cammer-Bedienten.
26) Der Chiaia / oder Hoffmeister / zum Zeichen einen Stab in der Hand tragend / und der Divan Effendi / als erster Secretarius mit dem Jmam Effendi / einem Priester und mit ihren Bedienten.
27) Der geweyhete große Standart / mit 2. andern schönen grossen Fahnen / auff beiden Seiten.
28) Deß Bothschaffters Music / ihrem Gebrauch nach / in Schallmeyen / Paucken und andern Instrumenten bestehend.
29) Deß Bothschaffters Carossen und Sänfften / mit einigen seiner Pagen / und Bedienten zu Pferd.
30) Deß Herrn Obrist Hoff-Marschalls / und Kayserl. Herrn Commissarii Hand-Pferde und Kobel-Wägen.
31) Eine Compagnie Teutscher Curassierer / von 100. Pferden: Und dann
32) Die Hungarische Convoye / so diesen Einzug / unter Zuschauung einer unbeschreiblichen Menge Volcks / beschlosse.

Nachdem nun solcher Gestalt die Avant-Garde bis zu der Türcken Logement angelangt / seynd die Compagnien der Fleischhacker / Niederlag / und Herrn Bürgermeisters / alda vorbey gegen den Felber passirt / haben sich daselbst geschwenckt und gesetzt.

So bald nun der Herr Bothschaffter / und Jhro Fürstl. Gnaden / der Herr Hof-Marschall / vor das Türckische Quartier gekommen / seynd sie beyde zugleich abgestiegen / und haben Jhro Fürstl. Gnaden / den Herrn Bothschaffter bis in sein Zimmer begleitet; Unterdessen ist die Retrogarde vor dem Quartier vorüber gegen den besagten sogenannten Felber marschirt / woselbst sie sich geschwenckt / und Posto gefasset. Kurtz darauff / als der Bothschaffter in sein Zimmer gekommen / hat er sich auff einen Teppich auff die Erden niedergelassen / und dem Herrn Hof-Marschallen / Herrn Obristen Wachtmeistern und dem Dollmetschen überzogene Stühl zum sitzen / geben / auch / nachdem er hernach die Händ / und das Angesicht gewaschen / in unterschiedlichen Schalen Scherbeth zum Trincken für sich / dann auch Herrn Obristen Hof-Marschallen / Herrn Obrist Wachtmeistern / und dem Dollmetschen reichen / und endlich einen Aloe in einem silbern Rauchfaß bringen / sich / Herrn Obristen Hof-Marschallen / wie auch Herrn Obrist-Wachtmeistern / und den Dollmetscher damit räuchern / nachgehends das Rauchfaß zwischen selbe niedersetzen / und solches stehen lassen. Uber eine kleine Weil / hatte sich Herr Obrist Hof-Marschall durch den Dollmetscher / für die erzeigte Ehren bedancket / vermeldende / daß / weil er von der Reise / ohne zweiffel sehr ermüdet / er ihn länger nicht auffhalten und beunruhigen / sondern hiermit Abschied nehmen wolte; worauff sie aufgestanden / mit Bewegung Arm und Händen von einander Abschied genommen / und hat der Bothschaffter den Obrist Hof-Marschallen biß zu der ersten Thür begleitet / so bald dieses geschehen / haben 2. vornehme Türcken Hoch-besagten Herrn Hof-Marschallen unter die Arm gegriffen / und selbigen die Treppe hinab an sein Pferd geführt.

Als nun Jhro Fürstl. Gnaden wieder zu Pferd gesessen / seynd die Compagnien wieder alda vorüber nach Hauß marschirt / in vorüber Passirung aber ihm / Herrn Obristen Hof-Marschallen / so wohl die Officiers / mit Neigung ihrer Degen / und Standarten / als die völlige Compagnien mit ihrem Gewehr gebührende Reverentz erzeigt / gegen welche Se. Fürstl. Gnaden mit Abnehmung deß Huts sich bedanckt. Worüber sie ihren Rückmarsch in folgender Ordnung genommen.

Voran ritten die Kayserlichen Trompeter mit ihrem Heerpaucker.

Dann der Niederlag Trompeter und Heerpaucker.

Nach ihnen der Herr Obrist Hof-Marschall / auff den Rücken folgte der Kayserl. Hof-Quartiermeister / wie auch die Hof-Marschallischen Officierer und Bedienten.

Hernach die Compagnie der Niederlag mit auffgehobenen Gewehr / und derselben Hand-Pferden.

In dieser Ordnung seynd mehr wohl-gedachte Se. Fürstl. Gnaden zum rothen Thurn hinein / biß zu dero Behausung begleitet worden; alwo die Trompeter einen schönen Auffzug geblasen / darauff Herr Obrister Hof-Marschall sich gegen der Compagnie bedanckt / und sich in dero Zimmer verfügt. So bald dieses geschehen / marschirte auch gemeldte Niederlags Compagnie ab / und passirte nach Hauß.

So wurden auch Ihro Gnaden Herr Johann Frantz von Peikhart / Bürgermeister / und der vornehmern Bürgerschafft Obrister / sowohl von dieser / als der geringer Bürgerschaffts-Compagnien / in schöner Ordnung nach dero Behausung zurück begleitet / und von ihm / mit einer zierlichen Dancksagungs-Anrede / beurlaubet.

Beilage 8.

Jahrgang 1722.

Hievon hat man aus gedachtem Dreßden unterm 9. Febr. folgendes erhalten: Nachdem zu folge Ihro Königl. Maj. aus Dero geheimden Consilio ergangenen Ausschreiben, die zu einem allgemeinen Land-Tage auf den 7ten currentis hieher beruffene Stände hiesiger Chur- und deroselben incorporirten Lande, an Prälaten, Graffen, Herren, Ritterschafft und Städten, theils in Person, theils durch Gevollmächtigte, sich gemeldten Tages in hiesiger Residenz eingefunden, und gestern in der Schloß-Capelle die, wegen Unpäßlichkeit des Herrn Ober-Hof-Predigers, vom Herrn Hof-Prediger Gleich über den 1 und 2 Verß des 2 Cap. der 1 Ep. Pauli an den Timotheum gehaltene Vormittags-Predigt angehöret, versammleten sich selbige in dem über vorgedachter Kirche befindlichen Saal, wohin sich Ihro Königl. Majest. unter Vorgehung der sämmtlichen Collegiorum, auch hohen Ministrorum, und des gantzen Hofes in gewöhnlicher Ordnung, wie auch unter Begleitung der hier anwesenden auswärtigen Ministres, Pohlnischen Magnaten und andern vornehmen Standes-Personen, gleichfalls erhoben, und allda denen sämtlichen Ständen vom Königlichen Throne durch Sr. Excell. dem Herrn von Seebach, als vorsitzenden würcklichen geheimden Rath (dessen in so nervosen, als zierlichen Expressionen bestandene Anrede, einen general Applausum gefunden) die Motiven ihrer Zusammenberuffung, und, mittelst Verlesung Dero allergnädigsten Proposition und Ansinnens, welche der Hof und Justitien-Rath, auch geheimde Referendarius, Herr von Zech, verrichtete, die in Deliberation zu bringende und zu bewilligende Materien, unter Versicherung Ihro Königl. Gnade und Landes-Väterlichen Hulde, anzeigen ließen. Worauff der Herr geheimde Rath und General-Lieutenant von Benckendorff, welcher bey gegenwärtiger Landes-Versammlung die Erb-Marschalls-Stelle vertritt, die verlesene Königl. Proposition, nachdem er sie vom Throne aus des Herrn von Seebachs Excell. Händen geziemend abgeholet, und sich wieder zurück an seinen Ort begeben, im Nahmen der sämtlichen löblichen Landes-Stände, in einer zwar kurtzen aber sehr wohlverfaßten Antworts Rede, ad deliberandum submisse annahm, und Ihro Königl. Majestät aller treugehorsamsten Devotion und möglichsten Willjährigkeit unterthänigst versicherte. Mehrerwehnte Proposition bestehet in 23 Puncten, deren Inhalt künfftig communiciret werden soll, und über deren Deliberation die Herren Stände bereits würcklich beschäfftiget sind, zumahl da Ihro Königl. Majest. ihnen deroselben Beschleunigung besonders recommendiren lassen.

Beilage 9.

Jahrgang 1732.

Anno 1653. im April, wurde in diesem Walde bey Fontainebleau, ein unbekanntes Thier gefangen, gleich einem Wolff, aber mit einem Rachen, lang heraus hangenden Zungen, und Füsse eines Greiffens. Dieses ungeheure Monstrum hatte, innerhalb Jahres-Frist, mehr als 140 Menschen, theils aus denen umliegenden Dörffern, theils von andern mehr daselbst durchgereißten Personen, erbärmlicher Weise zerrissen und aufgefressen. Viele fanden sich, welche vorgaben, daß sie dieses Thier in dem Walde mit grossen Schröcken gesehen, und indem es auf sie zugeeilet, hätten sie sich theils durch die Waffen, theils durch die Flucht, theils auch durch Beystand anderer Leute, kümmerlich retten können. Dannenhero der Raub, welchen dieses Thier täglich an allerhand Vieh auf der Weide vollbracht, und absonderlich darum, weil es so viel Menschen angegriffen, und gantz aufgefressen, auf 20 Meilen dort herum ein unglaubliches Schröcken unter die Leute gebracht. Es hatten ihm eine lange Zeit viel Jäger nachgestellet, selbiges zu fällen, aber vergeblich. Andere hingegen wolten nicht trauen, solches todt zu schiessen, vermeynten sie möchten von ihm übereilet werden. Bis man endlich 12 der besten Schützen mit langen Röhren bestellet, welche sich hinter einem Gesträuch an einer Wiesen verborgen gehalten, dahin sie eine Heerde Schaafe, durch eine Weibs-Person treiben lassen, weil man schon wuste, daß dieses Thier viel eher die Weibs- als Manns-Personen oder junge Knaben anzufallen gewohnt war. Es kam also dieses Ungeheuer aus dem Walde hervor, und gieng auf das Weibsbild los, allein die 12 Schützen gaben auf einmahl Feuer, und erlegten es zu Boden, welches am Charfreytage den 11. April geschahe. Man weydete es hernach aus, und fand in seinem Gedärm einen Menschen-Finger mit einem köstlichen Ring. Weil nun der König dieses Monstrum sehen wolte, brachte man es in seinen Pallast, allwo es die Oster-Feyertage über, von jedermann gesehen werden kunte. Etliche Tage hernach zog man ihm die Haut ab, und stopffte solche mit Heu aus. Nebst der ungewöhnlichen Grausamkeit dieses Thieres, hat man auch wahrgenommen, daß seine hinteren Füsse, eines Löwens, oder Greiffens gleich, die vordern aber eines Bären, der Kopf eines Wolffs, der Bauch und Schweiff aber eines Windspiels, ungeachtet es im Fressen jederzeit gantz unersättlich gewesen, und auf einmal die grösten Menschen aufgefressen hat, sich auch wohl nicht allezeit daran begnügen lassen.

Beilage 10.

Jahrgang 1745.

Nachdem Johann David Kahle, ein Bauer-Kerl, 19. Jahr alt, von Ober-Oderwitz bey Zittau gebürtig, begangener Deuben halber nach eingehohltem Urtheil am 2. Oct. h. a. in Budißin am Pranger gestellet, und nach empfangenen Staupenschlägen des Landes auf ewig verwiesen worden, sich wiederum gelüsten lassen, in Niederkayna auf des Hrn. Hauptmann von Sahrs Land-Gute, woselbst Kahle den vorigen Diebstahl auch begangen, vom neuen einzusteigen, und unter andern einen grau-tuchenen Manns-Rock, mit blauem Unterfutter, eine dergleichen Weste mit roth-tuchenem Unterfutter, ein paar gelbe Montur-Hosen, ein paar neue Stiefeln ꝛc. entwendet, und dagegen seine alte Kleidung zurück gelassen, allen angewandten Fleisses ungeachtet aber nicht zu erlangen gewesen; Als werden alle und iede Gerichts-Obrigkeiten hierdurch in subsidium juris requiriret, wenn sich dieser Kerl in besagter Kleidung, welcher sonst von mittler Statur, schwarz braunen Haaren, im Gesichte auf einem Backen eine Narbe, in Gestalt eines halben Mondens, habend, betreten lassen solte, denselben nebst bey sich habenden Sachen alsbald zu arretiren, und davon an E. E. Wohlw. Rath zu Budißin Nachricht zu ertheilen, damit wegen dessen Abhohlung weitere Verfügung getroffen werden könne.

Beilage 11.

Jahrgang 1789.

Aus einem Schreiben aus Paris, vom 9. October.

Schon seit 3 Monaten wollte ich an Sie schreiben: aber meine Zeit und Kraft verschwindet unter den Unglücksfällen meines Vaterlandes, unter einem Volke, welches Räuberey für Freyheit hält, und die Ketten, unter denen es vor 2 Jahren seufzte, nur darum zerbrach, um die besten seiner Mitbürger mit denselben zu belegen, welches den außerordentlichsten Leichtsinn mit der wüthendsten Barbarey verbindet, mitten unter Mordthaten von Tugend spricht, und vom gemeinen Besten, indem es alle Grundfesten desselben zernichtet. Auswärtig urtheilt man von unsern Angelegenheiten nach den 6 Pf. Scharteken, die hier täglich zum Vorschein kommen, und von Verläumdungen, Anarchie, Mord- und Raubsucht überströmen. Die Verfasser derselben schelten die Engländer für Sclaven, die Nordamerikaner für Halbrepublikaner, und halten sich selbst für Gesandte des Himmels, die Menschen sich selbst regieren zu lehren, indem sie in der That dieselben nur aufmuntern, einander zu erwürgen. — Schon sind seit der Zeit an 200 der reichsten Familien und 50 Millionen baar Geld über die Gränze gegangen, der Credit ist fast ganz erstorben, und die Armee zählt seit einem halben Jahre 45000 Deserteurs. — Was ist in der Nat. Vers. zeither geschehen? anstatt die Ordnung, die Policey und das Finanzwesen wieder herzustellen, hat man durch den Umsturz aller Grundverfassungen die Köpfe verwirrt und trunken gemacht. Die Nat. Vers. bestand daher bald aus 3 Partheyen; die erste enthielt die Reste der sogenannten

Aristocratie, und bestand etwa in 30 Deputirten; die zweyte, Palais Royal genannt, faßte die Demagogen und deren Schüler in sich, zusammen an 2 bis 300 Köpfe; die dritte, welche zum Wohl des Landes allein hätte herrschen sollen, enthielt die besten Köpfe von allen 3 Ständen, besonders aber die Deputirten aus Dauphiné, Auvergne, Normandie, zum Theil auch aus Languedoc, Guyenne und Agenois, namentlich die Herren Mounier, Lalli und Clermont-Tonnere. Ihr Zweck war, den Thron und die Freyheit zu schützen; sie waren von allen Cabalen unterrichtet, und suchten ihnen entgegen zu arbeiten, bis endlich nach und nach das Palais Royal doch die Oberhand gewann. — Sie erinnern sich der Auftritte im Palais Royal vor ohngefähr 14 Tagen; es ward zwar durch Inhaftirung des St. Hurugue und seiner Mitschuldigen noch eine Zeitlang im Zaum gehalten; aber endlich setzte es durch die Hefen des Parisers Pöbels doch seine Tücken ins Werk. Ein seit 3 Wochen künstlich veranstalteter Brodtmangel, ein armseliges Diner, welches am Sonnabend die Gardes du Corps zu Versailles gaben, und wobey sie namentlich die Gesundheiten des Herzogs von O., des Königs Mirabeau und des Königs Target nicht ausbringen wollten — dieß veranlaßte die letzten abscheulichen Auftritte u. s. w.

Beilage 12.

Jahrgang 1790.

Frankfurt den 5. October.

Der feyerliche Einzug des neuerwählten Reichsoberhaupts am 5. d. geschahe in folgender Ordnung:

1) kam der hiesige Stadt-Stallmeister mit 6 Reitknechten und so viel Handpferden, mit kostbar gestickten Decken, worauf das Stadt-Wappen befindlich war, zu Pferde. 2) Vier Bedienten und 4 Stadt-Einspänniger in der Stadt-Livree zu Pferde. 3) Ein Paucker mit 4 Trompetern. 4) Die Herren Raths-Deputirte zu Pferde. 5) Die 3 bürgerlichen Compagnien zu Pferde, jede mit ihrem besondern Trompeter und eigenen Standarte. 6) Der Reichsprofoß mit dem Stabe zu Pferde. 7) Der Reichsmarschall Gräfl. von Pappenheimische Bereuter, H. Trerler, zu Pferde. 8) 4 Handpferde mit kostbaren Decken und eben so vielen Reitknechten. 9) Der Reichsfourier, H. Freyer, zu Pferde. 10) Der Herr Canzleyrath Loeblein und der Herr Secretarius von Loevling zu Pferde. 11) Der Reichsquartiermeister, Hr. von Schnetter, zu Pferde. 12) Die Dienerschaft zu Fuß. 13) Ein 6spänniger Staatswagen, worinnen der nachälteste Hr. Graf von Pappenheim, mit der Scheide des Sächsischen Churschwerdtes saß. 14) 2 Pagen. 15) Ein sechsspänniger leerer Staatswagen. 16) Churhannöverischer Zug, unter Voraustretung der sehr zahlreichen gesandtschaftlichen Livreebedienten, Hoffouriers, Hausofficianten, und dreyen gesandtschaftlichen 6 spännigen Staatswagen. 17) Ein gleicher von Churbrandenburg, unter ebenmäßiger Voraustretung der gesandtschaftlichen Livree-Bedienten, Hoffouriers, Hausofficianten, und 3 gesandtschaftlichen 6spännigen Staatswagen. 18) Ein gleicher von Chursachsen, mit einem Bereuter, 3 Handpferden, mit eben so viel Reitknechten geführet, den Livree-

bedienten, und dreyen 6spännigen Staatswagen. 19) Churpfalz und Churböhmen auf gleiche Art, mit 6 6spännigen Staatswagen. 20) Chur-Cölln, mit einer sehr zahlreichen Dienerschaft, einem Bereuter, 6 Handpferden mit kostbar gestickten Decken, und eben so vielen Reitknechten, ein Paucker, 4 Trompeter, 4 Reitknechte, 2 6spännige Staatswagen mit Hofcavaliers, und ein leerer 6spänniger Staatswagen. 21) Chur-Trier, mit einem Bereuter, 6 Handpferden mit kostbar gestickten Decken, und eben so vielen Reitknechten, einem Paucker, 6 Trompetern, 12 6spännigen Staatswagen, und einem leeren 6spännigen Gallawagen. 22) Chur-Mainz mit einer sehr zahlreichen Dienerschaft, 7 Reitknechten, 2 Bereuter, 12 Handpferden mit kostbar gestickten Decken, und eben so vielen Reitknechten, 1 Trompeter, 1 Paucker, 8 Trompeter, 22 6spännige Staatswagen mit Hofcavaliers, und einem leeren 6spännigen sehr kostbaren Gallawagen. 23) Chur-Hannover, unter Vorausstretung der sehr zahlreichen Dienerschaft, der fürtreffliche Erste Wahlbothschafter in sehr kostbarer reicher spanischer Kleidung, in einem 6spännigen Leibwagen, auf den Seiten die Pagen und die Heyducken. 24) Chur-Brandenburg, eben auf die nemliche Art. 25) Chur-Sachsen. 26) Chur-Pfalz. 27) Chur-Böhmen. 28) Ihro Churfürstl. Durchlaucht von Cölln, in Höchsteigner Person, in Dero kostbaren 6spännigen Leibwagen, unter Vorausstretung Dero zahlreichen Dienerschaft, Hausofficianten, der Schweizergarde, und 6 Pagen zu Pferde. 29) Ihro Churfürstl. Durchlaucht von Trier, ebenfalls in Höchsteigener Person, in Dero sehr prächtigem 6spännigen Gallawagen, unter Vorausstretung der Hofdienerschaft, Hausofficianten, der Schweizergarde, und 12 Pagen zu Pferde. 30) Ihro Churfürstl. Gnaden von Mainz, auch in Höchsteigener Person, in Dero 6spännigem Leib und Staatswagen, unter Vorausstretung der Hofdienerschaft, Hausofficianten, der Schweizergarde, auf den Seiten 4 Heyducken zu Fuß, und 12 Pagen zu Pferde. 31) Kaiserl. Königl. Suite, eine große Anzahl Reitknechte, die ganze Hofdienerschaft nebst den Hausofficianten, 8 Handpferde mit sehr kostbaren reichen Decken, jedes von 2 Reitknechten geführet, 6 6spännige Staatswagen mit Hofcavaliers, 6 Trompeter, 1 Paucker, 1 6spänniger großer Gallawagen, 3 Herolde zu Pferde mit ihrem Scepter, eine große Anzahl Hof-Laquayen, die Trabanten-Garde zu Fuß, ein sehr kostbarer 6spänniger Staatswagen mit Schimmeln, worinnen Ihro Majest. das Allerhöchste neue Reichs-Oberhaupt saßen, von dem ältesten Herrn Reichs-Erbmarschall Grafen von Pappenheim begleitet, 16 Pagen zu Pferde, die Kaiserl. Noble-Garde zu Pferde, mit Paucken und Trompeten, die Churfürstl. Mainzische Leibgarde zu Pferde, mit Trompeten, Paucken und Standarte; die Churfürstl. Trierische Leibgarde zu Pferde, auf gleiche Art; die Chur-Cöllnische Leibgarde; der hiesige Kaiserl. Post-Stallmeister mit 50 Postillons zu Pferde, 2 6spännigen Reisewagen, 18 Kaiserl. Reichs-Posthalter, die Dienerschaft eines Hochedlen Raths, 6 Bedienten in der Stadt-Livree, und zum Schluß dieses überaus prächtigen und von jedermann bewunderten großen Zuges, Ein Hochedler gesammter Rath hiesiger Stadt in 20 Wagen.

Beilage 13.

Beylage

Jahrgang 1794.

zu den Leipziger Zeitungen.

Sonnabends den 9. August 1794.

Die seit einigen Tagen in der hiesigen Residenz vorgefallenen Unruhen unter den Handwerksgesellen werden, sonder Zweifel, auswärts nicht unbekannt, aber auch, wie es, in dergleichen Fällen, zu geschehen pflegt, von Mißdeutungen und historischen Unrichtigkeiten nicht befreyet geblieben seyn.

Zur richtigen Belehrung des Publikums wird daher die actenmäßige Bewandniß des ganzen Vorgangs hierdurch bekannt gemacht.

Ein allhier befindlicher ausländischer Schneidergeselle glaubte sich von einem der zu seiner Innung gehörigen Meister beleidiget, und vermeinte durch den diesem Meister, von dem Stadtmagistrate, bey welchem die Rüge angebracht worden war, ertheilten Verweiß und Bescheid, die Unkosten zu bezahlen, keine gnügliche Satisfaction erhalten zu haben, auch behauptete er, von einem Mitgliede des Raths, als er seine Sache persönlich vorgetragen habe, mit einem entehrenden Schimpfnamen beleget worden zu seyn. Anstatt daß dieser angeblich beleidigte Geselle, seine Klage, behörigen Orts, anbringen, und daselbst Remedur erwarten sollen, wußte derselbe die Gesellen seiner Innung dergestalt einzunehmen, daß sie nebst ihm, ihre Meister und deren Arbeit verließen, seit dem 25. huj. mens. sich auf ihren Herbergen versammlet hielten, und zu ihren Werkstätten zurückzukehren, beharrlich verweigerten.

Ihnen folgten bald die Gesellen mehrerer hiesigen Innungen, welche mit den Schneidergesellen gemeine Sache zu machen, sich erklärten.

Wäre auch die Beschwerde des obgedachten Schneidergesellen würklich gegründet gewesen, so würde doch diese Theilnehmung der zur Schneider-Innung und noch mehr der zu andern Innungen gehörigen Gesellen, höchst strafbar bleiben, da nach klarem Inhalte der Reichs- und Landesgesetze, insbesondere des, durch die Mandate vom 10. November 1764 und 18. Sept. 1772 auch in hiesigen Landen eingeschärften Kayserlichen Reichsschluß mäßigen Patents vom 19. Oct. 1731 wegen Abstellung der Handwerksmißbräuche und dessen V. §. die Gesellen bey Vermeidung Gefängniß-Zuchthaus-Vestungsbau- und Galeeren-Strafe, unter keinerley Vorwand sich zusammen rottiren, oder bis ihnen in dieser oder jener vermeintlichen Prätension oder Beschwerde gefügt werde, der Arbeit sich entziehen sollen.

Es ist aber auch das obgedachte Vorgeben des Schneidergesellens in der höhern Instanz, auf das genaueste untersucht, und hierbey, daß die, diesem Gesellen von einem Meister angeblich zugefügte Beleidigung, zur Gnüge rechtlich geahndet worden sey, befunden, vornehmlich aber, daß die Behauptung mehrgedachten Gesellens: als ob er von einem Mitgliede des Raths beschimpfet worden sey, in der Unwahrheit beruhe, durch die bey dem Churfürstl. Amte allhier, mithin bey einem ganz unpartheyischen Iudicio eidlich abgehörten drey unverwerflichen Zeugen, welche man vorher ihrer gegen den Stadtrath aufhabenden Pflicht, so viel diese Handlung betrift, entlassen, dargethan worden.

Nichts desto weniger sind die aus ihren Werkstätten getretenen Schneidergesellen nicht eher, als nachdem von Seiten der Regierung zu den wirksamsten Zwangsmitteln verschritten worden, zu ihrer Schuldigkeit zurückgekehret, wohingegen die Gesellen der andern Innungen durch vernünftige Vorstellungen und die thätigen Bemühungen ihrer Handwerksmeister, auch anderer gut denkenden Bürger, gar bald von ihrem Irrthum und zur Ordnung zurückgebracht worden.

Indeß wird, gegen ofterwähnten Schneidergesellen, welcher zu diesen Ungebührnissen die Veranlassung gegeben, so wie gegen einige andere, welche einer vorzüglichen Widersetzlichkeit und Verhetzung der übrigen, sich schuldig oder verdächtig gemacht, die angeordnete Untersuchung fortgesetzt, auch ist ein Geselle einer andern Innung, wegen absonderlich aufrührerischen Aeußerungen und Drohungen, nach Maasgabe des wider Tumult und Aufruhr unterm 18. Jan. 1791 in hiesigen Landen ergangenen Mandats, sofort bestraft und bis auf weitere Verordnung, in ein Zuchthaus transportiret worden.

Man hat bey gegenwärtiger Bekanntmachung des wahren Vorgangs der Sache zugleich die gute Absicht, zu bewirken, daß aller Vorwurf, welcher durch Verbreitung ungegründeter Nachrichten, sowohl der hiesigen Bürgerschaft und andern gut gesinnten Einwohnern als den aus Dresden etwa auswandernden Gesellen gemacht werden könnte, um so mehr vermieden bleibe, und die Obrigkeiten und Innungen jeden Orts das Wahre von dem Unwahren zu unterscheiden, in Stand gesetzt werden.

Dresden am 30. Juli 1794.

Die zur Untersuchung obbemeldeter Unruhen
Höchstverordnete Commission.

---

eilage 14.

Jahrgang
1806.

a) Leipzig am 25. Dec.

So eben geht wegen der von Seiten unsers angebeteten Souverains nunmehr ausdrücklich erfolgten Annahme der Königswürde die erste officielle Nachricht hier ein.

Jetzt erst hält sich daher die Redaction gegenwärtiger Blätter für berechtigt, dieser wichtigen Begebenheit Erwähnung zu thun. Sie bewirkt dieß ohne Aufschub, selbst vor Ablauf der Feyertage, um dem Publikum eine Nachricht, wie diese, nicht einen Augenblick länger vorzuenthalten.

Dresden den 21. Dec.

Gestern Nachmittags ward die erfolgte Erhebung der bisherigen Churfürstl. Sächsischen Lande zu einem Königreiche, durch einen Herold, unter Begleitung sämmtlicher Hof-Trompeter und Paucker, und einer Escorte von 100 Mann der Königl. Garde du Corps, in den Straßen der Stadt, nach der angefügten Proclamation, unter Abfeuerung der Kanonen, verkündigt.

Wegen dieser höchsterfreulichen Begebenheit sowohl als wegen des zwischen Frankreich und Sachsen abgeschlossenen und ratificirten Friedens wurden heute Morgens die Kanonen von den Wällen abgefeuert, am Königl. Hofe Gala angelegt, und in den Kirchen das: Herr Gott dich loben wir, unter abermaliger Abfeuerung der Kanonen von den Wällen und einer dreymaligen Salve der Königl. Leib-Grenadiers-Garde, abgesungen, auch während der Mittagstafel beym Ausbringen der Gesundheiten ebenfalls die Kanonen auf den Wällen gelöset.

Abends war Appartement und Erleuchtung der Stadt. Letztere geruhten beyde Königliche Majestäten und die übrigen höchsten Herrschaften, durch Herumfahren in der Residenzstadt und der Neustadt, unter lautem Jubel und Zurufen des zahlreich versammelten Volks: Es lebe unser König, in Allerhöchsten Augenschein zu nehmen.

Proclamation.

Nachdem durch die allweise Vorsehung Gottes es dahin gediehen ist, daß die bisherigen Churfürstlichen Lande zu einem Königreiche erhoben worden sind, so wird der Allerdurchlauchtigste und Großmächtigste Fürst und Herr, Herr Friedrich August, als König von Sachsen, hiermit feyerlich ausgerufen, und dieses Seinem getreuen Volk kund und zu wissen gethan.

„Lange und glücklich lebe und regiere Friedrich August, unser gnädigster König!"

„Lange und glücklich lebe Amalia Augusta, unsere allergnädigste Königin!"

So geschehen und verkündet in der Königlichen Haupt- und Residenz-Stadt Dresden, am 20. Dec. 1806.

---

b) Dresden den 21. Dec.

Hoch lebe Napoleon der großmüthige Wiederhersteller des Sächsischen Königthums!

Gestern Nachmittags ward die erfolgte Erhebung der bisherigen Churfürstl. Sächsischen Lande zu einem Königreiche, durch einen Herold, unter Begleitung sämmtlicher Hof-Trompeter und Paucker, und einer Escorte von 100 Mann der Königlichen Garde du Corps, in den Straßen der Stadt, nach der angefügten Proclamation, unter Abfeuerung der Kanonen, verkündigt.

Wegen dieser höchst erfreulichen Begebenheit sowohl als wegen des zwischen Frankreich und Sachsen abgeschlossenen und ratificirten Friedens wurden heute Morgens die Kanonen von den Wällen abgefeuert, am Königl. Hofe Gala angelegt, und in den Kirchen das: Herr Gott dich loben wir, unter abermaliger Abfeuerung der Kanonen von den Wällen und einer dreymaligen Salve der Königl. Leib-Grenadiers-Garde, abgesungen. Bey der Mittagstafel brachten Se. Maj. der König unter Abfeuerung der Kanonen auf den Wällen, zuerst die Gesundheit Sr. Maj. des Kaisers von Frankreich, Königs von Italien, und Ihrer Maj. der Kaiserin Josephine aus, welche von dem Kaiserl. Französ. Commandanten Herrn Thiard durch die Gesundheit Sr. Maj. des Königs von Sachsen und Ihrer Maj. der Königin erwiedert wurde.

Abends war Appartement und Erleuchtung der Stadt. Letztere geruhten beyde Königliche Majestäten und die übrigen höchsten Herrschaften, durch

Herumfahren in der Residenzstadt und der Neustadt, unter lautem Jubel und Zurufen des zahlreich versammelten Volks: Es lebe unser König, in Allerhöchsten Augenschein zu nehmen.

Proclamation.

Nachdem durch die allweise Vorsehung Gottes es dahin gediehen ist, daß die bisherigen Churfürstlichen Lande zu einem Königreiche erhoben worden sind, so wird der Allerdurchlauchtigste und Großmächtigste Fürst und Herr, Herr Friedrich August, als König von Sachsen, hiermit feyerlich ausgerufen, und dieses Seinem getreuen Volk kund und zu wissen gethan.

„Lange und glücklich lebe und regiere Friedrich August, unser Allergnädigster König!"

„Lange und glücklich lebe Amalia Augusta, unsre Allergnädigste Königin!"

So geschehen und verkündet in der Königlichen Haupt- und Residenz-Stadt Dresden, am 20. Dec. 1806.

Die im vorletzten Blatte dieser Zeitung befindliche, höchst merkwürdige Nachricht, wegen der von Unserm Allergnädigsten Monarchen erfolgten Annahme der Königswürde, wurde lediglich auf erhaltene Privatmittheilungen von Exemplaren der Proclamation dem Publico so schnell als möglich noch in den Feyertagen mitgetheilt, weil die Redaction dieser Zeitung glaubte, in Bekanntmachung eines so großen Ereignisses sich keiner Zögerung schuldig machen zu dürfen. Obiges ist aber der von Allerhöchster Behörde officiell, etwas später, eingegangene, hiesiger Zeitung einzuverleibende Artikel.

Beilage 15.

Jahrgang
1809.

Leipzig den 4. December.

Der heutige Tag war für die Bewohner Leipzigs ein festlicher Tag, so wie der 4. December 1409. in den Annalen der Welt unvergeßlich ist. Die hiesige berühmte Universität, die Pflegmutter so vieler herrlichen Talente, feierte ihr viertes Jubiläum, welches, von vortrefflichem Wetter begünstigt, eine außerordentliche Menge einheimischer und fremder Zuschauer herbeygezogen hatte. Allenthalben herrschte Ordnung und Anstand, so wie es dem ehrwürdigen Zwecke angemessen war.

Die Feyer des Tages wurde früh um 5, 6 und 7 Uhr durch das Geläute aller Glocken verkündigt, und die Lieder No. 348. und No. 366. des Leipziger Gesangbuches wurden um 5 Uhr vom Thomasthurme, um 6 Uhr vom Nicolaithurme gesungen. Um 8 Uhr wurde die Sacristey der Thomaskirche geöffnet, wo sich alle Mitglieder der Universität versammelten. Als diese versammelt waren, wurden die Herren Abgeordneten, die hiesigen Behörden und andere Gäste, welche auf dem Rathhause zusammen gekommen waren, von da durch Marschälle abgeholt, und in das Beichthaus der Thomaskirche geführt, wo sie von einigen Herren Professoren empfangen wurden. Um 9 Uhr begann langsam der Zug, unter dem Geläute aller Glocken, aus der Thomaskirche durch das Thomasgäßchen über den Markt durch die Grimmaische Gasse in folgender Ordnung:

Die Königlichen Herren Abgeordneten. Das Gouvernement. Die Königl. Collegien. Die übrigen Herren Abgeordneten und die Königlichen Behörden nach ihrem Range. E. E. Hochw. Magistrat. Die Herren Geistlichen der drey Confessionen. Die Deputirten der Herren Buchhändler und der löblichen Kaufmannschaft. Die fremden Herren Gelehrten und andern Gäste; sämmtlich von Marschällen und Ehrenbegleitern geführt. Hierauf die Universität. Die Statuten der Universität, getragen vom Herrn v. Wuthenau. Das Siegel der Universität, getragen von Hrn. Gauch. Der Herr Rector Magnificus, jetzt Herr Prof. und Dr. Kühn. Der Herr Dechant der Theologischen Facultät. Die Herren Professoren der Theologie. Der Hr. Dechant der juristischen Facultät. Die Herren Professoren und Doctoren der Rechte. Der Herr Dechant der medicinischen Facultät. Die Herren Professoren und Doctoren der Medicin. Der Herr Dechant der philosophischen Facultät. Die Herren Professoren der Philosophie. Die Herren Magistri legentes und andere Magistri. Die Herren Advocaten und Notarien. Die Officianten und Subalternen der Universität, geführt von Marschällen und Ehrenbegleitern.

Die sämmtlichen Herren Studirenden: Hauptanführer, Hr. Graf von Schönfeld. Anführer des ersten Zugs, Herr Baron von Gutschmidt. Beschließer des ersten Zugs, Herr Dammann. Anführer des zweyten Zugs, Herr Crusius. Beschließer des zweyten Zugs, Herr von Nostitz und Jänkendorf.

Sobald dieser Zug in der Paulinerkirche angelangt war, wurden die einzelnen Personen und Behörden auf die für sie im Schiffe der Kirche bestimmten Plätze geführt, und zwar waren die Sitze der ersten Reihe für die Herren Abgeordneten und die Behörden, für den Herrn Rector Magnificus, die Herren Dechanten und die übrigen ordentlichen Herren Professoren, die Sitze vor dem Chor für den Edlen Magistrat und die Deputirten der löblichen Kaufmannschaft, die Sitze der zweyten Reihe für die Herren Geistlichen und die Herren Doctoren, die Sitze der übrigen Reihen für die fremden Gelehrten und die übrigen Lehrer der Universität und Theilnehmer des Zugs in der vorigen Ordnung bestimmt. Der erste Zug der Herren Studirenden nahmen die Plätze außer den Schranken der Kanzel gegenüber, der zweyte aber die Plätze hinter und neben der Kanzel ein. Der Gottesdienst wurde in folgender Ordnung gehalten: Veni Sancte Spiritus, gesetzt vom Herrn Musikdirector Schicht. Lied: No. 37 des Pauliner Gesangbuchs. Predigt, welche von dem Herr Dctr. und Professor Tittmann gehalten wurde. Unter der Predigt: No. 113 v. 2. Cantate: Text vom Herrn Oberhofgerichtsrath D. Erhard. Die Säcularrede hielt Hr. Hofrath Wenk. Te Deum laudamus, gesetzt von Herrn Musikdirector Schicht. Nach geendigtem Gottesdienste gieng die Versammlung auseinander. Um halb drey Uhr aber versammelten sich die Geladenen zu einem Mittagsmahle auf dem Gewandhause. Die Herren Studirenden, welche im Convictorium speisen, wurden Mittags und Abends von der Universität bewirthet.

Beilage 16.

Jahrgang 1812.

Nachrichten von der großen Armee.

Dresden, den 4. October. Der Lieutenant von Schreckenstein, von Zastrow Cürassiers, welchen der Generallieutenant Thielmann am 11. Sept. aus dem Lager zwischen Mozaisk und Moskau als Courier abgeschickt hat, überbringt folgende Nachrichten:

Am 7ten Sept. als dem Tage der Schlacht an der Moskau, befand sich die Brigade Thielmann, die einen Theil des 4. Cavallerie=Corps, unter den Befehlen des Generals Latour=Maubourg ausmacht, und aus den sächsischen Regimentern Garde du Corps und Zastrow Cürassiers, der reitenden Batterie Hiller und dem polnischen 14ten Cavallerieregimente besteht, im Centro der französischen Armee vor den kaiserlichen Garden.

Das Regiment Garde du Corps erhielt Befehl ein feindliches Quarré zu attakiren; es mußte des schwierigen Terrains wegen Escadronsweise in Colonne vorgehen, führte jedoch, von dem Obersten von Leyser mit größter Entschlossenheit angeführt, und unterstützt von den beyden andern Regimentern den Befehl vollkommen aus, indem es das Quarré durchbrach, eine Kanone eroberte und 250 Gefangene machte. Eine sehr überlegene feindliche Cavallerie nahm die Brigade unterdessen in die Flanke; es entstand ein hartnäckiges Gefecht, an welchem die herbeyeilende französische Cavallerie kräftigen Antheil nahm. Der Feind wurde mit großem Verlust geworfen, und war genöthigt, sich in seine zweyte Position zurückzuziehen, der eine im Mittelpuncte auf einer Anhöhe angelegte große Redoute von wenigstens 60 Kanonen zur Anlehnung diente. Von dieser wurde die Brigade während 2 Stunden ununterbrochen mit kreuzendem Cartätschenfeuer beschossen, bis der General Thielmann Befehl erhielt, mit seiner Brigade die Redoute zu nehmen. Im Augenblicke des glücklichen Vollbringens, wobey der Lieutenant von Minkwitz, Adjutant des Generallieutenants Thielmann, zuerst über den Graben bis auf das Parapet setzte, wurde die Brigade abermals von einem sehr überlegenen Feinde flankirt. Sie behauptete nichts desto weniger die Schanze, bis die französische Infanterie zu deren Besetzung herankam, und hat in diesem für die Schlacht höchst wichtigen Augenblicke 10 zwölfpfündige Kanonen erobert. Nachdem der Feind sich in seine dritte weit schwächere Position zurückzuziehen gezwungen war, attakirte die Brigade noch zweymal mit dem glücklichsten Erfolg auf Infanterie. Der Verlust der Brigade Thielmann beläuft sich nach untenstehender Liste auf 41 Officiers und ungefähr 500 Unteroffiziers und Gemeine an Todten, Blessirten und Vermißten. Die Truppen fochten an diesem gewiß merkwürdigen Tage mit ungetheiltem Beyfall.

Die Kürze der Zeit erlaubte dem General nicht, mehrere Züge von seltener Tapferkeit aufzuführen. Von der Heftigkeit des Gefechts möge inzwischen nur das als Beweis gelten, daß dem Lieutenant Reimann vom Regiment Zastrow 6, und dem Major Nerhoff desselben Regiments 4 Pferde unter dem Leibe getödtet wurden.

Das Regiment Prinz Albrecht Chevauxlegers, von dem drey Escadrons, unterm Obersten Lessing, bey der Brigade des General Domanget stehen, hat sich ebenfalls sehr ausgezeichnet und einen Officier nebst 13 Unterofficiers und Gemeinen an Todten, so wie 7 Officiers und 55 Unterofficiers und Gemeine an Blessirten verloren.

Jahrgang 1813.

Beilage 16b.

Aus Mahlmann's Gedichten.

Mir auch im herbsten Geschick, ward Kraft und Erhebung und Freude,
Muse, zu Theil durch dich, welche mein Leben beglückt!
Schrecken beherrschte die Zeit voll Blut, und Napoleons Macht=Spruch
Riß von dem jammernden Weib, riß von dem weinenden Kind
Unbarmherzig mich fort, mich schleppend in fernes Gefängniß,
Frech mit Despoten=Gewalt, ohn' Untersuchung und Recht!
Matt auf's Lager von Stroh warf ich bekümmert mich hin,
Still mich befehlend der Hand, die Gewalt der Tyrannen zertrümmert,
Gnädig der Schwachheit hilft, mächtig Gedrückte befreit.
Als nun der Tag anbrach, da gewahrt' ich die schmutzigen Wände
Niedrigen engen Gemachs, Fenster mit Eisen verwahrt.
Röthe des Morgens ergoß sich, sie malte die Mauern des Kerkers,
Strahlen des freundlichen Lichts spielten erheiternd um mich.
Und an den Wänden erblickt' ich die Namen der frühern Bewohner.
Las manch kräftiges Wort, manches erhebende Lied,
Trost und Stärkung der Armen, die vor mir in Fesseln geschmachtet,
Denkmahl schweren Geschicks hatte sich jeder gesetzt.
Sieh! auch Lieder erblickt' ich von mir, fand Worte der Hoffnung,
Muthigen frommen Vertrauns, welch' ich in glücklicher Zeit,
Freudig gesungen der Welt, nicht ahnend, sie würden in solchem
Schrecken=Gefühle der Noth künftig vor Augen mir stehn*).
Thränen der Rührung vergoß ich, ihr hattet, gefühlvolle Lieder,
Herzen erhoben in Noth, Seelen im Kampfe gestärkt!
Geister von glücklichen Tagen, wie strahltet ihr Licht in mein Elend!
Strom hochfreudiger Kraft hob mein bekümmertes Herz!
Glücklich fühlt' ich und frei mich in Fesseln und Banden, und blickte
Muthig in frohem Vertraun, Gott, du Befreier, zu dir!

*) Am 26. Juni 1813 in einem der Gefängnisse des Rathhauses in Erfurt. Es waren die Lieder: „Hoffe, Herz, nur mit Geduld." „Was grämst du dich?" und das Gedicht „Freisinn". Edle Jünglinge, Gefangene von Lützow's Corps hatten vor mir den Kerker bewohnt.

Beilage 17.

Jahrgang 1813.

Edictal=Citation.

Höchstanbefohlnermaßen werden nachbenannte in Königlich Sächsischen Diensten gestandene Militairpersonen, der

Generallieutenant Johann Adolph Freyherr von Thielmann,
Obristlieutenant Ernst Ludwig Aster,
Capitain Adolph Christian Wolf August von François, und
Souslieutenant Friedrich Wilhelm von Kutschenbach,
wegen unternommener Entweichung aus den Königlichen Kriegsdiensten und respectiven Uebergangs zu den feindlichen Truppen,

ingleichen der

Major Carl August von Bock und
Souslieutenant Adolph Wilhelm Ludwig Werner Graf von der Schulenburg,
welche über Urlaub außengeblieben und auf die an sie ergangenen Erinnerungen nicht zurückgekommen sind,

hierdurch peremtorie citirt und vorgeladen, alsbald und längstens den 4. October jetzigen Jahres in der General=Kriegsgerichts=Canzley allhier persönlich zu erscheinen, die Ursachen ihrer Entfernung und resp. nicht geschehenen Zurückkunft vom Urlaub anzuzeigen und zu bescheinigen, auch fernern Bescheid zu erwarten, mit der ausdrücklichen Verwarnung, daß im Fall ihres Nichterscheinens wider sie nach der Strenge der Königlich Sächsischen Kriegsarticul und Militairgesetze verfahren werden wird.

Dresden, am 9. August 1813.

Königlich Sächsisches General=Kriegsgerichts=Collegium.

Beilage 18.

Jahrgang 1815.

Dresden, den 7. Jun.

Heute sind Sr. Majestät der König von Sachsen, mit Höchstdero Frau Gemahlin und Prinzessin Tochter, in Begleitung Ihrer Kaiserl. und Königl. Hoheiten, des Prinzen Anton und dessen Frau Gemahlin, des Prinzen Maximilian und dessen Familie und der Prinzessin Maria Anna, in Höchstihren Landen und der hiesigen Residenz nach einer zwanzigmonatlichen Abwesenheit wiederum eingetroffen.

An der Grenze des Königreichs bey Hellendorf wurden Allerhöchstdieselben von der Ritterschaft des Meißnischen Kreises feyerlich bewillkommt. Auf dem Wege hierher bezeugten die, in Berggießhübel von der Altenberger Bergknappschaft, in der Stadt Pirna und im Dorfe Leuben zum Empfange Sr. Majestät getroffenen Veranstaltungen, so wie die an den an der Straße gelegenen Wohnungen häufig angebrachten Verzierungen und das Zuströmen und der Zuruf der Anwohner die allgemeine Freude über dieses langersehnte glückliche Ereigniß.

Der Einzug in Dresden erfolgte Abends gegen 6 Uhr unter Glockengeläute und Abfeuerung der Kanonen. Bey der vor dem Pirnaischen Schlage, mit der Inschrift: Salve, Pater patriae, errichteten Ehrenpforte wurden Ihre Königl. Majestäten von der Geistlichkeit und dem Stadtmagistrate durch feyerliche Anreden begrüßt. Sämmtliche hiesige Innungen mit ihren Fahnen und Insignien, die Töchter der hiesigen angesehenen Einwohner und Bürger, ohngefähr 500 an der Zahl, weiß gekleidet, die Sr. Majestät dem Könige im Namen der Stadt ein Gedicht zu überreichen die Gnade hatten, und die Königl. und Prinzlichen Wagen mit Blumen bestreueten, auch der größte Theil der auf der Universität Leipzig studirenden sächsischen Jünglinge, die, um dieser Feyer beyzuwohnen, des Tags zuvor hier angekommen waren, umgaben die Ehrenpforte. Nach dort geschehenem Empfange fuhren Ihre Majestäten unter Vorreitung vieler hiesigen Einwohner, dann der Bürger-Gendarmerie, der Jägerey- und Postofficianten, und zunächst dem Köngl. Paradewagen, in welchem Höchstdieselben nebst der Prinzessin Augusta saßen, der Generalität, durch eine von der Bürger-Nationalgarde und den hier anwesenden Truppen formirte Haye, unter fortwährendem Vivatrufen und andern Aeußerungen herzlicher Freude von Seiten der zahllosen Zuschauer, in das Köngl. Schloß, wo eine zahlreiche Cour versammelt war, und Allerhöchstdieselben an der Treppe von der Prinzessin Elisabeth, Königl. Hoheit, empfangen wurden.

Nachdem sich die höchsten Herrschaften mit den zur Cour anwesenden Personen eine Zeitlang gnädigst unterhalten hatten, ward auf dem Schloßplatz nahe der Brücke, von dem von der Ehrenpforte immittelst zurückgekehrten Zuge und dem daselbst versammelten Volke aus dem Chorale No. 620. des Dresdner Gesangbuchs der 1. 7. 8. 9. 10. und 11. Vers gesungen, und nach Beendigung dieses Gesanges von dem Chor der Schüler aus dem 61. Psalm nach der Reinhardtischen Uebersetzung und nach der vom Musikdirector und Cantor Weinlig gefertigten Composition, unter Instrumental-Begleitung die Worte angestimmt:

Allmächtiger!
Verlängere des Königs Leben,
Verdopp'le Seiner Jahre Zahl!
Laß ungestört vor dir Ihn herrschen,
Ihn deine treue Huld bewahren. Amen!

Se. Majestät der König und Ihre Majestät die Königin befanden Sich, während dieses Gesanges, nebst sämmtlichen hier gegenwärtigen Prinzen und Prinzessinnen des Köngl. Hauses auf dem Balcon des Schlosses. Mit Absingung des Liedes: Nun danket alle Gott rc., auf dem alten Markte ward diese Feyerlichkeit beschlossen.

Abends um 9 Uhr zogen die Studirenden aus Leipzig in einem Fackelaufzuge vor das Köngl. Schloß, und eine Deputation derselben hatte bey Sr. Majestät, dem Könige, Audienz. Die hiesige Bürgerschaft brachte Allerhöchstdenenselben ebenfalls unter Fackelschein eine Abendmusik mit Gesang. Nachher besahen die Höchsten Herrschaften die Illumination der Stadt.

Beilage 19.

Jahrgang 1817.

Dresden, den 6. October.

Die neuen Verwaltungseinrichtungen, welche Se. Köngl. Majestät nach den gegenwärtigen Verhältnissen des Königreichs Sachsen und den sonstigen Zeitumständen für nothwendig und zuträglich finden, und an denen bisher unausgesetzt gearbeitet worden ist, nähern sich ihrer Vollendung.

In Folge der wegen der künftigen Einrichtung und Verhältnisse der höchsten Staatsbehörden vor kurzem ergangenen Befehle ist heute der neu organisirte geheime Rath, welcher an die Stelle des zeitherigen geheimen Consilii tritt, eingeführt worden. Diese oberste Staatsbehörde ist führohin, wie gleich anfangs weil. der Churfürst August, glorreichen Andenkens, den geheimen Rath zur Berathschlagung sonderlicher vornehmer und vertrauter Sachen verordnet hatte, hauptsächlich zur Berathung des Regenten, und zwar verfassungsmäßig, in allen die Landesverfassung, Gesetzgebung und allgemeine Verwaltungseinrichtungen betreffenden Angelegenheiten, so wie im übrigen nach Landesherrlichem Gutbefinden bestimmt. Dabey bleibt ihr die von dem geheimen Consilio innerhalb seiner Ressortsgrenzen geführte Oberaufsicht, als welche vielmehr auf die gesammte öffentliche Verwaltung nun erstreckt worden ist, und es ist den Unterthanen verstattet, Beschwerden, zu welchen sie sich gegen die Landescollegia und Behörden etwa veranlaßt finden könnten, beym geheimen Rathe anzubringen, woselbst deren Erörterung statt haben wird. Der geheime Rath wird aus den Conferenzministern, dem jedesmaligen Präsidenten des geheimen Finanzcollegii, dem jedesmaligen Präsidenten der Kriegsverwaltungscammer, dem jedesmaligen Canzler, und dem jedesmaligen Director des zweyten Departements im geheimen Finanzcollegio bestehen. Die Zuziehung anderer Directoren der Landescollegien und ihrer Abtheilungen, oder sonstigen Behörden und Diener zu dessen Berathschlagungen, wird in einzelnen Fällen ebenfalls stattfinden: sie hängt aber von den Umständen und besondern Anordnungen ab. Für besonders wichtige und zweifelhafte Fälle ist vorbehalten worden, die Mitglieder des geheimen Raths zu einem mit den Cabinetsministern, auch, nach Befinden, den übrigen Chefs der Landescollegien, und andern, nach Beschaffenheit der Sachen, hierzu geeigneten Geschäftsmännern, und unter Beywohnung der Prinzen des Köngl. Hauses, abzuhaltenden Staatsrathe zu vereinigen, wobey Se. Majestät, nach Höchstem Gefallen, Selbst den Vorsitz führen werden. Wegen der blos administrativen und speciellen Gegenstände, über welche eine allerhöchste Entschließung nothwendig ist, werden künftig die obern Landesbehörden zu merklicher Abkürzung des Geschäftsganges an den König unmittelbar ihre Vorträge thun, und durch dessen Rescripte beschieden werden. In Ansehung der ständischen Angelegenheiten und des Steuerwesens behält es jedoch, bis bey dem bevorstehenden Landtage über die auch in diesem Stücke thunliche Vereinfachung der Geschäftsführung mit den Ständen sich vernommen worden seyn wird, bey der bisherigen Einrichtung dergestalt sein Bewenden, daß der geheime Rath die Mittelbehörde ist, durch welche die dahin Bezug habenden Sachen, so weit sie nicht, zeitheriger Verfassung nach, von ihm selbst abgethan werden mögen, zu allerhöchster Entschließung vorgelegt, und die ihrenthalben gefaßten Köngl. Resolutionen den Ständen und Behörden mitgetheilt werden. Die fernere Besorgung des, wegen der evangelischen Religions- Kirchen- Universitäts- und Schulsachen den evangelischen geheimen Räthen im Jahre 1697 ertheilten Auftrags, ist den Conferenzministern ausschließend verblieben. Mit dem heutigen Tage treten allenthalben die vorangegebenen neuen Verhältnisse ein; nur in den oberlausitzischen Sachen, bis zur Einführung der beabsichtigten und des nächsten herzustellenden neuen Administrationsverhältnisse alldort, so wie in Ansehung des Oberhofgerichts zu Leipzig, der Stiftsregierung und des Stiftsconsistorii zu Wurzen, und des Sanitätscollegii dauert die zeitherige Form der Geschäftsführung noch zur Zeit fort.

Beilage 20.

Jahrgang 1822.

a) München, den 10. November.

Gestern Nachmittags um 1 Uhr verfügte sich der königl. sächsische Gesandte, Herr Graf von Einsiedel, in einem Hofwagen, den sechs mit Fiocchi behangene Pferde zogen, in die Residenz, um bey Sr. Majestät dem Könige um die Hand Ihrer königl. Hoheit der Prinzessin Amalie Auguste für Se. königl. Hoheit den Prinzen Johann Nepomucen Maria Joseph von Sachsen, im Namen Sr. Majest. des Königs von Sachsen zu werben. Die Audienz hatte bey verschlossenen Thüren statt. Ihre Majestäten der König und die Königin saßen auf dem Throne. Der Herr Gesandte drückte den Zweck seiner Sendung in einer kurzen Anrede vor Ihren königl. Majestäten aus, worauf Allerhöchstdieselben dem Oberstkämmerer den Befehl ertheilten, Ihre königl. Hoheit die Prinzessin Amalie Auguste einzuführen. Höchstdieselbe trat nun, von ihm und Ihrer Hofmeisterin begleitet, in den Saal und nahm den Platz an der linken Seite des Thrones ein. Der k. sächsische Gesandte wiederholte hierauf ganz kurz den Inhalt seines Auftrages, wornach Ihre königl. Hoheit die Prinzessin durch eine tiefe Verbeugung gegen Ihre Majestäten den König und die Königin Ihre Einwilligung zu erkennen gab. Der Herr Graf von Einsiedel übergab nun das Bildniß Sr. königl. Hoheit des Prinzen Johann, welches die Hofmeisterin übernahm und Ihrer k. Hoheit an die Brust heftete.

Der feierliche Zug der Auffahrt nach der Residenz und von dieser nach dem Hotel des Herrn Gesandten wieder zurück, ging in folgender Ordnung vor sich: 1) der Hof-Fourier Schreiber; 2) die Livree des Hr. Gesandten; 3) dessen Hausoffiziere; 4) der Hr. Gesandte mit dem Auffahrtscommissär; ein Hoflakei mit unbedecktem Haupte an jedem Schlage seines Wagens; 5) der Hr. Legationssecretair in einem zweispännigen Hofwagen, von eigner Livree gefolgt.

Die in und außerhalb der Residenz Wache habenden k. Garden der Grenadiere, Cuirassiere und Hatschiere paradirten. Der Herr Gesandte stieg an der Kaisertreppe aus, an deren Fuße ihn der Hoffourier und oberhalb der Treppe der Kammerfourier erwarteten. Der Herr Legationssecretair schloß sich unmittelbar vor dem Herrn Gesandten dem Zuge an. An der Schwelle des äußersten Saales empfing den Hrn. Gesandten ein k. Kämmerer und begleitete ihn bis zum zweiten Saale, wo ein Ceremonienmeister ihn empfing und bis zum dritten Saale begleitete; hier empfing ihn der k. Oberceremonienmeister und meldete ihn sogleich bey Ihren königl. Majestäten zur Audienz.

Abends um 6 Uhr erschienen Ihre Majestäten der König und die Königin, Se. k. Hoheit der Prinz Carl, Ihre k. Hoheit die Herzogin von Leuchtenberg und übrigen k. Prinzessinnen, so wie J. k. Hoheit die verwittwete Frau Herzogin von Pfalz-Zweibrücken im neuen k. Hoftheater, wo bey beleuchtetem Hause die Oper Sargines und ein Divertissement gegeben wurden. Kaum war die Durchlauchtigste Prinzessin Braut in der k. Loge erschienen, als von allen Seiten der freudigste Zuruf, das lauteste Händeklatschen erscholl und fast kein Ende nehmen wollte. Mit gleichem Enthusiasmus brach die Freude aus den Herzen aller anwesenden Zuschauer, als bey der Schlußscene des Divertissements ein Tempel sich bildete, in welchem Hymen und Amor sich mit einander verbanden, und über welchem das Bildniß Ihrer königl. Hoheit der Prinzessin Amalie sich zeigte.

Nach dem Theater war bey dem Minister des k. Hauses und der auswärtigen Angelegenheiten, Herrn Grafen von Rechberg Excellenz, Ball und Soupée zu mehr als 300 Gedecken, welchem Ihre Majestät der König und die Königin mit der Durchlauchtigsten Braut und der ganzen königl. Familie beyzuwohnen geruhten.

Heute Abends um 7 Uhr war die feierliche Stunde, wo der Trauungsact in der königl. Hofcapelle der Residenz vollzogen wurde.

Der königl. sächsische Gesandte verfügte sich an diesem Tage zu Sr. königl. Hoheit dem Prinzen Carl, Höchstwelcher die Procura erhalten hatte, und begleiteten Höchstdenselben in die Hofcapelle, wo der Prinz den Ihm angewiesenen Platz auf der Epistel-Seite einnahm. — Eben so wurde dem königl. sächsischen Gesandten ein besonderer Platz angewiesen. — Nachdem der Oberst-Ceremonienmeister Ihren Majestäten dem Könige und der Königin, eben so Ihrer königl. Hoheit der Prinzessin Amalie Auguste gemeldet, daß der königl. Prinz bereits in der Hofcapelle angelangt sey, begann der Zug der Allerdurchlauchtigsten und Durchlauchtigsten Herrschaften, welche sich bey Ihrer Majestät der Königin versammelt hatten, unter Vorausstretung der Hof- und Kammerfouriere, der Ceremonienmeister, dann des Civil- und Militärpersonals, welches zu erscheinen berufen war, der Generaladjutanten und der zwei im Hauptdienste stehenden Kammerherren in folgender Ordnung: a) Der Oberst-Ceremonienmeister; b) Ihre Majestäten der König und die Königin; zwischen Allerhöchstdenselben Ihre königl. Hoheit die Prinzessin Amalie Auguste; c) an der Seite des Königs rechts in einer geringen Entfernung und etwas rückwärts ging der Capitaine des Gardes und links der Generaladjutant im Dienste; d) in eben dieser Ordnung ging an der linken Seite der Königin Allerhöchstderen Oberst-Hofmeisterin; e) Ihre königl. Hoheiten die verwittwete Frau Kurfürstin und die verwittwete Frau Herzogin von Pfalz-Zweibrücken, und Ihre königl. Hoheiten die Prinzessinnen; f) die Oberhofmeisterin der Königin; g) die zwei Schlüsseldamen; h) die Oberhofmeisterin der Durchlauchtigsten Braut; i) die Hofdamen der Königin und die Hofmeisterinnen und Damen der königl. Prinzessinnen; k) die Hofdamen der Durchlauchtigsten Braut; l) die Kronbeamten, die königl. Minister und Stabschefs nach ihrer Rangordnung zu zwei. — Die Schleppe trugen die Oberhofmeisterin bis zur Ausgangsthüre in die zweite Antichambre, sodann aber die Edelknaben, und zwar zwei bey Ihrer Majestät der Königin, zwei bey der Durchlauchtigsten Braut und einer bey jeder der übrigen königl. Prinzessinnen bis in die Capelle, wo die Oberst- und Oberhofmeisterinnen in ihre vorigen Functionen traten. — Sobald der Zug in der Hofcapelle angelangt war, reihten sich unter dem Schalle der Trompeten und Pauken sämmtliche Individuen, theils hinter der letzten Reihe der Tabourets der Damen, theils links und rechts der Capellenwände ein. Die Oberst- und Oberhofmeisterinnen, die Schlüssel- und Hofdamen setzten sich auf Tabourets. Die königl. Ceremonienmeister wiesen sämmtlichen königl. Hoheiten und andern höchsten Herrschaften die Plätze an, worauf alle Hoffähige die ihnen von denselben angewiesenen Plätze einnahmen.

Ihre Majestäten der König und die Königin geruhten unter dem Thronhimmel Platz zu nehmen. — Der königliche Prinz, als Stellvertreter des Durchlauchtigsten Bräutigams, nahm Seinen Platz an einem rechts von dem Throne stehenden Betschemmel. Die Prinzessin Braut kniete zur Rechten des stellvertretenden königl. Prinzen, bey welchem zwey Fauteuils standen. — Unmittelbar hinter denselben waren die für Ihre königl. Hoheit die verwittwete Frau Kurfürstin und Frau Herzogin von Pfalz-Zweibrücken, und für Ihre königl. Hoheit die Prinzessinnen bestimmten, auf Teppiche gestellten Kniebänke, mit karmoisinrothen und goldverzierten Armlehnsesseln. — Die königl. Minister und Stäbe, der Capitaine des Gardes, der Obersthofmeister der Königin, die Obersthofmeisterin der Königin, der Generaladjutant im Dienste, der ältere Kammerherr im Hauptdienste und der Kammerherr der Königin stellten sich in der gewöhnlichen Ordnung hinter die Fauteuils Ihrer Majestäten. — Der Oberst-Ceremonienmeister stand vorn unter den Stufen des Thrones, in einer angemessenen Entfernung von Seiner Majestät dem Könige, um von Allerhöchstdemselben die Befehle einholen zu können; die Ceremonienmeister standen ihm gegenüber. — Den fremden Gesandten und ihren Frauen wurden Plätze in den Tribunen der Hofcapelle angewiesen; eben so den Legationsräthen und Legationssecretairen, wie nicht minder den Fremden, die bey Hofe präsentirt sind. Sie erschienen in Galla zur gegebenen Stunde. — Sämmtliche Damen, welche den Zutritt am Hofe haben, wurden auf dem sogenannten Cavalier-Oratorium und in den Tribunen eingetheilt. Die Frauen der Kronbeamten, Minister und Stabschefs erhielten ihre angewiesenen Plätze in den Tribunen. — Sobald sämmtliche Allerhöchste und Höchste Herrschaften nach der Anweisung der Ceremonienmeister ihre Plätze eingenommen hatten, geruhten Se. Majestät der König dem Oberst-Ceremonienmeister ein befehlendes Zeichen zu geben, worauf derselbe nach gemachter Verbeugung die zum Trauungsacte bestimmte Geistlichkeit herbeirief. — Der die Trauung verrichtende Bischof trat hierauf mit der assistirenden Geistlichkeit in die Hofcapelle und begab sich an den Fuß des Altars in die Mitte. — Der königliche Prinz als Stellvertreter ging sodann, von seinen Kammerherren begleitet, unter Voraustretung des Oberst-Ceremonienmeisters an den Altar. Eben dahin führte Ihre königl. Hoheit, die Prinzessin Auguste, Herzogin von Leuchtenberg, die Durchlauchtigste Braut, unter Voranstretung eines Ceremonienmeisters und in Begleitung einer Hofdame. — Sobald das Durchlauchtigste Brautpaar vor dem Bischofe am Altar angelangt war, kehrten sämmtliche obengenannte Personen wieder auf ihre Plätze zurück. — Der Oberstceremonienmeister übergab dem Pfarrer die Procura, welche schon Tags vorher dem die Trauung verrichtenden Bischofe zur Einsicht zugestellt worden, um solche nunmehr abzulesen. —

Nachdem hierauf der Bischof von Sr. Königl. Hoheit dem Prinzen das erste Ja gefordert hatte, wendete sich Höchstdieser zu Seiner Majestät dem Könige und erbat sich durch eine Verbeugung die allergnädigste Zusage, welche der König durch ein bejahendes Zeichen zu erkennen gab, und die Seine königl. Hoheit zu einem laut zu sprechenden Ja berechtigte. — Sobald der Bischof die Frage an die Durchlauchtigste Braut richtete, beobachtete Höchstdieselbe ein Aehnliches gegen Ihre Durchlauchtigsten Eltern. — Die geweihten und von dem Bischofe präsentirten Ringe wurden von dem Durchlauchtigsten Brautpaare wechselsweise angesteckt und hierauf die Hände in einander gelegt; wonach der Bischof die im Angesichte der heiligen Kirche geschlossene Ehe in der kirchlichen Form bestätigte und einsegnete, und die Feierlichkeit damit beschloß, daß er das Te Deum anstimmte und mit der Schluß-Oration endigte. — Sobald das Te Deum angestimmt war, verließ das Durchlauchtigste Paar den Altar, machte Ihren Majestäten dem Könige und der Königin eine tiefe Verbeugung und stellte sich zu dem in Bereitschaft stehenden Betstuhle, und zwar die Durchlauchtigste Prinzessin zur linken Seite Sr. Königl. Hoheit des Prinzen. — Der Trauungsact wurde durch 60 Kanonenschüsse gefeiert. — Nach dem Te Deum verfügten sich die Allerhöchsten Herrschaften aus der Kirche in der eben angezeigten Ordnung nach dem Herculessaale, die Durchlauchtigste Prinzessin zur linken Seite Sr. Königl. Hoheit des Prinzen. — Gleich im Eingange des Te Deum verließen die fremden Gesandten und ihre Frauen die Tribunen, und gingen durch die kleine an das Cavalier-Oratorium stoßende Gallerie, um sich in das zweite rothe Audienzzimmer zu begeben. Die Legationsräthe, Legationssecretaire und anwesenden Fremden begleiteten ihre Gesandten. — Die Frauen der Kronbeamten, der Minister, der Stabschefs und sämmtliche Stadtdamen verließen ebenfalls ihre Plätze, sobald das Te Deum angestimmt war, und gingen durch die kleine, an das Cavalier-Oratorium stoßende Gallerie in den Herculessaal, wo sie nach ihrem Range der Länge des Saales nach sich reihten, um den Hof zu erwarten. — Die Königl. Kronbeamten, Minister und Stabschefs, der Capitaine des Gardes, der Obersthofmeister der Königin, Ihre Kammer- und Hofdamen und alle zum Dienste Ihrer Majestäten und Königl. Hoheiten gehörige Personen nahmen die ihnen gebührenden Plätze hinter denselben nach der herkömmlichen Ordnung und blieben während der Glückwunschbezeugung stehen. —

Sobald die Königl. Familie und die andern höchsten Herrschaften Platz genommen, traten die Damen, einzeln nach ihrer Rangordnung, vor den Allerhöchsten und Höchsten Herrschaften vorüber, und machten die erste tiefe Verbeugung vor Ihren Majestäten dem Könige und der Königin, sodann eine zweite Verbeugung vor dem Durchlauchtigsten Ehepaar, worauf sie sich auf die entgegengesetzte Seite begaben. — Die Civil- und Militärpersonen, welchen an diesem Tage der Zutritt gestattet war, präsentirten sich nach ihrem Range einzeln, machten ebenfalls auf die oben beschriebne Art zwei Verbeugungen, und verließen hierauf den Saal. Nach vollendeten Aufwartungen verließen Ihre Majestäten und Ihre Königl. Hoheiten das Durchlauchtigste Ehepaar den Saal, und begaben sich durch das Ritterzimmer in das zweite Audienzzimmer, wo Se. Excellenz der Herr apostolische Nuncius, die fremden Herren Gesandten und ihre Gemahlinnen versammelt waren, und empfingen von diesen die Glückwünsche. — Sobald die erwähnte Glückwunsch-Bezeugung vorüber war, geruhten Ihre Majestäten und sämmtliche Königl. Hoheiten, unter Voraustretung Ihres Dienstes, aber ohne ferneres Cortege, sich zurück zu ziehen; und so endete sich die Feierlichkeit des Tages.

Im Königl. Theater am Isarthor wurde mit freiem Eintritte das Ritterschauspiel: Der Graf von Burgund, gegeben.

Jahrgang 1822.

b) Dresden, den 21. November.

Ihro Königliche Hoheit die Prinzessin Amalia Augusta von Baiern, Sr. des Prinzen Johann von Sachsen Königliche Hoheit Frau Gemahlin, so am 17ten dieses von München zu Plauen angekommen, haben nach daselbst erfolgter feierlicher Uebernahme von Sr. Excellenz dem Generallieutenant von Watzdorf, als hierzu beauftragtem Königl. Sächsischen Commissario, über Zwickau, Chemnitz und Freiberg, heute Mittags gegen 2 Uhr, unter Abfeuerung des Geschützes, durch eine von Militair und der National-Garde formirte Haye, Ihren Einzug in die Residenz gehalten.

Sämmtliche Innungen paradirten auf dem Altenmarkte. Unter der vor dem Rathhause errichteten Ehrenpforte hielten Höchstdieselben still, um die Glückwünsche des Stadtmagistrats zu empfangen.

Se. Königl. Hoheit Prinz Johann empfingen Höchstdero Frau Gemahlin beim Aussteigen aus dem Wagen, und führten Höchstdieselbe, unter Begleitung der Cavaliers der ersten beiden Classen der Hofordnung, auf Höchstihre Zimmer.

Nach kürzer Zeit legten Ihro Königl. Hoheiten bey Beiderseits Königlichen Majestäten und den übrigen Prinzen und Prinzessinnen, Königliche und Kaiserliche Hoheiten, die erste Visite ab, und speisten hierauf allein.

Abends um 7 Uhr erfolgte die feierliche Einsegnung in Sr. Majestät des Königs Haus-Capelle, worauf bald nachher die Allerhöchsten und Höchsten Herrschaften an einer distinguirten Familientafel, und die Hof- und Zutritts-Damen, die Cavaliers der ersten Classe der Hofordnung und Oberhofbeamten, mit Zuziehung des Königlich Baierschen Gesandten, Grafen von Luxburg, und des von München mit dem Trauring anhergesendeten Königlich Baierschen General-Lieutenants und General-Adjutanten, Heinrich LII. Grafen Reuß, an einer besondern Tafel speiseten.

Der Hof war an diesem Tage in Galla.

Jahrgang 1822.

c) Dresden, den 22. November.

Am heutigen Vormittage statteten Ihre Majestäten der König und die Königin, nebst Prinzessin Augusta, so wie die übrigen Prinzen und Prinzessinnen, Kaiserl. und Königl. Hoheiten, bey Sr. Königl. Hoheit dem Prinzen Johann und Höchstdero Frauen Gemahlin, Königl. Hoheit, Besuch ab; auch geruheten die Neuvermählten zu verschiednen Stunden die Glückwünsche von sämmtlichen Damen und Cavaliers in der Gallakleidung, anzunehmen.

Mittags hatte erweiterte Familientafel mit Cammermusik und Abends Appartement in den Paradesälen des Königl. Schlosses statt.

Des Abends war allgemeine Erleuchtung in der Stadt, welche die Allerhöchsten und Höchsten Herrschaften in hohen Augenschein zu nehmen geruheten.

Auch trafen Abends nach 6 Uhr Se. Königl. Hoheit der Kronprinz Oscar von Schweden unter dem Namen eines Grafen von Schonen in der Residenz ein, stiegen in Hôtel de Pologne ab, und erschienen alsbald am Hofe und wohnten dem Appartement bey.

Den 23. des Mittags war wegen Anwesenheit des Kronprinzen von Schweden Königl. Hoheit, Familientafel.

Den 24. erschien der Hof ebenfalls in Galla.

Vormittags während des Gottesdienstes wurde in der katholischen Hofkirche unter Abfeuerung des Geschützes und einem dreimaligen Feuer von der Infanterie, so wie in den evangelischen Kirchen der Residenz, der Ambrosianische Lobgesang abgesungen.

Mittags war Familientafel und Abends Hofball mit Souper.

Den 25. Mittags wurde bey Hofe an 3 bunten Reihentafeln gespeiset, und des Abends ward eine Cantate im Saale des großen Opernhauses aufgeführt, bey welcher die Allerhöchsten und Höchsten Herrschaften zu erscheinen geruheten. Den 26sten früh um 7 Uhr sind Se. Königl. Hoheit der Kronprinz von Schweden, von hier über Leipzig nach Berlin abgereist.

Beilage 21.

Jahrgang 1827.

a) Leipzig, den 25. October.

Gestern war der feierliche Tag der Erbhuldigung, welche Sr. Köngl. Majestät, unserm allergnädigsten Landesherrn, von den gewählten Abgeordneten der Ritterschaft und der Amtssassen des Leipziger Kreises, der Universität, des Stadtraths, der Geistlichkeit und der Schulen, der Kaufmannschaft und der Bürger-Repräsentanten zu Leipzig, so wie von den übrigen Städten dieses Kreises mit tief gerührtem Herzen und frommen Gesinnungen geleistet wurde. Nachdem die Abgeordneten den Gottesdienst in der Thomaskirche abgewartet hatten, begaben sie sich auf das Rathhaus, wo der Huldigungssaal sehr geschmackvoll decorirt war. Um 11 Uhr wurden Se. Köngl. Majestät am Eingange des Rathhauses von den dazu bestimmten Behörden ehrerbietigst empfangen, und es begann nun, eingeleitet von trefflichen Reden Sr. Excellenz des Herrn Conferenzministers Nostitz-Jänkendorf und von ehrfurchtsvollen Beantwortungen des Kammerherrn und Kreisoberforstmeisters von Lindenau auf Polenz, des jetzigen Rectors der Universität, Domherrn D. Weiße, des Hofraths und amtführenden Bürgermeisters der Stadt Leipzig D. Sickel, und des hiesigen Superintendenten Domherrn D. Tzschirner an Se. Majestät der ernste Act der mündlichen Leistung von Eiden der Treue, die unsre Herzen längst geschworen hatten, worauf bey Ertheilung des Handschlags sämmtliche Deputirte einzeln zum Handkusse gelassen wurden. Se. Köngl. Majestät betraten sodann den Balkon des Rathhauses, und wurden von den auf dem Markte versammelten Bürgern und übrigen überaus zahlreich versammelten Einwohnern durch mehrmaliges Vivatrufen und Absingung eines zu diesem Feste gedichteten Huldigungliedes auch hier wie überall unter lautem Jubel ehrfurchtsvoll begrüßt. Nach Allerhöchstdero

Rückkehr in Höchstihre Wohnung geruheten Se. Köngl. Majestät eine allgemeine Cour zu ertheilen, worauf die Mittagstafel folgte, zu welcher auch die vorher erwähnten Sprecher eingeladen waren. Abends fand ein Festspiel im hiesigen Schauspielhause und sodann eine allgemeine und glänzende Illumination hiesiger Stadt und Vorstädte statt und Se. Köngl. Majestät geruheten sowohl das Erstere mit Allerhöchstihrer Gegenwart zu beehren, als die Letztere in Augenschein zu nehmen.

Jahrgang 1827.

b) Budissin, den 21. October.

Gestern fand allhier die feierliche Erbhuldigung Sr. Majest. des Königs abseiten der Deputirten der Ritterschaft, der Abgeordneten der katholischen und protestantischen Geistlichkeit zu Budissin, der Vierstädte, so wie der bürgerschaftlichen Repräsentanten des Markgrafthums Oberlausitz statt.

Bei der vorgestern Nachmittags auf der Grenze des Markgrafthums erfolgten Ankunft Beiderseits Königlichen Majestäten wurden Allerhöchstdieselben an der daselbst errichteten Ehrenpforte von einer ständischen Deputation, von den Landescommissarien und dem Amtshauptmann empfangen und bis Budissin begleitet.

Die Ankunft Ihrer Königlichen Majestäten zu Budissin erfolgte unter Vorritt der Jägerei und der Postbeamten nach drei Viertel auf 4 Uhr Nachmittags. So wie Allerhöchstdieselben auf dem Weichbilde der Stadt anlangten, wurde mit allen Glocken geläutet. An der Brücke über die Spree wurden Ihro Köngl. Majestäten von dem hiesigen Stadtrathe und den Deputirten der übrigen drei Städte der Oberlausitz empfangen, und Sr. Majestät dem Könige die Stadtschlüssel überreicht. Dann erhoben Allerhöchstdieselben Sich durch eine von den Zünften gebildete Doppelreihe, an welche sich die Nationalgarden, so wie an diese die hiesige Garnison anschlossen, nach Dero Wohnung, welche in dem Hause des Kaufmanns Weltz bereitet war.

Allerhöchstdenenselben streuten in diesem Hause vorausgehende weißgekleidete Mädchen Blumen und eines derselben überreichte an Ihro Majestät die Königin, nach einer kurzen Anrede, ein Gedicht. Ein zweites wurde auch Sr. Majestät dem Könige von selbigen übergeben. Vorher hatten sich in dem Hause selbst sämmtliche Huldigungs-Deputirte und hiesige Behörden zum Empfange Ihro Königlichen Majestäten versammelt, welche Allerhöchstdenenselben bis zu den Wohnzimmern vortraten.

Um 4 Uhr desselben Tages erhoben Sich die Allerhöchsten Königlichen Herrschaften in die hiesige Domkirche, woselbst ein Te Deum gesungen wurde.

Abends fand freies Theater statt. Dem in selbigem gegebenen Festspiele geruheten Ihro Königl. Majestäten beizuwohnen.

Heute, als am Tage der feierlichen Erbhuldigung versammelten sich sämmtliche Anfangs angeführte Deputirte nach Beendigung des protestantischen Huldigungs-Gottesdienstes, welcher um 7 Uhr, so wie des katholischen, welcher um 9 Uhr seinen Anfang nahm, und drei Viertel auf 11 Uhr endigte, und welchem Se. Königl. Majestät beiwohnten, in dem zu dieser Huldigung eingerichteten Saale des ständischen Landhauses, und erwarteten daselbst die Ankunft Sr. Königl. Majestät, Allerhöchstwelche Sich gegen 11 Uhr in einem Paradewagen nach dem ständischen Landhause erhoben und unter Vortritt der Cortége in den Huldigungssaal verfügten, und daselbst das Handgelöbniß und den Eid der Treue und zwar zuerst von den Deputirten der Ritterschaft, dann von der katholischen Geistlichkeit, den Pröbsten zu Marienstern und Marienthal, nachher von den Deputirten der Vierstädte, Budissin, Zittau, Camenz und Löbau und endlich von den Deputirten der Budissiner protestantischen Geistlichkeit und den bürgerschaftlichen Vertretern empfingen. Se. Köngl. Majestät erhoben Sich dann wiederum unter Vortritt der Cortége in den Wagen und nach Allerhöchstdero Quartier zurück, wo Allerhöchstdieselben Sich nach kurzem Verweilen auf dem am Erker der Köngl. Wohnung angebrachten Balcon, der auf dem Markte versammelten Bürgerschaft zu zeigen und deren freudiges, unter Trompeten- und Paukenschall dargebrachtes Lebehoch anzunehmen geruhten.

Mittags fand eine Ceremonientafel statt, zu welcher außer mehrern ritterschaftlichen Deputirten der Decan des Dom-Capituls, Bischof Lock, so wie die Bürgermeister von Budissin und Zittau geladen waren. An zwei andern auf dem Landhause zubereiteten Tafeln speisten mehrere ritterschaftliche und städtische Deputirte, so wie ein Deputirter der protestantischen Geistlichkeit von Budissin.

Nachmittags besuchten Se. Majest. der König die auf dem Saale des Schießhauses veranstaltete Ausstellung von Industrie-Erzeugnissen.

Abends war die Stadt erleuchtet, und Beiderseits Königliche Majestäten geruheten, diese Erleuchtung zu Wagen in Allerhöchsten Augenschein zu nehmen.

Die Zöglinge des Budissiner Gymnasiums hatten zugleich Abends einen Fackelaufzug veranstaltet, und brachten vor dem Hauptquartiere ihre devotesten Glückwünsche dar.

Am heutigen Tage wohnten Beide Majestäten am Vormittage dem Gottesdienste bey; zu Mittag waren mehrere Köngl. Diener und anwesende Stände zur Tafel geladen, und am Abend geruheten Allerhöchstdieselben einer von den Oberlausitzischen Ständen auf dem Saale des Landhauses veranstalteten Abendgesellschaft beizuwohnen.

Beilage 22.

Jahrgang 1830.

a) Leipzig, den 28. Juny.

Am 25. 26. und 27 d. fand hier nach Höchster Anordnung die 300jährige Jubelfeier der Uebergabe der Augsburgischen Confession statt. Am ersten der gedachten festlichen Tage begrüßte schon früh zwischen 6 und 7 Uhr der feierliche Gesang: „Eine feste Burg ist unser Gott!“ von den Thürmen der beiden Hauptkirchen herab, unter dem Schalle der Posaunen und Pauken, die zahlreich versammelte Menge der Einheimischen und Fremden. Nach dem Gottesdienste, während dessen die Kirchen die Menge der Zuhörer kaum zu fassen vermochten, strömte dieselbe auf den Markt und in die Straßen, theils um vom Rathhausthurme ein feierliches: „Nun danket alle Gott“ zu vernehmen, theils um den festlichen Aufzug zu sehen, welchen die hiesige Universität veranstaltet hatte, und dem sämmtliche hohe und niedere Behörden unserer Stadt beiwohnten. Diese Feier war von unserm ehrwürdigen Jubilar Herrn Hofrath und Comthur D. Chr. Daniel Beck, durch ein Programm*) angekündigt worden, während auch der Herr Prälat D. Tittmann durch eine besondere Einladungsschrift**) zu Anhörung einer lateinischen Rede eingeladen hatte, welche er selbst in der passend verzierten Universitätskirche hielt, nachdem zuvörderst ein „Te Deum" von dem wackern D. Friedrich Schneider componirt, unter der Leitung des Musikdirectors Pohlenz trefflich ausgeführt worden war. Unmittelbar an jene Rede knüpfte sich die Promotion von 23 Doctoren der Theologie, unter denen sich bedeutende Namen des In- und Auslandes befanden. Nach dem nachmittäglichen Gottesdienste ward im großen Hörsaale der hiesigen Nicolaischule eine Feier von der Leipziger historisch-theologischen Gesellschaft begangen, wozu der derz. Dechant der theologischen Facultät, Hr. D. Chr. Friedr. Illgen, als Gründer und Vorsteher jenes Vereins, ebenfalls durch ein Programm***) eingeladen hatte, welchem die, vor Kurzem durch die Gnade Sr. Köngl. Majestät Allerhuldreichst bestätigten Statuten der Gesellschaft beigefügt waren. Die Inhaber Köngl. Freistellen im Convict genossen an diesem Tage eine besondere Bewirthung. Der nächste Festtag war vornehmlich der Jugend bestimmt, welche sich deshalb, unter zahlreicher Begleitung der Aeltern und Lehrer, in den Kirchen versammelte, um dies wichtige Gedächtnißfest würdig zu begehen. Auch die beiden gelehrten Schulen Leipzigs hatten am 26. Juny feierliche Acte veranstaltet, wozu durch die Herren Prof. u. Rector Nobbe und M. Stallbaum besonders in Programmen eingeladen worden war. Die hiesige Rathsfreischule und Bürgerschule folgten diesem Beispiele am 3. Tage, indem sie eine, dem jugendlichen Alter ihrer Zöglinge angemessene Feier begingen.

Jahrgang 1830.

b) Dresden, den 28. Juny.

Die Säcularfeier der am 25. Juny 1530 erfolgten Uebergabe des evangelischen Glaubensbekenntnisses zu Augsburg ist in hiesiger Residenz an den hierzu bestimmten 3 Tagen durch würdevolle kirchliche Feierlichkeiten begangen worden.

Die Feier begann am 25. früh mit dem Lauten der Glocken und mit einer vom Thurm der Kreuzkirche herab unter Instrumental-Begleitung abgesungenen Motette. Die Magistratspersonen zu Alt- und Neustadt nebst der Geistlichkeit und den Schulen begaben sich in feierlichen Zügen nach den Kirchen, und mehrere Einwohner hatten sich an diese Züge angeschlossen. Die Kirchen waren mit Blumenkränzen festlich geschmückt, der Gottesdienst wurde von angemessenen und wohlausgeführten Chorgesängen begleitet, und mit dem Ambrosianischen Lobgesang beschlossen.

An dem zweiten, besonders dem Andenken an die gesegneten Folgen der Kirchenverbesserung für die Bildung der Jugend gewidmeten Tage fanden zweckmäßige Schulfeierlichkeiten und Aufzüge der die evangelischen Schulen besuchenden, festlich geschmückten Kinder, unter Begleitung ihrer Lehrer und

---

*) Consilia formulae compositae, recitatae, traditae, defensae et prudentissima et saluberrima. (21 S. 4.)

**) De summis principiis Augustanae confessionis. (34 S. 4 und Vitae Doct. Th. S. 35—114.)

***) De confessione Augustana utriusque Protestantium ecclesiae consociandae adjutrice. (23 S. 8.)

Lehrerinnen, durch mehrere Straßen der Stadt nach den Kirchen statt, an welcher Feierlichkeit ein großer Theil der Aeltern und des Publicums Antheil nahm.

Die Kirchen waren ungewöhnlich zahlreich besucht, und es sprach sich durch diesen Besuch eine große und allgemeine Theilnahme an dem Feste aus. Desto unerfreulicher waren die Störungen, welche in den auf die beiden ersten Festtage folgenden Nächten vorfielen, jedoch nur durch Zufälligkeiten und nicht durch Reibungen zwischen den verschiedenen Confessionsverwandten veranlaßt wurden.

An dem Abend des ersten Tags waren die Thurmhauben der Kreuz- und der Frauenkirche, so wie mehrere Privathäuser illuminirt.

Die Aufmerksamkeit der auf dem Altenmarkt versammelten Menschen wurde auf ein Haus gelenkt, in dessen erstem Stock ein Transparent illuminirt war, während zufällig im zweiten Stock eine Privat-Gesellschaft sich bei offenen Fenstern mit Musik unterhielt. Im Irrthum über die Veranlassung zu dieser musikalischen Unterhaltung sprachen die Umstehenden laut ihr Mißvergnügen aus. Ein hiesiger Bürger wollte es versuchen, die versammelte Menge zu verständigen und zu beruhigen, that aber hierbei einige Aeußerungen, welche mißverstanden und auf das Transparent bezogen wurden und die Menge noch mehr aufregten, so daß dieser Bürger aus Furcht vor thätlichen Mißhandlungen sich in das nächstgelegne Haus flüchtete.

Die in einer ihr wichtigen und ernsten Angelegenheit sich verletzt glaubende Volksmenge versuchte nun mit Gewalt in das Haus zu dringen, wurde aber durch das herbei gerufene Militair hieran verhindert, und nachdem sie der polizeilichen Verhaftung jenes Bürgers, und, daß der Vorfall genau untersucht werden solle, versichert war, zur Ruhe und Ordnung zurückgebracht.

In den Abendstunden des darauf folgenden Tages hatte sich wiederum eine große Anzahl Menschen auf dem Altenmarkte eingefunden, welche durch Absingung von Kirchenliedern und Vivatrufen ihre Theilnahme an dem Feste zu erkennen gab und indem sie hierauf singend und jubelnd einige Straßen durchzog, die nächtliche Ruhe sehr störte. Man suchte durch Aufstellung von Militär größeren Excessen vorzubeugen, und es gelang durch Vermahnungen und ernste Vorstellungen nach Verlauf einiger Stunden, die versammelte Menge auseinander zu bringen.

Am dritten Festtage wurde durch einen polizeilichen Anschlag das nächtliche Zusammenlaufen untersagt und zur Aufrechthaltung dieses Verbots mit eintretender Nacht auf dem Altenmarkte ein Theil der Garnison aufgestellt; diese Maßregel sicherte die Ruhe und die Zahl derer, so sich den Wachen widersetzen wollten und deshalb verhaftet wurden, war nur gering.

Beilage 23.

Jahrgang 1830.

a) Leipzig, den 7. Sept.

In unsrer Stadt haben leider am 2. und 3. d. unruhige Auftritte stattgefunden, wobei fast sämmtliche Laternen hiesiger Stadt zertrümmert und in mehreren hiesigen Wohnungen die Fenster eingeworfen worden, weitere Excesse und aufrührerische Bewegungen aber nicht eingetreten sind. Nur jüngere, der arbeitenden Classe angehörige Personen waren die Ruhestörer. Jenen beiden unruhigen Abenden folgten aber leider am Abend des 4. d. weit gröbere Excesse eines aufrührerischen Volkshaufens, der mehrere hiesige und in der Umgebung der Stadt liegende Wohnungen plünderte und zerstörte, und dessen Frevel erst spät in der Nacht aufhörten. Zu Wiederherstellung der Ordnung ist am 5. d. ein starkes Cavalleriecommando in unsrer, mit keiner Garnison belegten Stadt eingerückt, auch ist am nämlichen Tage eine sehr zahlreiche Sicherheitswache von den rechtlichen Einwohnern aller Stände errichtet worden, durch deren große und rühmliche Thätigkeit nicht nur seitdem die Ruhe aufrecht erhalten worden ist, sondern auch mit Sicherheit zu hoffen steht, daß jene vom besten Geist beseelten Einwohner, in Verbindung mit dem Militär und den für Aufrechthaltung der Ordnung äußerst thätigen Studirenden und Academikern, die fernere Ruhe unsrer sonst so friedlichen Stadt ungestört erhalten werden. Gestern Vormittags traf eine königl. Commission von Dresden ein, um die vorgefallenen Excesse und deren Veranlassung zu erörtern.

Jahrgang 1830.

b) Dresden, den 11. Sept.

Unerwartet wurde vorgestern Abend die Ruhe hiesiger Stadt durch eine Zusammenrottung Uebelwollender gestört. Aus der gemeinsten Volksclasse hatten sich außerhalb der Schläge mehrere Haufen gebildet, die nach 8 Uhr tumultuirend in die Stadt kamen, und lärmend und schreiend die Straßen durchzogen. In der Schloßgasse und auf dem Altmarkt wurden die Laternen zerschlagen, das Polizeigebäude und Rathhaus angegriffen, ersteres im Innern zerstört, ein Theil der darin befindlichen Gelder geraubt und eine Menge Litteralien aus beiden Gebäuden auf die Straße geworfen und daselbst verbrannt.

Das Militärgouvernement der Residenz nahm Anstand, sogleich strengere Maßregeln gegen die Frevler zu verfügen, in der Absicht, die auf dem Markt und in den Straßen der Altstadt zahlreich versammelten Einwohner zu schonen. Durch Aufstellung und Verstärkung mehrerer Militärposten gelang es, weiteren Excessen zu steuern, und die Ruhe in Neustadt und den Vorstädten zu erhalten.

Gestern Vormittag wurde zur Wiederherstellung und Aufrechthaltung der öffentlichen Ruhe unter Vorsitz Sr. Köngl. Hoheit des Prinzen **Friedrich**, eine aus Köngl. Dienern bestehende Commission niedergesetzt, die in einer öffentlichen Bekanntmachung die Dresdner Bürger und Einwohner aller Stände aufforderte, zur schnellen Abhülfe eines strafbaren Beginnens, mit wirksam zu werden.

Der vollständigste Erfolg bewährte die Wahl dieser Maßregel. Unter Anführung des Generallieutenants von Gablenz bildeten sich in wenig Stunden, aus allen Ständen, 2000 Mann Communalgarden, die durch zweckmäßige Dienstleistung die Ruhe so vollkommen herstellten, daß in vergangner Nacht auch nicht die geringste Störung stattfand.

Eine Menge von Ruhestörern sind von den bewaffneten Bürgern und Einwohnern in vergangner Nacht zur Haft und zur einstweiligen Aufbewahrung und Untersuchung auf die Festung Königstein gebracht worden.

Ein treuer, Ordnung und Frieden liebender Sinn der Dresdner Einwohner, hat sich dabei auf das Neue bewährt.

Jahrgang 1830.

c) Dresden, den 5. October.

Die gestern Abend stattgefundnen unruhigen Bewegungen in hiesiger Stadt haben alle gutgesinnte Einwohner mit tiefem Bedauern wahrgenommen, jedoch die erfreuliche Ueberzeugung gewonnen, daß bei dem gegenwärtigen Bestand und dem treuen Sinn der hiesigen Communalgarden irgend eine wesentliche Störung der öffentlichen Ruhe nicht mehr zu befürchten sey. Der Gouverneur, Generallieutenant von Gablenz, ließ durch Schlagen des Generalmarsches die Communalgarde versammeln, durch deren treues und kräftiges Benehmen dem verbrecherischen Beginnen sofort Einhalt geschah. Die Anwendung des mit geladenen Gewehren in Bereitschaft stehenden Militärs wurde daher nicht erforderlich. Die kleine Zahl der Aufwiegler bestand meist aus betrunkenen Handwerksburschen, von denen einige Zwanzig arretirt und sofort geschlossen auf die Festung Königstein transportirt worden sind. Zur sofortigen Untersuchung und zur Bestrafung aller wegen Aufruhrs zur Haft gebrachten Individuen, die sich zu Königstein, Zwickau und andern Orten in Verwahrung befinden, ist eine eigne Commission ernannt worden, die mittelst eines abgekürzten, für den vorliegenden Fall in den Gesetzen begründeten Verfahrens, Straferkenntnisse fällen und vollziehen wird.

Jahrgang 1830.

d) Dresden, den 14. October.

Folgende aus officiellen Anzeigen entlehnte Darstellung der im Erzgebirgischen und Voigtländischen Kreise, so wie in der Oberlausitz an einzelnen Orten stattgefundenen unruhigen Auftritte wird nicht unwillkommen seyn, um die darüber, besonders auch ins Ausland verbreiteten, größtentheils übertriebenen Gerüchte in das wahre Licht zu stellen.

Was den Character der allerdings beklagenswerthen Erscheinung im Allgemeinen betrifft, so haben sich zwar die vorgefallenen Störungen der Ruhe fast überall auf dieselbe Weise durch Anfeindungen und persönliche Angriffe obrigkeitlicher und anderer angestellter Personen, oder solcher Individuen, die sonst mit oder ohne ihre Schuld den Haß des Volkes auf sich gezogen, so wie durch Beschädigung, und an einzelnen Orten durch Zerstörung öffentlicher- und Privatgebäude und Wohnungen kund gethan; dem ohngeachtet aber ergiebt sich aus den Thatsachen selbst und aus den sich zu Tage gelegten Bewegungsgründen zur Zeit durchaus kein innerer Zusammenhang oder allgemeiner Plan. Vielmehr scheinen nach den bisherigen Ergebnissen der Untersuchungen die Veranlassungen überall nur local gewesen zu seyn, und nur das an einzelnen Orten zuerst hervorgetretene Beispiel anderwärts ebenfalls das Signal gegeben zu haben, einem vielleicht hier und da lange verhaltenen Unwillen auf eine freilich gewaltsame und verbrecherische Weise Luft zu schaffen.

Nirgends ist der Ausbruch gegen die Regierung gerichtet gewesen. Eben so beruhigend für den theilnehmenden Beobachter des Ganzen ist die Gewißheit, daß die thätlichen Aeußerungen der Unzufriedenheit meistentheils von einer Classe ausgegangen sind, bei denen die Aufregung der Leidenschaft sich auch im Privatleben gar leicht gewaltsam zu äußern pflegt, und Selbsthülfe bekanntlich etwas Gewöhnliches ist, daß dagegen überall der gebildete Theil, die Gefahr augenblicklich ermessend, sofort zusammengetreten ist, um vorerst die gestörte Sicherheit der Personen und des Eigenthums zu sichern, und dann etwanige Beschwerden auf gesetzlichem Wege zur Abhülfe vorzutragen.

Im Erzgebirgischen Kreise ist ohnstreitig der beklagenswertheste Auftritt, die in Chemnitz von einem aus der niedrigsten Volksclasse unerwarteterweise zusammenrottirten Haufen in der Nacht vom 11. bis 12. Sept. unaufhaltsam ausgeführte Zerstörung der Häuser und Waarenvorräthe der italienischen Kaufleute Rompano und Gebrüder Sala. Die Ruhe wurde jedoch schon am andern Morgen durch eine von der Bürgerschaft sofort gebildete starke Communalgarde hergestellt, welche selbst mehrere Dreißig der strafwürdigen Excedenten zur Haft brachte.

In Werdau traf der mit einzelnen Mißhandlungen verbundene Ausbruch des Unwillens vorzüglich mehrere dasige obrigkeitliche Personen, wurde aber, ehe derselbe zu größern und allgemeinern Gewaltthätigkeiten ausarten konnte, theils durch sofortige freiwillige Resignation derjenigen Individuen, welche der Gegenstand der Aufreizung waren, theils durch sofortige kräftige Dazwischenkunft der Behörden und besonderer Königl. Commissarien, so wie die Ankunft des Militärs beruhigt.

In Crimmitzschau und Kirchberg wurde dem gewaltsamen Ausbruche des sich äußernden Unwillens noch in Zeiten ebenfalls durch die alsbald vermittelte Dienstentsagung der davon bedroheten Rathspersonen vorgebeugt.

Die Stadt Freiberg wurde zwar in der Nacht vom 27. auf den 28. Sept. durch eine sich derselben nähernde Anzahl Bergleute beunruhigt, die jedoch auf die Aufforderung der Bergbehörden auseinander gingen.

Bedenklicher äußerte sich am 28. Sept. in Frankenberg das Bestreben der Menge, örtliche Beschwerden ebenfalls durch Aufstand geltend zu machen; aber auch hier ist durch ein daselbst eingerücktes Bataillon leichter Infanterie, durch die Absetzung des dasigen Gerichtsdieners, durch die von dem dahin geeilten Köngl. Commissario zugesicherte Erörterung der angebrachten Beschwerden und die Verhaftung von Eilf der hauptsächlichsten Tumultuanten, die Ruhe bald hergestellt worden.

Im Kreisamte Schwarzenberg und Amte Grünhayn war die an einigen Orten sich zeigende Aufregung besonders gegen die Forstbedienten gerichtet, und in strafbare Einfälle in die Köngl. Forsten ausgeartet. Diesen Freveln ist durch eine mobile Militärcolonne und durch Verhaftung der wesentlichsten Ruhestörer Einhalt geschehen, während anderseits die Holzversorgung der ärmsten Classe angeordnet wurde.

In einigen Orten der Schönburgschen Receßherrschaften fanden zwar ebenfalls Bewegungen statt, die zum Theil gegen obrigkeitliche Personen oder

Officianten gerichtet waren, jedoch nirgends zu gewaltsamen Auftritten geführt haben.

An andern Orten des Kreises, Marienberg, Stollberg, Zwönitz u. s. w. hat man Drohbriefe gefunden, die Ruhe ist aber nirgends thätlich gestört worden.

Im Voigtländischen Kreise waren vorzüglich das Städtchen Treuen und das Dorf Obergölzsch der Schauplatz bedeutenderer Excesse. Erstern Orts wurde am 17. Sept. von einem Haufen Uebelgesinnter, dessen Beginnen von der Obrigkeit nicht sofort Einhalt geschehen konnte, die dasige Gerichtsdienerwohnung zerstört, weitere Verheerungen jedoch wurden dadurch abgewendet, daß die beiden Gerichtsherrschaften, so wie die Geistlichkeit daselbst, in einer am folgenden Tage gehaltenen Communalversammlung die Gemüther der Einwohner durch Gewährung einiger an sie gebrachten Wünsche zu gewinnen wußten. Während dagegen letztern Orts am 21. Sept. die Gemeinde durch Deputirte bei den Gerichten eine Schrift überreichen ließ, worin auf verschiedene Zugeständnisse angetragen wurde, rottirte sich ein Theil der dasigen Einwohner zusammen, zog auf das Rittergut Obergölzsch und zerschlug die Habseligkeiten des daselbst wohnenden Gerichtsdieners.

Ein beabsichtigter Anfall der Einwohner des Dorfes Rempesgrün auf die Stadt Auerbach wurde durch den schnellen Zusammentritt der dasigen Bürger vereitelt.

In der Oberlausitz war nur das Dorf Neukirch Zeuge eines in der Nacht vom 12. bis zum 13. Sept. verübten Excesses, welcher, wegen der von den Tumultuanten gegen die dasige Gerichtsherrschaft und den daselbst wohnhaften Justitiar sich zu Schulden gebrachten groben Mißhandlungen, um so betrübter ist, als die Veranlassung dazu nicht in etwanigen Beschwerden der Gemeinde, deren die Letztere bei dem dahin abgeordneten Commissar keine vorzubringen wußte, ihren Grund gehabt hat. Einige wegen verbotenen Lottospiels in Untersuchung befangene Individuen wollten sich durch Vernichtung der sie betreffenden Gerichtsacten der sie erwartenden gesetzlichen Strafe entziehen und nöthigten, in Begleitung eines Haufens junger Bursche aus dem Orte und andern aus der Nachbarschaft sich dazu gesellten Gesindels, dem Gerichtsverwalter auf gewaltsame Weise die Herausgabe jener Acten ab. Das Ziehen der Sturmglocke, welches in den erhitzten Köpfen der Tumultuanten augenblicklich den Gedanken an ein zu veranstaltendes Feuer erregt hatte, war die zufällige aber unglückliche Ursache, daß die tobende Menge, um auch ein Auto da fé zu begehen, das ganze Gerichts-Archiv heraus auf die Straße riß, ins Feuer warf und sowohl in der Wohnung des Gerichts-Verwalters, welcher das Zeugniß langjähriger unbescholtener Amtsführung für sich hat, und doch den ihn verfolgenden Mißhandlungen kaum mit dem Leben entgehen konnte, als auch auf dem herrschaftlichen Schlosse alle Mobilien und Geräthschaften zertrümmerte. Die Gemeinde selbst erhob sich endlich gegen die Excedenten, veranstaltete Sicherheitswachen, und als den andern Tag ein Detachement Militär daselbst anlangte, war die Ruhe schon wieder hergestellt. Funfzehn Mann von den Unruhstiftern wurden sofort verhaftet und erwarten beim Gerichtsamt zu Budissin ihre Strafe. So bös das an diesem Orte gegebne Beispiel auch war, so hat es doch zum Ruhm der Oberlausitzer Einwohner keine Nachfolge gefunden, denn die in dem Zittauer Rathsdorfe Seifhennersdorf gleichzeitig sich gezeigte Bewegung hat sich noch nicht in tumultuarischen Excessen kund gethan, sich vielmehr darauf beschränkt, daß

Abgeordnete der versammelten Gemeinde sich beim Magistrate zu Zittau eingefunden, und die dringenden Forderungen der Letzteren, denen auch unter vorausgesetzter höherer Genehmigung gewillfahrt worden ist, vorgetragen haben.

Im Allgemeinen ist hiernach die Ruhe im Lande, theils durch die Vereinigung der Gutgesinnten zu einem festen Willen, theils durch den ernsten Gang der Regierung, die, wo wirkliche Beschwerden vorhanden waren, gern und schnell abhalf, anderer Seits, wo es nöthig war, Strenge anwendete, allenthalben mobile Colonnen und Commissarien hinsendete, Rädelsführer verhaften ließ und schleunige Justiz anordnete, vollkommen hergestellt.

Die gegen die zur gefänglichen Haft gebrachten Tumultuanten auf mehrern Punkten des Landes, in Dresden, Zwickau, Plauen, Budissin, Königstein, im Gange sich befindenden commissarischen Untersuchungen werden über die verschiedenen Veranlassungen der einzelnen unruhigen Auftritte vielleicht noch mehr Licht verbreiten, als sich bis jetzt noch in dem unerwartet raschen Wechsel der auf einander gefolgten Begebenheiten hat gewinnen lassen.

Eine besondere Anerkennung verdient der sächsische Bauernstand, der allenthalben Achtung für Gesetz, Obrigkeit und Ordnung bewährt hat, und ruhig den Verbesserungen entgegen sieht, die ihm namentlich durch Ablösung der Frohnen und Hutungen, durch eine veränderte ständische Repräsentation und durch ein verändertes Abgabensystem entstehen werden.

Beilage 21.

Jahrgang 1831.

Dresden, den 5. September.

Der 4. September war zur feierlichen Uebergabe der Verfassungs-Urkunde an die Stände bestimmt worden.

Früh um 4 Uhr begrüßte das Geläute aller Glocken und eine Musik vom Thurme der Kreuzkirche den Anbruch des festlichen Tags. — Um halb 8 Uhr versammelten sich die Mitglieder des Stadtraths und der Commun-Repräsentantschaft auf dem Rathhause der Altstadt und begaben sich von da im feierlichen Zuge in die evangelische Hofkirche, um dem Gottesdienste beizuwohnen, welcher, wie in allen Kirchen der Hauptstadt, um 8 Uhr seinen Anfang nahm. Der Oberhofprediger Dr. von Ammon hielt die Predigt. Nach deren Beendigung wurde das Lied: „Herr Gott dich loben wir" angestimmt, und von zwei Bataillonen Linientruppen und einem Bataillon Communalgarde mit einer dreimaligen Salve begleitet.

Von 10 Uhr an setzten sich die verschiedenen Abtheilungen der Garnison und der Communalgarde in Bewegung, um die ihnen angewiesenen Stellungen einzunehmen. Von dem grünen Thore des Schlosses an, durch die Augustusstraße, über den Neumarkt und durch die Pirnaische Gasse bis an das Landhaus wurde eine haye, rechts von Linientruppen, links von Communalgarden aufgestellt und auf dem Platze zwischen dem K. Schlosse und der Brücke ein Carré von Communalgarden und Linientruppen mit ihren Musikchören formirt, in dessen Mitte um 11 Uhr der Stadtrath und die Communrepräsentanten eintraten und dem Balcon des Schlosses gegenüber einen Halbkreis bildeten.

Unterdessen versammelten sich die Mitglieder der Ständeversammlung im Thronsaale zu beiden Seiten des Thrones. Bald nach 11 Uhr erschienen Se. Majestät der König und Se. Königl. Hoheit der Prinz Mitregent, in Begleitung der Königlichen Prinzen, unter Vortritt des Hofstaats, der Civil-Staatsbeamten und des Officiercorps, und begaben sich durch die aufgestellten Reihen der Grenadier- und Reitergarde nach dem Throne, wo der Prinz Mitregent zur Linken des Königs Platz nahm. Se. Königl. Hoheit der Prinz Maximilian stand zur Rechten des Königs, des Prinzen Johann K. H. zur Linken des Prinzen Mitregenten. Zur linken Hand des Thrones befanden sich die Mitglieder des diplomatischen Corps, zur rechten die Minister, die Mitglieder des geheimen Raths und die übrigen oberen Staatsbehörden, die Generalität und Officiercorps, in den Schranken vor dem Throne die Abgeordneten des Domcapitels zu Meißen, des Grafen von Solms-Wildenfels und der Universität, ferner der Landtags-Marschall Graf von Bünau mit der Deputation der Stände, bestehend aus fünf ritterschaftlichen Deputirten und den Abgeordneten der Städte Leipzig, Dresden, Zwickau und Budissin.

Nachdem der König und der Prinz Mitregent sich niedergelassen hatten, richtete der vorsitzende Conferenz-Minister Nostitz und Jänkendorf folgende Rede an die versammelten Stände:

„Eine feierliche Stunde vereinigt zum letzten Male die Stände des Königreichs vor dem Throne, indem sie, eben so wie dies von ihren Vorfahren seit Jahrhunderten geschah, den Leitstern ihrer Verhandlungen, das kräftigste Beförderungsmittel für die allgemeine Wohlfahrt erblicken.

Wenn jetzt, nicht wegen veränderter Gesinnungen, sondern wegen veränderter Bedürfnisse durch eine neue Verfassung ein neuer Zustand der Dinge begründet wird, wenn mit dem heutigen Tage die Verwaltung unsers Vaterlandes eine neue Laufbahn beginnt, so wird die Geschichte der Nachwelt die Thatsache zu überliefern haben, daß der von der Regierung beabsichtigte wohlthätige Zweck im treuen Sinne der versammelten Stände Anerkennung und Erwiederung fand.

In schöner Uebereinstimmung zwischen Landesherrn und Ständen, im gemeinsamen Bestreben, mit Gewissenhaftigkeit, Fleiß und Anstrengung ist eine Verfassung bearbeitet und vollendet worden, die durch genaue Beachtung dessen, was Wissenschaft, Erfahrung und eigenthümliches Verhältniß lehrt und fodert, das Staatswohl zu befestigen und zu erhöhen verspricht.

Es wird diese Verfassung in den Augen Aller, denen das strenge Aufrechthalten gegenseitiger Rechte und Obliegenheiten theuer und heilig ist, noch einen höhern Werth, noch eine festere Begründung dadurch erhalten: daß sie nicht das Werk einseitiger Willkühr, sondern das Ergebniß eines freien, wohlerwogenen Vertrags zwischen Fürsten und Ständen ist, und daß im Laufe dieser wichtigen Verhandlung der verfassungsmäßige Weg nirgends verlassen wurde.

Wie jedes menschliche Werk ist auch diese Verfassung der Verbesserung und Vervollständigung fähig, die in der Anwendung durch Erfahrungen gerechtfertigt, in den Zeitereignissen durch angemessene Foderungen veranlaßt werden können.

Aber schon in ihrer jetzigen Gestaltung enthält sie die Grundlage eines höher entwickelten Staatslebens, ordnet sie das Staatsgut und verabschiedet über das Königliche Einkommen, bestimmt die allgemeinen Rechte und Pflichten der Unterthanen, sichert die Rechtspflege und die Befugnisse der Kirchen, Unterrichtsanstalten und milden Stiftungen, und begründet in Sonderheit die ständische Verfassung in ihren Abtheilungen, Berechtigungen, Obliegenheiten, Geschäftsformen und Verzweigungen in so vollständiger und zweckmäßiger Weise, daß die dieser Verfassung ertheilte kräftige Gewähr zugleich im Voraus eine Gewähr für alles das Gute darbietet, das man mit Recht von den künftigen Stände=Versammlungen hoffen und erwarten darf.

Die über diesen wichtigen, das Vaterlandswohl für die ferne Zukunft sichernden Vertrag abgefaßte Urkunde wird von Sr. Majestät dem Könige Höchst=Selbst Ew. Excellenz zur Aufbewahrung übergeben und der sodann vorzulesende Landtagsabschied Ihnen zugestellt werden.

Diese Verfassungsurkunde ist zugleich die Grundlage, auf welcher die von den nächst zusammentretenden Ständen zu beginnenden Verhandlungen beruhen, deren Form durch eine provisorische Landtagsordnung nähere Bestimmung erhalten wird.

Mit dem heutigen Tage trikt die neue Verfassung in Kraft und Wirksamkeit, und es wird die bisherige Landesversammlung hierdurch, Namens Sr. Majestät des Königs und des Prinzen Mitregenten Königl. Hoheit mit der Versicherung Allerhöchster Gnade und Huld und mit der Bezeugung der Zufriedenheit über Ihre, auch bei diesem letzten Landtage bethätigte patriotische Gesinnung entlassen.

Nur wenige Jahre fehlen an vier Jahrhunderten*), seitdem zuerst Prälaten, Grafen, Ritter und Städte der Lande Sachsen, Meißen, Franken, Osterland und Voigtland unter der Regierung des Kurfürsten Friedrich und seines Bruders, Herzogs Wilhelm, in einem späterhin mit dem Namen der Stände bezeichneten Verein zusammem traten**). Die lange Dauer und das von der Wahrheit anerkannte vielfache Gute und Treffliche in der Wirksamkeit dieses ständischen Vereins konnten im Fortgange der Zeit ihn nicht vom Gesetze der Zeit entheben, welche nach dem jedesmaligen Bedürfnisse das Vorhandene verändert, umgestaltet, auflöset.

Kann diese Auflösung eines durch Jahrhunderte geheiligten Verhältnisses, dieser Abschied des Fürsten von seiner alten Landschaft nicht ohne ein wehmüthiges Gefühl geschehen, so wird die Ueberzeugung beruhigen und belohnen: daß die Beförderung der Landeswohlfahrt allein zur Veränderung des Bestehenden, zum Abschlusse eines neuen Vertrages zu bewegen vermochte.

Das Bewußtsein, nur für das Gesammtwohl gewirkt und gehandelt zu haben, wird für die bedeutenden Opfer entschädigen, die jetzt zu diesem Zwecke vom Landesherrn und Ständen gebracht worden; denn wurde von Jenem der Willkühr entsagt, unbeschränkt Gutes stiften zu können, so wurde von diesen auf das schöne Vorrecht Verzicht geleistet, des Landes Beste ausschließend vertreten und berathen zu können.

Daß die getreuen Stände ihren Beruf richtig erkannten und in der Ueberzeugung das Wohl des Vaterlandes fester zu sichern, wohlbegründeten Vorrechten entsagten, das wird vom gesammten Lande von Kind und Kindeskindern mit dankbar gerührten Herzen anerkannt werden, und wenn Sie heute sich mit Schmerz von dem Throne entfernen, den Sie zeither in Rath und

*) Im Jahre 1438.
**) In den Jahren 1487. 1495.

That treu umgaben, so muß es Ihnen Trost und Freude bringen, daß damit das Band zwischen Fürst und Land befestiget, das Beste Ihres Vaterlandes und Ihrer Mitbürger versichert und erhöht wird.

Dies Bewußtsein, das kein Wechsel des Schicksals Ihnen rauben kann, müsse Sie in diesem ernsten Augenblicke mit Freude und Beruhigung erfüllen.

Gott mit Ihnen!

Sie scheiden jetzt vom gemeinsamen Vaterhause, aber nicht vom Vaterherzen!"

Nach Beendigung dieser Anrede verlas der geheime Referendar Dr. Merbach den Landtags-Abschied, empfing hierauf, die, auf einem Sammtkissen ruhende, Original-Verfassungs-Urkunde und übergab selbige dem Conferenz-Minister Nostitz und Jänkendorf, der sie dem Könige überreichte. Der König ergriff die Verfassung und händigte sie dem Landtagsmarschall, der sich dem Throne genähert hatte, mit den Worten ein: „Herr Landtagsmarschall, hier übergebe ich Ihnen die neue Verfassung, zu deren treuer und vollständiger Erfüllung ich mich mit meinem fürstlichen Worte verpflichte; möge der Himmel seinen Segen dazu geben, daß diese Verfassung das Land und seine Bewohner so glücklich mache, als es mein herzlicher Wunsch und Wille ist."

Der Prinz Mitregent erhob sich gleichzeitig und sprach:

„Beseelt von denselben Gesinnungen, welche Se. Majestät der König so eben ausgesprochen hat, verspreche auch ich bei meinem fürstlichen Worte, die jetzt übergebene Verfassung treu zu beobachten, zu bewahren und zu beschützen."

Die Lösung von 101 Kanonenschüssen und das Geläute aller Glocken verkündete der Residenz und der Umgegend den Augenblick, der Sachsen in die Reihe der constitutionellen Staaten einführte. Währenddem sprach der Landtagsmarschall die Gefühle der versammelten Stände in folgender an Se. Majestät und Se. Königl. Hoheit gerichteten Gegenrede aus:

„Allerdurchlauchtigster, Großmächtigster König,
Durchlauchtigster Prinz und Mitregent!

Bei der Wiedereröffnung des im vorigen Jahre vertagten Landtags, vernahmen wir mit alleruntertänigstem Danke die Vorschritte zur Ausführung des großmüthigen Entschlusses unserer Hochverehrten Regenten, dem Volke eine, die Gewährleistung aller seiner Rechte sichernde, den Foderungen und Bedürfnissen der gegenwärtigen Zeit entsprechendere Verfassung zu geben. Der Werth dieser, von der gesammten Nation hochgefeierten Wohlthat erhöhte sich für uns durch die, aus gerechter Beachtung unserer altherkömmlichen staatsrechtlich begründeten Befugnisse, uns vorbehaltene vertragsmäßige Uebereinkunft, bei diesem sonst nur der Machtvollkommenheit angehörigen Schritte. Nie bot daher unsrer frühern Landtäge lange Reihe einen ernstern und großartigern Gegenstand der Berathung dar. Es galt diesmal für Jahrhunderte zu gründen, zu erforschen, was auch der spätesten Nachkommenschaft noch wahrhaft frommen werde; zu ermessen, wie weit das Bestehende dem Zeitgemäßern weichen, wie weit das Recht des Einzelnen hinter das Wohl des Ganzen zurücktreten müsse; es galt da, reine Ueberzeugung freimüthig zu ehren, stets nach dem Beifall des Gewissens, nie nach öffentlichem Lobe allein zu streben, werth zu sein, bei einer solchen für immer denkwürdigen Veranlassung in den ständischen Reihen gestimmt zu haben; es galt vor Allem, werth zu sein der Fürsten, die mit so innigem Wohlwollen Ihr Land zu beglücken bereit sind. Doch eben das erhabene Beispiel jener hohen Achtung für Recht und Pflicht, jenes edlen Gefühls für wahre Menschenwürde, jener weisen Berücksichtigung der bei fortgeschrittener Cultur erreichten Bildungsstufe des Volks, jener zu dessen Gunsten dargebrachten hochherzigen Aufopferung so vieler zeither unbestrittener Landesherrlicher Gerechtsame, eben dieses erhebende Beispiel, welches aus dem uns vorgelegenen Verfassungsentwurfe so glänzend hervorleuchtete, hat unsre Berathungen geleitet, unsre Ansichten vereinigt und unsre Beschlüsse wesentlich herbeigeführt. Darum wird uns auch die Beruhigung zu Theil, die Ergebnisse unsrer — nach den nie dabei verkannten Pflichten der Ehrfurcht für den Thron und der Verantwortlichkeit gegen das Volk sorgfältig abgewognen — Erklärungen als feierlichen Vertrag genehmigt zu wissen; und so ist denn nun die hochwichtige Stunde erschienen, in welcher wir, die, von Ew. Königl. Majestät und Königl. Hoheit vollzogene, jetzt — unter den huldreichsten, uns ewig unvergeßlichen Aeußerungen — nochmals mit dem Fürstenworte bekräftigte Verfassungsurkunde, aus der Allerhöchsten Hand zu empfangen das unschätzbare Glück hatten. Möge die Vorsehung Allerhöchst= und Höchst=Denselben fortwährend Kraft verleihen, das Werk in Ausführung zu bringen, das Sie so edel und weise begonnen, und worauf so frohe Hoffnungen sich bauen, damit die allgemeine Wohlfahrt immer dauerhafter dadurch sich begründe, damit die wahre Freiheit — welche nur unter dem Gehorsam gegen den Monarchen und das Gesetz gedeiht — immer wohlthätiger daraus sich entwickele, damit das innere Staatsleben immer vollkommener darnach sich ausbilde, und so das heilige Band des Vertrauens zwischen Regenten und Unterthanen immer unauflösbarer sich schlinge. Für diese, an dem heutigen Tage dem Vaterlande eröffnete glückliche Zukunft, Ew. Königl. Majestät und Ew. Königl. Hoheit den Dank, den lauten und innigsten Dank der ganzen Nation, noch in deren Namen ehrerbietigst und tiefgerührt hier darzubringen, war nun unsere dringendste, zugleich höchst willkommne, aber auch — letzte Landständische Pflicht! Geruhen aber Allerhöchst= und Höchstdieselben bei diesem Schlusse unserer ständischen Wirksamkeit die treudevoteste Versicherung noch von uns anzunehmen, daß wenn forthin, zwar nur einer geringen Zahl unter uns, der schöne Beruf verbleiben kann, das allgemeine Landeswohl mit berathen zu helfen, wir darum nicht minder insgesammt, Allerhöchst= und Höchstdero auf das Glück Ihres treuen Volkes gerichteten Bestrebungen, unverändert dankbar im Auge behalten und sie — ein jeder in seinem heimathlichen Wirkungskreise — zu befördern eifrigst trachten werden. Auch aus der Entfernung werden unsere heißesten Wünsche immerdar den Thron umgeben, um welchen unsere Väter und zahlreiche Vorfahren, gleich uns, sich stets so ehrfurchtsvoll und freudig versammleten; denn je williger wir dieses alterthümliche Vorrecht auf dem Altar des Vaterlandes niederlegten, um so standhafter werden wir über den — wol auch geschichtlich hergebrachten — doch nie von uns aufzugebenden Vorzug wachen, daß keiner aus der Nation, in der Anhänglichkeit und Treue gegen Ew. Königl. Majestät, Ew. Königl. Hoheit und das erhabene Regentenhaus, uns übertreffe!“

Nach diesem Acte, der auf alle Anwesende einen tiefen und feierlichen Eindruck gemacht hatte, erhoben Sich der König und der Prinz Mitregent vom Throne und verfügten Sich, umgeben von den Prinzen des Königlichen Hauses und gefolgt von den obersten Kronbeamten, auf den Balcon des Schlosses. Bei dem Erscheinen des Königs ertönte eine Salve von Kanonen, in die sich der dreimalige Jubelruf des auf den angrenzenden Straßen und Plätzen zu Tausenden versammelten Volkes mischte.

Zu gleicher Zeit setzte sich der Zug, der die Verfassungs-Urkunde aus dem Schlosse in das Landhaus überbrachte, vom grünen Thore an, durch die Doppelreihen der Truppen und Communalgarden in folgender Ordnung in Bewegung:

eine Abtheilung reitender Communalgarden;
eine Abtheilung Garde-Reiter;
ein Zug Königlicher Stall-Officianten zu Pferde;
ein Königlicher Stallmeister;
der Landtagsmarschall mit der Verfassungs-Urkunde, in einem sechsspännigen Königl. Paradewagen, auf dem Rücksitze der landschaftliche Secretair;
die Mitglieder der ständischen Deputation in vier zweispännigen Paradewagen;
ein Zug Königl. Stall-Officianten zu Pferde;
eine Abtheilung Garde-Reiter;
eine Abtheilung reitender Communalgarde.

Sobald die Spitze des Zuges beim Balcon anlangte, erfolgte die zweite Kanonen-Salve, bei dem Schlusse des Zuges die dritte; und 24 Kanonenschüsse begleiteten den Moment der Niederlegung der Verfassungs-Urkunde in das ständische Archiv.

Festons und Guirlanden schmückten die Häuser der Straßen, die der Zug berührte. Beredter, als es der lauteste Ausbruch des Jubels vermocht hätte, sprach sich das Gefühl der ernsten und volksthümlichen Bedeutung dieses Schauspiels durch die feierliche Stille aus, die in der dichten Volksmenge herrschte, durch welche sich der Zug bewegte.

In das Thronzimmer zurückgekehrt, empfingen Se. Majestät und des Prinzen Mitregenten K. Hoh. die Glückwünsche einer Deputation des Stadtraths und der Commun-Repräsentanten.

Mittags war am Köngl. Hofe Ceremonientafel, an welcher außer den Köngl. Prinzen und Prinzessinnen die Cabinetsminister und die Mitglieder des Geheimen Raths, der Landtagsmarschall, der Fürst von Schönburg-Waldenburg, die Abgeordneten des Domstifts Meißen und der Universität Leipzig, und die ritterschaftlichen und städtischen Deputirten, die bei dem Landtags-Abschied innerhalb der Schranken gestanden hatten, Theil nahmen. Zugleich wurde an mehrern andern Tafeln im Königl. Schlosse gespeist, wozu sämmtliche anwesende Mitglieder der Stände-Versammlung eingeladen waren.

Von Seiten des Raths war eine festliche Speisung der Pfleglinge in den Armen- und Krankenanstalten der Stadt veranstaltet worden.

Des Abends waren die öffentlichen Gebäude, unter denen sich neben dem Landhause vorzüglich das Rathhaus der Altstadt durch eine eben so sinnreiche als geschmackvolle Decoration auszeichnete, und eine große Zahl von Privathäusern festlich erleuchtet. Viele Einwohner hatten es, im Vorgefühle herannahender Noth und durch öffentliche Aufforderungen veranlaßt, vorgezogen, den Tag statt der Beleuchtung ihrer Wohnungen, durch Spenden für milde Zwecke zu ehren.

Im Köngl. Theater wurde, zum Besten der Armen, nach einem von Theodor Hell verfaßten Prolog, die Oper, „die Vestalin", aufgeführt.

Ein prachtvolles Feuerwerk, das auf der Wiese an der Elbbrücke der Terrasse gegenüber und auf der Elbe abgebrannt wurde, des Festes würdig, wenn auch in einzelnen Theilen gestört durch ein gegen Abend einbrechendes anhaltendes Regenwetter, krönte die Feierlichkeiten des Tages.

Trotz der zahlreichen Menschenmenge, die vom Morgen bis in die Nacht durch die Straßen wogte, störte keine Unruhe und trübte kein Unfall die Feier dieses Nationalfestes, welches in den Annalen Sachsens unvergeßlich bleiben wird.

Beilage 25.

a) Verzeichniß der Zeitungs-Administratoren.

Jahrgang	Name der Administratoren
1660—1672	Timotheus Ritzsch.
1672—1681	Christoph Mühlbach.
1681—1684	Gottfried Egger.
1684—1691	Wilhelm Ludwig Daser.
1691—1694	Johann Jacob Kees.
1694—1696	Wilhelm Ludwig Daser.
1696—1705	Johann Jacob Kees.
1705—1712	Johann Jacob Kees der Jüngere.
1712—1733	Sebastian Evert.
1733—1743	Moritz George Weidemann.
1743—1765	Johanne Marie Weidemann.
1765—1779	Johann Andreas May.
1779—1797	Christian Ludwig Vorberg.
1797—1810	Franz Wilhelm Scharf.
1810—1818	August Mahlmann.
1818—1831	Georg August Grieshammer.

b) Zeitfolge der Redacteure der Zeitung.

Jahrgang	Name der Redacteure
1660—1672	Timotheus Ritzsch.
1700—1712	...... Job.
1712—1733	Sebastian Evert.
1740	Johann Heinrich Liebers.
1762—1769	M. Gottlieb Schumann.
1769—1787	Johann Christoph Adelung.
1798—1810	K. S. Durrier.
1810—1818	August Mahlmann.
1818—1820	Methusalem Müller.
1820—1830	J. C. Gretschel.
1830	Dr. C. C. C. Gretschel.
1831—1846	Prof. Dr. Hasse.
1846—1848	Dr. C. C. C. Gretschel.
1848—1849	Prof. Dr. Marbach.
1849	Dr. F. Obst.
1849—1851	Prof. Dr. Marbach.
1851—1854	Prof. Dr. Bülau.
1854	Dr. F. Obst.

c) Gegenwärtiger Bestand des Verwaltungs-Personals der Zeitung.

Mit der Oberaufsicht beauftragt: Kreisdirector ꝛc. von Burgsdorff.
Königlicher Commissar für die Angelegenheiten der Leipziger Zeitung: Regierungsrath von Witzleben.
Redacteure: Dr. Obst.
Dr. Kaiser.
Vorstand der Expedition: Inspector Rähm.
Controleur: Adolf.
Expedient Florenz.
" Damm.
Aufwärter Seyfert.
" Scholze.

d) Zeitfolge des Absatzes der Leipziger Zeitung.

Im Jahre	Exemplare	Im Jahre	Exemplare
1668	204	1841	4494
1712	15—1600	1842	4568
1719	1900	1843	4729
1756	1150	1844	4861
1757	825	1845	4887
1796—1810	3—4000	1846	4694
1810—1818	5—6000	1847	4843
1818	3400	1848	5880
1827	4000	1849	6135
1831	3910	1850	5909
1832	3845	1851	5870
1833	3880	1852	5711
1834	3815	1853	5614
1835	3808	1854	5707
1836	3951	1855	5778
1837	4070	1856	5865
1838	4098	1857	5964
1839	4213	1858	6159
1840	4311	1859	6406

Lightning Source UK Ltd.
Milton Keynes UK
UKHW011922180822
407522UK00002B/82